A CASA DO SILÊNCIO

ORHAN PAMUK

A casa do silêncio

Tradução
Eduardo Brandão

1ª reimpressão

COMPANHIA DAS LETRAS

Copyright © 1996 by İletişim Yayıncılık A. Ş. Kasim
Todos os direitos reservados

A presente tradução foi feita com base na tradução francesa *La Maison du silence*, de Munevver Andac.

*Grafia atualizada segundo o Acordo Ortográfico da Língua Portuguesa de 1990,
que entrou em vigor no Brasil em 2009.*

Título original
Sessiz Ev

Capa
Claudia Warrak
Raul Loureiro

Foto de capa
Jean-Luc Manaud/ Gamma-Rapho/ Getty Images

Preparação
Ana Cecília Agua de Melo

Revisão
Ana Maria Barbosa
Márcia Moura

Dados Internacionais de Catalogação na Publicação (CIP)
(Câmara Brasileira do Livro, SP, Brasil)

Pamuk, Orhan
    A casa do silêncio / Orhan Pamuk ; tradução Eduardo
Brandão. — 1ª ed. — São Paulo : Companhia das Letras, 2013.

   Título original: Sessiz Ev.
   ISBN 978-85-359-2315-5

   1.Ficção turca I. Título.

13-07872   CDD-894.35

Índice para catálogo sistemático:
1. Ficção : Literatura turca   894.35

[2021]
Todos os direitos desta edição reservados à
EDITORA SCHWARCZ S.A.
Rua Bandeira Paulista, 702, cj. 32
04532-002 — São Paulo — SP
Telefone: (11) 3707-3500
www.companhiadasletras.com.br
www.blogdacompanhia.com.br
facebook.com/companhiadasletras
instagram.com/companhiadasletras
twitter.com/cialetras

Sumário

1. Recep vai ao cinema 7
2. Vovó espera na cama 19
3. Hasan e seus amigos arrecadam contribuições 31
4. Faruk ao volante 40
5. Metin não perde tempo 48
6. Recep serve o café da manhã 56
7. Vovó faz suas preces 64
8. Hasan protela 76
9. Faruk lê histórias no Arquivo 82
10. Metin socializa 88
11. Vovó pega a bomboneira de prata 96
12. Hasan se irrita com a matemática 107
13. Recep compra leite e mais algumas coisas 115
14. Faruk reencontra o prazer de ler 121
15. Metin se diverte com os amigos e com o amor 128
16. Vovó ouve a noite 137
17. Hasan compra outro pente 146
18. Faruk precisa encontrar uma história 156
19. Recep serve a silenciosa mesa de jantar 164

20. Hasan sofre pressão dos companheiros 172
21. Metin perde o controle 182
22. Hasan cumpre seu dever 196
23. Fatma se recusa a viver em pecado 206
24. Faruk e Nilgün veem tudo do alto 218
25. Metin empurra o carro e arrisca a sorte 230
26. Hasan tenta devolver o disco e o caderno 243
27. Recep leva Nilgün para casa 260
28. Faruk assiste à dança do ventre 268
29. Vovó recebe visitas no meio da noite 277
30. Recep tenta cuidar de todo mundo 288
31. Hasan vai embora 300
32. Fatma encontra consolo ao segurar um livro 308

1. Recep vai ao cinema

"O jantar está servido, Madame. Queira pôr-se à mesa."

Ela não disse nada. Continuava imóvel, apoiada em sua bengala. Fui pegá-la pelo braço, ajudei-a a se sentar. Ela se contentou em resmungar sei lá o quê. Desci para buscar sua bandeja na cozinha, coloquei-a à sua frente. Correu os olhos por ela, sem tocar em nada. Foi quando estendeu o pescoço dizendo alguma coisa por entre os dentes que me dei conta, peguei seu guardanapo, amarrei-o abaixo das suas imensas orelhas, estendendo os braços.

"O que você fez para esta noite?", ela perguntou. "Vamos ver o que você inventou."

"Berinjela ao forno", disse eu. "Foi o que a senhora me pediu ontem."

"A mesma coisa do almoço?"

Empurrei o prato para diante dela. Ela pegou o garfo, enfiou-o numa berinjela continuando a resmungar. Depois de ter remexido longamente a comida, decidiu-se a comer.

"Aqui está a salada, Madame", falei e saí. Voltei à cozinha, me servi de uma berinjela, sentei e comecei a comer.

"O sal! Cadê o sal, Recep?"

Subi e vi que o saleiro estava ali, ao alcance de sua mão.

"Está aqui!"

"Que novidade é essa? Por que você vai para dentro enquanto janto?"
Não respondi.

"Eles não vão chegar amanhã?"

"Vão sim, Madame, vão chegar", falei. "Não vai pôr sal?"

"Não se meta onde não é chamado! Afinal, eles vão chegar amanhã ou não vão?", disse ela.

"Vão estar aqui por volta do meio-dia", respondi. "Foi o que disseram no telefone…"

"O que mais tem para comer?"

Levei a metade da berinjela, pus os feijões com cuidado num prato limpo. Quando ela começou a brincar com os feijões fazendo cara de nojo, saí e fui me sentar para comer. Passado um instante, ela me pediu a pimenta-do--reino, mas fingi não ter ouvido. Depois pediu frutas, voltei lá, empurrei a fruteira para diante dela. Seus dedos finos, ossudos, foram e vieram nos pêssegos, lentamente, como uma aranha já sem forças. Por fim se imobilizaram.

"Estão estragados! Onde achou esses pêssegos? Deve ter apanhado tudo do chão, ao pé das árvores."

"Não estão estragados, Madame", falei. "Estão bem maduros. São os melhores que consegui achar. Comprei-os no fruteiro. A senhora sabe que não tem mais nenhum pessegueiro por aqui."

Ela fingiu não ouvir e escolheu um pêssego. Tornei a sair. Mal tive tempo de comer meus feijões:

"Desamarre isto!", ela gritou. "Recep, onde você se meteu, venha tirar meu guardanapo!"

Fui correndo. Estendi a mão para o guardanapo e percebi que ela tinha deixado no prato metade do pêssego.

"Quer damasco, Madame? Senão a senhora vai me acordar no meio da noite dizendo que está com fome."

"Muito obrigada!", disse ela. "Ainda não estou gagá para comer estas porcarias. Tire o guardanapo."

Levantei-me na ponta dos pés para desatar o nó, ela limpou a boca fazendo uma careta, depois seus lábios se moveram como se ela murmurasse uma prece. Levantou-se.

"Me leve para cima!"

Pôs a mão no meu ombro, fomos para a escada. No nono degrau, paramos para tomar fôlego.

"Arrumou os quartos deles?", perguntou, ofegante.

"Arrumei."

"Muito bem, então vamos", disse ela, apoiando-se ainda mais em mim. Voltamos a subir.

"Dezenove! Graças a Alá!", disse ela, e entrou em seu quarto.

"Não se esqueça de acender o abajur", eu lhe disse. "Vou ao cinema."

"Ao cinema!", fez ela. "Um homem da sua idade! Não volte tarde."

Desci, terminei meu feijão e lavei a louça. Tirei o avental, já estava com a gravata por baixo dele. Só precisei pegar o paletó, conferi se a carteira estava no bolso. Saí.

Uma brisa fresca soprava do mar, era agradável. As folhas da figueira farfalhavam. Fechei o portão, caminhei em direção à praia. No fim do muro do nosso jardim começam a calçada e as casas de concreto. As pessoas estão sentadas em seus terraços, ou em seus minúsculos jardins, todos veem tevê, ouvem o noticiário, as mulheres estão ocupadas nas churrasqueiras. Nenhuma delas me vê. A carne nas churrasqueiras, fumaça. Famílias, vidas; tento imaginar como é. No entanto, quando chega o inverno não sobra mais ninguém aqui. Então até o ruído de meus passos nas ruas desertas me dá arrepios. Percebi que estava tremendo de frio, enfiei o paletó, dobrei a esquina.

É engraçado pensar que todas aquelas pessoas se põem à mesa na mesma hora, vendo televisão! Eu passeava pelas ruelas. Um carro parou no fim de uma das que dão na pracinha. Um marido desce, pasta na mão, ar cansado; na certa chega de Istambul, entra em casa, parece contrariado por estar chegando tarde para o jantar na frente da tevê. Quando voltava da praia, ouvi a voz de Ismail:

"Loteria nacional! Só faltam seis dias!"

Não me viu. E eu não o chamei. Ele ia e vinha entre as mesas do restaurante, a cabeça balançava com força. Alguém o chamou de uma mesa, ele se inclinou estendendo os bilhetes para uma garotinha vestida de branco, as tranças presas com fitas. Ela examinava os bilhetes muito séria, seu pai e sua mãe sorriam, com um ar feliz. Dou as costas para eles, não os vejo mais. Se chamasse Ismail, se ele me visse, viria rápido até mim, mancando, e me diria, por que você não vem mais visitar a gente, e eu responderia, é que você mora longe, meu irmão, e a ladeira é muito íngreme, e ele me diria, claro, tem razão, quando o sr. Doğan nos deu aquele dinheiro eu devia ter comprado um terreno aqui, e não no alto da ladeira, devia ter comprado aqui, à beira-mar, e não lá em cima, a pretexto de que lá fica mais perto do trem, eu seria milionário hoje em dia, e eu diria a ele, pois é, pois é; sempre a mesma conversa. E sua mulher, tão bonita, que se contenta em ficar calada nos observando. Por que visitá-los? No entanto, me dá vontade de ir, principalmente nas noites de inverno, quando não encontro ninguém a quem dirigir a palavra, então eu vou, mas é sempre a mesma conversa.

Os cassinos à beira-mar estão desertos. As televisões estão ligadas. Os garçons haviam enfileirado, às centenas, copos de chá que cintilam de limpeza à luz das lâmpadas fortes. Aguardam o fim do jornal da tevê e a multidão que vai invadir as ruas. Debaixo das mesas vazias, gatos. Prossigo.

Do outro lado do quebra-mar, barcos puxados na areia. A pequena praia está deserta e suja: algas, garrafas, resíduos de plástico... Dizem que vão demolir a casa de Ibrahim, o barqueiro, e mesmo o café. Quando percebi a luz em suas vidraças, me senti subitamente tomado de emoção pela ideia de aí encontrar alguém que não estivesse jogando cartas, com quem pudesse trocar algumas palavras e que me diria, como vai, e eu diria, e você, como vai, trocaríamos algumas palavras em voz alta, por causa do som da tevê e da barulheira dos clientes: a amizade. Poderíamos até ir ao cinema juntos.

No entanto, assim que entrei no café, todo o meu bom humor se esvaiu, porque aqueles dois garotos estavam lá. Ficaram felizes ao me ver, olharam um para o outro e caíram na gargalhada, mas nem boto os olhos neles, olho para o meu relógio, procuro um amigo. Nevzat está ali à esquerda, sentado com os jogadores, acompanhando o jogo. Puxo uma cadeira, sento ao lado dele. Estou feliz. Viro-me para Nevzat, sorrio para ele.

"Olá", digo, "como vai?"

Ele não disse nada.

Dei uma olhada na tevê, era o fim do jornal. Depois fiquei olhando as cartas que iam e vinham, Nevzat observando, esperei que terminassem aquela mão, eles terminaram, mesmo assim não falaram comigo, só falaram e riram entre si. Depois continuaram a partida, se concentraram novamente no jogo. Por fim, quando estavam dando as cartas para uma nova mão, achei melhor dizer alguma coisa.

"Nevzat, o leite que você nos deu hoje de manhã estava ótimo."

Ele fez que sim com a cabeça, sem tirar os olhos das cartas.

"Bem cremoso, bom mesmo."

De novo, ele se contentou em balançar a cabeça. Olho o meu relógio, cinco para as nove. Depois me viro para a televisão; me concentrei tanto nela que só bem mais tarde percebi as risadinhas dos dois rapazes. Quando vi o jornal que haviam aberto, por Alá, ainda aquelas fotos, pensei, aterrorizado, e eles continuaram a olhar para mim, depois para o jornal. Não dê bola, Recep! Mesmo assim pensei: às vezes eles publicam uma foto nos jornais, como são cruéis, e põem legendas injustas ou idiotas, como fazem com as fotos de mulheres nuas ou de ursas do zoológico que acabam de parir. Viro-me bruscamente para Nevzat e pergunto mais uma vez, sem pensar:

"Como vai?"

Ele se virou para mim brevemente, murmurando alguma coisa, mas não consegui pensar em nada mais para dizer, pois só tinha a foto na cabeça, e deixei escapar assim a oportunidade de entabular uma conversa com ele. Além do mais, fiz a besteira de me virar para os dois rapazes. Nossos olhares se cruzam, eles fazem uma cara mais sonsa ainda. Viro-me novamente. Um rei cai na mesa. Os jogadores se xingam, uns contentes, outros desapontados. Começa uma nova partida: as cartas e a satisfação mudam de lado. Haveria mesmo uma foto? Então tive uma ideia:

"Cemil!", chamei. "Me traga um chá!"

Era tudo o que eu havia encontrado para desviar a atenção, para esquecer um breve instante, mas não durou muito porque tornei a pensar no jornal que os dois rapazes liam, zombeteiros. Quando me virei novamente para eles, haviam passado o jornal para Cemil, que estava olhando para o que eles mostravam. Quando viu meu olhar inquieto, Cemil fez uma cara chateada e gritou de repente com uma voz carregada de censura:

"Desaforados!"

Pronto, tarde demais, já não posso fingir não ter percebido nada. Devia ter ido embora há muito tempo. Os dois rapazes riam às gargalhadas.

"O que foi, Cemil?", perguntei. "O que há nesse jornal?"

"Nada", ele disse. "Uma notícia esquisita."

Morro de curiosidade. Tento me conter, não aguento mais. Desço da cadeira, me dirijo a Cemil, como que fascinado, a passos lentos, passando pertinho dos rapazes, que ficam em silêncio.

"Me dê esse jornal!"

Ele faz um gesto, como para ocultá-lo.

"Uma notícia esquisita!", diz ele. "Será verdade? Nunca ouvi uma coisa assim!" E, virando-se feroz para os jovens, repetiu, "seus desaforados", e por fim me passou o jornal.

Como um lobo faminto arranco-o de suas mãos, abro-o, meu coração disparado. Sufocando, olho para onde ele aponta, mas não tem foto.

"Onde?"

"Aqui", diz Cemil, tocando o jornal com a ponta dos dedos, parecendo intrigado.

Meus olhos correm rápido para o que ele mostra, leio em voz alta: "O Cantinho da História... Os tesouros históricos de Üsküdar... O poeta Yahya Kemal e Üsküdar...". Depois, em letra menor: "A mesquita grega de Mehmet Paxá, o grego... A mesquita de Ahmediye e sua fonte... A mesquita de Şemsi Paxá e sua biblioteca...".

Depois o dedo de Cemil desliza um pouco mais para baixo, timidamente, e posso ler: "A casa dos anões em Üsküdar!".

O sangue me sobe ao rosto. Leio de um só fôlego:

"Além disso, havia em Üsküdar uma casa para os anões, uma casa construída não para pessoas normais, mas especialmente para anões, onde nada era negligenciado, as dimensões dos cômodos, das portas, das janelas, das escadas haviam sido calculadas para eles, de modo que um indivíduo de estatura mediana tinha de se dobrar para entrar. De acordo com as pesquisas de Süheyl Enver, professor de história da arte, foi a esposa do sultão Mehmet II, mãe do sultão Ahmet I, que havia mandado construir essa casa, porque ela adorava anões. A paixão excessiva dessa sultana por seus anões é bem conhecida na história do harém. Preocupada em assegurar depois da sua morte uma vida tranquila para seus pequenos favoritos, pelos quais sentia uma profunda ternura, a sultana Handan teria mandado Ramazan, carpinteiro-chefe do Serralho, construir esse lar. Mas como Evliya Çelebi,* que descreve Üsküdar nessa mesma época, não fala dela em seus livros, não podemos afirmar com

---

* Escritor e viajante turco, poeta, calígrafo, miniaturista e músico, nascido em Istambul em cerca de 1611 e falecido em 1682. Percorreu toda a Europa oriental e ocidental. (N. T. da edição francesa)

certeza que essa estranha casa tenha um dia existido. Se foi de fato construída, deve ter sido devastada pelo grande incêndio de 1642, que destruiu a maior parte de Üsküdar."

Fiquei perturbadíssimo. Minhas pernas tremiam, o suor escorria nas minhas costas.

"Não se aborreça, Recep", me disse Cemil. "Por que você dá tanta importância a esses desaforados?"

Eu morria de vontade de reler o artigo, mas não era capaz. Mal conseguia respirar. O jornal escorregou entre meus dedos, caiu no chão.

"Sente-se", me disse Cemil. "Acalme-se. Essa história o entristeceu." E, virando-se para os jovens, falou: "Seus desaforados!".

Eu também olhei para eles, vacilante. Vi que me observavam com uma curiosidade pérfida.

"Sim", falei. "Me entristeceu."

Calei-me por um instante para recobrar o controle e reuni minhas forças para conseguir falar:

"Não estou triste por ser anão. Para dizer a verdade, o que me entristece é ver que há gente cruel o bastante para debochar de um anão de cinquenta e cinco anos."

Um silêncio se fez. Os jogadores tinham me ouvido, creio. O olhar de Nevzat pousou em mim. Será que ele entendeu? Os jovens baixaram a cabeça, certamente um pouco envergonhados. Minha cabeça se pôs a girar, a televisão zumbia.

"Seus desaforados!", repetiu Cemil, sem veemência.

E quando eu me dirigia para a porta:

"Espere, Recep!", disse Cemil. "Onde você vai?"

Não respondi. Avancei alguns passos titubeante, dando as costas para as luzes vivas do café. Encontrei-me novamente do lado de fora, no frescor da noite escura.

Não estava em condições de caminhar, mas me esforcei para dar mais alguns passos, depois me sentei num dos cabeços perto do atracadouro. Aspirei o ar profundamente, meu coração ainda batia acelerado. O que fazer agora? As luzes dos restaurantes e dos cassinos brilhavam ao longe. Penduraram lanternas coloridas nas árvores, e sob suas luzes há pessoas comendo, conversando. Por Alá!

A porta do café se abre. Ouço a voz de Cemil:

"Recep, Recep! Onde você está?"

Permaneci em silêncio. Ele não me viu e entrou de volta no café.

Só me levantei bem mais tarde, quando ouvi o ronco do trem que vai para Ancara. Eram portanto nove e dez e eu me dizia: afinal, são apenas palavras, uma nuvem de sons que se esvai mal são emitidos, não é? Essa ideia me acalmou um pouco, mas não tinha vontade de voltar para casa e só havia uma coisa a fazer: ir ao cinema. Não estava mais suando, o ritmo do meu coração havia desacelerado; eu me sentia melhor. Respirei demorada, profundamente, e fui andando.

O café já ficou para trás, longe, eles já devem ter esquecido de tudo, das palavras e de mim, e a televisão deve continuar a zumbir. Os dois rapazes, se Cemil não os botou para fora, estão sem dúvida procurando outra pessoa de quem possam debochar. Bem, aqui estou eu novamente na avenida, tem muita gente, as pessoas acabaram de jantar, dão uma voltinha para fazer a digestão antes de ir sentar nos cafés ou se instalar de novo na frente de suas televisões. Vão tomar um sorvete, se cumprimentar, bater papo, as mulheres e os maridos que voltam de Istambul antes do anoitecer e as crianças sempre comendo alguma coisa, eles todos se conhecem, se dão boa-noite. Passei na frente dos restaurantes. Ismail não está mais lá, na certa está subindo a ladeira, depois de ter vendido todos os seus bilhetes. Talvez fosse melhor eu passar pela casa dele, em vez de ir ao cinema, a gente conversaria um pouco. Mas são sempre as mesmas palavras...

Agora tem uma multidão na avenida. Os carros parados diante das sorveterias, pessoas que andam em grupos de três ou quatro, atrapalhando o tráfego. Estou de gravata, meu paletó é adequado, mas não posso suportar tanta gente, entro numa transversal. Umas crianças brincam de esconde-esconde entre os carros estacionados ao longo das ruas estreitas, à luz azulada vinda das televisões. Quando eu era garoto, por mais que me dissesse que podia perfeitamente brincar de esconde-esconde, nunca tive coragem de me misturar com as outras crianças, como Ismail fazia. Se eu tivesse ousado, certamente teria sido o melhor; por exemplo, teria me escondido nas ruínas do caravançará, onde minha mãe afirmava que havia antigamente enfermos de peste, teria me escondido no estábulo, não teria mais saído de lá, ninguém teria podido zombar de mim, e minha mãe teria ido me procurar, onde seu irmão se meteu,

Ismail, e ele teria respondido, fungando, como quer que eu saiba, e eu os teria ouvido do meu esconderijo, dizendo para mim mesmo, eu vivo sozinho, mamãe, em segredo, sem me mostrar a ninguém, e minha mãe teria chorado tanto que eu teria dito a ela, está bem, está bem, vou sair do meu esconderijo, olhe, estou aqui, mamãe, não vou mais me esconder, e minha mãe teria me dito, por que você se esconde assim, filhinho?, e eu teria dito comigo mesmo, vai ver que ela está certa, afinal, não tem motivo para eu me esconder, e eu teria esquecido, por um instante.

Foi quando eu atravessava a toda a pressa a avenida que os vi: o sr. Sıtkı, ele cresceu, se casou, está acompanhado por sua mulher, já tem um filho do meu tamanho. Ele me reconheceu, sorriu para mim, parou.

"Olá, Recep Efêndi", disse. "Como vai?"

Sempre espero eles me dirigirem a palavra.

"Olá, sr. Sıtkı", falei. "Vou bem, obrigado."

Aperta a minha mão. Mas sua mulher, não. A criança olha para mim com medo e curiosidade.

"Sabe, querida, Recep Efêndi é um dos primeiros moradores de Forte Paraíso."

Sua mulher assente com a cabeça, sorrindo. Fico todo contente, orgulhoso por fazer parte dos veteranos de Forte Paraíso.

"A vovó vai bem?"

"Assim, assim", respondi. "Madame está sempre se queixando."

"Faz tempo!", disse ele. "E Faruk onde está?"

"Eles chegam amanhã."

Vira-se para a mulher, explica a ela que o sr. Faruk e ele são amigos de infância. Depois nos despedimos sem aperto de mão, com um simples aceno de cabeça. Neste momento, certamente fala da sua infância à esposa, deve falar de mim, deve contar como eu lhes ensinei a pescar tainha na lagoa, quando eram crianças; agora o menino deve perguntar: papai, por que aquele homem é tão pequeno? Porque minha mãe me teve fora do casamento, eu costumava dizer antigamente. O sr. Sıtkı se casou, o sr. Faruk também se casou, só que não teve filhos, e, como com minha mãe aconteceu o contrário, Madame nos mandou, a ela e a nós, para fora da cidade. Antes de nos mandar embora, disse palavras horríveis e ameaçou nos bater com a bengala, e minha mãe lhe rogou, não faça isso, Madame, as crianças não têm culpa!

Às vezes tenho a impressão de ter ouvido essas palavras naquele dia, naquele dia terrível...

Peguei a rua do cinema, e ouvi a música que toca antes do filme. Ela está sempre bastante iluminada. Examinei os cartazes: *Encontro no paraíso*. Era um filme velho. Numa foto se vê Ediz Hun tomar Hülya Koçyiğit em seus braços. Depois Ediz preso. Depois Hülya cantando, mas sem ver o filme ninguém podia saber como esses acontecimentos se desenrolavam. Talvez por isso ponham tantas fotos do lado de fora, para despertar a curiosidade do passante. Me dirigi à bilheteria: "Um lugar, por favor". A bilheteira me deu o ingresso e se levantou um pouco da cadeira para estendê-lo a mim.

"O filme é bom?", perguntei.

Ela não tinha visto. Às vezes fico assim, de repente, com vontade de falar. Sentei-me e esperei.

Quando eles se encontram pela primeira vez, ele não agrada à moça, que é uma cantora, mas no dia em que o jovem galã a salva das garras dos malvados, ela passa a amá-lo, compreende que está apaixonada por ele, mas seu pai se opõe ao casamento. Depois o rapaz vai preso. Vem o intervalo. Não levantei da minha poltrona, não quis sair com a multidão. Depois o filme recomeça, a moça se casa com o filho do dono de uma casa noturna, mas eles não têm filho, nem fazem nada para ter. Seu marido a abandona por uma mulher da vida, e, quando consegue fugir da prisão, Ediz encontra Hülya Koçyiğit numa casa perto da ponte do Bósforo, e ela lhe canta uma canção. Tive uma estranha sensação ao ouvi-la. Finalmente, o rapaz se esforça para salvá-la, para livrá-la daquele marido malvado, que aliás foi castigado, e agora se adivinha que os dois poderão se casar. O pai da moça os vê indo embora felizes, e eles avançam pela estrada, de braços dados, andam, andam, se tornam cada vez menores na tela, depois se lê FIM.

As luzes se acendem, saímos, todo mundo conversa sobre o filme. Eu também gostaria de falar dele com alguém. São onze e dez. Madame na certa me espera, mas não tenho a menor vontade de voltar para casa.

Desço a ladeira em direção à praia. O sr. Kemal, o farmacêutico, talvez esteja de plantão, talvez sofra de insônia. Eu entraria, conversaríamos, eu lhe contaria umas coisas, ele me ouviria com um ar sonhador, observando os jovens que fazem rachas e falam aos berros à luz do botequim em frente. Fico todo contente ao ver a vidraça da farmácia iluminada: o sr. Kemal ainda não foi para a cama. Empurro a porta, a campainha soa. Droga, não é ele, é sua mulher.

"Olá", cumprimentei e fiz uma pausa. "Queria uma aspirina."

"Uma caixa ou só um comprimido?", perguntou a senhora.

"Dois, por favor. Estou com dor de cabeça. Tive uns aborrecimentos... O sr. Kemal...", ia dizendo eu, mas ela nem me ouvia. Pegou as tesouras, cortou a embalagem, me entregou os comprimidos. Paguei.

"O sr. Kemal foi pescar esta manhã?", perguntei.

"Kemal está dormindo lá em cima."

Ergui os olhos. Bem ali, a alguns centímetros do teto, meu amigo está dormindo. Se acordasse, eu poderia lhe contar tudo, ele talvez dissesse alguma coisa acerca daqueles jovens mal-educados, mas talvez não dissesse nada, apenas contemplaria a rua, absorto, enquanto eu falava, enquanto falávamos. Peguei o troco que sua mulher havia posto no balcão com suas mãozinhas brancas. Logo em seguida mergulhou na leitura de uma revista, devia ser uma fotonovela. Bonita mulher! Dei-lhe boa-noite, saí sem incomodá-la mais, a campainha soou. Não tinha tanta gente na rua agora, as crianças que brincavam de esconde-esconde foram todas para casa. Eu também ia para casa, que mais podia fazer?

Depois de empurrar o portão, vi a luz filtrada pelas persianas de Madame: ela nunca dorme antes de eu voltar. Passei pela cozinha, tranquei a porta à chave, dei a volta, e enquanto subia lentamente os degraus da escada me perguntei de repente: haveria escada na casa dos anões de Üsküdar? Era o jornal de quando? Amanhã de manhã tenho de ir comprar um na venda, perguntarei ao dono, ainda tem o *Tercüman* de ontem, o sr. Faruk está precisando, ele é historiador e quer ler O Cantinho da História... Chego ao primeiro andar, entro em seu quarto, ela está na cama.

"Estou aqui, Madame."

"Parabéns!", disse ela. "Finalmente conseguiu encontrar o caminho de casa."

"Que mais eu podia fazer, o filme acabou tarde."

"Fechou bem todas as portas?"

"Fechei", disse eu. "Deseja mais alguma coisa? Vou me deitar. A senhora sempre me acorda."

"Eles chegam amanhã, não é?"

"Sim, senhora", respondi. "Os quartos estão prontos, eu fiz as camas."
"Está bem", disse ela. "Feche direito a minha porta."
Fechei e saí. Ia direto me deitar e dormir. Desci a escada.

2. Vovó espera na cama

Ouço-o descer a escada, pisando em cada degrau. Fico imaginando o que ele ficaria fazendo na rua até tão tarde da noite. É melhor não pensar no assunto, Fatma, te daria náuseas. Mas me intriga mesmo assim. Será que esse anão pérfido trancou direito as portas? Ele não está nem ligando! Vai direto para a cama, roncar a noite toda para confirmar que é mesmo da estirpe dos lacaios. Durma, seu nanico, seu sono tranquilo de serviçal, sem preocupações nem inquietudes, durma, para que a noite pertença somente a mim. Já eu, não durmo. Digo a mim mesma que vou dormir e esquecer tudo, mas só consigo ficar à espera do sono, e o espero me dizendo que espero em vão.

Seu sono, Fatma, é um fenômeno químico, me dizia Selâhattin, o sono é um fenômeno explicável, como tudo na terra, um dia descobrirão a fórmula do sono, como descobriram a da água, H_2O. Claro que não será um dos nossos compatriotas obtusos que a descobrirá, mas os europeus, como sempre, e então ninguém mais usará esses pijamas grotescos, e para reparar o cansaço ninguém mais esperará em vão a manhã entre esses lençóis inúteis, debaixo desses edredons floridos, tão ridículos quanto inúteis. Bastará derramar todas as noites num copo d'água três gotas de um frasco para se sentir fresco e bem-disposto, como ao sair de uma noite inteira de sono profundo. Você pode imaginar, Fatma, todo o trabalho que poderemos então fornecer durante todas essas horas que não serão mais consagradas ao sono, pode imaginar todas essas horas sem sono?

Não preciso imaginá-las, Selâhattin: eu as conheço. Os olhos fixos no teto, espero que um dos meus pensamentos me conduza ao sono, espero olhando para o teto, mas o sono não vem. Eu talvez dormisse, se, como você, pudesse tomar vinho e *rakı*,* mas esse tipo de sono eu não quero. Você esvaziava duas garrafas: bebo para relaxar do cansaço que me causa minha enciclopédia, você dizia, bebo para clarear as ideias, não pelo prazer, Fatma. E depois dormia, roncando, boca aberta, e eu fugia de você, eu te evitava, enojada que estava pelo cheiro de álcool que emanava de você, da sua boca tão escura quanto a de um poço, um poço em que os escorpiões e os sapos se acasalam. Mulher frígida, infeliz, você é de gelo, você não tem alma! Se você bebesse um pouquinho, talvez compreendesse! Vamos, pegue este copo, Fatma, beba, por favor, ouça, é uma ordem, não está convencida de que a esposa deve obediência a seu marido? Claro que está, porque foi o que te ensinaram, então eu te ordeno, beba, Fatma, e se pecado houver nisso, eu o assumo, beba, Fatma, beba para libertar seu espírito, é seu marido que está pedindo, por favor, ande, maldição, esta mulher me obriga a suplicar, estou tão cansado da minha solidão, por favor, Fatma, beba este copo, será que vai se revoltar contra a autoridade do seu marido?

Não, eu não me deixaria levar pela mentira que tomou a forma da serpente! Nunca bebi. Salvo uma vez. Por curiosidade. Não tinha ninguém em casa. Um gosto esquisito na ponta da língua, como o do sal ou do limão ou do veneno. Depois fiquei aterrorizada, me arrependi do que havia feito, enxaguei imediatamente a boca, esvaziei o copo, lavei-o, lavei-o, e achei que ia ficar tonta, sentei com medo de cair no chão, fiquei com tanto medo, eu me dizia, bom Alá, será que vou ficar embriagada como ele, mas não aconteceu nada. Foi então que entendi e recobrei minha calma: Satanás não pode me atacar.

Olho para o teto. Não vou conseguir dormir, é melhor eu me levantar. Fui entreabrir as persianas, silenciosamente; os mosquitos também nunca me atacam. Empurro as folhas da persiana. O vento parou de soprar; a noite está calma; as folhas da figueira nem se mexem. A luz de Recep está apagada: ele

---

* Bebida nacional turca, destilado de uva perfumado com anis. (N. T.)

deve ter adormecido instantaneamente, afinal esse anão não tem em que pensar. As refeições a preparar, um pouco de roupa para lavar, as compras, mas o que ele acaba trazendo são uns pêssegos estragados, e ainda por cima depois de ter perambulado horas pelas ruas.

Não posso ver o mar, mas sei onde ele começa, até onde se estende e quão longe ele vai: terra imensa! O mar tem um cheiro bom quando não há aqueles barcos a motor tão barulhentos, aqueles barcos cheios de gente nua; então ele me agrada. Também ouço o grilo. Numa semana ele só deu um passo. Eu nem isso. Houve uma época em que eu me dizia que o mundo era lindo, eu era criança então, era bobinha. Fechei as persianas, passei o trinco: é melhor o mundo ficar onde está, do lado de fora.

Sento devagarinho numa cadeira, fico olhando para a mesa. Os objetos envoltos em silêncio. A garrafa pela metade e, na garrafa, a água imóvel. Quando estou com sede, tiro a tampa de vidro, pego a garrafa, levanto-a, ponho água no copo, observo-a escorrer, escuto: o tilintar do vidro, o glu-glu da água, uma vibração de ar fresco se espalha em torno da garrafa; isso tudo me fascina, me faz passar o tempo, mas aquela água não vou beber. Ainda não. É preciso saber economizar tudo o que fragmenta o tempo. Observo a minha escova, vejo fios de cabelo nela. Pego a escova, tiro os cabelos, os cabelos finos demais, sem vigor, dos meus noventa anos. Caem no chão, um depois do outro. Como os anos, digo a mim mesma, como aquilo a que chamam tempo. Pouso a escova, cerdas para cima: parece um inseto virado sobre a sua carapaça, estremeço ao pensar nisso. Se eu deixasse todos esses objetos onde estão e se ninguém tocasse neles durante mil anos, assim ficariam por mil anos. A chave, a garrafa em cima da mesa, os móveis: é estranho, cada objeto em seu lugar, imóvel! E então meu pensamento persistiria, incolor, inodoro, petrificado, como um bloco de gelo.

Mas amanhã eles estarão aqui e tornarei a pensar. Bom dia, bom dia, como vai, e você, e você, eles beijarão minha mão, farão votos de que eu ainda tenha muitos anos de vida, como vai, vovó, como vai a senhora? E eu escrutarei seus rostos. Não falem todos ao mesmo tempo, chegue aqui, venha sentar perto de mim, me conte o que você tem feito. Farei a pergunta sabendo muito bem que serei tapeada, e é para ser tapeada que ouvirei as poucas palavras fúteis que eles pronunciarão. É só isso que vocês têm a me dizer, não têm vontade de falar com sua avó? Eles trocarão um olhar, falarão entre si, eu os ouvirei e entenderei o que dizem. E acabarão gritando. Não grite, não gritem, ainda tenho bom ouvido, graças a Alá! Desculpe, vovó, é que a mãe de mamãe não ouve direito. Não sou a mãe da mãe, sou a mãe do pai de vocês! Desculpe, desculpe! Está bem, está bem, contem alguma coisa, contem tudo, o quê?, ora, falem da sua outra avó, por exemplo, como ela vai, o que tem feito? Eles se calarão bruscamente, embaraçados: é mesmo, o que nossa outra avó tem feito? Compreenderei então que eles ainda não aprenderam a ver e a contar as coisas, azar, perguntarei de novo a eles, mas, quando estou para perguntar, vejo que já esqueceram: é que eles não se interessam nem por mim, nem pelo quarto em que estamos, nem por minhas perguntas, apenas seus próprios pensamentos os preocupam, e eu me vejo sozinha novamente...

Estendo a mão para pegar um damasco. Como, espero. Não adianta nada. Estou de novo ali, entre os objetos, e não no sonho. Examino a superfície da mesa. São cinco para a meia-noite. Ao lado do relógio, o frasco de água-de-colônia, ao lado, o jornal, ao lado, um lenço. Estão ali, imóveis. Gosto de pousar meus olhos nos objetos, meu olhar roça a superfície deles na esperança de que me dirão alguma coisa, mas eles já me trouxeram tantas lembranças que não têm mais nada a me contar. Nada mais que um frasco de água-de-colônia, um jornal, um lenço, uma chave e o relógio de mesa. Faz tique-taque, ninguém nunca soube o que era o tempo, nem mesmo Selâhattin: um instante, outro o segue, e mais outros, muito breves; e você, meu pensamento, que vai e vem sem cessar, não se detenha de maneira nenhuma num desses instantes, pule fora, fuja, saiamos juntos deste quarto e do tempo. Como outro damasco, mas continuo aqui. É nesses instantes que examino os objetos com mais atenção e tento me distrair sempre com este pensamento que me deixa arrepiada: se eu já não existisse e se ninguém mais existisse, os objetos continuariam onde estão, por toda a eternidade, e então ninguém poderia sequer cogitar que ignora o que é a vida, ninguém!

Não, nada disso me distrai. Levanto-me, vou ao banheiro, me lavo sem tocar na teia de aranha pendurada num canto do teto, volto para o quarto. Giro o botão, a luz do teto se apaga, só a luz do meu abajur está acesa, torno a me deitar. Faz calor, mas não consigo dispensar meu edredom; com um edredom, a gente pode se cobrir, se enrolar, se esconder. Encosto a cabeça no travesseiro, espero, sabendo que o sono não vai vir tão cedo. A luz fria do abajur bate no teto, ouço o grilo. Noites quentes de verão!

Mas tenho a impressão de que os verões eram mais quentes antigamente. Tomávamos limonada e *sherbet*.* Não na rua, porém, não os comprávamos dos vendedores ambulantes de avental branco. Minha mãe diria, ao voltarmos das compras, mandaremos preparar em casa uma limonada bem limpinha, Fatma. Não tínhamos visto nenhuma novidade nas vitrines. À noite, esperamos a volta do meu pai. Ele chega, fala, nós o escutamos. Recende a tabaco, fala interrompido por acessos de tosse. Um dia ele me diz, Fatma, tem um médico que está pedindo sua mão. Não respondo. Um pretendente, um médico; eu me calo e meu pai não diz mais nada, mas no dia seguinte ele toca de novo no assunto, eu só tenho dezesseis anos, e minha mãe me diz, escute, Fatma, é um médico, e eu digo comigo mesma, que estranho, onde ele pode ter me visto? Fiquei com medo, não fiz nenhuma pergunta, mas tornei a pensar: um médico? com aquela caveira e tudo? Depois, meu pai tornou a me falar dele: dizem que tem futuro, Fatma, me informei sobre ele, é um rapaz trabalhador, um pouco ambicioso demais, talvez, mas dizem que é inteligente e honesto, pense bem. Eu não abria a boca. Fazia um calorão, tomávamos *sherbet*. Fico sem saber. Acabo dizendo que sim, então meu pai me chama, me diz, minha filha, você vai deixar a casa paterna, nunca se esqueça do que vou te dizer. Ele me explica que uma mulher nunca deve fazer muitas perguntas, que a curiosidade era boa para os gatos; sim, pai, eu sei, pai; quero te lembrar também, filha, não fique com a mão assim, pare de roer as unhas, pense na idade que você tem; está bem, pai, não farei perguntas; não deve fazer, filha; não fiz.

Não fiz perguntas. Fazia quatro anos que éramos casados e continuávamos sem ter filhos, ele pretextava que era por causa do clima de Istambul, porém mais tarde eu entendi. Era uma noite quente de verão, Selâhattin veio me ver em meu quarto, sem passar por seu escritório, ele me disse, não podemos mais ficar em Istambul, Fatma. Não perguntei por quê, mas ele me explicou com grandes gestos, como um garotinho que não consegue se equilibrar: não moraremos mais em Istambul, Fatma, hoje Talat Paxá** mandou me chamar e me disse, dr. Selâhattin, o senhor vai deixar Istambul, não vai mais fazer política! Foi o que esse filho da mãe me disse! O senhor é obstinado demais,

---

* Bebida típica do Oriente Médio, feita de suco gelado de frutas com leite. (N. T.)

** Político do partido União e Progresso, ministro do Interior de 1913 a 1917. Primeiro-ministro até 1918. (N. T. da edição francesa)

se acha um herói, mas certamente não vai querer que o mandemos com os outros no primeiro navio para a prisão de Sinop, que posso fazer, o senhor tem sido uma fonte de problemas, ataca o partido, mas me dá a impressão de ser uma pessoa inteligente, seja sensato, o senhor é casado, médico, tem uma boa profissão, pode ganhar bastante dinheiro para viver confortavelmente em qualquer lugar do mundo. Sabe bem francês, meu amigo? O diabo que o carregue! Sabe, Fatma, esses sujeitos da União e Progresso enlouqueceram, a liberdade ficou insuportável para eles. Que diferença há entre o sultão Abdulhamid e eles? Está bem, Talat Efêndi, se aceito sua proposta, se me preparo para partir imediatamente de Istambul, não vá imaginar que é por temer as masmorras de Sinop: não! A resposta que o senhor merece, não é do fundo de uma masmorra que vou poder lançá-la, eu sei, somente de Paris poderei fazê-lo, é por isso que vamos para Paris, Fatma, você vai ter de vender uma ou duas joias suas, seus diamantes, você se recusa? Está bem. Ainda tenho alguns bens que herdei do meu pai; se não pudermos ir para a Europa, vamos nos instalar em Salônica, por que deixar o país?, podemos também ir para Damasco, olhe, o dr. Riza foi se estabelecer em Alexandria, ele me escreveu que está ganhando um bom dinheiro lá, onde estão as cartas dele, não consigo encontrá-las, quantas vezes eu te disse para não mexer na minha mesa de trabalho, droga, podemos também ir para Berlim, ou para Genebra, você já ouviu falar de Genebra, não é, esses sujeitos ficaram piores do que Abdulhamid, ora, em vez de olhar para mim com essa cara atônita, faça as malas e os baús, a esposa de um combatente da liberdade deve dar mostra de coragem, ouviu, não tem por que ter medo. Eu ficava calada, nem sequer lhe dizia, vai ser como você quiser, e Selâhattin continuava a discorrer, me explicava como ia passar ao ataque, de Paris, assim como os outros haviam atacado Abdulhamid, outrora, de Paris, e como, chegada a hora, retornaríamos vitoriosos. Depois ele falou, não, Damasco, não, falou então de Izmir, e na mesma noite me declarou que se contentaria com Trabzon, temos de vender tudo o que possuímos, Fatma, você está pronta para todos esses sacrifícios? Quero consagrar toda a minha energia ao meu combate, não fale nisso de modo algum na frente da criadagem, Fatma, as paredes têm ouvidos! Aliás, é inútil me mandar partir, Talat Efêndi, eu me recuso a viver nesta maldita cidade, neste bordel chamado Istambul, mas para onde ir, Fatma, responda! Eu ficava calada e me dizia que aquele homem era uma criança. Só uma criança pode ser assim tapeada pelo diabo, compreendi então que tinha me casado com uma criança que alguns livros haviam bastado para desviar do bom caminho. Mais tarde, no meio da noite, saí do meu quarto para tomar um copo d'água, fazia um calorão, vi luz em seu escritório, entreabri a porta sem fazer barulho e o vi: cotovelos apoiados na mesa, a cabeça entre as mãos, ele chorava, a luz pálida do abajur enfeava seu rosto molhado de lágrimas. Em cima da mesa, a caveira de que ele nunca tinha se separado também contemplava aquele homem que chorava. Fechei silenciosamente a porta. Fui tomar um copo d'água na cozinha e pensei, uma criança, ele é uma criança.

Saio lentamente da cama, vou me sentar à mesa. Olho para a garrafa. Como é que a água faz para permanecer imóvel? Isso quase me espantou, como se uma garrafa cheia d'água fosse uma coisa estranha. Um dia, peguei uma vespa num copo. Cada vez que eu me aborrecia muito, saía da cama e ia observá-la. Durante dois dias, ela ia e vinha dentro do copo, até o momento em que constatou que não tinha saída, então se refugiou num canto, imóvel, ela havia compreendido que não tinha o que fazer, não tinha o que fazer além de esperar, sem saber o que esperava. Senti então aversão por ela, asco, abri as persianas, deslizei o copo até a beira da mesa, levantei-o para que ela fugisse, mas aquela criatura estúpida não voou! Ficou onde estava, em cima da mesa. Tive de chamar Recep, mandei-o matar aquele bicho nojento, ele pegou um pedaço de jornal, recolheu delicadamente a vespa, atirou-a pela janela. Teve piedade dela. É que ele é igual a esses bichos.

Ponho água no copo, bebo lentamente, esvazio o copo. O que poderia fazer? Levanto, volto para a cama, deito a cabeça no travesseiro e penso na época em que ele mandou construir a casa. Selâhattin me pegava pela mão, me levava de um cômodo a outro: aqui vai ser meu escritório, dizia, ali a sala de refeições e aqui vai ter uma cozinha à europeia. Cada filho terá seu quarto, para que cada um possa se retirar a fim de desenvolver sua personalidade, sim, Fatma, quero ter três filhos; está vendo, não mandei pôr gelosias, que palavra feia, parece gaiola, jaula, as mulheres não são passarinhos, nem bichos, somos todos livres; assim, você está livre para me deixar no dia em que quiser, mandaremos pôr janelas como as dos europeus, e não diga mais aquilo ali, isto aqui, Fatma, aquela saliência se chama sacada, é uma janela aberta para a liberdade, que belo panorama, não é? Istambul deve ficar ali, onde estão as nuvens, Fatma, a cinquenta quilômetros, fizemos bem em descer do trem em Gebze, o tempo vai passar depressa, não creio que eles possam ficar muito mais tempo no poder, com esse governo de incapazes, a União e Progresso talvez perca o poder antes até do fim das nossas obras, nesse caso voltaremos logo para Istambul, Fatma...

A casa ficou pronta, e meu filho Doğan nasceu, e houve uma nova guerra, mas o governo de incapazes ainda não fora derrubado, e Selâhattin me dizia, vá passar uns dias em Istambul, Fatma, Talat Paxá não te proibiu de ir, por que você nunca vai, vá ver seus pais, visitar as filhas de Şükrü Paxá, fazer compras, pelo menos você vai ter a oportunidade de usar os vestidos que faz pedalando da manhã à noite em sua máquina de costura, e tudo o que você tricota de noite, cansando seus belos olhos, poderá mostrar à sua mãe tudo o que tem feito, ele me dizia, por que você nunca vai a Istambul, Fatma? Eu recusava, respondia, não, voltaremos um dia juntos, Selâhattin, quando o governo for derrubado, mas o tempo passava e eles continuavam no poder. E um dia li aquilo no jornal, os jornais chegavam com três dias de atraso, mas Selâhattin não se precipitava mais sobre eles como antes, nem se interessava mais pelo que acontecia nas frentes da Palestina, da Galícia e de Dardanelos, certos dias ele até esquecia de passar os olhos por eles depois do jantar; fui eu a primeira a ler aquele jornal, e fiquei sabendo assim da queda do governo, e pus a notícia em seu prato, como uma bela fruta bem madura. Quando ele largou sua enciclopédia para vir almoçar, logo notou o jornal e leu o título, impresso em letras garrafais. Leu mas não disse nada. Não lhe fiz perguntas, porém como o barulho dos seus passos não cessou até a noite, acima da minha cabeça, adivinhei que naquela tarde toda ele não havia conseguido acrescentar uma só palavra à sua enciclopédia. E quando vi que ele continuava sem dizer nada à noite, na hora do jantar, disse-lhe simplesmente, você viu, Selâhattin, eles foram derrubados. Ah, é, o governo caiu, não é, os unionistas fugiram, depois de arruinar o país. E perdemos a guerra. Ele não ousava olhar nos meus olhos, nos calamos. E quando saímos da mesa, sempre sem me olhar nos olhos, como se me falasse incomodado de um pecado vergonhoso que ele gostaria de esquecer, ele me disse, Fatma, voltaremos para Istambul assim que eu terminar minha enciclopédia, na verdade essas bobagens cotidianas que esses imbecis de Istambul chamam de política não são nada perto da importância do trabalho que realizo com minha enciclopédia, o que faço aqui é extremamente importante, é um dever que me incumbe, uma obra cujos efeitos durarão séculos a fio, não tenho o direito de abandoná-la, Fatma, vou retomar imediatamente meu trabalho, me disse Selâhattin, e subiu de volta para seu escritório, e durante trinta anos, até o dia em que se viu diante da morte, depois de suportar sofrimentos incríveis ao longo de quatro meses, até o instante em que vomitou sangue e morreu, ele escreveu aquela odiosa enciclopédia, e é graças a ela, e é essa a única coisa que tenho a te agradecer, Selâhattin, que estou aqui, em Forte Paraíso, faz setenta anos, e que pude evitar de cair no pecado do que você chamava de "a Istambul do futuro e do Estado laico", você pôde evitar, não é, Fatma?, agora durma em paz...

Mas continuo sem conseguir dormir e escuto os apitos do trem que passa ao longe e o barulho da locomotiva, tac, tac. Antes eu gostava desse ruído. Eu me dizia que existiam ao longe regiões, lugares, casas, jardins que ignoravam o pecado, eu era criança, era tão fácil me enganarem. E eis que passa outro trem, não o escuto mais; nem me pergunto para onde! O travesseiro está quente sob minha bochecha, eu o viro, torno a deitar nele a cabeça; a fronha está fresca sob minha orelha agora. As noites de inverno eram bem frias, mas não nos aproximávamos um do outro para nos aquecer. Selâhattin roncava, e eu, enojada do cheiro de vinho que se desprendia do poço sombrio da sua boca, fugia para o cômodo ao lado e sentava ao frio. Entrei uma vez em seu escritório de trabalho, queria dar uma olhada em seus papéis, para ver o que ele passava os dias escrevendo: era uma parte do verbete sobre o gorila, ancestral do homem. "Nestes dias em que, graças aos incríveis progressos realizados pelas ciências no Ocidente, o problema da existência de Alá tornou-se uma questão ridícula, dada como desprezível, o fato de o Oriente ainda estar mergulhado no sono profundo de um obscurantismo medieval não nos deve levar, a nós, apenas um punhado de intelectuais, ao desespero, mas, ao contrário, deve despertar em nós o desejo de um trabalho imenso; o que é evidente é que estamos na obrigação de nos apossar dessa ciência para transplantá-la em nosso país, de descobrir tudo por nossa vez, a fim de recuperar o mais breve possível esses séculos de atraso; hoje, quando já faz quase sete anos que me dedico ao meu gigantesco trabalho, constato as massas estupidificadas pelo temor a Alá"... por Alá, Fatma, não leia mais, mas eu continuava a ler: "Para despertar essas multidões entorpecidas, vejo-me obrigado a empreender eu mesmo uma porção de tarefas irrisórias, que achariam cômicas nos países desenvolvidos; se pelo menos eu tivesse um amigo com o qual pudesse discutir esses problemas, mas não só não tenho um amigo como me desespero com essa mulher tão fria; doravante você está sozinho, Selâhattin, sozinho", ele escrevia. Numa outra folha, também havia anotado: "Trabalho a fazer amanhã: para as rotas seguidas pelas cegonhas e outras aves em sua migração, utilizar o mapa do livro de Polikowsky". Depois vinham três fábulas bem simples para provar a inexistência de Alá. E eu me disse, não posso mais continuar a ler, chega, Fatma, joguei em cima da escrivaninha aqueles papéis negros de pecados e fugi, para nunca mais entrar em seu escritório glacial onde fervilhava a blasfêmia, nunca mais pus os pés nele até a sua morte, até aquele dia frio de inverno e de neve. Na manhã seguinte Selâhattin adivinhou tudo. Você entrou no meu escritório esta noite, enquanto eu dormia, não foi, Fatma? Fiquei calada. Você entrou e mexeu nos meus papéis, não foi, Fatma? Fuçou por toda parte, desarrumou meus papéis, jogou vários no chão, não foi, Fatma? Mas não tem importância, Fatma, ao contrário, pode ler tudo o que quiser, leia o que escrevo! Eu continuava calada. Você leu então, ótimo, fez muito bem, Fatma, e o que acha? Continuei em silêncio. Você sabe que esse foi sempre o meu maior desejo, não é, Fatma, você ler, é o que há de mais lindo no mundo, leia e instrua-se, porque há tantas coisas a fazer, não é? Eu continuava calada. Se você ler, se seu espírito despertar, você compreenderá um dia quanto há que fazer na vida. Tantas coisas!

Não, não há tantas coisas, faz noventa anos que eu sei; há muito poucas: móveis, objetos, quartos... olho para essas coisas, vejo-as aqui e ali; e um pouco de tempo; como a água que pinga, gota a gota, de uma torneira que a gente nunca consegue fechar: em meu corpo e em minha cabeça, o presente era daqui a pouco, daqui a pouco se tornou agora; a pálpebra se fecha, se abre, a janela abre e volta a fechar, a noite e o dia, bom, uma nova manhã, mas não me deixo enganar. Continuo esperando. Eles vão chegar amanhã. Bom dia, bom dia! Que Alá lhe conceda uma longa vida, vovó, eles sorrirão, beijarão minha mão, é engraçado ver os cabelos na cabeça inclinada sobre a sua mão. Como vai, vovó, como vai a senhora? O que uma pessoa como eu pode responder? Eu vivo, espero. O cemitério, os mortos. Venha sono, venha.

Viro na cama. Não ouço mais o canto do grilo. E a vespa se foi. Quantas horas mais até a manhã? A manhã, nos telhados as pegas e os corvos... Acordo cedo e ouço-os. As pegas são mesmo ladras, como se diz? Uma pega havia roubado as joias das rainhas e das princesas, e tiveram de persegui-la. Sempre me perguntei como uma ave pode voar carregada assim. Como voam as aves? Os balões, os zepelins, e também aquele homem, como escrevia Selâhattin, o tal Lindbergh, como conseguem voar? Nas noites em que ele havia tomado duas garrafas em vez de uma, ele esquecia que eu nunca o escutava; depois do jantar, me contava coisas: hoje, Fatma, tratei dos aeroplanos, das aves e do voo, estes dias termino meu verbete sobre o ar; ouça bem, Fatma, o ar não é vazio, é cheio de partículas, e assim como um barco que flutua desloca seu peso na água... Não, eu não entendia como os balões e os zepelins podiam voar, mas Selâhattin se deixava levar pela empolgação, continuava a me falar de todos os fatos da ciência, e sempre chegava à mesma conclusão, berrava: é disso que precisamos, conhecer todas essas coisas e muitas mais; uma enciclopédia!; no dia em que todas as ciências naturais e sociais forem conhecidas, Alá morrerá e nós... Mas não te ouço mais! Como tampouco ouvia o que ele me gritava com raiva, nas noites em que esvaziava uma terceira garrafa: Alá não existe, Fatma, de agora em diante é o reino da ciência! Seu Alá morreu, sua idiota! E quando não lhe restava mais nada a crer, senão em seu amor e em seu desgosto para consigo mesmo, possuído por uma horrível luxúria, ele corria para a cabana no fundo do jardim. Não pense mais nisso, Fatma... uma criada... não pense mais nisso... os dois aleijados! Pense em outra coisa! Numa bela manhã, nos pomares de outrora, nas carruagens puxadas por cavalos... Venha sono, venha.

Minha mão se estende como um gato ágil e o abajur se apaga à minha cabeceira. A escuridão silenciosa. Mas uma luminosidade tépida se introduz pelas persianas, eu sei. Não posso mais distinguir os objetos, eles escaparam dos meus olhares, eles se calam, encerrados em si próprios, afirmam que mesmo sem mim poderão continuar ali, imóveis, onde se encontram, mas eu conheço vocês: vocês, objetos, estão aí, pertinho de mim, parecem saber que estou aqui. De vez em quando, um deles estala, conheço a sua voz, eles não me são estranhos, eu também gostaria de emitir um som e me digo como é esquisito o que chamam de vazio, esse vazio em que nos situamos! O relógio com seu tique-taque o fragmenta. Decidido, categórico. Um pensamento, depois outro. E depois virá a manhã, eles chegarão. Bom dia, vovó, bom dia! Terei dormido, terei acordado, o tempo terá passado, terei dormido até me fartar. Eles chegam, Madame, eles estão aqui! E enquanto espero, mais um trem apita. Aonde vão vocês? Até logo! Aonde você vai, Fatma? Vamos embora, mãe, estamos proibidos de viver em Istambul! Leva as joias? Sim, mãe. E a máquina de costura? Sim, mãe. Seus diamantes, suas pérolas? Eles serão úteis por toda a sua vida, Fatma. Mas volte logo. Não chore, mãe. Os móveis, os baús estão cheios no trem. Ainda nem pude ter um filho, e partimos em viagem, fomos banidos, meu marido e eu, sabe Alá para que lugares distantes; subimos no trem, vocês olham para nós, faço um gesto com a mão, adeus pai, adeus mãe, estão vendo, vou embora, vou para bem longe.

3. Hasan e seus amigos arrecadam contribuições

"Pois não", disse o quitandeiro. "O que deseja?"

"Os jovens nacionalistas estão organizando uma festa", respondeu Mustafa. "Vendemos ingressos."

Tirei os ingressos da pasta.

"Nunca vou nessas coisas", disse o quitandeiro. "Não tenho tempo."

"Quer dizer que o senhor se recusa a comprar um ou dois ingressos para ajudar os jovens nacionalistas?", perguntou Mustafa.

"Já comprei semana passada", disse o quitandeiro.

"Não da gente", disse Mustafa. "Não estivemos aqui na semana passada."

"Se o senhor ajudou os comunistas, aí é outra coisa!", disse Serdar.

"Não", disse o quitandeiro. "Eles não vêm aqui."

"Por quê?", perguntou Sedar. "Porque não têm vontade?"

"Não sei", respondeu o quitandeiro. "Me deixem em paz. Não me interesso por essas coisas."

"Vou dizer por que eles não vêm aqui, tio", disse Serdar. "Eles não vêm porque têm medo da gente. Se não estivéssemos aqui, os comunistas estariam cobrando proteção de vocês, como fazem em Tuzla."

"Que Alá nos guarde!"

"Pois é! Sabe o que eles fazem com os cidadãos de Tuzla, não sabe? Começam quebrando as vitrines…"

Me virei para a vitrine. Era grande, limpa, coruscante.

"Quer que eu conte também o que eles fazem com quem continua a se recusar a pagar?", continuou Serdar.

Pensei em túmulos. Se os comunistas se comportam sempre assim, os cemitérios devem estar cheios até a boca na Rússia. O quitandeiro acabou entendendo, acho: com as mãos na cintura, ele nos fitava, o rosto escarlate.

"Pois é, tio", disse Mustafa. "Não temos muito tempo. Quantos o senhor quer?"

Puxei fora os ingressos para que ele os visse.

"Ele vai comprar uns dez", declarou Serdar.

"Mas já comprei semana passada", protestou o quitandeiro.

"Está bem, está bem", disse Serdar. "Não percamos nosso tempo, amigos. Só tem uma loja em todo o mercado, só uma venda cujo dono não tem medo de ver sua vitrine quebrada… Não vamos esquecê-lo. Hasan, vá anotar o número da loja…"

Saí, olhei o número, voltei. A cara do quitandeiro estava mais vermelha ainda.

"Está bem, tio, não se incomode", disse Mustafa. "Não temos a intenção de faltar com o respeito para com o senhor. Tem idade para ser nosso avô, não somos comunistas."

Se virou para mim:

"Dê-lhe cinco, está bom por essa vez."

Destaquei cinco tíquetes. O quitandeiro estendeu a mão, pegou os ingressos com a ponta dos dedos, como se tivesse nojo. Depois leu o texto com atenção.

"Quer um recibo?", disse Serdar, rindo.

Também ri.

"Não lhe faltem com o respeito!", exclamou Mustafa.

"Já tenho cinco como estes", disse o quitandeiro.

Apressou-se a procurar na gaveta, escura e poeirenta, tirou uns tíquetes, que nos mostrou todo satisfeito.

"São os mesmos, não são?"

"Sim", disse Mustafa. "Nossos companheiros talvez tenham vendido por engano. Era da gente que o senhor devia comprar."

"Mas eu comprei, não?"

"Comprar mais cinco não é o fim do mundo afinal, tio!", disse Serdar.

Mas o velho unha de fome fingiu não entender, apontava com o dedo para o canto de um ingresso:

"Este aqui não vale mais, a festa foi há dois meses! Olhe, está escrito aqui, maio de 1980."

"O senhor estava querendo ir a essa festa?", perguntou Mustafa.

"Como quer que eu vá a uma festa que foi dois meses atrás?"

Por causa de cinco malditos tíquetes, ele quase me fez perder a paciência. Só nos ensinam bobagem na escola. A paciência só serve para perder tempo, e mais nada. Se tivessem me dado esse tema para uma redação, eu teria achado um monte de coisas para escrever, tanta que obrigaria o professor de literatura, que nunca perde a oportunidade de me dar nota ruim, a me dar a nota máxima. Serdar também estava tão furioso quanto eu. De repente, ele agarrou o lápis que o velho pão-duro trazia na orelha, arrancou-o com violência, machucando-o, rabiscou algo nos ingressos e entregou-os com o lápis ao dono da venda.

"Está satisfeito, tio? A festa foi adiada por dois meses. O senhor vai nos dar quinhentas liras!"

Ele acabou pagando as quinhentas liras. Só mesmo os imbecis dos nossos professores de turco para acreditar que paciência e palavras amáveis podem vencer a serpente. Eu estava tão furioso que morria de vontade de maltratar aquele velho avarento, de lhe fazer alguma ruindade. Ao sairmos da loja, parei na entrada, puxei um dos pêssegos que ele tinha empilhado numa banca, na frente da porta. Mas o velho teve sorte, eles não rolaram todos no chão. Enfiei o pêssego na minha pasta. Dali, fomos até o barbeiro.

Ele estava lavando os cabelos de um cliente, debaixo da torneira. Viu a gente pelo espelho.

"Compro dois, crianças", disse sem soltar a cabeça do cliente.

"Pode comprar dez, se quiser, irmão", disse-lhe Mustafa. "Poderia também vender para os seus clientes."

"Disse para deixarem dois, para mim basta. Vocês não são da Associação?"

Dois ingressos! Explodi bruscamente.

"O senhor não vai comprar dois, mas dez!", berrei. Contei os dez ingressos e estendi-os a ele.

Até Serdar ficou espantado. Pois é, senhores, vocês viram o que acontece quando fico furioso. Mas o barbeiro não pegou os ingressos.

"Qual a sua idade?", ele me perguntou.

A cabeça coberta de sabão que o barbeiro segurava me observava no espelho.

"Como é, vai pegá-los ou não vai?", falei.

"Ele tem dezoito anos", disse Serdar.

"Quem da Associação te mandou?", perguntou o barbeiro. "Você se descontrola depressa."

Não soube o que responder. Virei para Mustafa.

"Não ligue para ele, irmão", disse Mustafa. "Ele é novato, não conhece o senhor."

"É, dá para ver que é novato. Deixem dois tíquetes para mim, crianças."

Tirou duas notas de cem liras do bolso. Meus amigos me esqueceram na mesma hora, foram para junto dele, por pouco não lhe beijaram a mão. Logo, quando você é amigo dos dirigentes, você se torna quase um rei. Ele podia ter se permitido não comprar nada. Estendi para ele os dois ingressos, mas ele nem se virou para pegá-los.

"Ponha ali."

Pus. Ia dizer uma coisa, mas me calei.

"Até a vista, rapazes!", disse o barbeiro. Depois apontou para mim com o vidro de xampu na mão: "Esse garoto vai à escola, é bom aluno?".

"Está repetindo o segundo colegial."

"O que o seu pai faz?"

Fiquei em silêncio.

"Vende bilhetes de loteria", disse Mustafa.

"Fiquem de olho nesse chacal!", disse o barbeiro. "É esquentado demais. Agora deem o fora."

Meus amigos caíram na risada. Eu me dizia que era a hora certa para falar, para recomendar a ele, por exemplo, que tratasse bem o seu aprendiz, mas não pude dizer nada. Saí sem ter coragem de olhar para o aprendiz. Serdar e Mustafa riam, falavam, mas eu não os ouvia. Minha cabeça estava fervendo.

"Não se preocupe", disse Mustafa a Serdar. "Ele está se lembrando da época em que trabalhava para um barbeiro."

"Chacal!"

Não digo nada. Meu dever é carregar esta pasta, tirar os tíquetes de dentro dela, distribuir quando é o momento. Se estou aqui em companhia de vocês é que eles me fizeram vir de Forte Paraíso e me confiaram essa tarefa. Não tenho nada a dizer a gente como vocês, que se juntam aos comerciantes para debochar de mim e que dão risadas repetindo as piadinhas deles. Fico calado. Entramos na farmácia, eu continuava guardando silêncio. Depois num açougue, numa venda, em seguida numa loja de ferragens, e num café, e eu continuava calado, não disse nada nem mesmo quando acabamos de percorrer todo o mercado. Quando saímos da última loja, Mustafa enfiou as mãos nos bolsos:

"Merecemos umas almôndegas", disse ele.

Não disse nada, não observei que não nos davam aquele dinheiro para a gente comprar almôndega.

"É mesmo", disse Serdar. "Merecemos uma porção cada um."

Mas, uma vez sentados na lanchonete, eles pediram duas porções cada um. Eu não ia me contentar com uma só, se eles tinham pedido duas. Esperávamos os pedidos. Mustafa tirou o dinheiro do bolso, contou as notas. Dava dezessete mil liras. Depois se virou para Serdar:

"Por que ele está fazendo esta cara?"

"Está uma fera porque foi chamado de chacal."

"Que babaca!", disse Mustafa.

Mas eu não ouvi nada, observava um calendário na parede. Os pedidos chegaram. Comemos, eles falando, eu em silêncio. Também pediram sobremesa. Pedi um *revani*, gostei muito. Depois Mustafa tirou o revólver do bolso e brincou com ele em cima da mesa.

"Me dê a pistola!", disse Serdar.

Ele também brincou com a arma, riam um com o outro, em seguida Mustafa enfiou a arma na cintura, pagou a conta, levantamos e saímos.

Atravessamos o mercado sem temer ninguém, entramos no prédio, subimos a escada em silêncio. Quando entramos na Associação, senti uma espécie de medo, como toda vez acontece. Como quando estou colando e morro de medo só de pensar que o professor vai ver, tanto que ele nota o meu cagaço e adivinha o que estou fazendo.

"Terminaram o mercado?", ele nos pergunta.

"Sim, chefe", responde Mustafa. "Passamos por todas as lojas que o senhor indicou."

"O dinheiro e o resto estão com você?"

"Claro", diz Mustafa.

Ele põe diante do homem as notas e o revólver.

"Fico só com a arma", diz o outro. "O dinheiro é para entregar ao sr. Zekeriya."

Mustafa entregou a ele a arma. O outro, um homem bonitão, entrou na sala ao lado. Mustafa o seguiu. Ficamos esperando. Eu me perguntei o que ainda fazíamos ali, esqueci que esperávamos o sr. Zekeriya, me parecia que estávamos esperando à toa. Depois um cara da nossa idade entrou, ofereceu cigarros. Não fumo, mas peguei um. O cara tirou um isqueiro do bolso, um isqueiro em forma de locomotiva, acendeu nossos cigarros.

"Vocês são os 'idealistas'* que vêm de Forte Paraíso?"

"Sim", respondi.

"Como vão as coisas por lá?"

Eu me perguntei o que ele queria dizer com isso. O cigarro tinha um gosto horrível. Era como se eu tivesse envelhecido.

"O bairro alto é nosso", disse Serdar.

"Eu sei", disse o outro. "Estou falando da orla. Tuzla está nas mãos dos comunistas."

"Não está, não", intervim bruscamente. "Não tem nada na orla de Forte Paraíso. Lá só tem gente rica, 'socieviques'."

Ele olhou para mim e deu uma risada. Também ri.

"Tomara", disse ele. "Mas nunca se sabe."

O que será que ele quis dizer com sua risadinha quando falei em "socievique"? Serdar se levantou, foi sei lá onde, fiquei sozinho, com a impressão de que Serdar tinha me deixado a sós para que todo mundo pudesse adivinhar que sou um novato. Eu continuava a fumar meu cigarro, olhos fixos no teto, refletindo sobre uma porção de coisas importantíssimas, coisas tão importantes que todos os que passavam por ali podiam adivinhar à primeira vista que eu estava pensando em coisas muito sérias: nos problemas do nosso movimento. Saiu um livro sobre isso, eu o li. Nisso, Mustafa saiu da sala, abraçou alguém e no mesmo instante todo mundo se afastou: o sr. Zekeriya em pessoa chegava. Antes de entrar em sua sala, me dirigiu um olhar. Imediatamente

---

* Membros das fascistas Associações do Ideal. (N. T. da edição francesa)

me endireitei na cadeira, mas não tive tempo de me levantar. Depois chamaram Mustafa. Eu me perguntava o que eles estariam falando lá dentro, mas saíram todos juntos da sala e dessa vez eu me levantei a tempo.

"Muito bem!", disse o sr. Zekeriya se dirigindo a Mustafa. "Avisaremos assim que precisarmos de vocês. Parabéns!"

Depois, olhou brevemente para mim, achei que ia me dirigir a palavra e fiquei todo emocionado. Mas não disse nada, apenas espirrou de repente, e voltou para o andar de cima, para o quartel-general do partido, como eles dizem. Em seguida, Mustafa se pôs a cochichar com o jovem de havia pouco, me perguntei se era de mim que falavam, mas que bobagem, não, certamente discutiam política, coisas importantes... Eu não olhava para eles, para que não imaginassem que os escutava, que eu era indiscreto.

"Vamos embora, pessoal", disse por fim Mustafa.

Deixei a pasta. Nos dirigimos para a estação, com o passo dos que cumpriram seu dever, sem trocar uma só palavra, e me perguntei por que Mustafa não dizia nada; não estava mais com raiva deles. O que ele pensaria do meu modo de executar minha missão? Eu me perguntava isso enquanto aguardávamos a chegada do trem, sentados num banco da plataforma de embarque. Quando avistei o guichê da loteria nacional, pensei em meu pai, mas me recusei a pensar nele naquele momento, o que não me impedia de pensar nele mesmo assim, e repeti comigo o que contava lhe dizer: o diploma do colegial não é a coisa mais importante do mundo, pai!

O trem chegou, entramos nele. Serdar e Mustafa tornam a cochichar e a rir entre si. Vai ver que ainda estão zombando de mim. Basta-lhes uma palavra, uma gozação, para me fazerem passar por idiota. Procuro uma gozação para contrapor à deles, mas não encontro nenhuma na hora, e enquanto quebro a cabeça para encontrar uma réplica eles riem mais ainda, vendo minha cara pensativa, então fico uma fera, não consigo me conter e xingo eles, o que os faz rir muito mais, e compreendo então que eles conseguiram me fazer parecer mais babaca ainda. Nessas horas eu gostaria de estar sozinho, porque quando a gente está sozinho pode relaxar e pensar à vontade em grandes coisas para dizer e fazer. Mas às vezes eles fazem brincadeiras que não consigo entender, piscam o olho um para o outro, como fizeram ao dizer aquela palavra; chacal! De que gênero de animal se trata? Na escola tinha uma menina que trazia sua enciclopédia de casa, a enciclopédia de bichos; suponhamos a palavra tigre, bastava abrir o livro e olhar na letra T... Se eu tivesse essa enciclopédia, poderia procurar a palavra chacal. Mas essa menina nunca me deixou folhear seu livro, não toque nele, vai sujá-lo! Sua putinha, por que então leva o livro para a escola? Depois ela foi para Istambul, claro, diziam que seu pai ficou rico. Ela tinha uma amiga, com uma fita azul no cabelo...

Eu devaneava... Quando o trem parou em Tuzla, fiquei excitado, mas não com medo. Os comunistas podiam irromper em nosso vagão a qualquer instante. Mustafa e Serdar também tinham se calado, olhavam em volta, com um ar nervoso. Mas não aconteceu nada. Quando o trem tornou a partir, pude ler nos muros as palavras de ordem dos comunistas: "A cidade de Tuzla será o túmulo dos fascistas". Os que eles chamam de fascistas somos nós, parece. Resmunguei xingamentos contra eles. Depois o trem entrou na estação e descemos. Fomos até o ponto de ônibus sem trocar uma só palavra.

"Tenho o que fazer, pessoal", disse Mustafa. "Se cuidem!"

Nós o acompanhamos com os olhos até o momento em que ele desapareceu entre os micro-ônibus.

"Com o calorão que está fazendo, não tenho a menor vontade de ir para casa estudar", eu disse de repente a Serdar.

"É", disse Serdar, "faz mesmo um calorão."

"Minha cabeça está fervendo", falei. Calei-me um instante. "Venha, Serdar, vamos a um café."

"Não posso. Preciso voltar para a loja. Tenho de trabalhar."

Ele se foi. Se o seu pai tem uma loja, então você tem de trabalhar! Eu ainda vou à escola, não larguei os estudos, como eles. No entanto, esquisito, é principalmente de mim que eles caçoam. Tenho certeza de que Serdar, esta noite, vai correndo para o café antes de todos os outros para contar a eles a história do chacal. É melhor você não dar bola, Hasan, foi o que eu disse a mim mesmo, e comecei a subir a ladeira.

Observo passar os caminhões e os carros que se dirigem para Forte Paraíso ou vão a toda na direção de Darıca, para não perder a balsa, e desfruto da sensação de estar sozinho. Gostaria que me acontecesse uma aventura. Pode acontecer tanta coisa com a gente na vida, mas a gente passa o tempo esperando. Parece que meus desejos se realizam lentamente e, quando se realizam, não acontece nada como eu tinha imaginado. Tudo acontece comigo muito lentamente, como se para me fazer reclamar, e depois, quando acontece, passa tão depressa! Como aqueles carros na rua. Eles me irritam. Me viro para eles, na esperança de que um deles vai parar, de que não precisarei subir essa ladeira nesse calorão, mas as pessoas não estão nem aí para mim. Como meu pêssego, mas isso não me faz esquecer minhas preocupações.

Se pelo menos fosse inverno, eu bem que teria ido dar um passeio na praia deserta, teria podido entrar pelo portão aberto sem temer, passear à vontade na areia. As ondas viriam dar na praia, eu andaria pulando de vez em quando para não molhar o sapato, correria, pensando na minha vida, dizendo para mim mesmo que com certeza eu ia ser uma pessoa importante e que, então, não só aqueles caras, mas as garotas também olhariam para mim com outros olhos, é o que eu me diria, e não ficaria mais triste, principalmente ao pensar no que um dia eu viria a ser, e não me rebaixaria a convidar Serdar para ir ao café, seria eu e mais eu, se fosse inverno agora. Mas no inverno tem a escola, o diabo que a carregue, e aqueles professores malucos...

Foi então que percebi o Anadol branco que subia lentamente a ladeira. Quando se aproximou, adivinhei logo que eram eles, mas fiquei com vergonha e desviei, em vez de parar para lhes fazer sinal. Eles passaram sem me reconhecer. Por um breve instante achei que tinha me enganado, porque Nilgün não era tão bonita assim quando éramos crianças. Mas o cara que dirigia, o gordo, só podia ser Faruk! Como ele engordou! Compreendi então que não ia para casa: vou descer de volta, vou até o portão deles, verei meu tio anão, ele talvez me convide para entrar, entrarei se tiver coragem, darei bom-dia a todos, pode ser até que vá beijar a mão da avó deles, e direi a eles olá, me reconheceram?, cresci muito, não é, e eles dirão, claro que te reconhecemos, éramos bons amigos quando crianças, conversaremos, conversaremos, éramos amigos antes, conversaremos, e eu talvez consiga esquecer essas ideias de merda, se eu for até lá.

4. Faruk ao volante

O Anadol bufava na ladeira.

"Reconheceram ele?", perguntei.

"Quem?", disse Nilgün.

"O rapaz de azul que caminhava à beira da ladeira. Em todo caso, ele nos reconheceu."

"O grandão, ali?" Nilgün se virou, mas já estávamos longe. "Quem era?"

"Hasan."

"Que Hasan?"

"O sobrinho de Recep."

"Como ele ficou grande!", exclamou Nilgün, espantada. "Não o reconheci."

"Que vergonha!", disse Metin. "Foi nosso amigo de infância."

"Então por que você não o reconheceu?", disse Nilgün.

"É que não o vi... Mas adivinhei que era ele assim que Faruk levantou o assunto."

"Parabéns!", disse Nilgün. "Como você está sagaz!"

"Você está dizendo que mudei totalmente este ano que passou, é o que quer dizer!", retrucou Metin. "Mas foi você que esqueceu seu passado."

"Não fale bobagem."

"Os livros que você lê é que te fazem esquecer tudo!", disse Metin.

"Deixe de ser metido!", replicou Nilgün.

Calaram-se. Um longo silêncio se seguiu. Subíamos a ladeira, margeada de ambos os lados por aquelas horrorosas construções de concreto, novinhas em folha, cujo número cresce a cada ano, passávamos por entre os cerejais, os vinhedos e as figueiras cada vez mais raros. O rádio transmitia um programa de "música ligeira ocidental". Quando percebemos ao longe o mar e Forte Paraíso fomos tomados por uma emoção próxima da que sentíamos quando éramos crianças, adivinhei isso pelo nosso silêncio, mas não durou muito. Descemos a ladeira sem trocar uma palavra, atravessamos a barulheira e a multidão dos bronzeados, que vestiam maiôs e calções. Metin desceu do carro para abrir o portão.

"Buzine, irmão", Nilgün me disse.

Entrei com o carro no jardim e contemplei com melancolia a casa que, a cada vez, me parece mais velha, mais vazia ainda. A pintura dos revestimentos de madeira estava descascada, as parreiras da parede esquerda invadiam a fachada, a sombra da figueira alcançava as janelas fechadas do quarto da vovó. No térreo, as grades das janelas estavam cobertas de ferrugem. Uma sensação esquisita me invadiu: parecia que eu adivinhava, com surpresa e medo, que havia coisas assustadoras naquela casa, coisas que o hábito tinha me impedido de notar até então. Meu olhar se fixou na escuridão de mofo e de morte em que viviam a vovó e Recep, a qual eu percebia por entre os pesados batentes da grande porta da frente, aberta para a nossa chegada.

"Desça logo do carro, Faruk, o que está esperando?", Nilgün me dizia.

Ela já entrava na casa. Depois percebeu Recep, com uma silhueta tão disforme que dá até vergonha de olhar para ele, e que, tendo saído pela porta da cozinha, vinha em nossa direção bamboleando. Os dois se abraçaram demoradamente. Desliguei o rádio que ninguém escutava, desci no jardim silencioso. Recep usava o paletó que nunca tira e que não parece tão velho, e aquela curiosa gravata estreita. Apertei-o em meus braços, nos beijamos.

"Começava a ficar preocupado", disse Recep. "Chegaram tarde!"

"Como vai você?"

"Ora", fez, acanhado com a pergunta, "vou bem. Preparei os quartos de vocês, as camas estão feitas. Madame os espera. O senhor não engordou mais um pouquinho, sr. Faruk?"

"Como vai a vovó?"

"Bem... Mas reclama o tempo todo... Vou pegar as malas."

"Depois pegamos."

Subimos a escada atrás de Recep. Não sei por quê, eu estava feliz por reencontrar o cheiro de mofo da casa, os raios de luz que penetravam pelas persianas e em que dançava a poeira. Quando chegamos diante da porta da vovó, Recep parou um instante, retomou fôlego e, com uma alegria mesclada de astúcia que fazia brilhar seus olhos, gritou:

"Eles chegaram, Madame, chegaram!"

"Onde estão? Por que não me avisou? Onde estão?", disse a voz idosa e irritada da minha avó.

Coberta com um edredom posto numa capa azul semeada de florzinhas, recostada em três travesseiros, estava deitada na cama adornada com pomos de latão que eu gostava tanto de fazer soar quando era garoto. Um depois do outro, beijamos sua mão, uma mão macia e branca, de pele enrugada, pontilhada por manchas de senilidade, que dava prazer rever, como quando reencontramos um velho amigo. Minha avó, sua mão e seu quarto desprendiam o mesmo cheiro.

"Vida longa a todos vocês!"

"Como vai, vovó querida?"

"Mal", respondeu. Não dissemos nada. Vovó mexeu os lábios, tímida como uma mocinha, ou fingindo sê-lo. "Agora é a vez de vocês", acrescentou.

Nós três nos entreolhamos, um longo silêncio se seguiu. Eu me dizia que o quarto recendia a cera, a sabão velho, a mofo, talvez a pastilhas de menta, a lavanda, a água-de-colônia e a poeira também.

"E então, não têm nada para me contar?"

"Viemos de carro, vovó", disse Metin. "Levamos exatamente cinquenta minutos para vir de Istambul."

Era o que ele dizia todas as vezes que a visitava. E todas as vezes a cara birrenta da vovó se ilumina com um interesse fugaz, para logo voltar à sua expressão costumeira.

"Antigamente, quantas horas a senhora levava para vir de Istambul?", perguntou Nilgün como se não soubesse.

"Só fiz a viagem uma vez!", exclamou vovó orgulhosamente, com um ar vitorioso. Precisou retomar fôlego: "Mas hoje sou eu que faço as perguntas!".

Essas palavras, que o costume lhe fazia repetir, pareceram agradá-la. Ela refletiu um bom momento antes de fazer outra pergunta:

"E vocês, como vão?", acabou nos perguntando, se dando conta de que não se tratava de uma pergunta muito original.

"Vamos bem, vovó!"

Ela ficou uma fera, como se houvesse sofrido uma derrota, seu rosto ficou crispado pela raiva. Na minha infância, muitas vezes tive medo desse rosto.

"Recep, ponha um travesseiro nas minhas costas!"

"Já estão todos postos, Madame."

"Quer que eu traga mais um, vovó?", perguntou Nilgün.

"O que você anda fazendo, me conte."

"Vovó, Nilgün está na universidade", intervim.

"Não fale em meu lugar", disse Nilgün. "Estudo sociologia, vovó, acabei o primeiro ano."

"E você, Metin?"

"Termino o colegial ano que vem", ele respondeu.

"E depois?"

"Depois vou para a América!", disse Metin.

"E o que tem por lá?", perguntou vovó.

"Gente rica e esperta!", respondeu Nilgün.

"Universidades", disse Metin.

"Não falem todos ao mesmo tempo!", disse vovó. "E você, o que está fazendo?"

Não lhe disse que ia e vinha entre a faculdade e a casa, pasta na mão, que não fazia absolutamente nada de noite, sozinho, que cochilava depois do jantar na frente da tevê. Não lhe disse que, quando ia para a aula de manhã, já pensava no que beberia de noite, que tinha medo de perder minha fé no que chamam de História e que morria de vontade de rever minha mulher.

"Faruk é professor, vovó", disse Nilgün.

"A senhora está muito bem, vovó!", acrescentei com desespero.

"E o que faz sua mulher?", perguntou vovó.

"Eu lhe contei da última vez, vovó", respondi. "Nos divorciamos."

"Eu sei, eu sei. Mas o que ela está fazendo agora?"

"Casou de novo."

"Você preparou direito os quartos para eles, Recep?", vovó perguntou.

"Está tudo pronto", disse ele.

"Vocês não têm mais nada a me contar?"

"A população de Istambul cresceu muito, vovó", disse Nilgün.

"Aqui também tem muita gente", disse Recep.

"Sente-se, Recep", disse eu.

"Vovó, a casa está velha", disse Metin.

"Eu não estou nada bem", disse vovó.

"Ela está caindo em ruínas, vovó, seria melhor demoli-la e construir um prédio. A senhora teria muito mais conforto..."

"Cale-se!", murmurou Nilgün. "Ela não está te ouvindo. E não é o momento adequado."

"E quando será?"

"Nunca!"

Fez-se um silêncio. Tive a impressão de ouvir os móveis estalarem, se dilatando no calorão do quarto pouco ventilado. Uma luz desmaiada, que parecia estar ali havia anos, penetrava pela janela.

"Então, não vão me contar nada?", repetiu a vovó.

"Vimos Hasan no caminho, vovó", disse Nilgün. "Ele cresceu, se tornou um rapaz."

Os lábios de vovó tremeram estranhamente.

"O que eles fazem, Recep?", Nilgün lhe perguntou.

"Nada!", respondeu Recep. "Continuam morando na casa no alto da ladeira. Hasan vai ao colégio..."

"Que história é essa?", gritou vovó. "De quem está falando?"

"E o que faz Ismail?"

"Nada!", respondeu Recep. "Vende bilhetes de loteria."

"Mas que história é essa que você está contando para eles?", gritou novamente vovó. "Não falem com ele, mas comigo! Saia, Recep, vá para a cozinha!"

"Ele não está incomodando, vovó", protestou Nilgün. "Deixe-o ficar."

"Então ele já enganou vocês?", vovó exclamou. "O que você foi correndo lhes contar para que eles fiquem com dó de você?"

"Não disse nada, Madame."

"Eu vi agorinha mesmo você falando com eles, contava alguma coisa."

Recep saiu do quarto. O silêncio voltou a cair.

"Ande, Nilgün, conte alguma coisa para ela", falei.

"Eu? O que posso dizer?"

Nilgün pensa um instante:

"A vida está muito cara, vovó."

"Você devia explicar à vovó que esqueceu tudo de tanto ler livros", caçoa Metin.

"Seu metido!"

"De que vocês estão falando?", perguntou vovó.

Fez-se de novo silêncio.

"Com licença, vovó", falei. "É melhor a gente ir se instalar em nossos quartos."

"Ora, vocês acabam de chegar! Aonde vão?"

"A lugar nenhum!", respondi. "Estaremos aqui a semana toda."

"Quer dizer que vocês não têm nada de agradável a me dizer", concluiu vovó, chegando até a sorrir, acho, com uma estranha expressão de triunfo.

"Amanhã iremos ao cemitério", disse eu sem pensar.

Recep nos esperava atrás da porta. Ele nos levou um a um a nossos quartos, abriu as persianas. Como sempre, Recep me atribuiu o quarto que dá para o poço. Reencontrei o cheiro da roupa de cama, do mofo, o cheiro da minha infância.

"Obrigado, Recep", falei, "este quarto é muito bonito."

"Pendurei uma toalha aqui", disse ele mostrando-a.

Acendo um cigarro. Nós dois contemplamos o jardim pela janela.

"Como vão as coisas em Forte Paraíso este verão, Recep?"

"Vão mal", ele respondeu, "não é mais agradável como antes. As pessoas ficaram tão cruéis, não têm mais dó de nada!"

Ele se voltou para mim como se esperasse ver compreensão no meu rosto. Tornamos a olhar para a rua e para o mar, através das árvores ao longe, escutando a barulheira da praia. Metin veio se juntar a nós:

"Pode me emprestar as chaves do carro, irmão?"

"Vai sair?"

"Vou pegar a minha mala, depois vou dar uma volta."

"Eu te empresto o carro até amanhã de manhã se você subir com nossa bagagem", falei.

"Não se incomode, sr. Faruk, eu levo tudo", disse Recep.

"Você não vai aos Arquivos para a sua pesquisa sobre a peste?", me perguntou Metin.

"Pesquisa sobre o quê?", indagou Recep.

"A peste. Amanhã cuido disso", esclareci.

"Já vai começar a beber?", disse Metin.

"O que você tem a ver se bebo ou não bebo?", repliquei, mas sem me irritar.

"Tem razão!", disse Metin, pegando as chaves do carro e saindo.

Recep e eu o seguimos, descemos ao térreo sem pensar em nada. De repente, tive a ideia de ir ver o que havia na geladeira, mas depois de descer a pequena escada, em vez de me dirigir para a cozinha, virei à esquerda. Passei pelo quarto de Recep, fui até o fim do corredor estreito. Recep me seguia.

"A chave da lavanderia continua aqui?"

Levantei a mão até a parte superior da moldura da porta; a chave estava lá, coberta de poeira.

"Madame não sabe de nada", me disse Recep. "Não conte para ela."

Giro a chave na fechadura, tenho de empurrar com força para entreabrir a porta, com certeza tem alguma coisa atrás dela. Espicho o pescoço, estupefato: um crânio empoeirado está imprensado entre a porta e uma mala. Pego-o, sopro para limpá-lo, depois mostro-o a Recep, me esforçando para parecer bem-humorado:

"Você se lembra disto?"

"De quê, efêndi?"

"Acho que você nunca entra neste cômodo."

Pus o crânio numa prateleira onde se amontoam papéis. Peguei um tubo de vidro, sacudi-o com um gesto infantil, depois coloquei-o num dos pratos de uma balança enferrujada. Recep tinha ficado parado no umbral, sem dizer nada, acompanhando com um olhar temeroso todos os objetos em que eu tocava. Centenas de frascos, cacos de vidro, baús, ossadas numa caixa, jornais velhos, pinças e tesouras enferrujadas, livros de medicina e de anatomia em francês, papeladas num monte de caixas, fotos de aves e de aviões coladas numas tábuas, lentes de óculos, uma circunferência dividida em sete partes de cores diferentes, correntes, a velha máquina de costura com seu pedalzinho que eu apertava quando era criança para brincar de motorista, chaves de parafuso, lagartixas e insetos pregados com alfinetes em papelões, centenas de garrafas vazias, nas quais se podia ler "Monopólios do Estado", pós de diversas cores em pequenos frascos farmacêuticos etiquetados, rolhas de cortiça num vaso de flores...

"São rolhas, não é, sr. Faruk?", perguntou Recep.

"São, pegue-as, se podem ser úteis a você."

Certamente, o medo o impedia de entrar; fui lhe entregar as rolhas. Depois, encontrei uma placa de cobre, que indicava em caracteres árabes e de acordo com o antigo sistema horário que o dr. Selâhattin atendia todos os dias de manhã entre duas e seis, de tarde das oito às doze. Por um instante tive vontade de levá-la para Istambul, não só porque se tratava de uma curiosidade, mas pela lembrança que representava. Mas, tomado de repente de um medo e de uma aversão estranhos por tudo o que era história e passado, joguei-a de volta entre aquelas tralhas empoeiradas. Depois tornei a fechar a porta à chave. Quando nos dirigíamos para a cozinha, avistei Metin no patamar. Ele subia com nossas malas resmungando.

5. Metin não perde tempo

Depois de levar as malas de Nilgün e Faruk para os quartos, me despi, enfiei um calção de banho, pus uma calça e um blusão leve, desci novamente e parti a bordo daquele velho Anadol caindo aos pedaços. Parei em frente à casa dos pais de Vedat. À parte a empregada que estava na cozinha, não havia sinal de vida lá. Atravessei o jardim, fui até o outro lado da casa, empurrei ligeiramente uma janela e fiquei contente ao ver Vedat estendido na cama. Pulei para dentro do quarto, silencioso como um gato, afundei a cabeça dele no travesseiro.

"Que brincadeira mais besta, seu animal!", berrou.

Sorri, de ótimo humor, enquanto examinava o cômodo. Não havia nada de diferente desde o último verão, inclusive a mulher pelada, feiosa, na parede.

"Anda, levanta logo!", falei.

"O que a gente vai fazer a uma hora destas?"

"O que as pessoas fazem de tarde?"

"Nada!"

"Ninguém chegou ainda?"

"Sim, já chegaram todos, também tem gente nova."

"Onde vamos nos encontrar este ano?"

"Na casa de Ceylan. Ela acaba de chegar."

"Tudo bem, vamos lá então."

"Ceylan ainda deve estar fazendo a sesta."

"Então vamos nadar em outro lugar", falei. "Não tive tempo de tomar um só banho de mar este ano, estive dando aulas particulares de matemática e de inglês para uns debiloides, filhos de empresários da indústria têxtil e de comerciantes de ferragens!"

"Quer dizer que você não está interessado em Ceylan?"

"Levante, vamos pelo menos à casa de Turgay."

"Sabe que ele entrou para a equipe júnior de basquete?"

"Basquete não me interessa, parei de jogar."

"Para ser mais cê-dê-efe ainda, não é?"

Não respondo. Olhando para o corpo saudável, bronzeado, relaxado de Vedat, penso comigo mesmo: é, eu estudo muito, ficaria chateadíssimo se não fosse o primeiro da classe, sei perfeitamente que alunos como eu são tratados de cê-dê-efes, mas meu pai nunca teve fábrica de fiação nem de máquinas-ferramentas, de que eu seria diretor daqui uns dez anos, meu pobre pai nunca teve fundição nem depósito de ferro-velho, nem empreiteira na Líbia, nem sequer um escritório de importação-exportação. Meu pai pediu demissão do seu cargo de subprefeito e tudo que possui é um jazigo, e uma vez por ano vamos visitá-lo, para que minha avó possa chorar no cemitério, em vez de em casa.

"O que o pessoal tem feito?", pergunto então.

Ele não tem a menor intenção de sair da cama, onde está deitado de bruços, mas se deu ao trabalho de se mexer de maneira a poder falar, da beira do travesseiro, e me dar detalhes: Mehmet voltou da Inglaterra com uma moça, uma enfermeira, que está hospedada na casa deles, mas não dormem no mesmo quarto, e a moça em questão é uma mulher de pelo menos trinta anos; ela se dá bem com as garotas daqui; Turan está fazendo o serviço militar, como eu devia saber. Como é que eu podia saber, não passo o inverno na alta sociedade de Istambul ou de Ancara, passo no dormitório do colégio ou na casa da minha tia, e dou aulas de inglês, de matemática ou de pôquer para os filhos dos bacanas, uns idiotas como você, mas não disse nada, e ele me conta que o pai de Turan finalmente se convenceu de que seu filho nunca serviria para nada e mandou-o para o Exército, não quis arranjar nenhum pistolão, na esperança de que a vida de recruta daria um jeito nele, e quando pergunto a Vedat se adiantou alguma coisa, ele me responde seriamente que não tinha a menor ideia. Vedat me conta que Turan está de licença por quinze dias, em Forte Paraíso, e que está namorando Hülya. Penso em outra coisa. Vedat acrescenta que tem um cara novo na turma, um tal de Fikret, e logo adivinho que tem grande admiração por esse cara, porque ao falar dele diz que "é muito legal", ou que tem "uma cabeça igual à da gente", e um instante depois vem com uma conversa sobre a potência do motor do barco de fibra de vidro do tal de Fikret, e acaba me irritando a tal ponto que não ouço mais esse palerma, ele entende, faz-se um silêncio, mas mesmo assim volta a falar.

"E sua irmã, como vai?"

"Ela virou comunista. Não para de repetir, como eles, que evoluiu muito."

"Que pena!"

Eu olhava para a mulher pelada na parede.

"Ela é como a irmã de Selçuk", sussurra Vedat. "Só que é pior ainda, parece que se apaixonou por um desses caras! Será que não foi isso que aconteceu com sua irmã?"

Não respondi, fiz um gesto irritado, ele entendeu que não gosto de falar nesse assunto.

"E seu irmão, como vai?"

"Ele não tem jeito! Só faz beber e engordar. Entregou os pontos, é um caso perdido. Mas ele e minha irmã se dão muito bem. Não me importo, são livres para fazer o que querem, mas como uma é tão ideológica a ponto de ter horror ao dinheiro e o outro é preguiçoso a ponto de não mexer um dedinho para ganhá-lo, sobram para mim os problemas práticos. E aquela casa velha, feia, nojenta, continua lá, à toa, naquele lindo terreno!"

"Sua avó e aquele sujeito, o criado, não moram mais nela?"

"Moram. Mas poderiam muito bem morar num apartamento do prédio que poderíamos construir no terreno. E eu não teria mais de me matar o inverno inteiro fazendo perguntas a uns débeis mentais ricos sobre o eixo da hipérbole ou a relação entre o coeficiente r e a distância focal, entende? Tenho de ir para a América ano que vem, para fazer a universidade, mas onde vou arranjar dinheiro?"

"Tem razão", disse Vedat um pouco incomodado, me pareceu.

Também me sinto incomodado, temendo que ele imagine que tenho raiva dos ricos. Ficamos calados um instante.

"Bom, vamos nadar?", falei, quebrando o silêncio.

"Vamos, Ceylan talvez já esteja acordada."

"Não temos a obrigação de passar pela casa dela."

"É que todo mundo vai estar lá."

Finalmente saiu da cama, na qual não tinha se mexido até então. Fora a cueca, está nu, com um belo torso bronzeado de homem bem alimentado, de bem com a vida. Boceja demoradamente, sem se incomodar, sem preocupação.

"Funda também gostaria de ir! Mas ainda está dormindo."

Ele foi acordar a irmã. Logo depois voltou e acendeu furioso um cigarro, como se sua vida estivesse cheia de problemas e ele não pudesse ficar sem fumar.

"Você continua não fumando?"

"Continuo."

Imagino, não sei por quê, Funda se coçando na cama, como se tivesse sarna. Falamos um pouco de trivialidades, o mar está quente ou frio, coisas assim. Funda entrou no quarto.

"Onde estão minhas sandálias?"

Ela ainda era uma garotinha no ano passado; este ano tem pernas bonitas, longas, usa um biquíni minúsculo.

"Oi, Metin."

"Oi."

"Como vão as coisas? Irmão, cadê minhas sandálias?"

O irmão mais velho e a irmã começaram a brigar. Ele afirmava que não tinha de tomar conta das coisas dela, ela replicava que tinha encontrado seu chapéu de palha no armário dele, ambos aos berros. Funda saiu batendo a porta, depois voltou como se nada houvesse acontecido e brigaram de novo, para decidir quem iria pegar as chaves do carro no quarto da mãe. Vedat é que acabou indo. Eu me senti um pouco incomodado.

"E aí, Funda, o que há de novo?", perguntei só por perguntar.

"O que pode haver? Só chateação!"

Conversamos um instante: perguntei em que ano estava, primeiro ano, depois de ter feito dois anos de curso preparatório, não, não no colégio alemão nem no austríaco, mas no italiano. Murmurei então estas palavras para ela: Équipement électrique Breveté type, Ansaldo San Giorgio Genova... Ela me perguntou se eu tinha lido essas palavras num presente que alguém tinha me trazido da Itália. Não lhe expliquei que se podem encontrar coisas incom-

51

preensíveis desse gênero em placas na porta da frente de todos os trólebus de Istambul, e que todos os moradores de Istambul que tomam esses trólebus se veem obrigados a aprendê-las de cor para não morrer de tédio, não lhe disse porque tenho a sensação de que ela me desprezaria se soubesse que ando de tró-lebus. Depois nos calamos. Eu pensava naquela criatura repugnante que eles chamam de mamãe, que fazia a sesta em odores de cremes e perfumes, que esperava o tempo passar para jogar cartas e que jogava cartas para o tempo passar. Vedat voltou sacudindo as chaves.

Saímos, entramos no carro que assava ao sol, paramos duzentos metros adiante, na frente do casarão de Ceylan. Prefiro dizer alguma coisa, qualquer coisa, porque sinto vergonha de estar tão emocionado.

"Fizeram um bocado de mudanças aqui."

Entramos pisando nas pedras dispostas no gramado. Um jardineiro rega as flores. Avisto as meninas e, de novo, falo sem dizer nada:

"Vocês costumam jogar pôquer?"

"Hã?"

Descemos alguns degraus. As meninas estão ali, deitadas em poses cheias de graça. Percebendo que elas me viram, pensei, satisfeito: com o dinheiro que ganhei no pôquer comprei a camisa do Ismet e esta calça Levi's que estou vestindo por cima do meu calção de banho, e trago no bolso as catorze mil liras que recebi dando aulas particulares um mês inteiro para uns imbecis. Repito distraído:

"Vocês jogam cartas?"

"Que tipo de jogo?", perguntou Funda, e virando-se para um deles: "Este é o Metin".

Mas eu já conhecia a Zeynep.

"Olá, Zeynep, tudo bem?"

"Tudo."

"E esta é a Fahrunnisa, mas nunca a chame por esse nome, ela fica fu-riosa. É pra chamar de Fafa."

Fafa não é bonita. Apertamos as mãos.

"E esta é a Ceylan!"

Aperto a mão leve mas enérgica de Ceylan e desvio os olhos. Penso de repente que poderia me apaixonar por ela. Ideia idiota, infantil, essa. Olho para o mar, procuro me persuadir de que estou calmo, nem um pouco angus-tiado. Os outros já tinham me esquecido e conversavam entre si.

"Esqui aquático também é difícil."

"Se eu pelo menos conseguisse parar de pé!"

"Mas é menos perigoso que o esqui na neve."

"Tem de usar um calção bem apertado."

"Dá logo dor nos braços."

"Quando o Fikret aparecer, vamos experimentar."

Eu me chateava, balançava de um pé para o outro, tossia.

"Sente-se, caramba", me disse Vedat.

Tenho certeza de estar com um ar intrigantemente sério.

"Sente-se!", me disse Ceylan.

Olho para ela. É bonita mesmo! Penso novamente que poderia me apaixonar por ela, e um instante depois, achei que acreditava no que pensava.

"Deve ter uma espreguiçadeira ali", ela me disse, indicando com a ponta do nariz.

Fui até a espreguiçadeira e, pela porta do térreo que permanecera aberta, pude ver os móveis horrorosos que havia lá dentro. Nos filmes americanos, quando discutem seus problemas, os casais, tão ricos quanto infelizes, estão sempre sentados em poltronas daquele tipo. Os móveis, assim como a atmosfera de riqueza e luxo que reinava naquele casarão, pareciam me perguntar o que eu estava fazendo ali, mas eu me disse que era mais inteligente que todos os outros e aquilo me devolveu minha autoestima. Observei o jardineiro, que continuava a regar, pego a espreguiçadeira, volto para junto dos outros, abro-a sem dificuldade, me instalo ao lado deles e ouço-os distraído, me perguntando se já não estou apaixonado.

Fafa fala da sua classe, que tem um monte de gente esquisita, e Ceylan, que é da mesma turma, diz para ela, conte o que fez fulano ou beltrano, e quando acabam suas histórias estou quase assado pelo sol, e além do mais continuo hesitando. Depois, por não querer mais que me tomem por um selvagem, um cara sem o menor senso de humor, também resolvo lhes contar uma ou duas histórias bobas, e relato com todos os detalhes como roubamos as questões do exame na sala do diretor, mas não digo quanto ganhamos vendendo-as a certos colegas ricos e burros, eles não entenderiam, e aquele estratagema, que eu tive de bolar porque não tinha pai abonado que pudesse me dar de presente o Omega que trago no pulso, no meu aniversário ou num dia qualquer, lhes pareceria feio, embora os pais deles todos os dias não façam outra coisa senão bolar estratagemas desse tipo. Foi então que ouvimos uma lancha se aproximar fazendo um barulhão. Todos se viraram naquela direção e adivinhei que quem estava chegando era o tal do Fikret. A lancha se aproximou a toda do atracadouro, como se fosse trombar nele, e parou bruscamente espirrando um aguaceiro. Fikret teve um pouco de dificuldade para pular no atracadouro.

"Olá, pessoal?", diz, olhando de relance para mim.

"Vou fazer as apresentações", diz Vedat. "Metin, Fikret."

"O que querem beber, meninos?", pergunta Ceylan.

Todos pediram coca-cola. Fikret não responde, faz uma careta e um gesto que significa "não estou bem". Olho para Ceylan, mas não consigo adivinhar se isso a aborrece. Percebo no entanto outra coisa: faz anos que aprendi a conhecer o gênero de comédia que Fikret representa para vocês. Se você é feio e burro e quer atrair as garotas, tem de criar uma imagem especial, se valendo de uma lancha que anda na velocidade do som e de um carro mais rápido ainda. Ceylan trouxe as bebidas. Eles continuam a bater papo, copo na mão.

"Querem ouvir música?"

"Aonde vamos hoje à noite?"

"Você dizia que tinha um disco do Elvis."

"É, *Best of Elvis*, onde estará?"

Depois, como que cansados das palavras e do sol ardente, eles se calaram, depois voltaram a falar, de novo se calaram, de novo voltaram a falar, e uma música vulgar saiu de um alto-falante invisível, e pensei comigo mesmo que também devia dizer alguma coisa.

"O disco não tem nada de mais, é música banal", falei. "Na América eles só ouvem esse tipo de música em suas longas viagens de elevador!"

"Viagens de elevador?"

Isso mesmo, Ceylan, e enquanto continuo a falar observo a maneira como você me ouve, fingindo não observar, porque agora tenho a impressão de já estar apaixonado, e fico tímido com isso, mas continuo a falar e é a você que explico o papel que têm essas viagens de elevador na vida dos nova-iorquinos; o Empire State Building tem cento e dois andares e uma altura de exatamente 381 metros, e lá em cima a gente tem uma visão panorâmica de mais de noventa mil metros, não digo a eles que ainda não pude ir a Nova York, que esse panorama eu nunca vi, e estava contando que, de acordo com a edição de 1957 da *Enciclopédia Britannica* que temos no colégio, a população dessa cidade se eleva a 7891957 habitantes e que, de acordo com a mesma edição, contava em 1940 com 7454995 habitantes, quando Fafa me interrompeu:

"Urgh! Ele decorou tudo!"

E quando você caiu na gargalhada, Ceylan, eu, para provar que não faço parte das pessoas que são obrigadas a se matar para aprender alguma coisa e para dar a eles uma ideia das minhas faculdades intelectuais, revelei que era capaz, por exemplo, de multiplicar instantaneamente qualquer número de dois algarismos.

"É verdade", disse Vedat. "Esse cara tem um cérebro esquisito, todo mundo no colégio sabe."

"17×49?", perguntou Ceylan.

"833!", respondi.

"E 70×14?"

"980!"

"Mas o que nos garante que o resultado está certo?", perguntou Ceylan.

Estou nervoso mas me contento em sorrir.

"Vou pegar papel e lápis", disse ela.

Incapaz de suportar por mais tempo meu sorriso irritante, você deu um pulo, Ceylan, correu para os seus móveis horrorosos e voltou um instante depois trazendo papel de carta com o timbre de um hotel na Suíça e uma caneta de prata e a cólera que se lia em seu rosto.

"33×27?", "891", "19×27?", "513", "81×79?", "6399", "17×19?", "323", "Não, 373!", "Refaça a conta, Ceylan!", "Tem razão, 323!", "99×99?", "É o mais fácil: 9801!"

Você estava furiosa, Ceylan, a ponto de me odiar. Eu me contentava em sorrir e me dizia que aqueles romances melosos ruins, que pretendem que todas as grandes paixões começam com o ódio, talvez dissessem a verdade.

Depois, Ceylan foi esquiar com a lancha de Fikret e eu mergulhei em reflexões sobre o fenômeno da competição e compreendi que ia passar a noite ruminando esses pensamentos, porque pensei: que merda, acho que estou apaixonado mesmo.

6. Recep serve o café da manhã

Acordei, me levantei, pus o paletó e a gravata e saí no jardim. Uma linda manhã, calma, deslumbrante! Nas árvores, pardais e corvos. Ergui a cabeça em direção às persianas: todas estão fechadas. Eles ainda dormem, foram tarde para a cama ontem à noite. O sr. Faruk bebeu e Nilgün ficou vendo-o beber. Nem ouvi Metin chegar. Liguei a bomba com cuidado, para que ela não os acordasse com seu rangido, lavei o rosto com a água fresca da manhã, depois voltei à cozinha. Cortei duas fatias de pão para mim e fui abrir a porta do galinheiro. As galinhas se dispersaram cacarejando. Tomei dois ovos, abrindo cuidadosamente um buraquinho em cada um, comi meu pão. Catei os ovos e me dirigia para a cozinha deixando aberta a porta do galinheiro quando tive a surpresa de ver Nilgün saindo, com uma bolsa na mão. Sorriu para mim.

"Bom dia, Recep."

"Aonde vai tão cedo?"

"À praia. Mais tarde tem gente demais. Só vou me molhar um pouco. Estes ovos são do galinheiro, não é?"

"Claro!", confirmei, me sentindo culpado não sei por quê. "Quer tomar café?"

"Quero, sim", Nilgün respondeu, sorriu para mim e se foi.

Observei-a se afastando. Uma gatinha prudente, meticulosa, atenta. Sandálias nos pés, pernas de fora. Pequenina, suas pernas pareciam dois palitos. Voltei para a cozinha, pus a chaleira no fogo. Sua mãe era como ela. Agora está no cemitério. Iremos lá, rezar. Você se lembra da sua mãe, Nilgün? Impossível, ela só tinha três anos. O sr. Doğan era subprefeito em algum lugar no Leste, nos dois últimos anos ele mandava as crianças para cá passar o verão. Sua mãe tinha o costume de sentar no jardim, Metin no colo e você do lado dela, o dia inteiro ela oferecia ao sol seu rosto pálido, mas voltava para Kemah tão branca quanto chegara. Quer suco de cereja, senhorinha, eu perguntava. Sim, obrigada, sr. Recep, ponha o copo ali; ela estava com Metin no colo, eu punha o copo perto dela e quando eu ia ver duas horas depois só tinha tomado dois goles. Depois, Faruk aparecia, gordinho, coberto de suor, estou com fome, mamãe, e esvaziava o copo de um só gole. Muito bem! Pus a toalha na mesa e logo notei o cheiro: o sr. Faruk certamente derramou nela um pouco de *rakı* ontem à noite. Limpei com um pano úmido. A água ferveu, verto-a no bule. Ainda temos leite. Amanhã vou comprar mais do Nevzat. Gostaria de tomar um café, mas me contenho e continuo meu trabalho.

O tempo passou sem que eu me desse conta. Punha a mesa quando ouvi o sr. Faruk descer a escada. Seus passos pesados, que fazem ranger os degraus, me lembram os de seu avô. Ele bocejou, murmurou alguma coisa.

"O chá está pronto, sente-se, já trago seu café da manhã."

Ele se deixou arriar na cadeira, no lugar que ocupou ontem à noite quando bebia.

"O senhor quer leite? Temos um bom, bem gordo."

"Ótimo, traga, vai fazer bem para o meu estômago."

Vou à cozinha. O estômago. Todos aqueles venenos, de tanto beber, acabam abrindo um buraco nele. Você vai acabar morrendo, se continuar a beber, dissera Madame, não ouviu o que o médico disse? E o sr. Doğan baixara a cabeça, pensativo, depois dissera, é melhor morrer, mãe, do que viver na inconsciência, sem pensar, e Madame havia replicado, o que você está fazendo, meu filho, não é pensar, você está simplesmente se torturando, mas eles não sabiam mais se ouvir. Depois, o sr. Doğan morreu, sem parar de escrever aquelas cartas, cuspia sangue como o pai, adivinhava-se que aquilo vinha do estômago, Madame chorava aos gritos, me chamava, como se eu pudesse fazer alguma coisa. Tirei a camisa dele coberta de sangue, dei-lhe outra, limpa, bem passada, e foi então que ele morreu. Iremos ao cemitério. Fervo o leite, derramo-o cuidadosamente num copo. O estômago é um universo obscuro, misterioso, que só o profeta Jonas conheceu. Sempre me arrepiei pensando naquele buraco escuro. Para mim, é como se eu não tivesse estômago, porque conheço meus limites, não sou como eles e, além do mais, sei esquecer. Quando levei o copo à sala de almoço, Nilgün estava lá, como tinha sido rápida! Seus cabelos estavam molhados, tão bonitos.

"Quer que eu lhe sirva?", perguntei.

"Vovó não desce para o café?", perguntou Nilgün.

"Desce", respondi. "De manhã e de noite, para jantar."

"Por que ela não desce para almoçar?"

"Não gosta do barulho da praia", expliquei. "Ao meio-dia levo para ela uma bandeja em seu quarto."

"Então vamos esperá-la", disse Nilgün. "A que horas ela acorda?"

"Na certa já está acordada faz tempo."

Olho para o meu relógio: oito e meia.

"Ah, Recep!", disse Nilgün. "Comprei o jornal. Eu me encarregarei de comprá-lo todas as manhãs."

"Como a senhorita quiser", falei e saí da sala.

"Pra que você compra o jornal?", gritou de repente o sr. Faruk. "Pra quê, pra saber a quantidade de assassinos e de vítimas, pra saber quantos deles eram fascistas e quantos eram marxistas e quantos sem opinião?"

Entro na sala, subo a escada. Por que vocês se apressam, o que vocês querem, por que não se contentam com pouco? Você não pode compreender, Recep! A morte! Penso nela, na morte, embora tenha medo dela, porque o homem é curioso. A curiosidade está na origem da ciência, dizia o sr. Selâhattin, você entende o que isso quer dizer, Recep? Cheguei ao andar de cima, bati na porta.

"Quem é?", ela perguntou.

"Sou eu, Madame", respondi, entrando.

Seu armário estava aberto, todo desarrumado. Fez o movimento de fechar a porta.

"O que está acontecendo?", perguntou. "Por que gritam assim lá embaixo?"

"Esperam a senhora para o café."

"É por isso que gritam tanto?"

O cheiro familiar do armário tinha se espalhado pelo quarto. Eu o aspirava, me lembrava.

"Como?", fiz. "Ah, não, estão brincando."

"Tão cedo e à mesa?"

"Posso lhe dizer, Madame, se é isso que a senhora quer saber. O sr. Faruk não está bebendo. Não se bebe a uma hora destas."

"Não tente desculpá-los! Não venha com histórias! Eu adivinho tudo bem depressa."

"Não menti, Madame, eles estão esperando a senhora para o café da manhã."

Ela se voltou para o armário entreaberto.

"Quer que eu ajude a senhora a descer?"

"Não!"

"Quer tomar o café em sua cama? Quer que eu o traga na bandeja?"

"Traga", disse ela. "E diga a eles para se aprontarem."

"Eles estão prontos, Madame."

"Feche a porta."

Fecho a porta, desço. Todos os anos, antes de ir ao cemitério ela revira seu armário pelo avesso, como se procurasse roupas novas, nunca usadas até então, mas no fim das contas é sempre o mesmo casaco grosso, feioso, esquisito, que ela escolhe. Entro na cozinha, ponho o pão no cesto, levo-o para eles.

"Leia", dizia o sr. Faruk a Nilgün. "Quantos morreram ontem nos tiroteios nas ruas?"

"Dezessete ao todo", leu Nilgün em voz alta, depois comentou: "Metade direitistas, metade esquerdistas, suponho."

"Madame disse que não vai descer para o café da manhã", falei. "Vou lhes servir o chá."

"Por que não vai?"

"Não sei", respondi. "Está procurando alguma coisa no armário… A senhorita está sentada com seu maiô molhado, srta. Nilgün, vai se resfriar. Suba para se trocar, leia o jornal depois…"

"Viu, ela nem te ouve", disse o sr. Faruk. "Ainda é moça demais, por isso acredita no que dizem os jornais. Lê o número de vítimas toda comovida."

Nilgün sorri para mim, se levanta. Desço novamente para a cozinha. Acreditar nos jornais? Viro o pão tostado, preparo a bandeja de Madame. Ela, do jornal, só lê o necrológio para ver se não tem ninguém das suas relações entre os mortos, e não mortos jovens dilacerados pelas bombas ou pelas balas, não, pessoas idosas, mortas na cama. Subo com sua bandeja. Ela fica furiosa quando se atrapalha com os sobrenomes, resmunga, depois recorta o aviso fúnebre. Se não está muito brava, às vezes deboba dos sobrenomes na minha frente: nomes totalmente inventados, diz ela, nomes que levam direto para o inferno, que sentido tem essa obrigação de ter um sobrenome? Foi meu pai que nos deu nosso nome de família, Karatash, Pedra Negra. É fácil entender o que isso quer dizer. Mas era verdade, um sobrenome como o deles, Darvinoğlu, quem podia entender? Bato na porta, entro. Madame continua de pé na frente do armário.

"Trouxe seu café da manhã, Madame."

"Deixe-o ali."

"Tome logo!", falei. "Para o leite não esfriar."

"Está bem, está bem", disse ela, olhando para o armário, não para a bandeja. "Feche porta."

Fecho-a. E quando me lembro do pão que estava tostando, desço correndo; o pão não queimou. Arrumo numa bandeja os desjejuns, os ovos da srta. Nilgün, levo para eles.

"Desculpem, estou atrasado", digo.

"Metin não vem?", pergunta o sr. Faruk.

Está bem... Subo novamente, entro no quarto de Metin, acordo-o, abro as persianas. Ele resmunga na cama. Torno a descer. Nilgün pede chá, encho seu copo com um chá bem forte e, quando o levo para ela, Metin já está lá, sentado.

"Já vou servi-lo."

"Que horas você voltou ontem à noite?", o sr. Faruk perguntou a ele.

"Esqueci", respondeu Metin.

Veste apenas um calção de banho e uma camisa.

"Sobrou gasolina no carro?", perguntou o sr. Faruk.

"Não se preocupe", disse Metin. "Passeamos nos carros dos amigos. Um Anadol aqui é uma coisa meio..."

"Meio o quê?", indagou Nilgün.

"Vá ler seu jornal!", disse Metin. "É com meu irmão mais velho que estou falando."

Fui correndo buscar chá. Ponho mais pão para tostar. Sirvo um chá bem escuro para Metin.

"Também quer leite, sr. Metin?", pergunto.

"Todas as suas amigas perguntaram por você", disse Metin. "Antes você era ligada a essas garotas, nunca se separavam, agora, só porque leu uns tantos livros você as despreza."

"Eu não as desprezo. Só não quero vê-las."

"Podia pelo menos mandar ir lhes dar um alô."

"Também quer leite, sr. Metin?", torno a perguntar.

"O fato de você ser politizada não significa que não pode se interessar por gente também."

"O que você está querendo dizer?", pergunta Nilgün.

"Bem", responde Metin, "eu tenho uma irmã que sofreu uma lavagem cerebral, mas eu a vejo todos os dias."

"Não diga besteira!"

"Também quer leite, sr. Metin?"

"Não comecem, gente", diz o sr. Faruk.

"Não, não quero leite", responde Metin.

Corri até a cozinha para virar o pão na torradeira. Com que então lhe lavaram o cérebro. Enquanto os cérebros não forem limpos dessas sujeiras, dessas superstições, dessas mentiras, não há salvação para este país, dizia o sr. Selâhattin, é por isso que escrevo esses livros há tantos anos, Fatma. Enchi um copo de leite, bebi a metade. O pão estava tostado, levei-o.

"No cemitério, quando vovó estiver fazendo suas preces, vocês também vão ter de rezar", ia dizendo o sr. Faruk.

"Esqueci todas as preces que minha tia ensinou", disse Nilgün.

"Esqueceu rápido, hein?", disse Metin.

"Eu também esqueci", disse o sr. Faruk. "Contentem-se em abrir as mãos, como se rezassem, imitem vovó, para não a magoarem."

"Está bem, vou fazer isso", disse Metin. "Não dou a menor importância para essas coisas."

"Você também fará suas preces, ouviu, Nilgün?", disse o sr. Faruk. "E cubra os cabelos com um lenço."

"Está bem", disse Nilgün.

"Suas convicções ideológicas te permitem isso?", disse Metin.

Saí, subi mais uma vez, bati na porta de Madame e entrei. Ela havia terminado seu café da manhã e estava de novo plantada na frente do armário.

"O que é?", perguntou. "O que você quer?"

"A senhora quer mais um copo de leite?"

"Não quero nada."

Eu pegava a bandeja quando ela de repente fechou o armário e se pôs a gritar:

"Não se aproxime!"

"Não estou me aproximando do seu armário, Madame!", falei. "A senhora está vendo que estou pegando a bandeja."

"O que eles estão fazendo lá embaixo?"

"Estão se preparando, Madame."

"Ainda não consegui escolher", disse ela, e se virou para o armário como se estivesse envergonhada.

"Apresse-se, Madame!", falei. "Mais tarde vai fazer muito calor."

"Está bem, está bem. Feche a porta direito."

Desci novamente à cozinha, pus água para esquentar e lavar a louça. Tomei o resto do meu leite, enquanto esperava a água aquecer pensei no cemitério, a emoção tomou conta de mim, me sentia estranho. Pensei também nas coisas e nos instrumentos de trabalho dele, na lavanderia. No cemitério às vezes a gente tem vontade de chorar. O sr. Metin pediu um chá. O sr. Faruk fumava um cigarro contemplando o jardim. Os três estavam em silêncio. Terminei a louça. Quando subi, o sr. Metin já tinha se vestido, estava pronto. Fui tirar meu avental, examinei meu paletó e minha gravata, me penteei e sorri para mim, como faço no barbeiro ao me mirar no espelho depois que ele termina seu trabalho. Saí.

"Estamos prontos", eles disseram.

Subi, Madame finalmente tinha terminado de se vestir. Como sempre, usava aquele horrível casaco preto, cuja barra varre o assoalho, porque Madame, que era tão alta, diminui a cada ano que passa, e seus sapatos esquisitos, muito pontudos, surgiam sob ele como duas raposas que espicham o focinho com curiosidade. Ela amarrava seu lenço. Quando me viu pareceu incomodada. Ficamos calados por um instante.

"A senhora não está agasalhada demais para o calor que faz, Madame?", falei.

"Todo mundo está pronto?"

"Está."

Ela olhou em volta como se procurasse alguma coisa no quarto, constatou que o armário estava bem fechado, procurou não sei o que mais e, após um derradeiro olhar para o armário, me disse:

"Vamos, me ajude a descer."

Saímos do quarto, viu que eu fechava a porta mas mesmo assim comandou com um gesto da mão. Chegando ao topo da escada, se apoiou em mim, não na bengala. Descemos os degraus lentamente, passamos por vários cômodos e, quando os outros vieram ter conosco do lado de fora, todos juntos a ajudamos a entrar no carro.

"Fecharam bem as portas?", perguntou Madame.

"Sim, Madame", respondi, mesmo assim fui abrir a porta da entrada e depois a bati com força para que ela visse que estava bem fechada.

7. Vovó faz suas preces

Ó Alá, como é estranho, quando o carro arrancou de repente, balançando, fui tomada pela emoção, como se estivesse no carrinho de bebê da minha infância, mas depois pensei em vocês, pobres mortos que dormem no cemitério, e acreditei que ia chorar, mas não, ainda não, Fatma, eu olhava pela janela do carro que havia atravessado o portão e me perguntava se Recep ia ficar sozinho na casa, quando o automóvel parou e esperamos, e logo depois o anão chegou, entrou pela outra porta do carro e se sentou no banco de trás,

"Trancou direito as portas, não é?"

e o carro arrancou,

"Sim, sr. Faruk."

eu me acomodei bem,

"A senhora ouviu, não é, vovó?, Recep trancou cuidadosamente as portas. Não vá dizer, como no ano passado, que elas ficaram abertas…"

e me pus a pensar neles, lembro que naquele portão, que diziam trancado, você havia mandado pôr uma placa de cobre que dizia, dr. Selâhattin atende de tal a tal hora, aos pobres eu não pedirei dinheiro, Fatma, quero estar em contato com o povo, ainda não tenho muitos pacientes, claro, não moramos numa cidade grande mas num lugar perdido à beira-mar, não tem ninguém aqui, salvo os camponeses miseráveis de algumas aldeias vizinhas, e é verdade que não havia ninguém aqui naquela época, agora, quando ergo a cabeça, esses edifícios, essas lojas, essa multidão, ó Alá, veja essa gente seminua na praia, não olhe para lá, Fatma, todos empilhados um em cima dos outros, olhe, Selâhattin, o inferno de que você falava tanto desceu à terra, você conseguiu, claro, se era com isso que você sonhava, olhe essa multidão, talvez fosse isso,

"Vovó olha para tudo com muito interesse, não é?"

não, não olho, quem olha são seus netos, Selâhattin, tão atrevidos e sem-vergonha.

"Quer que a gente dê uma volta, vovó?"

eles talvez imaginem que sua mulher, tão pura, se parece com você, mas não é culpa deles, coitados, foi assim que foram criados, porque você, Selâhattin, conseguiu fazer do seu filho um outro você, Doğan também nunca se interessou pelos filhos dele, vou confiá-los à tia deles, não tenho condições de cuidar deles, mas, claro, veja o que eles viraram graças à educação que a tia deles lhes deu, eles imaginam que a avó que vai ao cemitério deseja ver todos esses horrores, não creiam nisso, vejam, não estou olhando para nada, abaixo a cabeça, abro minha bolsa, aspiro o cheiro envelhecido que se desprende dela, e minhas mãozinhas descarnadas encontram meu lencinho nesta goela escura de crocodilo, toco com meu lenço meus olhos secos, porque são eles, nada mais que eles, que ocupam meus pensamentos.

"Por que está chorando, vovó, não chore!"

mas eles não sabem quanto amo vocês, não sabem que a ideia de que vocês estão mortos, neste lindo dia ensolarado, é insuportável para mim, levei de novo meu lenço aos olhos, pobre de mim, bom, chega, Fatma, sou capaz de suportar tudo, porque passei toda a vida na tristeza e na dor, bom, agora acabou, não tenho nada, estão vendo, levantei a cabeça, olho para todos os lados, os edifícios, os muros, os painéis publicitários de plástico, os cartazes, as vitrines, as cores, mas logo torno a sentir a mesma repulsão, ó Alá, que horror, não olhe mais, Fatma, eu,

"Vovó, como era aqui antigamente?"

eu me encerrei em meus pensamentos e em meus pesares, e que poderia dizer a vocês, se não ouço mais suas palavras, querem que conte que antigamente havia aqui um jardim atrás do outro, lindos jardins, cada qual mais lindo, onde estão agora, não havia ninguém aqui naquele tempo, nos primeiros anos, antes de ser possuído pelo diabo, o avô de vocês me dizia no fim do

65

dia, venha, Fatma, vamos dar um passeio, desculpe, Fatma, vamos ficar aqui neste buraco, não posso te levar a lugar nenhum, porque esta enciclopédia toma todo o meu tempo e me cansa muito, não quero me conduzir como um marido oriental, como um déspota, eu gostaria que você se divertisse, venha, vamos dar uma voltinha pelos parques, poderemos conversar, você sabe o que li hoje?, creio na absoluta necessidade da ciência, estou persuadido de que a miséria que reina em nosso país é causada pela ignorância, compreendi definitivamente a necessidade de um renascimento, de um despertar do conhecimento, tenho um dever gigantesco, terrível a realizar, e afinal sou grato a Talat Paxá por ter me banido, por ter me forçado a viver neste canto perdido, para que eu pudesse ler estes livros e refletir, se não fosse essa solidão e todas essas horas de liberdade, eu não teria podido chegar a essa reflexão e nunca teria podido compreender a importância desse dever histórico, Fatma, aliás as ideias de Rousseau não são os devaneios de um passeante solitário no campo, no meio da natureza, e nós, entende, nós somos dois,

"Marlboro! Marlboro!"

fiquei com medo ao erguer a cabeça, está a ponto de enfiar o braço dentro do carro, você vai ser atropelado garoto, mas deixamos para trás aquele monte de concreto, ainda bem, passamos entre os jardins que se alinham dos dois lados

"Que calor, hein, Faruk?"

da rua; naqueles anos, quando Selâhattin e eu caminhávamos por aqui, os raros camponeses miseráveis com que cruzávamos paravam para nos cumprimentar, naquele tempo eles ainda não tinham medo dele, do senhor doutor, minha mulher está muito doente, será que o senhor pode ir vê-la, que Alá o recompense, ele ainda não havia perdido toda a compostura, naquela época, coitados, eu não aceitei que eles me pagassem, o que você queria, tinha dó deles, Fatma, mas quando ele precisou de dinheiro eles não apareciam mais, e se foram então meus anéis, meus diamantes, será que fechei direito meu armário, fechei sim,

"A senhora está bem, vovó?"

mas eles não deixam a gente em paz, com essas perguntas idiotas, levei o lenço aos olhos, como a gente pode se sentir bem quando vai visitar os túmulos do marido e do filho, mas agora,

"Olhe, vovó, estamos passando pela casa de Ismail. É aquela ali!"

sinto apenas dó de vocês, escuta o que eles dizem, ó Alá, ali está a casa do coxo, mas não olho para ela, seu filho bastardo, Selâhattin, será que eles sabem, mas

"Recep, como vai Ismail?"

eu não sei de nada, e

"Vai bem, vende bilhetes de loteria."

eu os escuto atentamente, não, você não ouve nada, Fatma,

"E a perna dele?"

era só para nos preservar do pecado, a mim e a meu marido e a meu filho,

"Sempre igual, sr. Faruk. Ele manca."

será que alguém sabe do meu erro, será que este anão lhes

"E Hasan, o que faz?"

contou tudo, e eles que só pensam em igualdade, como o pai e o avô,

"Vai mal na escola, foi reprovado em inglês e em matemática, e não tem trabalho."

são capazes de me dizer, são nossos tios paternos, vovó, não sabíamos de nada, vovó. Que Alá te perdoe, Fatma, não pense mais nisso, por acaso você veio até aqui para ruminar esses pensamentos?, ainda não chegamos, vou chorar, já levo meu lenço aos olhos, aliás essa maneira que eles têm de se comportar no carro, neste dia que é um dia tão triste para mim, falando banalidades, como se fôssemos fazer uma excursão, faz muito tempo, só uma vez em tantos anos, um carro puxado por um só cavalo veio nos pegar, Selâhattin e eu subimos aquela ladeira interminável ao ritmo da carruagem, toc-tac, toc-tac, que boa ideia essa que tivemos, Fatma, com a minha enciclopédia não tenho mais tempo para dedicar a esses prazeres, devia ter trazido uma garrafa de vinho, uns ovos cozidos, poderíamos sentar em algum lugar no campo, mas só para respirar, para contemplar a natureza, e não para nos empanturrar a ponto de rebentar, como fazem as pessoas aqui do nosso país, como o mar é lindo visto daqui, na Europa chamam isso de piquenique, eles fazem tudo comedidamente, tomara que um dia pareçamos com eles, talvez não nossos filhos mas nossos netos, espero, tanto as meninas quanto os meninos, tomara,

"Chegamos, vovó, olhe!"

e então, no dia em que a ciência reinar em toda a parte, meus netos viverão felizes neste país, que não terá mais nada a invejar dos países da Europa, meus netos vêm visitar seu túmulo, Selâhattin, e quando o motor do carro ficou mudo meu coração disparou, que silêncio aqui, o canto dos grilos no calor, a morte aos noventa anos, eles descem, abrem a porta para mim,

"Venha, vovó, dê a mão."
é mais difícil descer deste monte de matéria plástica do que de um carro puxado a cavalo, eu morreria se caísse, Alá que me proteja, eles me enterrariam na mesma hora, talvez ficassem bem contentes até,

"Isso! Segure em meu braço, se apoie em mim, vovó."
Alá me perdoe, talvez ficassem tristes, por que pensar nessas coisas agora?, saí enfim do carro, à medida que avanço entre os túmulos, andando bem devagarinho, são dois a me amparar, estas lápides enchem meu coração de pavor, que Alá me perdoe,

"A senhora está bem, vovó?"
eu me digo que um dia também me encontrarei num desses túmulos solitários abandonados, sob o calor, nesse cheiro de mato queimado pelo sol,

"Onde era mesmo?"
num desses túmulos, não pense nisso, Fatma,

"É por aqui, sr. Faruk!"
olhem só, o anão continua a perorar, quer provar que conhece a localização dos túmulos de vocês melhor que os próprios netos dele, porque você também é filho dele, é isso que você quer dizer, não é?, mas também é o túmulo do pai e da jovem mãe deles,

"É aqui!"
ao ver

"Chegamos, vovó, é aqui!"
o túmulo, ó meu coração, vou chorar, ah, vocês estão aí, meus amores, e vocês larguem meus braços, deixem-me a sós com eles, enxuguei os olhos com o lenço, quando vejo vocês aí..., ó Gracioso, me perdoa, mas por que não me chamaste também para junto de ti, eu sei, nunca cedi às tentações do demônio, nem uma vez, mas não vim aqui para te recriminar, assoo o nariz, e enquanto retenho a respiração um instante, ouço o canto dos grilos, ponho o lenço de volta na bolsa, abro as mãos para o céu, faço uma prece a Alá pelo repouso de vossas almas, recito a prece, termino, ergo a cabeça, olho à minha volta, eles também estão todos de mãos abertas, que bom, e Nilgün cobriu a cabeça com um lenço, mas o que me repugna é o prazer que esse anão tem de se exibir, que Alá me perdoe, mas o espetáculo de um homem que se orgulha da sua bastardia é insuportável para mim, ele ora mais tempo do que nós, como se quisesse mostrar que te ama muito mais do que nós, Selâhattin,

quem ele acha que engana com essa encenação, eu devia ter trazido minha bengala, onde será que a deixei, será que eles fecharam as portas direito, mas se estou aqui é para pensar em você, debaixo desta lápide abandonada, ah, eu nunca havia imaginado que viria um dia e leria nesta pedra que colocamos em cima de você

DOUTOR SELÂHATTIN DARVINOĞLU

1881-1942

UMA FATIHA* PELA SUA ALMA

acabo de ler isso, ó, Selâhattin, mas você não tinha perdido a fé?, é por isso que sua alma está sofrendo todos os tormentos do inferno, ó Gracioso, mas porventura é culpa minha, todas as vezes que eu te dizia, peça perdão a Alá, você porventura não zombava de mim, porventura não me dizia, você não passa de uma mulher idiota, estúpida, você sofreu uma lavagem cerebral como todos os outros, Alá não existe, como também não existe o além, o outro mundo não é mais que uma mentira ignóbil que inventaram para que andemos na linha neste, não dispomos das provas da existência de Deus, à parte os absurdos escolásticos, só há os fatos e a matéria, e podemos tomar consciência deles bem como das relações existentes entre eles, e meu dever é explicar ao Oriente que Alá não existe, está me ouvindo, Fatma?, que Alá te perdoe, não pense mais essas coisas, Fatma, só quero pensar nos primeiros dias, quando você ainda não estava possuído pelo demônio, não apenas porque devemos pensar somente coisas boas de nossos mortos, mas porque na verdade você então não passava de uma criança destinada a um futuro brilhante, como dizia meu pai, se comportava corretamente em seu consultório, sem dúvida, Alá sabe o que ele fazia por aqueles pobres enfermos, havia também mulheres europeias, decotadas e pintadas, que vinham consultá-lo, ele se trancava com elas, mas os maridos também iam, e eu me sentia desconfortável na sala ao lado, você não deve ter esses pensamentos, Fatma, sim, sim, mas foi talvez por causa dessa gente que aconteceram nossas desgraças, nós estávamos instalados, com alguns clientes, com pacientes, como ele dizia, tínhamos conseguido fazer uma clientela, o que era bem difícil, está vendo, Selâhattin, neste

---

* *Al-Fatiha* é o primeiro capítulo do Alcorão. (N. T.)

ponto eu te dou razão, naquela ladeira onde não havia ninguém, salvo alguns vagabundos vindos das aldeias distantes, que matavam o tempo com os pescadores no café perto do embarcadouro abandonado, aliás com aquele clima tão saudável eles nunca ficavam doentes, e mesmo quando ficavam nunca iam consultar o médico, quem aliás iria, só havia aqui umas poucas casas, umas poucas famílias, alguns camponeses estúpidos, mas ele tinha conseguido se tornar conhecido, vinham doentes até de Izmir, a maioria vinha de Gebze, havia também quem viesse de Tuzla de barco, e bem na hora em que começava a ganhar dinheiro ele se pôs a destratar os pacientes, ó Alá, eu ouvia da sala ao lado, o que você botou nesta ferida, a gente botou fumo primeiro, senhor doutor, depois botou esterco, lá isso é coisa que se faça, são simpatias, hoje existe o que se chama ciência, bom, e este menino, o que há com ele, está com febre faz cinco dias, senhor doutor, por que não trouxeram antes, tinha tempestade no mar, o senhor não viu, senhor doutor, caramba vocês quase o mataram, se fosse essa a vontade de Alá não poderíamos fazer nada, que Alá coisa nenhuma, Alá não existe, Alá morreu, ó bom Alá, peça perdão, Selâhattin, que perdão, sua idiota, não diga besteira como esses camponeses estúpidos, você me dá vergonha, eu me proponho a esclarecer essa gente e não consigo enfiar algumas ideias na cabeça da minha própria mulher, como você é tapada, pelo menos reconheça sua tolice e contente-se em crer no que digo; mas eu repetia, Selâhattin você vai acabar perdendo os poucos pacientes que tem, mas ele teimava, como para me contrariar, eu ouvia da sala ao lado, em vez de dar remédio para a coitada da doente que percorrera um longo caminho com o marido, ele dizia, esta mulher tem de se despir, ela vai me enlouquecer, diga a ela para se despir, campônio idiota, já que você é marido dela, ela se recusa, bom, nesse caso não vou examiná-la, caiam fora, não vou me dobrar aos preconceitos de vocês, por Alá, senhor doutor, nos dê um remédio, não, nada de remédio se sua mulher não se despir, caiam fora, vocês foram enganados com essas histórias de Alá, perdoe-o Alá, você poderia ficar quieto, Selâhattin, não fale dessas coisas com eles, não, eu não tenho medo de ninguém, mas sabe lá o que eles dizem pelas minhas costas, é um doutor sem Deus, não vão a seu consultório, esse homem é o diabo em pessoa, não viram a caveira que ele tem em cima da mesa?, e a sala é cheia de livros, tem também uns instrumentos estranhos para fazer sortilégios, lupas que nos permitem ver uma pulga como se fosse do tamanho de um camelo, tubos soltando fumaça, sapos mortos alfinetados num cartão, não vão a seu consultório, a não ser que estejam mesmo muito mal, esse sujeito faria adoecer um homem com boa saúde, que Alá nos proteja, basta passar pela porta para ser possuído pelos djins, não faz muito tempo ele declarou a um doente que tinha vindo de Yarımca, você parece um homem inteligente, você me inspira confiança, pegue estes papéis e vá lê-los em voz alta no café da sua aldeia, anotei aqui as medidas a tomar contra a febre tifoide e a tuberculose, explico também que Alá não existe, faça isso para a salvação da sua aldeia, aliás se eu pudesse mandar a cada aldeia um homem de bom senso como você, um homem que noite após noite reunisse todos os moradores da aldeia no café para ler nem que fosse só um verbete da minha enciclopédia, uma horinha apenas, este país estaria salvo, mas infelizmente preciso antes disso terminar essa enciclopédia, meu trabalho se arrasta, diabo, não tenho mais dinheiro, Fatma, seus diamantes, suas joias, seu cofre, será que eles fecharam as portas direito, tenho certeza que não, claro, à parte alguns desditados pacientes que haviam perdido toda a esperança mas que lamentavam ter vindo, mal punham o pé no jardim, e que tinham medo de atrair a ira do diabo se voltassem atrás, não vinha mais ninguém, mas você não ligava, Selâhattin, talvez por causa dos meus diamantes, os pacientes não vêm mais, melhor assim, dizia ele, porque eu me irritava muito vendo aqueles idiotas, perdia toda a esperança, é tão difícil conseguir acreditar que um dia esses brutos poderão se tornar homens, olhe, outro dia fiz uma pergunta a um deles, perguntei quanto era a soma dos três ângulos de um triângulo, eu sabia que aquele pobre camponês que nunca tinha ouvido falar em triângulo não saberia responder, mas expliquei a ele com papel e lápis, para medir a capacidade que eles têm de entender a matemática, mas não é culpa desses infelizes, Fatma, o Estado nunca se preocupou com eles, com lhes dar instrução, expliquei tudo a ele horas a fio, caramba, me desdobrei para que ele compreendesse, ele me fitava com seus olhos vazios, chegava a ter medo de mim, olhava para mim como você olha neste momento, pobre idiota, por que você me olha assim como se tivesse o diabo na sua frente?, pobre coitada, eu sou seu marido, sim, você é o diabo, Selâhattin, e agora você está no inferno, nas chamas do inferno, com os demônios e os caldeirões fervendo, ou então a morte é como você queria, descobri a morte, Fatma, ele me dizia, ouça bem, é o que há de mais importante, a morte é tão assustadora, quando penso no que você se tornou neste túmulo não aguento mais, fico com medo e

"Está se sentindo bem, vovó?"

tenho uma vertigem repentina, quase caí, mas não temo nada, Selâhattin, mesmo que você não queira vou

"Sente-se um instante, descanse, vovó!"

recitar uma prece pela sua alma, calem-se, eles se calaram, ouço um carro passando na rua, depois os grilos, e termino minha prece, amém, tiro o lenço da bolsa, levo-o aos meus olhos e me afasto, é sobretudo em você que penso, meu filho, mas preferi me ocupar primeiro do seu pai, ah, pobre filho meu, tão ingênuo, você que nunca teve sorte,

SUBPREFEITO DOĞAN DARVINOĞLU
1915-1967
UMA FATIHA PELA SUA ALMA

pois bem, recito uma prece para você, meu desditado filho de triste destino, você que não soube o que é a felicidade, que cresceu quase sem pai, sempre decepcionado, amargo, você também está aqui, ó Alá, por um breve instante tive a sensação de que você não estava morto, onde está meu lenço, mas começo a soluçar antes de encontrá-lo,

"Vovó, vovó, não chore!"

eu tremia, achei que ia desabar soluçando, ó Gracioso, que triste destino o meu ter de vir aqui, ao túmulo do meu filho, o que foi que fiz para ser castigada assim, me perdoa esse pensamento, ó Alá, nunca poupei esforços, não queria que tudo isso acontecesse, meu filho, meu Doğan querido, quantas vezes eu te disse, não imite seu pai, quantas vezes eu não te pus num internato para que você não seguisse o exemplo dele, quando não nos sobrava um tostão, não te mandei para as melhores escolas te escondendo que vivíamos só dos anéis, dos diamantes, dos brilhantes que eu tinha ganhado em dote de seus avós?, sábado você chegava de tarde e o beberrão do seu pai nem ia te buscar na estação, não só ele não ganhava mais um tostão, como tentava me arrancar dinheiro para editar seus escritos sem pé nem cabeça, blasfemos de cabo a rabo, e eu, sozinha durante as noites frias de inverno, me consolava dizendo que meu filho estudava numa escola francesa, e um dia, ai, por que em vez de ser engenheiro ou comerciante, como todos os outros, você foi se matricular naquela faculdade?, porventura você pretende se dedicar à política mais tarde, meu filho?, eu sei muito bem que você poderia ser primeiro-ministro se quisesse, mas não é uma pena um rapaz como você?, é só graças à política, mãe, que poderemos salvar este país, mal tive tempo de lhe dizer, ai, meu filho, como você é ingênuo, você imagina que vai salvar o país sozinho?, quando ele veio para as férias com um ar tão cansado, sonhador, ó Gracioso, que destino o meu, e ele já tinha começado a andar de um lado para outro na sala, preocupado, igualzinho ao pai, e eu disse, você fuma nesta idade?, por que essa tristeza, essa melancolia, meu filho?, e você me respondeu, é por causa da situação deste país, eu não pus então dinheiro no seu bolso?, volte para Istambul, filho, isso vai passar, divirta-se, aproveite seu tempo com as moças, livre-se dessas ideias negras, eu não te dei escondido do seu pai as minhas pérolas rosadas, não te disse para vendê-las em Istambul e se divertir um pouco?, eu não podia imaginar que logo, logo você ia se casar com aquela menina tão sem graça, tão insignificante, e trazê-la para cá, eu não tinha te recomendado viver à larga e, mais tarde, não te aconselhei a persistir, a ter ambição em sua carreira, talvez você se tornasse ministro um dia, não renuncie a seu cargo de subprefeito, parece que logo você vai ser prefeito, não, mãe, não aguento mais, tudo é tão horroroso à minha volta, tão repugnante, ah, meu filho, por que você não se contenta em viver entre sua casa e seu trabalho, como os outros, e um dia que eu estava com raiva disse a ele, eu sei, é porque você é preguiçoso e covarde como seu pai, você não tem coragem de viver, de se misturar com os outros, estou certa, não estou?, é mais fácil acusar os outros e odiar todos eles; não, mãe, você não entende, eles são infectos, não posso mais suportar a subprefeitura, eles maltratam os coitados dos camponeses, essa boa gente, eles os oprimem, minha mulher morreu, a irmã dela cuidará das crianças, vou pedir demissão e virei me instalar aqui, por favor, mãe, me deixe em paz; faz anos que penso em viver neste lugar sossegado,

"Vamos, vovó, está começando a ficar quente demais."
quero ficar sozinho, escrever para denunciar a verdade, não, eu nunca vou permitir,

"Espere um pouco, sr. Metin…"
você não pode morar aqui, você tem de se integrar à vida, Recep não lhe dê nada para comer, na idade dele tem de ir ganhar seu pão, por favor, mãe, não me faça passar ridículo

"Se pelo menos houvesse alguém para cuidar destes túmulos."

na minha idade, cale a boca, você não tem o menor respeito, será que eu não tenho o direito de ficar um momento a sós com seu pai, eu também estou vendo essa sujeira que fazem as cabras e as ovelhas, é assim que tudo devia se acabar?, mas eu tinha te avisado, quando perguntei se você bebia você ficou calado, meu filho, por que você bebe, você ainda é moço, posso te arranjar uma boa esposa, bom, o que você vai fazer da manhã à noite aqui, neste deserto, você não diz nada, não é?, ó, Gracioso, já sei, você vai se dedicar a escrever bobagens, como seu pai, você não me responde, é isso, não é?, ah, meu filho, como te explicar que você não é responsável por todos os pecados e todos os erros e todas as injustiças, eu não passo de uma mulher ignorante, está vendo, agora estou sozinha e eles zombam de mim, se você pudesse ver a vida miserável que levo, pobre de mim, se você me visse chorar, com o lenço nos olhos, dobrada em dois,

"Chega, vovó, chega, não chore mais. Voltamos outro dia…"
ó Alá, não tive sorte, eles querem me levar, me deixem em paz com meu filho e meu falecido marido, quero ficar a sós com eles, me deitar no seu túmulo, mas não deito, olhe, Fatma, seus netos estão com pena de você, têm razão, com este calor ainda por cima, eu queria recitar uma última prece, mas quando do vi o olhar insolente daquele horrível anão idiota, ele nunca nos deixa em paz, o demônio está em toda a parte, parece até que fica atrás daquele muro, à espreita, para nos induzir em erro, bom, uma última

"Vovozinha querida, vamos embora, a senhora parece muito cansada."
prece, eles me deixaram em paz quando abri as mãos, fizeram a mesma coisa, oramos pela última vez, oramos, os carros passam, que calor, fiz bem em não pôr um colete de lã no último momento, deixei-o em meu armário, espero que o tenha fechado direito, à chave, na casa deserta, e que os ladrões não tenham entrado, Alá nos proteja, como a gente se distrai facilmente, perdão, amém, agora

"Apoie-se em mim, vovó!"
vamos embora, até logo, ah, é verdade, você também está aqui, eles me deixam confusa,

GÜL DARVINOĞLU

1922-1964

UMA FATIHA PELA SUA ALMA

mas eles me obrigam a partir, em todo caso eu não teria forças para recitar mais uma prece com o calor que está fazendo, e quando orei por eles era como se tivesse orado por você, menina tão sem graça, tão pálida, você agradou a meu filho, ele te trouxe para apresentar a mim e de noite veio me ver no meu quarto, discretamente, o que você acha dela, mãe, o que quer que eu diga, filho, ela é tão frágil, tão pálida, eu logo adivinhei que você não viveria muito tempo, você teve três filhos e pronto, ficou esgotada, pobre menina, você mal comia, só a borda do prato como um gatinho, duas colheradas apenas, eu insistia, mais uma colher, filha, e seus olhos se enchiam de desespero: uma nora sem graça, que tinha medo de comer, aliás você não precisa das minhas preces, você nunca pecou, as pessoas como ela não sabem comer nem se agarrar à vida, só sabem chorar pela desgraça alheia, só sabem morrer, coitadas, olhem, vou embora porque eles me pegaram pelo braço e

"A senhora está bem, vovó?"
felizmente voltamos para casa.

8. Hasan protela

Estavam a ponto de partir quando a avó deles quis recitar uma derradeira prece e só Nilgün estendeu as mãos para Alá, como ela, sim, só ela: Faruk tinha puxado um enorme lenço, grande como um lençol de cama, e enxugava o rosto, tio Recep amparava a velha dama e Metin, que havia enfiado as mãos nos bolsos de trás do jeans, estava com preguiça de fingir que orava. Elas terminaram a prece e a avó começou novamente a se balançar sobre os pés, eles a seguraram pelo braço e agora a estão levando. Assim que me deram as costas pus a cabeça para fora dos arbustos, detrás do muro, e pude observá-los à vontade: um espetáculo ridículo: entre aquele gigante gordo, o Faruk, e o monstrengo do meu tio, a avó, metida naquele casaco estranho e assustador, parecendo um xador, se assemelha a uma marionete com a roupa grande demais, aterrorizante mas cômica, apesar de tudo. No entanto eu não ri, até me arrepiei, talvez porque estivéssemos num cemitério, e foi para você que olhei, Nilgün, você e aquele lenço que te vai tão bem, e também para as suas pernas finas. Engraçado, você cresceu, se tornou uma moça bonita, mas suas pernas continuam sendo dois palitos.

Só depois que o carro de vocês se afastou é que saí do lugar onde tinha me escondido, com medo de que vocês se enganassem sobre as minhas intenções, e me aproximei dos túmulos silenciosos: aqui é o avô, ali a mãe e o pai de vocês. Só conheci o pai, lembro dele: quando a gente brincava no jardim, ele às vezes espichava a cabeça entre as persianas do quarto e nos via juntos, mas nunca disse nada sobre eu brincar com vocês. Recitei uma *fatiha* pela sua alma, depois fiquei um bom tempo no cemitério, sem fazer nada, assando ao sol e ouvindo os grilos, pensei numas coisas estranhas, tenebrosas, me arrepiei, perdi o fio das ideias, era como se houvesse fumado um cigarro. Depois saí do cemitério, pronto, vou embora, volto ao meu livro de matemática que deixei aberto na mesa, porque uma hora atrás eu estava sentado àquela mesa, olhei pela janela e vi o Anadol branco de vocês subir a ladeira, vi que sua avó estava com vocês, adivinhei aonde iam, e quando me pus a pensar no cemitério e nos mortos tive mais dificuldade ainda para enfiar na cabeça essas besteiras da matemática que me dão nos nervos, e pensei comigo que melhor faria se fosse ver o que vocês faziam, depois que der uma espiada no que eles fazem no cemitério ficarei menos nervoso e virei estudar de novo, foi o que eu me disse, e para não preocupar inutilmente minha mãe pulei a janela, cheguei correndo ao cemitério e vi vocês, e agora volto ao meu livro de matemática que deixei aberto na minha mesa.

O caminho de terra termina aqui, e começa o asfalto. Carros passam pertinho, fiz sinal para eles duas vezes, mas os caras que dirigem automóveis como esses não têm o menor escrúpulo, descem a ladeira a toda, nem sequer me veem. Acabo chegando em frente à casa de Tahsin. Tahsin e sua mãe colhiam cerejas no jardim dos fundos, e seu pai as vendia sentado sob o caramanchão, mas era como se ele não conseguisse me enxergar, talvez por eu não estar dirigindo um carro de luxo a cem por hora e freando bruscamente para lhe comprar sem hesitar cinco quilos de cerejas a oitenta liras o quilo. Sim, eu já ia me dizendo que era a única pessoa no mundo a pensar em outras coisas que não fossem o dinheiro quando avistei o caminhão de lixo do Halil, fiquei todo contente. Fiz sinal, ele parou. Subi na boleia.

"O que seu pai tem feito?", ele me perguntou.

"Que mais poderia fazer?", respondi. "Bilhetes de loteria, ora!"

"Onde os vende?"

"No trem, de manhã."

"E você?"

"Ainda estou no colégio", respondi. "Qual a velocidade máxima desse caminhão?"

"Oitenta!", disse ele. "E o que estava fazendo aqui?"

"Eu estava entediado, saí para dar uma volta."

"Se você já fica entediado na sua idade…"

Ele e o outro lixeiro caíram na gargalhada. Ele já ia parando na nossa casa, mas:

"Não", falei, "vou descer no bairro baixo."

"E o que tem no bairro baixo?"

"Um amigo, você não conhece!"

Ao passar em frente de casa, vi minha janela aberta. Volto antes que meu pai chegue, ao meio-dia. Assim que o caminhão entrou no bairro baixo, desci, saí andando bem depressa, com medo que Halil e o outro me considerassem um vagabundo. Fui até o atracadouro, estava ensopado de suor, sentei para contemplar o mar. Uma lancha se aproximou, uma moça desceu no cais, o barco se foi. Quando vi aquela moça pensei em você, Nilgün. Há pouco, vi você rezando, com meus próprios olhos, vi você erguer as mãos para o céu. Era engraçado, você não parecia se dirigir a Alá. Os anjos existem, está escrito no Livro. E então pensei: também o diabo existe. E outras coisas mais. Pensei nisso tudo como se quisesse meter medo em mim mesmo, para me arrepiar, para me sentir culpado e para voltar para casa correndo, para estudar matemática, mas eu estudo mais tarde, agora vou dar uma volta. Me pus a andar.

Quando cheguei à praia, quando ouvi a barulheira ensurdecedora que se elevava dela e quando vi aquele monte de carnes pensei novamente no mal, no pecado, no diabo. Carnes amontoadas se agitando sem parar; uma bola de cores vivas se destacava entre elas de vez em quando, se elevava lentamente no céu, tornava a cair e desaparecia, como se tentasse escapar do mal e do pecado, mas as mulheres não deixavam. Continuei olhando para a multidão e para as mulheres, do outro lado da cerca de arame coberta por uma trepadeira. Engraçado: às vezes, embora sentindo vergonha, tenho vontade de fazer mal aos outros para que percebam minha existência, assim eu os castigaria e eles não se deixariam mais tentar pelo diabo e talvez tivessem medo de mim. Sentia algo assim: se estivéssemos no poder, eles andariam na linha. Depois fiquei envergonhado, e para esquecer minha vergonha pensei em você, Nilgün. Você é inocente. Me concentrei de novo no espetáculo enfeitiçante daquela multidão e me dizia que ia voltar à matemática quando

"O que está fazendo aí?", perguntou o segurança da praia.

"É proibido?", perguntei.

"Vá comprar um ingresso se pretende entrar. Se tiver calção de banho e dinheiro..."

"Claro", falei. "Nem precisava dizer. Vou embora."

e fui. Se você tem dinheiro, você tem dinheiro, quanto custa: isso é que tomou o lugar das preces na boca das pessoas. Vocês são todos tão ignóbeis que às vezes me sinto só no mundo. Metade das pessoas é desonesta, a outra, idiota. Quando penso nisso fico apavorado com essa multidão, mas graças a Alá tenho meus companheiros e quando estou com eles não fico confuso, reconheço o mal e o pecado, distingo o bem do mal, não tenho mais medo: entendo muito bem o que é preciso fazer. Então pensei em como meus companheiros debocharam de mim ontem à noite no café, me chamando de chacal, chacal, e a raiva tomou conta de mim. Muito bem: o que é preciso fazer, vou poder fazer sozinho, avançarei sozinho nesse caminho, porque agora eu sei, acredito em mim, tenho confiança em mim.

Andei, andei até, sem me dar conta, chegar à sua casa, Nilgün, só percebi quando vi o velho muro coberto de musgo. O portão estava fechado. Fui sentar debaixo de uma castanheira, do outro lado da rua, olhei para as janelas, as paredes da casa e me perguntei o que você estaria fazendo lá dentro. Talvez você estivesse almoçando, talvez ainda estivesse com o lenço na cabeça, ou então estava fazendo a sesta. Desenhei com um graveto seu rosto na areia, à beira da rua, imerso em meus sonhos. Com certeza você é muito mais bonita dormindo. Se pudesse contemplar seu rosto, eu esqueceria o mal, o ódio, o pecado em que me sinto atolado até o pescoço, e as espinhas que o pecado fez brotar no meu rosto, eu me sentiria incapaz de cometer o pecado, não sou como os outros, eu me pareço com você, tenho certeza. E depois pensei: e se eu entrasse furtivamente no jardim sem que o anão me visse, se fosse até aquela árvore ali, me firmasse naquela saliência, escalasse a parede e me esgueirasse pela janela do seu quarto, silencioso como um gato, para depositar um beijo na sua face, e você me diria, quem é você, e eu te diria, não me reconheceu, a gente brincava de esconde-esconde antigamente, estou apaixonado por você, eu te amo muito mais do que seriam capazes de amar todos os rapazes bonitos que você conhece! Bruscamente, fico furioso: apago com o pé seu rosto na areia e, bem no instante em que me levanto, porque já estou cheio de todos esses devaneios idiotas, eu a vejo:

Nilgün saía da casa e se dirigia para o portão do jardim.

Essa gente entende tudo ao contrário, levam tudo a mal. Me afasto na mesma hora dando as costas, ouço o portão se fechar e só então me viro novamente. Você saiu do jardim, aonde vai assim? Sigo você por curiosidade.

Ela tem uma maneira esquisita de se mexer quando anda, como a de um homem. E se eu fosse correndo pôr a mão em seu ombro, não me reconheceu, Nilgün, sou eu, Hasan, a gente brincava no seu jardim quando éramos crianças, Metin brincava com a gente, e depois íamos pescar.

Ela não virou à esquerda, continua andando em linha reta. Será que você vai à praia se misturar com aquela gente? Fico furioso com ela, mas continuo a segui-la. Ela anda depressa, com aquelas pernas magricelas, por que você se apressa assim, será que tem alguém te esperando?

Ela não parou diante da praia, virou a esquina, pegou a ladeira. Acho que sei quem está lá: você vai entrar no carro dele, vai ver ele tem até uma lancha. Continuo a segui-la, por curiosidade, mas tenho certeza de que ele não é diferente dos outros em nada.

Ela entra na venda. Bem em frente, um garoto vende sorvete. Conheço o garoto, paro, espero de longe para que ele não imagine coisas: tenho horror de que achem que sou criado de gente rica.

Nilgün sai do armazém e, em vez de continuar seu caminho, volta em minha direção. Desvio imediatamente, me inclino como se amarrasse o cadarço. Ela se aproxima com um pacote na mão, olha para mim, me sinto envergonhado.

"Bom dia", digo, me endireitando.

"Bom dia, Hasan, como vai?"

Pequeno silêncio.

"Nós te vimos ontem no caminho, foi meu irmão que te reconheceu. Você cresceu, mudou muito. O que tem feito?"

Outro silêncio.

"Seu tio disse que você continuava morando no bairro alto e que seu pai trabalhava para a loteria."

Mais um silêncio.

"E você, o que faz, conte, em que ano está?"

"Eu?", balbuciei. "Este ano estou esperando", consegui dizer por fim.

"Esperando o quê?"

"Está indo para a praia, Nilgün?"

"Não, estou voltando da venda. Levamos vovó ao cemitério, ela não está se sentindo bem, deve ser o calor. Fui comprar água-de-colônia para ela."

"Então não está indo para a praia", falei.

"Tem gente demais. Vou de manhã cedo, quando não tem ninguém."

Nos calamos. Ela sorri para mim, sorrio para ela e me digo que seu rosto é bem diferente visto de perto. Suo como uma besta. Vai achar que é por causa do calor. Ela dá um passo.

"Bom, não esqueça de cumprimentar seu pai por mim."

Estende a mão e eu a aperto. Sua mão é suave e leve. A minha está úmida, tenho vergonha.

"Até logo!", diz ela.

Vai embora. Não olho para ela enquanto se afasta. Saí andando, com ar pensativo como se tivesse um objetivo, como as pessoas que têm coisas importantes a fazer.

9. Faruk lê histórias no Arquivo

De volta do cemitério, vovó almoçou embaixo conosco, depois se sentiu mal. Nada de grave, felizmente. Eu e Nilgün ríamos um com o outro, de repente vovó nos lançou um olhar estranho, e sua cabeça caiu sobre o peito. Nós a ajudamos a subir a seu quarto, deitamos vovó na cama, massageamos suas têmporas e seus pulsos com a água-de-colônia que Nilgün tinha ido comprar. Depois fui para meu quarto fumar meu primeiro cigarro após o almoço e, tendo constatado que vovó não tinha nada de sério, entrei no Anadol pegando fogo debaixo do sol e parti. Não fui pela estrada principal, mas pela de Darıca, que acaba de ser cuidadosamente asfaltada. Cerejeiras e algumas figueiras ainda a margeiam. Quando éramos crianças, vínhamos aqui com Recep para passear ou para, dizíamos, caçar corvos. A construção em ruínas, que acredito era um antigo caravançará, deve ficar um pouco mais abaixo. Novos bairros foram construídos nas colinas, e continuam a ser. Nada mudou em Darıca: a estátua de Atatürk já tem dez anos!

Ao chegar a Gebze fui logo ver o subprefeito. Não é mais o mesmo. Dois anos atrás, sentado àquela mesa, havia um homem que não esperava mais nada da vida. Hoje o subprefeito é jovem, fala com grandes gestos. Não precisei, como tinha a intenção, tirar da minha pasta, para causar boa impressão, minha tese de doutorado que a faculdade acaba de publicar, nem lhe dizer que já tinha vindo consultar os arquivos, nem tampouco lhe contar que meu pai também havia sido subprefeito. Ele me confiou a um funcionário que me levou à sala do sr. Riza, que eu havia conhecido quando das minhas visitas anteriores. Não estava lá, tinha ido ao posto de saúde. Resolvi dar uma volta pelo mercado enquanto esperava ele voltar.

Passei por uma ruela coberta pelos galhos dos lódãos e me dirigi primeiro para a parte de baixo do mercado. As ruas estavam desertas, exceto por um cachorro vadio e, numa oficina, um ferreiro às voltas com um botijão de gás. Virei, sem nem sequer dar uma espiada na vitrine da papelaria, e caminhei à sombra estreita do beiral dos telhados para me abrigar do sol, até avistar a mesquita. Depois, voltei, fui me sentar em frente ao café, na pracinha, debaixo de um plátano, e pedi um copo de chá para vencer meu torpor. Tentava esquecer o calor ouvindo distraído a música difundida pelo rádio, e bruscamente me senti de bom humor porque ninguém prestava atenção em mim.

Quando voltei à subprefeitura, Riza estava lá, logo me reconheceu e até pareceu encantado com minha visita. Tive de preencher um formulário, enquanto esperava que ele se lembrasse do lugar onde a chave estava guardada, depois descemos juntos ao subsolo. Abriu a porta, logo reconheci o cheiro de poeira, de umidade, de mofo. Conversamos um pouco, tirando o pó das velhas cadeiras e mesas, depois Riza saiu, me deixando a sós.

O Arquivo de Gebze não é muito rico. Tudo o que lá está se refere a um breve período, pelo qual pouquíssima gente se interessa, em que a cidadezinha foi a sede de um cádi.* A maior parte dos arquivos foi posteriormente levada para Izmit, que então se chamava Iznikmit. Os decretos esquecidos, os registros de imóveis, os autos dos tribunais, tudo em caixas e pastas empilhadas umas em cima das outras, juntando poeira. Trinta anos atrás, um professor de história do liceu, apaixonado por sua profissão e inflamado pelo nacionalismo burocrático típico dos primeiros anos da República, tentou organizar esse material, mas cansado da trabalheira acabou desistindo. Dois anos atrás, resolvi levar adiante seu trabalho, renunciei depois de uma semana. Para ser arquivista, você tem de ser ainda mais modesto do que para ser historiador. Nos dias de hoje, raras pessoas que tiveram instrução são capazes de dar prova

---

* Juiz islâmico, que julga segundo a charia questões que num Estado laico são de natureza civil. (N. T.)

dessa humildade. Meu professor de história do colégio também não a possuía: ele quis publicar, sem demora, um livro para valorizar as horas que havia consagrado aos arquivos. Nele, meu professor contava sua vida, falava das pessoas que conhecia em Gebze, dos monumentos históricos da cidade e da gente ilustre que lá nasceu, e eu me lembro de ter me divertido muito lendo-o, tomando uma cerveja, na época em que Selma e eu vivíamos brigando. Depois, falei do livrinho a alguns dos meus colegas da faculdade, todos eles me afirmaram que era impossível encontrar documentos como aqueles em Gebze. Eu não dizia nada, enquanto eles tentavam me provar que não podia nem mesmo haver um Arquivo naquela cidade.

Acho muito mais agradável trabalhar num lugar cuja existência os especialistas negam do que trabalhar com meus colegas ciumentos e invejosos dos arquivos da presidência do Conselho. É com imenso prazer que folheio esses velhos papéis maltratados, amarrotados, mofados, cobertos de manchas amarelas, que sinto seu cheiro. E à medida que os percorro, tenho a sensação de ver os homens que os ditaram, redigiram, ou cuja vida esteve de uma maneira ou outra ligada ao conteúdo desses documentos. Eu talvez tenha vindo trabalhar novamente neste Arquivo só para reencontrar esse prazer, e não para tentar seguir os passos da epidemia de peste que acreditei ter descoberto no verão passado. No decorrer da leitura, os amontoados de papéis amarelados se entreabrem com lentidão: do mesmo modo que, ao fim de uma longa viagem marítima, quando se dissipa o nevoeiro que angustiou você durante todo o caminho, aparece bruscamente um pedaço de terra com suas árvores, seus rochedos e suas aves, e você se enche de admiração, assim também os milhões de existências e de histórias contidas desordenadamente nesse papelório, um pouco menos herméticas à medida que as lemos, de súbito adquirem forma na minha mente. Então me sinto feliz e chego à conclusão de que a história é essa matéria fervilhante de vida e tão colorida. Se me perguntassem o que entendo por isso, seria incapaz de explicar. Aliás, esse estado de espírito se dissipa depressa, deixando na minha boca um gosto estranho. Aí tenho medo de me deixar levar pelo desespero e procuro reencontrar essa impressão fugidia. Talvez conseguisse, se pudesse acender um cigarro, mas infelizmente é proibido fumar nesse tipo de local.

Eu me digo que talvez pudesse reencontrar esse sentimento copiando os autos de um processo que estou lendo. Ponho-me a anotá-los num caderno que tiro da minha pasta. O queixoso Celal afirma que um certo Mehmet o insultou chamando-o de gigolô e fanfarrão. O outro nega diante do cádi. Celal tem duas testemunhas, Hasan e Kassim. Estes afirmam que Mehmet de fato injuriou o queixoso. O cádi pede que Mehmet preste juramento. Mehmet não ousa prestar. A data é ilegível, não pude anotá-la. Depois fico sabendo e anoto que um certo Hamza designa como seu tutor um certo Abdi. Anoto também que um escravo de origem russa chamado Dimitri foi capturado, o tribunal declara que ele pertence a um certo Veli, domiciliado em Tuzla, e decide devolver Dimitri a seu amo. Pude ler as desventuras do pastor Yussuf, preso por causa da perda de um boi, ele nega ter matado ou vendido o animal, simplesmente perdeu o boi. Por fim, seu irmão Ramazan se apresenta como fiador e Yussuf sai da prisão. Leio depois um firmã. Nele é dada ordem, sem que o motivo seja indicado, de que certos navios carregados de trigo partam imediatamente para Istambul sem fazer escala em Gebze, Tuzla e Eskihisar. Tendo um certo Ibrahim declarado "Se eu não for a Istambul, juro que repudio minha mulher", e não tendo ido a Istambul, sua mulher Fatma se considera repudiada. Ibrahim reconhece não ter ido a Istambul, mas afirma que conta ir e que não havia explicitado nenhum prazo em seu juramento. Depois, procurei calcular, baseando-me no montante das somas indicadas nos registros, a extensão de certas propriedades arrendadas a fundações pias, mas não obtive resultados convincentes. Para fazer esses cálculos, anotei no meu caderno o rendimento anual de um grande número de vinhedos, pomares, moinhos, olivais. Assim fazendo, parecia que eu tinha uma ideia das terras, mas talvez quisesse apenas me persuadir disso. Depois li alguns documentos sobre roubos, e saí da sala convencido de que sou incapaz de sentir o que quer que seja.

Quando saí da sala para fumar um cigarro no corredor, pensei que em vez de seguir essa pista de caso de peste que eu havia descoberto no verão passado, poderia procurar outro tipo qualquer de história. Mas que tipo de história? Da janela no fim do corredor avista-se o muro de uma casa, atrás do prédio da subprefeitura. Um caminhão, de que enxergo os pneus traseiros, está parado em frente a esse muro, detrás do qual me pergunto o que haverá. Termino meu cigarro, apago-o na areia do balde vermelho anti-incêndio e volto para a sala.

Leio a queixa de um certo Ethem contra um certo Kassim: este último teria ido ao domicílio de Ethem na ausência deste e conversado com sua esposa. Kassim não nega os fatos, afirma que esteve lá com a única intenção de comer crepes e que saiu com certa quantidade de manteiga. Dois homens querelam porque um deles puxou a barba do outro. Anoto depois o nome das aldeias da região de Gebze cuja renda foi concedida a Cafer e Ahmet por feitos de guerra. Depois leio uma petição que acusa duas mulheres, Kevser e Kezban, de se dedicarem à prostituição. As pessoas do bairro pedem a expulsão delas. Copio o depoimento da testemunha Ali, que declara que Kevser havia exercido anteriormente essa profissão. Satilmış cobra vinte e duas moedas de ouro de Kalender, que nega a dívida. Uma moça de nome Melek afirma que foi ilegalmente vendida como escrava a Bahattin por um certo Ramazan, apesar de ser livre.

Depois anotei também isto: um rapazola de nome Muharrem sai de casa para ir recitar o Alcorão, seu pai Sinan o surpreende em companhia de Resul. O pai acusa Resul de ter seduzido seu filho e pede uma investigação. Resul declara que Muharrem veio vê-lo, que foram juntos ao moinho e que, na volta, Muharrem desapareceu nos pomares aonde havia ido colher figos. Depois de anotar a data, procurei imaginar como seriam os figos com que sonhava um garoto cerca de quatro séculos atrás, e esse Resul que sonhava com aquele garoto que sonhava apenas com figos. Depois anotei alguns mandados: pedindo a prisão de um sipaio acusado de banditismo, o fechamento imediato das tabernas e as medidas a tomar contra os bebedores de vinho, e anotei várias outras coisas: roubos, litígios comerciais, atos de banditismo, casamentos, divórcios... Para que poderiam servir todas essas histórias? Mas dessa vez não saí para fumar um cigarro no corredor. Procurando esquecer que essas histórias deviam me servir para alguma coisa, copiei uma porção de números e de palavras acerca do preço da carne. Ao fazê-lo, dei com uma investigação feita após a descoberta de um cadáver numa pedreira. Achei pela primeira vez que aquela história ocorrida no dia 23 Recep de 1028* parecia uma boa coisa, o que me deixou de muito bom humor. Reli várias vezes, atentamente, as declarações dos operários que davam mil detalhes sobre o que haviam feito ao longo daquele dia. Pensei que um cigarro complementaria meu bom humor,

---

* No calendário ocidental, 6 de julho de 1619. (N. T.)

mas me contive e copiei tudo no meu caderno de notas, tal e qual. Esse trabalho me tomou bastante tempo, mas uma vez terminado me senti feliz da vida. O sol havia baixado no céu, viera pousar discretamente no parapeito da janela. Eu teria aceitado passar o resto da vida naquele subsolo fresquinho, contanto que alguém pusesse diante da porta três refeições diárias, mais um maço de cigarros e um pouco de *rakı* no fim do dia. Não dá para ver claramente hoje, mas acredito adivinhar: nesse papelório há histórias suficientes para alguém consagrar a elas toda uma vida, histórias capazes de me fazer descobrir o pedaço de terra firme em meio ao nevoeiro. Esses pensamentos aumentaram minha confiança em mim mesmo e no trabalho que faço. Depois, como um bom aluno bem-comportado, contei as páginas que tinha preenchido: exatamente nove! Decidi que merecia voltar para casa e tomar uma bebida. Me levantei.

10. Metin socializa

Estávamos na casa de Ceylan, sentados em seu atracadouro. Eu me preparava para mergulhar, e no entanto, merda, continuava prestando atenção no que eles diziam.

"O que vamos fazer esta noite?", perguntou Gülnur.

"Alguma coisa diferente", Fafa respondeu a ela.

"Podíamos ir a Suadiye."

"Fazer o quê?", perguntou Turgay.

"Ouvir música!", gritou Gülnur.

"Música tem aqui."

"Então sugira outra coisa."

Mergulhei e saí nadando rápido, dizendo a mim mesmo que ano que vem, nessa época, estaria na América, pensei também em meus pais em seu túmulo, imaginei as largas avenidas de Nova York, com os negros tocando jazz para mim em cada esquina, os intermináveis labirintos do seu metrô, onde ninguém presta atenção em ninguém, e me senti melhor, depois eu me disse que talvez não pudesse ir para a América se não conseguisse arranjar dinheiro, por causa do meu irmão e da minha irmã, fiquei com raiva, depois, não, foi em você que pensei, Ceylan: na sua maneira de sentar no atracadouro, na sua maneira de esticar as pernas, disse a mim mesmo que estava apaixonado por você e que ia conseguir me fazer amar por você.

Após um momento, tirei a cabeça da água e olhei para trás. Tinha me afastado bastante da praia, um medo estranho tomou conta de mim: eles estavam lá longe, e eu estava imerso numa massa líquida sem começo nem fim, cheia de sal e de algas. Tomado por um pânico repentino, voltei nadando rápido, como se estivesse sendo perseguido por um tubarão, saí da água e fui me sentar onde estava Ceylan. Disse qualquer coisa, falando por falar.

"A água está uma delícia."

"Mas você saiu depressa", disse Ceylan.

Me virei para Fikret, que não parava de falar. Dava um exemplo dos problemas com que são confrontadas as pessoas de personalidade forte: no inverno anterior, seu pai teve um ataque cardíaco, e Fikret assumiu a empresa, pois é, com apenas dezoito anos, e cuidou sozinho do negócio e dos funcionários até a volta do irmão mais velho, que estava na Alemanha; e quando, só para provar que em breve poderia se tornar uma pessoa importante, ele acrescentou que seu pai corria o risco de morrer de uma hora para a outra, contei a eles que nossos pais haviam morrido fazia tempo e que naquela mesma manhã tínhamos ido visitá-los no cemitério.

"Por favor, crianças! Que conversa deprimente!", disse Ceylan, se levantando.

"Vamos fazer alguma coisa!"

"É, vamos a algum lugar."

Fafa, que estava imersa na leitura de uma revista, ergueu a cabeça:

"Aonde?"

"Um lugar legal", disse Gülnur.

"Perto do forte", sugeriu Zeynep.

"A gente já foi lá ontem", disse Vedat.

"Então vamos pescar", disse Ceylan.

"A esta hora não dá mais", disse Turan, tentando abrir um frasco de bronzeador.

"Por que não?"

"Então vamos a Tuzla."

"Está quente demais", disse Fikret.

"Assim eu enlouqueço!", exclamou Ceylan, com raiva e desespero.

"Para vocês, nunca se pode fazer nada!", exclamou Gülnur.

"Então não vamos a lugar nenhum?", perguntou Ceylan.

Todo mundo se calou. Após um longo silêncio, a tampa do frasco escapou de Turan e rolou no chão, como uma bola de gude, até Ceylan, que lhe deu um chute, e a tampa caiu n'água.

"Não era o meu bronzeador, era o de Hülya", disse Turan.

"Compro outro para ela", disse Ceylan, vindo sentar a meu lado.

Eu me pergunto se estou ou não apaixonado por ela. Acho que sim. São pensamentos idiotas, esses, que o calor sufocante inspira. Turan se levanta, inspeciona o mar lá onde a tampa caiu.

"Não precisa procurá-la, Turan!", disse Ceylan se pondo de pé.

"Então procure você mesma."

"Eu?", fez Ceylan. "Por que eu? Husseyin que vá, ora!"

"Não diga bobagem", replicou Turan. "Eu vou."

"Vou eu", falei. "Acabei de sair da água."

"Você é um garoto muito legal, Metin", disse Ceylan. "Legal e cabeça boa."

"Então vá!", disse Turan, apontando para o mar com a ponta do pé, como se me desse uma ordem.

"Não vou", repliquei de repente. "A água está fria demais."

Fafa deu uma gargalhada. Me sentei novamente.

"Eu compro outro para você, Hülya", disse Turan.

"Não, eu é que vou comprar", disse Ceylan.

"Já estava acabando", disse Hülya.

"Mesmo assim, vou comprar", respondeu Ceylan a ela. "Que creme era?" E sem esperar a resposta, acrescentou em tom de súplica: "Bom, crianças, vamos fazer alguma coisa".

Foi então que Mehmet nos informou que Mary queria visitar a ilha em frente, e bruscamente despertou em nós aquele sentimento de inferioridade, aquele desejo de agradar o europeu, e todos pulamos nos barcos. Entrei no mesmo de Ceylan, mas ela saiu, correu para casa e voltou com duas garrafas.

"Gim!"

Alguém gritou "música", e Cüneyt foi buscar um daqueles abomináveis aparelhos de som com seus alto-falantes. Os motores roncaram, todos ao mesmo tempo, os barcos saíram bruscamente, levantando a proa. Sema quase caiu, depois à medida que a velocidade aumentava baixaram a proa e trinta segundos depois já estávamos ao largo, e eu pensava: eles são ricos, para eles pouco importa se uma coisa quebra, se amassa ou estraga, estão pouco ligando, são ricos, e os motores de seus barcos fazem quarenta milhas por hora, e fico com medo, esse medo nojento que anestesia minhas mãos e meus pés, Ceylan, estou apaixonado por você; mas pensei logo em seguida, não tenha medo, Metin, você é inteligente, acredito no poder da inteligência. Sim, eu acreditava.

Os barcos se aproximaram da ilha, como se fossem bater nos rochedos, depois pararam bruscamente. Só dava para ver o topo do farol, do outro lado da ilha. Apareceu um cachorro, seguido por outros dois, um preto e um cinzento, chegaram correndo na beira da praia, entre as pedras. Latiam alto em nossa direção. A garrafa de gim passava de mão em mão, sem nada para acompanhar; alguém a ofereceu a mim, bebi longos goles do gargalo, era amargo como veneno. Os cachorros continuavam a latir.

"Parecem cães raivosos!", disse Gülnur.

"Acelere fundo, Fikret, para ver como eles reagem!", disse Ceylan.

Fikret acelerou o motor até o limite, e os cachorros iniciaram uma corrida louca com a gente, em torno da ilha. Os outros gritavam, cantavam a plenos pulmões, para enfurecê-los ainda mais, e quanto mais os cachorros se excitavam, mais eles berravam, urravam, com paixão, e eu pensei comigo mesmo que eram uns bobocas, mas aquela algazarra toda me parecia no fim das contas bem mais divertida do que a atmosfera monótona, sufocante, da casa da minha tia, muito mais rica, muito mais viva do que aqueles cômodos apertados, empoeirados, com aquelas toalhinhas bordadas à mão por toda a parte.

"Música! Liguem a todo o volume, para ver o que eles fazem!"

Demos mais duas voltas em torno da pequena ilha, com o som no máximo. Na terceira volta, meu olhar se fixou na esteira branca de espuma que o barco deixava atrás de si e de repente fiquei perplexo: o rosto alegre de Ceylan havia surgido lá longe, nas ondas. Sem pensar, pulei na água, como se mergulhasse num sonho inquietante.

Na mesma hora, uma sensação estranha, apavorante, me invadiu: parecia que íamos morrer ali e que ninguém perceberia, devorados por um tubarão ou por aqueles cachorros que pareciam lobos famintos, dilacerados pelos barcos, e o ronco dos motores cobriria nossos gritos. O diabo que os carregue! Eu nadava como um louco, pensando em Ceylan, sem conseguir alcançá-la. Ergui a cabeça: um dos barcos tinha parado perto de Ceylan, eles a içavam a bordo. Depois vieram em minha direção.

"Quem te empurrou?", Fikret me perguntou.

"Ninguém empurrou ele!", disse Gülnur. "Ele pulou na água."

"Você pulou? Por quê?"

"E eu, quem me empurrou?", perguntou Ceylan.

Eu tentava subir no barco me agarrando ao remo que Turgay me estendia, mas ele o soltou bruscamente e caí de novo na água. Quando voltei à superfície, constatei com estupor que ninguém se interessava pela minha sorte: riam, brincavam uns com os outros. Para escapar o mais depressa possível desse estranho pesadelo em que eu me encontrava sozinho, só pensava em me juntar novamente a eles, e enquanto me içava me agarrando à borda de fibra de vidro do barco, continuava a prestar atenção no que diziam:

"Que chato!"

"Parece que Metin pulou na água logo depois de você, Ceylan!"

"Que fim levaram os cachorros?", perguntou Ceylan.

Consegui por fim subir no barco, exausto.

"Merda, vocês não sabem se divertir!", disse Gülnur.

"Cuidado que a gente te atira para os cachorros!"

"Se você sabe como se divertir, ensine para a gente", disse Turgay.

"Seus babacas!", gritou Gülnur.

Um dos cachorros trepou no alto de um rochedo e se pôs a uivar.

"Está doido!", disse Ceylan. Ela contemplava como que enfeitiçada o cachorro, cujos dentes brancos coruscavam. "Aproxime-se mais um pouco, Fikret."

"Pra quê?"

"Pra ver."

"Ver o quê?"

Fikret continuava a aproar o barco para a ilha.

"O que você quer com esse bicho?", perguntou Turgay.

"Ver se é macho ou fêmea?", perguntou Fikret, e parou o motor.

"Seu infeliz!", berrou Ceylan de um jeito esquisito.

Tive uma vontade repentina de abraçá-la, mas me contentei em olhar para ela, me perguntando o que eu podia fazer para que ela me amasse. Aquilo me virava a cabeça, me dava ganas de saltitar no barco, de gritar, sentimentos esquisitos me percorriam e, ao mesmo tempo que me convencia cada vez mais de que eu era um pobre coitado, minha autoestima aumentava, porque eu tinha me deixado dominar por esse sentimento que todos os livros e todas as canções idiotas celebram, mas na verdade não se tratava de nada além de um orgulho desprovido de qualquer fundamento, um tanto bobo, como o que um garotinho sente depois da circuncisão; eu entendia perfeitamente que quanto mais eu me deixava dominar por esse sentimento, mais me tornava um cara como outro qualquer, e essa ideia me agradava, mas como eu temia ter vergonha desses pensamentos, quis conseguir não pensar mais em mim, e depois senti vontade de chamar para mim a atenção de todos, mas tudo o que consegui foi repetir para mim mesmo que eu era pobre e que eles eram ricos, e não tive coragem de agir, nem encontrei nenhum pretexto para tal. A pobreza era uma camisa de força que amarrava meus braços e minhas mãos, que me sufocava, mas sua inteligência a rasgará, eu me dizia. Os outros pulavam, berravam no outro barco, dois deles lutavam tentando derrubar um ao outro na água. Depois o barco deles se aproximou do nosso, e eles começaram a jogar baldes d'água na gente. Fizemos a mesma coisa. Seguiu-se um duelo com os remos. Muitos caíram n'água. As garrafas de gim estavam vazias. Fikret jogou uma no cachorro. A garrafa se quebrou nas pedras.

"O que está acontecendo?", gritou Ceylan.

"Agora chega, vamos voltar", disse Fikret.

Ele acelerou o barco sem se preocupar mais com os que estavam na água. O segundo barco os pegou, depois nos alcançou. Atiraram um balde d'água na gente.

"Uma corrida! Uma corrida, bando de animais, vamos apostar uma corrida!"

Os dois barcos se posicionaram lado a lado e, ao berro de Gülnur, aceleraram. Logo percebemos que eles iam nos ultrapassar, mas Fikret, xingando nós todos, nos reuniu junto dele para irmos mais depressa. Eles no entanto logo se distanciaram e celebraram a vitória dando pulos no barco. Furiosa, Ceylan enrolou a toalha molhada e atirou-a neles com raiva, a toalha caiu na água, nosso barco deu meia-volta imediatamente, mas ninguém se abaixou para pegá-la, de modo que o barco passou por cima dela fazendo-a afundar. Depois saímos atrás da barca que vai de Darıca a Yalova, e demos duas voltas em torno dela berrando a plenos pulmões. Em seguida eles brincaram do que chamavam de abordagem, os dois barcos se posicionavam lado a lado, a borda protegida por boias e toalhas, depois se repeliam como carros se batendo. Por fim, sem reduzir a velocidade, dispararam para a praia, passando entre as cabeças dos banhistas.

"E se acontecesse um acidente?", murmurei olhando para as pessoas que fugiam soltando gritos de terror.

"Você por acaso é professor de alguma escolinha primária?", Fafa berrou para mim. "Ou quem sabe do colegial?"

"Você é professor?", indagou Gülnur.

"Detesto todos os professores!", disse Fafa.

"Eu também!", disse Cüneyt.

"É que ele não bebeu nem um golinho", disse Turan. "E fica bancando o garoto certinho."

"Bebi, sim", repliquei. "Mais que você até."

"Não basta aprender de cor a tabuada de multiplicação."

Me virei para Ceylan, ela não tinha ouvido, eu não disse nada.

Demos mais uma volta no mar, encostamos em frente ao jardim de Ceylan. Vi então uma mulher na beira do atracadouro, vestindo um albornoz, uma cinquentona: sua mãe.

"Vocês estão encharcados, crianças", disse ela. "De onde vêm assim? Cadê sua toalha, filha?"

"Perdi", respondeu Ceylan.

"Você vai ficar com frio", disse a mãe.

Ceylan fez um gesto de indiferença. Depois me apresentou.

"Ah, este é o Metin, mamãe. Eles moram naquela casa velha, naquela casa esquisita, silenciosa…"

"Que casa velha?", perguntou a mãe.

Apertou minha mão, perguntou o que meu pai fazia, eu disse que ele tinha morrido. Depois me perguntou qual era o meu colégio, respondi, e sobre a universidade acrescentei que contava ir estudar na América no ano seguinte.

"Nós também vamos comprar uma casa lá. Não se sabe que fim vai levar este país. Qual é o melhor lugar da América?"

Dei a ela os detalhes geográficos, falei das condições climáticas, da população, citando alguns números, mas não conseguia saber se ela me ouvia, porque não olhava para mim, examinava meu calção de banho e meus cabelos, como se fossem coisas que não fizessem parte de mim. Depois falamos um pouco da anarquia e da dramática situação da Turquia. Ceylan nos interrompeu:

"Desta vez foi você que esse menino presunçoso pegou de vítima, mamãe?"

"Não seja grosseira!", disse a mãe dela. Mas se afastou sem me ouvir mais.

Fui me espichar numa espreguiçadeira e me pus a pensar, enquanto espiava Ceylan e os outros, que mergulhavam sem parar. Quando eles se instalaram nas espreguiçadeiras ou nas cadeiras, ou no próprio cimento do atracadouro, caindo naquele incrível torpor debaixo do sol, me pus a imaginar um relógio deixado ali no atracadouro entre nossas pernas nuas imóveis: enquanto expõe sua face para o sol imóvel, seus ponteiros se confundem até ele ter de confessar que não pode mais medir o tempo, e os pensamentos do relógio não são diferentes dos pensamentos de alguém que não tem pensamento nenhum tentando entender o que seus pensamentos são.

11. Vovó pega a bomboneira de prata

Bateram na porta. Fechei os olhos, sem responder, mas a porta se abriu mesmo assim. Era Nilgün.

"A senhora está bem, vovó?"

Não respondi. Queria que ela visse meu rosto pálido, meu corpo imóvel, queria que ela me adivinhasse tomada por dores pavorosas.

"Está com uma cara melhor, vovó. Seu rosto voltou a ter cores."

Abri os olhos: eles nunca compreenderão nada e se contentarão em me trazer água-de-colônia num frasco de plástico e sorrir para mim com falsa alegria, e eu estarei sempre sozinha com meus pensamentos, meu passado e minhas aflições. Bom, me deixem a sós com meus pensamentos tão puros e tão belos.

"Como está se sentindo, vovó?"

Mas eles não vão me deixar. E eu não lhes direi nada.

"A senhora dormiu bem! Quer alguma coisa?"

"Limonada!", respondi não sei por quê.

Nilgün saiu, voltei a ficar a sós com meus pensamentos tão puros, tão belos, o calor do despertar nas minhas faces e em minha cabeça, e pensei em meu sonho, na lembrança do meu sonho, sou uma menininha, estou num trem que parte de Istambul e vejo jardins, os belos jardins de antigamente, que se sucedem, Istambul está longe e vamos de um jardim a outro. E então pensei em nossos primeiros dias aqui: a carruagem, o balde do poço que fazia a roldana ranger, a máquina de costura, o tac-tac do seu pedal, seu ritmo sereno, depois pensei no riso, no sol, nas cores, nas suas alegrias súbitas, Selâhattin, no presente que era o bastante, pensei nos primeiros dias, quando tínhamos descido do trem em Gebze porque eu me sentia mal, nos dias terríveis que passei numa cama de albergue ordinário, e depois na nossa chegada a Forte Paraíso, pela amenidade do seu clima... Um atracadouro abandonado desde a construção da ferrovia, quatro ou cinco casas velhas, alguns galinheiros, mas que dias bonitos, não é, Fatma, não vale a pena procurar outro lugar, vamos nos instalar aqui, não estaremos longe de Istambul, dos seus pais, você vai ser menos infeliz, e assim que o governo for derrubado poderemos voltar mais depressa para lá! Vamos construir uma casa para nós aqui!

Naquela época, dávamos juntos longos passeios a pé. Tem tanta coisa a fazer na vida, Fatma, me dizia Selâhattin, venha, vou te mostrar um pouco do mundo, o que a criança no seu ventre está fazendo, já dá pontapés, tenho certeza de que vai ser menino, vamos chamá-lo de Doğan,* para que ele nos lembre sem cessar este novo mundo que está nascendo, para que possa viver na vitória e na segurança, e também para que saiba que poderá enfrentar o mundo! Cuide bem da sua saúde, Fatma, nós dois temos de nos cuidar para viver, viver muito tempo, o universo não é maravilhoso?, essa relva, essas árvores, cheias de coragem, que crescem sozinhas, o homem não pode deixar de se extasiar diante da natureza, como Rousseau vamos viver nós também no seio da natureza, guardemos distância desses soberanos imbecis, desses paxás bajuladores, examinemos com nossa mente tudo o que nos rodeia. Como esse simples pensamento é doce! Está cansada, querida, tome meu braço, contemple a beleza desta terra e deste céu, estou tão feliz por ter escapado da hipocrisia que reina em Istambul, tão feliz que tenho vontade de mandar uma carta de agradecimento a Talat! Não pensemos mais na gente de Istambul, que eles apodreçam com seus erros, suas dores e as torturas que infligem uns aos outros! Aqui, vamos criar um novo mundo, pensando em coisas simples, livres, alegres, novas, vivendo essas coisas, um universo de liberdade como o Oriente nunca conheceu, um paraíso racional descido à terra, eu te prometo,

* Doğan: nascituro, nascente. (N. T.)

Fatma, tudo isso vai se realizar, faremos melhor que os ocidentais, porque pudemos ver os erros que eles cometeram, não os imitaremos em seus defeitos, e esse paraíso da razão talvez nunca venhamos a conhecer, mas mesmo que nossos filhos não o vejam, nossos netos o realizarão um dia aqui! Teremos de dar uma boa educação à criança que você traz em seu ventre, não quero que ela chore, nem mesmo uma vez, não quero que meu filho conheça o que se chama medo, a melancolia do Oriente, suas lágrimas, seu pessimismo, a derrota e a submissão; cuidaremos juntos da sua instrução, eu o formarei como um ser livre, você entende o que isso significa, não é? Bravo, Fatma, tenho orgulho de você, sinto respeito por você, para mim você é um ser livre e independente, não te considero uma servidora nem uma escrava, como fazem os outros homens, você é igual a mim, entende, não é, meu amor? Agora, voltemos para casa, sim, a vida é tão bela quanto um sonho, mas não devemos poupar esforços se quisermos que os outros também vejam esse belo sonho. Vamos para casa.

"Vovó, trouxe a limonada para a senhora."

Ergo a cabeça e olho para ela.

"Ponha o copo ali", falei, ela pôs. "Por que não mandou Recep trazer? Foi você que fez a limonada?"

"Sim, fui eu, vovó", Nilgün respondeu. "Recep está cuidando do jantar."

Faço uma careta, você me dá pena, menina, é evidente, esse anão conseguiu enganar você também. Ele é esperto, pérfido. Pensei comigo: apesar de feio e repugnante, conseguiu conquistar a confiança deles, fazê-los cair num sentimento de vergonha e culpa, exatamente como fez com o coitado do Doğan. Terá contado tudo? Minha cabeça cai de volta no travesseiro e, ai de mim, volto a pensar em todas essas coisas tão miseráveis e aterrorizantes que não me deixam dormir à noite.

Fico pensando que Recep com certeza lhes conta tudo: sim, Madame, conto a seus netos tudo que a senhora fez conosco, com minha pobre mãe, com meu pobre irmão, comigo, conto tudo para eles, quero que fiquem sabendo, que saibam tudo o que aconteceu, porque meu falecido pai, cale a boca anão, bem, como explicava tão bem o falecido sr. Selâhattin felizmente não existe mais Alá, só existe a ciência, e podemos, devemos conhecer tudo, eles têm de saber tudo, e eles sabem, eles me dizem pobre Recep, nossa avó foi muito cruel com você e continua a te maltratar, isso nos deixa muito tristes; nós nos sentimos responsáveis, por isso você não precisa lavar as mãos para preparar uma limonada para ela, não faça mais nada, descanse sem fazer nada, aliás você tem direitos sobre esta casa, com certeza é isso que dizem a ele, porque ele deve ter contado tudo, mas também deve ter dito a eles: crianças, sabem por que o pai de vocês, o sr. Doğan, quis vender os últimos diamantes da avó de vocês?, para dar o dinheiro para nós! Só de pensar nisso achei que eu ia sufocar de repente. Cheia de ódio ergo a cabeça:

"Onde está ele?"

"Quem, vovó?"

"Recep? Onde está?"

"Já disse, vovó, está lá embaixo. Preparando a comida."

"O que ele te disse?"

"Nada, vovó!", Nilgün respondeu.

Não, Fatma, não precisa temer, ele não vai contar nada para eles, nunca se atreverá, é esperto e pérfido, mas também um poltrão. Pego o copo de limonada na mesinha de cabeceira e, bruscamente, penso no armário. Pergunto-lhe de supetão:

"O que você está fazendo aqui?"

"Vim ver a senhora, vovó", respondeu Nilgün. "Queria muito estar aqui este ano."

"Está bem", falei. "Fique aqui! Mas não levante da cadeira."

Me levantei lentamente, peguei minhas chaves debaixo do travesseiro, peguei a bengala.

"Onde a senhora vai, vovó?", Nilgün perguntou. "Quer ajuda?"

Não respondo. Chego ao armário, paro, escuto. Enfio a chave na fechadura e me volto: sim, Nilgün continua sentada. Abro a porta do armário, olho, me preocupei à toa, o cofre está ali, vazio, claro, mas não importa, está ali, bem ali. Fecho a porta, de repente penso numa coisa. Pego a bomboneira na gaveta de baixo, fecho o armário à chave, estendo a bomboneira a Nilgün.

"Ah, vovó, a senhora se deu ao trabalho de levantar por minha causa?"

"Pegue outro, um vermelho."

"Que linda bomboneira, de prata!"

"Não toque nela!"

Volto para a cama, tento pensar em outra coisa mas não consigo: penso nos dias em que não ousava me afastar do armário. Era um daqueles dias, ele me disse: não está certo, Fatma, esse senhor veio de Istambul só para nos ver, e você nem sai do seu quarto, tanto mais que é um homem distinto, à europeia. E se você se comporta assim com ele por ser judeu, é mais escandaloso ainda, Fatma, desde o caso Dreyfus todos os europeus compreenderam que esses preconceitos não têm o menor fundamento. Depois ele desceu e eu fui olhar pela janela.

"Vovó, a senhora não bebeu a limonada."

Eu os via através das venezianas: ao lado de Selâhattin, um homenzinho deformado: o joalheiro do Grande Bazar! Mas Selâhattin falava com ele como se fosse um grande cientista e não um pequeno comerciante, eu podia ouvi-lo: Eh, Avram Efêndi, o que está acontecendo em Istambul, as pessoas estão satisfeitas com a proclamação da República?, perguntou Selâhattin, e o judeu: os negócios não vão bem, nada bem!, disse ele, e Selâhattin retrucou: não vão bem? O comércio também? No entanto a República vai beneficiar o comércio, e tudo o mais. Graças ao comércio é que nosso país será salvo, e não só nosso país mas todo o Oriente vai despertar, graças ao comércio. Devemos primeiro ensinar as pessoas a ganhar dinheiro, a ter um livro de contas, ou seja, temos de ensinar matemática a elas, e quando o comércio, a matemática e o dinheiro estiverem reunidos, criaremos fábricas; e então nós também aprenderemos, não só a ganhar dinheiro como eles, mas a pensar como eles! Na sua opinião, Avram Efêndi, para viver como eles é necessário pensar como eles ou, antes de tudo, ganhar dinheiro como eles? O judeu respondeu: quem são "eles", e Selâhattin: quem pode ser, meu caro, os europeus, os ocidentais, por acaso não há neste país um comerciante que é ao mesmo tempo muçulmano e rico, esse Cevdet, o lampista,* já ouviu falar dele? O judeu: ouvi, dizem que ganhou um dinheirão durante a guerra, e Selâhattin lhe pede mais uma vez notícias de Istambul: o senhor frequenta o bairro das editoras, quais são os novos escritores, os novos poetas, de quem se fala? O judeu responde: não estou a par, senhor, o senhor mesmo devia ir ver o que vem acontecendo! Ouvi então Selâhattin gritar, nunca mais volto lá, o diabo que os carregue, malditos sejam, eles nunca farão nada, Abdullah Cevdet,** por exemplo, seu

---

* Personagem de outro romance do escritor, *O senhor Cevdet e seus filhos*, que enriqueceu vendendo lampiões e lanternas, donde seu apelido. (N. T. da edição francesa)

** Médico, filósofo, sociólogo e político influentíssimo no início do século XX (1869-1932). (N. T. da edição francesa)

último livro não vale nada, ele plagiou Delahaye, plagia sem entender nada, com um monte de erros, aliás, nos domínios da indústria e da religião, é impossível dizer o que quer que seja sem ter lido Bourguignon, mas Abdullah Cevdet e Ziya* nunca fizeram mais do que plágios, apesar de não compreenderem nada do que leem, aliás Ziya mal sabe francês, é incapaz de entender direito um livro, pensei escrever um artigo para ridicularizar esses indivíduos, mas para quem escreveria?, e além do mais será que vale a pena perder o tempo que devo consagrar à minha enciclopédia para escrevinhar sobre gente tão pouco importante? Desisti de me interessar por eles, esses vampiros acabarão por se exterminar mutuamente.

Ergo a cabeça, pego meu copo, tomo um gole de limonada.

Depois Selâhattin disse ao judeu: vá lhes dizer o que penso deles, e o judeu replicou, eu não os conheço, senhor, essa gente nunca vai à minha loja, e Selâhattin gritou para ele, eu sei, eu sei!, aliás não adiantaria nada ir dizer a eles o que quer que seja, porque quando eu terminar minha enciclopédia, que terá quarenta e oito volumes, vão se encontrar nela todas as ideias, todas as palavras fundamentais que fazem falta no Oriente, poderei assim preencher de uma vez a incrível lacuna intelectual que reina em nosso país, essa gente ficará estupefata, os jornaleiros venderão minha enciclopédia na ponte de Galata, minha obra terá o efeito de uma bomba, da avenida dos Bancos à estação de Sirkeci, muitos dos que a lerão vão se suicidar, mas o resultado mais notável será que as pessoas simples poderão me compreender! Só então voltarei a Istambul, na hora dessa imensa renascença, para pôr fim a esse caos, só voltarei nesse dia! E o judeu: sim, o senhor tem razão, faz bem em viver aqui, Istambul não é mais o que era, até mesmo a atmosfera do Grande Bazar mudou, todo mundo só pensa em puxar o tapete uns dos outros. Um joalheiro tentará derrubar o preço da mercadoria de outro. Confie apenas em mim. Como eu lhe disse, os negócios estão muito parados, e mesmo assim vim aqui ver a mercadoria. Está ficando tarde, de modo que é melhor o senhor me mostrar esse diamante. E os brincos de que o senhor me falou em sua carta? Fez-se então um longo silêncio, um silêncio que eu escutava, de coração batendo, a chavezinha entre meus dedos.

"Não gostou da limonada, vovó?"

Tomei mais um gole, descansei a cabeça no travesseiro.

* Ziya Gökalp, sociólogo (1876-1924). (N. T. da edição francesa)

"Está ótima!", falei. "Parabéns, que boa mão você tem."

"Pus açúcar demais. Em que está pensando, vovó?"

Eu tinha ouvido a feia tosse nervosa do judeu e Selâhattin lhe dizer, com uma voz cheia de piedade, o senhor não quer ficar para almoçar, e o judeu falar de novo dos brincos. Então Selâhattin correu escada acima, se plantou do lado de fora da minha porta, desça, Fatma, vamos almoçar, seria humilhante para ele, e no entanto ele sabia muito bem que eu não desceria. Logo em seguida desceu com Doğan, e ouvi o judeu dizer, que garoto gentil, perguntou por mim, e Selâhattin explicou que eu estava doente, ouvi a puta servi-los e aquilo me deu náuseas. Não ouvia mais o que eles diziam, ou não prestava mais atenção, porque ele voltara a falar da sua enciclopédia.

"Em que está pensando, vovó, não vai me dizer?"

A enciclopédia: as ciências naturais e todas as outras, a ciência e Alá, o Ocidente e a Renascença, a noite e o dia e o fogo e a água e o Oriente e a noção do tempo e a morte e a vida: a Vida, a Vida!

"Que horas são?", pergunto.

O tique-taque do relógio fragmentando tudo. O tempo. Penso nele. Me arrepio.

"O relógio está marcando quase seis e meia, vovó", responde Nilgün. Ela se aproxima da minha mesinha de cabeceira: "Quantos anos tem este relógio, vovó?".

Eu não tinha escutado a conversa deles à mesa, porque o que diziam me horrorizava, porque eu queria esquecê-los, porque esqueci tudo. No fim dissera o judeu: estava tudo muito bom, e a mulher que preparou o almoço é muito bonita! Quem é ela? Não é daqui, é uma coitada de uma camponesa, Selâhattin respondera, já bêbado. Quando foi para o Exército, seu marido a confiou a um parente distante, um pescador daqui, que morreu, seu barco virou. Cuidar da casa cansava muito Fatma, procurávamos uma criada, então instalamos esta pobre mulher num quartinho lá embaixo, ela é muito trabalhadeira. Mas o quarto era minúsculo. Construí uma cabana para ela no jardim, seu marido nunca mais voltou, talvez tenha tentado desertar e foi enforcado, ou então morreu na guerra. Tenho muita estima por essa mulher, ela tem em si toda a beleza e o amor do meu povo ao trabalho. Me ensinou muita coisa sobre a vida e as condições econômicas das nossas aldeias. Tome mais um copo, por favor! Eu havia fechado a porta para não ouvi-lo mais, para não sufocar de asco.

"De quem era mesmo este relógio, vovó, a senhora nos disse no verão passado."

"Da minha falecida avó", respondi, e Nilgün riu, percebi ter gastado saliva à toa.

Mais tarde, meu pobre Doğan, que teve de almoçar em companhia de um judeu e de um beberrão, subiu até o meu quarto, eu mandei que ele lavasse as mãos antes mesmo de beijá-lo e o pus para fazer a sesta. Embaixo, Selâhattin continuou a falar, mas não por muito tempo. O judeu repetiu que queria voltar para a cidade. Selâhattin veio então me ver: ele está indo, Fatma; gostaria de ver um dos seus anéis ou um de seus brincos. Fiquei calada. Você sabe que esse homem veio de Istambul até aqui a meu pedido, você sabe muito bem, Fatma, não podemos nos despedir dele sem ter lhe proposto nada. Continuei calada. A maleta dele está repleta de dinheiro, Fatma, vai nos pagar um bom preço. Continuei calada... Escute, não podemos deixá-lo voltar de mãos abanando depois de ter feito toda essa viagem!

"Vovó, esta fotografia na parede é a do nosso avô, não é?"

Eu continuava calada: olhe, Fatma, me dissera Selâhattin com uma voz choramingona, você está vendo que não tenho nenhum paciente, não é culpa minha, posso afirmar isso sem sentir vergonha, porque se trata das consequências das superstições que reinam neste maldito país! Não tenho mais um tostão de rendimento; se não vendermos hoje ao judeu um dos seus anéis, dos seus brincos, um desses diamantes que enchem este cofrinho, como viveremos este inverno, não, não só este inverno, mas o resto da nossa vida, você nunca pensou nisso? Em dez anos, vendi tudo o que possuía, Fatma, você sabe quanto esta casa nos custou, vendi o terreno que tinha em Saraçhane três anos atrás. Como vivemos estes dois últimos anos? Graças à venda da loja do Grande Bazar. Você sabe que propus a meus primos vender a casa de Vefa, mas esses canalhas não aceitam e não me dão nem mesmo a parte do aluguel que me cabe. Você tem de saber com que vivemos estes dois últimos anos, debocham de mim em Gebze por causa disso: sabe por quanto vendi àqueles falsos comerciantes, àqueles bárbaros, minhas roupas velhas, meus aprestos de escrever, feitos de prata, única lembrança da minha pobre mãe, minha caixa de livros, minhas luvas, o rosário de madrepérola de meu pai, até mesmo o meu redingote ridículo, que só presta para os esnobes de Gebze? Mas chega, estou farto, e não tenho a intenção de vender meus livros, nem meus apetrechos médicos. Te digo francamente: tampouco tenho a intenção de me resignar a voltar para Istambul envergonhado, sem ter terminado minha obra, esta enciclopédia que vai metamorfosear toda a vida do Oriente, não vou abandonar meu trabalho de dez anos! O judeu está esperando lá embaixo, Fatma! É só uma joiazinha que você tem de tirar do seu cofre. Não só para nos livrar desse homem, mas também para que o Oriente desperte do seu sono secular, para que nosso filho não passe este inverno tiritando de frio, de barriga vazia! Ande, Fatma, abra este armário!

"Vovó, sabe que eu tinha medo dessa foto quando era pequena?"

Acabei abrindo o armário, Selâhattin estava dois passos atrás de mim.

"Tinha medo?", falei. "O que assustava você em seu avô?"

"A foto é tão escura, vovó!", disse Nilgün. "Eu tinha medo do seu olhar, da sua barba."

Tirei o cofrinho do fundo do armário, abri sem conseguir me decidir que joia ia sacrificar: os anéis, os broches, os alfinetes de diamante, as pulseiras, meu relógio de mostrador esmaltado, meus colares de pérolas, meus diamantes, meus diamantes, ó Alá!

"A senhora não ficou zangada comigo porque eu disse que tinha medo desse retrato, ficou vovó?"

Por fim Selâhattin se precipitou escada abaixo, os olhos coruscantes de alegria, apertando o brinco de rubis que tinha lhe entregado amaldiçoando-o de todo o meu coração, e só pelo barulho dos seus passos adivinhei que ia ser tapeado pelo judeu. A coisa não durou muito. A caminho do portão, chapéu na cabeça, a maleta esquisita na mão, o judeu lhe dizia, não precisa ir a Istambul, basta me escrever que venho imediatamente ver o senhor.

De fato, ele voltou mesmo todas as vezes. Usava o mesmo chapéu quando veio comprar o segundo brinco, sempre com sua maleta. Quando, seis meses depois, veio comprar a primeira das minhas pulseiras de brilhantes, os muçulmanos haviam sido obrigados por lei a usar o mesmo chapéu. O ano em que ele veio comprar a segunda pulseira não era mais o de 1345, mas 1926.* Quando voltou para comprar a terceira, trazia ainda a mesma maleta e continuava a se queixar de seus negócios, mas não tinha mais a oportunidade de perguntar pela bonita criada. Talvez porque os homens não pudessem

---

* Em 1926, a República, instaurada em 1923, como parte das medidas de ocidentalização do país, substituiu o antigo calendário *rumi* pelo calendário gregoriano. (N. T.)

mais repudiar suas esposas com uma simples fórmula, porque agora para se divorciar tinham de recorrer a um tribunal. Naquele ano, e em outros mais que se seguiram, foi Selâhattin que teve de preparar as refeições que eles compartilharam. Como sempre eu não saía do meu quarto e me dizia que ele talvez houvesse contado ao judeu tudo o que havia acontecido. Já tínhamos então nos livrado da criada e de seus bastardos, e até o dia em que Doğan trouxe da aldeia deles o anão e o coxo, ficamos sozinhos em casa. Foram nossos mais lindos anos. Na noite de uma das visitas do judeu, Selâhattin mergulhou na leitura do jornal que este tinha lhe deixado, e eu tive muito medo, porque imaginava que se tratasse de todos aqueles pecados, de todo aquele mal e do castigo que eu lhes havia infligido, e depois li o jornal, mas só havia fotos de muçulmanos usando um chapéu como o dos cristãos. E no jornal que o judeu nos trouxe em sua visita seguinte, acima das fotos viam-se muçulmanos de chapéu e as legendas eram escritas com letras como as dos cristãos. Selâhattin então declarou: num só dia toda a minha enciclopédia foi arruinada! Foi da vez em que vendi ao judeu meu colar de diamantes.

"Em que está pensando, vovó, a senhora está bem?"

Na visita seguinte, tirei do cofre o solitário. Nevava no dia em que lhe entreguei o anel com a esmeralda que minha avó tinha me dado de presente de casamento, e o judeu nos contara que tivera de enfrentar uma tempestade de neve para vir à nossa casa e até havia sido atacado por lobos, dos quais tinha se defendido com a maleta. Adivinhei no mesmo instante que ele nos contava essa história para comprar o anel pela metade do seu valor. A vez seguinte foi no outono. Doğan me fizera chorar ao anunciar que havia decidido cursar ciências políticas. Na visita do judeu seis meses depois, foi a vez do conjunto de colar e pingentes de rubi. Selâhattin ainda não tinha ido a Gebze para registrar o sobrenome que havia escolhido para nós. Fez isso após seis meses, e ao voltar me contou que tinha discutido com o escrivão. Quando li o sobrenome nos documentos que ele me mostrava todo orgulhoso, compreendi por que tinham caçoado dele; o desgosto tomou conta de mim, fiquei arrepiada com a ideia de que aquele nome horrível* seria um dia gravado no meu túmulo. No ano seguinte o judeu veio no inverno, levando meu anel e meus brincos ornados com rosas de brilhantes, e no verão daque-

---

* Darvinoğlu, ou seja, filho de Darwin. (N. T.)

le mesmo ano dei a Doğan minhas pérolas rosadas para ele vender e se divertir em Istambul, porque eu o via andar melancolicamente de um lado para outro em seu quarto. Ele não se divertiu. Sem dúvida porque era mais fácil para ele me acusar. Depois disso é que foi buscar na aldeia os dois bastardos cuja mãe tinha morrido e os instalou em casa.

"Em que está pensando, vovó? Neles de novo?"

Da outra vez que o judeu veio, Selâhattin havia enfim compreendido que meu cofre estava quase vazio. Quando pegou meu broche com a estrela e o crescente de rubis, jurou que a enciclopédia logo estaria terminada. Naquela época, ele se embriagava desde a manhã. Eu não saía mais do meu quarto, sabia que aquele broche e o outro, no ano seguinte, com os topázios, haviam sido vendidos pela metade do preço, porque Selâhattin já não passava de um bêbado e nunca quisera reduzir as despesas que tinha com livros. Se entregara de corpo e alma ao diabo. E quando convidou o judeu a vir visitá-lo, tinha estourado mais uma guerra. Depois o judeu voltou apenas duas vezes: na primeira, dei a eles meu broche de rubis, e na segunda foi aquele em que estava escrito com uns brilhantes minúsculos "os maus dias passam". Selâhattin vendeu esse amuleto e pouco tempo mais tarde, logo depois de me anunciar que havia feito uma descoberta da maior importância, uma descoberta incrível, bem no instante em que se preparava para escrever ao judeu, ele morreu. E quando Doğan, meu pobre filho tão ingênuo, pegou para vender e dar o dinheiro aos bastardos meus dois solitários que eu tinha escondido cuidadosamente, meu cofre ficou vazio. Agora, digo comigo mesma, o cofre está lá, vazio dentro do armário.

"Em que está pensando, vovó? Diga!"

"Em nada", respondo, ausente. "Não estou pensando em nada."

12. Hasan se irrita com a matemática

Voltar para casa depois de ter batido perna o dia inteiro é como voltar às aulas depois das férias de verão. Fiquei no café até fechar, todos os frequentadores iam embora um depois do outro, e eu esperava, desejando encontrar um amigo que talvez me convidasse para fazer alguma coisa, mas, os que vi, a única coisa que fizeram foi me chamar de "chacal, chacal".

"Ei, Hasan, pare de bancar o chacal e vá pra casa estudar matemática!"

Volto para casa, subo a ladeira, indiferente a todas as pessoas com que cruzo, porque gosto do escuro, da noite silenciosa, em que só se ouve o canto dos grilos, ouço-os e é como se eu discernisse meu futuro nas trevas: viagens a lugares distantes, guerras mortíferas, o crepitar das metralhadoras, a alegria dos combates, e também os filmes históricos em que vemos os condenados a remar, chicotes que calariam o tumulto dos pecadores, exércitos em formação de combate, as fábricas, as putas, e sinto vergonha, tenho medo de mim mesmo. Um dia serei um homem célebre. Cheguei ao alto da ladeira.

De repente, sinto um aperto no coração: as luzes de casa! Parei para observá-la: parecia um túmulo onde uma lâmpada brilha. Nenhum movimento diante das janelas. Chego perto e olho: mamãe não está; papai cochila no sofá, à minha espera, que espere! Vou entrar pela janela do meu quarto sem fazer barulho. Dou a volta, olho: a janela está fechada. Que azar! Fui bater na vidraça da outra janela, meu pai acordou. Em vez de vir abrir a porta, abre a janela e grita:

"Onde você estava?"

Não digo nada, ouço os grilos. Ficamos um instante calados.

"Entre logo, entre!", disse papai. "Não fique aí."

Entrei pela janela. Plantado diante de mim, ele me fitava com seu olhar de pai. Depois começou mais uma vez: meu filho, meu filho, por que você não estuda, meu filho, meu filho você fica o dia inteiro na rua, e coisas do gênero. Penso de repente: mamãe, por que você e eu temos de viver com este homem que não para de se lamentar? Sinto vontade de acordá-la para lhe fazer a pergunta e para lhe sugerir que abandone comigo esta casa. Mas pensei na tristeza que meu pai sentiria e isso me incomodou, porque eu também sou culpado, passei o dia na rua, mas não se preocupe, pai, você vai ver que vou estudar bastante amanhã. Se eu lhe dissesse isso ele não acreditaria. Ele terminara por se calar, me fitava lacrimejante e furioso. Fui imediatamente para o meu quarto, me instalei à minha mesa, olhe, pai, vou estudar matemática, não se preocupe mais comigo, pai, está bem? Fechei a porta. A luz do meu quarto está acesa, você poderá vê-la filtrada por baixo da porta e saberá que estou estudando. Mas ele continuava a resmungar.

Quando, passado um instante, não o ouvi mais, fiquei inquieto, entreabri a porta sem fazer barulho, ele não estava mais lá, devia ter ido se deitar. Eles gostariam que eu me matasse de trabalhar, enquanto dormem a sono solto. Muito bem, muito bem, já que o diploma do colegial é tão importante para vocês, vou estudar a noite inteira sem pregar os olhos, a ponto de deixar minha mãe com dó de mim amanhã de manhã, vocês vão ver, mas sei que há na vida coisas mais importantes do que o diploma. Eu poderia lhes falar delas, se vocês quisessem. Você ouviu falar dos comunistas, mamãe, dos cristãos, dos sionistas, dos franco-maçons que se infiltraram entre nós, sabe o que Carter e Brejnev se disseram? Mas eles não me ouviriam se eu falasse disso tudo, e mesmo que ouvissem não entenderiam nada... Bom, é melhor eu estudar matemática em vez de me irritar, pensei.

Abri o livro, tinha parado na porra dos logaritmos! Sim, escrevemos log, e dizemos que $\log (A.B) = \log A + \log B$. Essa é a primeira coisa a saber, há outras, os teoremas, como o livro os chama. Copiei tudo com todo o cuidado no meu caderno, depois contemplei com prazer minha caligrafia impecável.

Enchi quatro páginas, eu sei trabalhar. Então era isso o que eles chamam de logaritmo. Agora vou também resolver o problema. Pede-se para calcular o seguinte logaritmo:

$$\text{Log}^6 \sqrt{\frac{ax - b}{ax + c}}$$

Bom, vamos lá. Fiquei olhando para a fórmula. Depois reli tudo o que havia anotado no meu caderno, reli tudo o que havia no livro, demorei um tempão, mas não pude descobrir o que era preciso dividir e multiplicar, e pelo quê, e o que eu devia simplificar, reli mais uma vez, vou acabar sabendo tudo de cor, examinei bem as soluções dos problemas citados no livro, mas continuei sem entender essa fórmula horrorosa. Fiquei furioso. Me levantei sem me dar conta. Eu bem que fumaria um cigarro, se tivesse. Então me sentei, peguei o lápis, tentei resolver o problema. Mas só consegui fazer uns rabiscos. Olhe, Nilgün, o que escrevi na margem do caderno pouco depois: *Por ti eu não tinha paixão, mas me fizeste perder a razão.* Ainda estudei mais um pouco, mas em vão. Em seguida me perguntei de que adiantaria saber a relação entre aqueles log e aquelas $\sqrt{}$. Supondo-se que um dia eu fique tão rico que não possa mais calcular minha fortuna sem utilizar os logaritmos e as raízes quadradas, ou que seja encarregado dos negócios do Estado, seria eu idiota a ponto de não pagar um contador para fazer isso para mim?

Pus de lado meu livro de matemática. Abri meu manual de inglês, mas minha disposição tinha se acabado: *Mr. and Mrs. Brown* que vão à merda, sempre as mesmas ilustrações, as mesmas pessoas que sempre sabem tudo e levam uma vida tão certinha, com suas caras satisfeitas e antipáticas, são ingleses, usam gravata e paletós bem passados, as ruas na terra deles são limpinhas. Um senta, o outro levanta, põem em cima da mesa e embaixo da mesa e ao lado da mesa e dentro da mesa uma caixa de fósforos que não se parece com as daqui. *On, in, under,* e sei lá o que mais, e tenho de aprender de cor essas besteiras, senão o vendedor de bilhetes de loteria que ronca no quarto ao lado vai voltar a se lamentar porque seu filho não estuda. Cobri a página com a mão, olhos no teto, aprendi tudo de cor e de repente me enchi e joguei o livro no chão: merda! Me levantei, saí pela janela. Não sou dos que se contentam com esse gênero de ocupação. Quando vi o mar escuro, que se avista do extremo do jardim, e o farol da Ilha dos Cachorros piscando, sozinho na escuridão, me senti melhor. Não há luzes no bairro baixo, salvo a dos postes da rua e, mais longe, a da fábrica de vidros, da qual sobe um ronco surdo, e depois a lanterna vermelha de um navio silencioso. O jardim tem cheiro de mato seco, o jardim silencioso tem cheiro de verão e, também, de um pouco de terra. Só dá para ouvir os grilos, esses grilos desaforados que nos lembram da sua presença nas trevas dos cerejais, dos olivais, das vinhas, nas colinas distantes, no frescor debaixo das árvores. E quando escuto atentamente, creio ouvir o coaxar dos sapos nas águas lamacentas do lago, à beira da estrada de Yelkenkaya. Vou fazer grandes coisas na vida! Penso em tudo o que vou fazer: guerras, vitórias, a esperança e o medo da derrota, e o sucesso, e os infelizes com os quais serei atencioso, e todos os que deverão a mim sua salvação, e o caminho que teremos de percorrer neste universo implacável. Todas as luzes estão apagadas no bairro baixo: todos dormem, todos têm sonhos idiotas ou insignificantes, sonhos miseráveis, sou o único aqui a estar acordado no alto, muito acima deles. Gosto muito da vida e tenho horror a passar meu tempo dormindo, quando há tantas coisas a fazer. Fiquei pensando.

Depois voltei para o meu quarto, sempre pela janela, e tendo entendido que não conseguiria mais estudar, me deitei na cama sem tirar a roupa, assim que acordasse voltaria ao trabalho. Penso que, no fundo, para estudar inglês e matemática, os dez últimos dias bastarão. Penso que logo o sol nascerá devagarinho, os passarinhos começarão a gorjear nos galhos e você, Nilgün, irá à praia deserta. Eu também. Quem poderá me impedir? Primeiro achei que não conseguiria dormir, que as batidas do meu coração continuariam a me sufocar, depois percebi que já estava caindo de sono.

Ao acordar, o sol batia no meu braço, minha camisa e minha calça estavam ensopadas de suor. Pulei logo da cama. Meus pais ainda não tinham levantado. Fui à cozinha, comia queijo e pão quando minha mãe entrou:

"Onde você estava?"

"Onde eu poderia estar? Aqui", respondi. "Estudei a noite toda."

"Está com fome?", ela perguntou. "Quer que faça um chá?"

"Não precisa", respondi. "Já estou de saída."

"Aonde você vai tão cedo, sem ter dormido?"

"Vou dar uma volta. Assim acordo. Depois volto para estudar."

Olhei para ela antes de sair, parecia cheia de compaixão.

"Ah, mamãe", falei. "Você podia me dar cinquenta liras?"

Ela olhou para mim indecisa. Depois:

"O que você vai fazer? Bom, bom! Não diga nada a seu pai!"

Ela saiu e voltou com duas notas de vinte liras e uma de dez. Agradeci, fui ao meu quarto, enfiei meu calção, por cima dele a calça, e saí pela janela, com medo de acordar meu pai. Olhei para trás, minha mãe me seguia da janela com o olhar. Não se preocupe, mamãe, sei o que vou fazer na vida.

Desci pela via asfaltada. Os carros passavam por mim a toda. Homens de gravata, paletó pendurado ao lado, se dirigiam a cem por hora para Istambul para fazer suas tramoias e tapear uns aos outros, eles nem me percebiam, mas eu também não estou nem aí para vocês, seus grã-finos engravatados, bando de cornos!

Ainda não tinha ninguém na praia. Entrei de graça porque os guardas ainda não haviam chegado, fui até o fim da praia, até os rochedos, onde se ergue o muro de uma casa, andando com cuidado para não encher meus tênis de areia, sentei num canto ao abrigo do sol. Daqui poderei ver Nilgün entrar. Contemplo o fundo do mar calmo: uns peixinhos vão e vêm balançando entre as algas, tainhas prudentes fogem ao menor ruído. Contenho a respiração.

Muito mais tarde apareceu um homem, pôs os pés de pato, a máscara, armou seu arpão e sumiu à caça das tainhas. Como me irrita ver esses babacas caçar tainhas! Depois a água voltou a ficar clara e pude ver novamente as tainhas e também alguns gobiões. E então o sol começou a me queimar.

Quando eu era pequeno, quando só havia aqui a casa velha e esquisita deles, e a nossa lá em cima, vínhamos brincar aqui, Metin, Nilgün e eu, eu entrava na água até os joelhos e ficávamos espiando os bodiões e os peixinhos miúdos. Mas só pegávamos no máximo um gobião, e Metin dizia, ponha-o de volta na água, mas eu não me decidia a jogá-lo, já que ele tinha devorado a isca e então o colocava na minha caixa que enchia de água, e Metin caçoava de mim! Não é por pão-durismo, cara, dizia a ele. Nilgün talvez nos ouvisse, e eu dizia a ele, não sou pão-duro, só quero fazer este gobião pagar a minha isca. Metin continuava a zombar de mim, ei, olhe só, Nilgün, ele guarda o gobiãozinho, e não é chumbo que ele tem na linha, mas um parafusão! Como ele é miserável! Meninos, dizia Nilgün, joguem esses peixes de volta na água, está bem? Não é fácil ser amigo deles, eu é que sei! Mas que dá para fazer sopa de gobião, acrescentando cebola e batata, isso dá.

Em seguida fiquei observando um caranguejo. Esses animais têm sempre um ar sonhador ou distraído, porque estão o tempo todo correndo pra lá e pra cá. Por que você agita assim suas patas e suas pinças? É como se esses caranguejos conhecessem muito mais coisas do que eu: esses velhos pretensiosos nasceram todos assim. Mesmo os filhotes, que ainda têm o abdome mole e branco, parecem velhos.

Depois a superfície da água se agitou, eu não enxergava mais o fundo, e quando as pessoas chegaram e foram nadar, a água ficou turva. Me voltei para a entrada e vi você, Nilgün, que acabava de entrar, com a bolsa na mão. Você vinha em minha direção.

Ela se aproximou, parou, tirou o vestido amarelo, pude ver que usava um biquíni azul, estendeu uma toalha na areia e se deitou logo em seguida. Não a via mais. Depois, se pôs a ler um livro que tirou da bolsa. Eu podia enxergar sua cabeça e a mão que segurava o livro. Fiquei pensando.

Suava. O tempo passava, ela continuava a ler. Joguei água no rosto para me refrescar. Passou mais tempo. Ela continuava lendo.

E se eu fosse até ela e dissesse, bom dia, Nilgün, vim nadar, tudo bem com você?, mas pensei que ela podia se zangar. Pensei também, sei lá por quê, ela é um ano mais velha que eu. Vou falar com ela mais tarde, ou outro dia.

Depois Nilgün se levanta, vai até o mar; como ela é bonita, penso. Ela mergulha de repente e sai nadando. Nada regularmente, se afasta sem se preocupar com suas coisas, que deixou na areia. Não se preocupe, Nilgün, eu tomo conta das suas coisas; ela continua a nadar sem olhar para trás. Alguém poderia mexer na sua bolsa, mas eu estou de olho, suas coisas estão em segurança.

Eu me levanto, vou até a bolsa. Ninguém está me olhando. Além do mais, Nilgün é minha amiga. Me inclino, olho a capa do livro que ela pôs em cima da sacola: vê-se um túmulo cristão e dois velhos que choram diante do túmulo. *Pais e filhos* é o título. Debaixo do livro, o vestido amarelo. O que haverá na bolsa? Só por curiosidade, revistei-a rapidamente, com medo de que alguém pensasse que eu era um ladrão: um frasco de bronzeador, fósforos, uma chave, quente por causa do sol, mais um livro, um moedeiro, grampos de cabelo, um pequeno pente verde, um par de óculos escuros, uma toalha, um maço de cigarros Samsun e outro pequeno frasco. Nilgün continua nadando ao longe. Deixo tudo onde estava na bolsa para que ninguém imagine que sou um ladrão, mas de repente pego o pequeno pente verde e o enfio no bolso. Ninguém me viu.

Volto para as pedras, espero. Nilgün por fim sai da água, vai correndo se enrolar na toalha. Não dava para acreditar que era uma moça séria, um ano mais velha que eu. Parecia uma menininha. Depois de se enxugar, remexe na bolsa, enfia apressada o vestido amarelo e vai embora.

Fiquei surpreso um instante, imaginando que era de mim que ela fugia. Depois, corri atrás dela: estava indo para casa. Corri mais depressa e cheguei à altura dela, mas ela virou de repente, o que me pegou de surpresa, porque agora era como se fosse ela que me seguisse. Virei à direita, parando do outro lado da venda, e esperei escondido atrás de um carro, fingindo amarrar meu tênis. Ela entrou na venda.

Atravessei a rua, então. Assim ficaremos cara a cara quando ela sair e for para casa. Passou então pela minha cabeça: tiro o pente do bolso e dou a ela: Nilgün, este pente é seu?, eu perguntaria. É, sim, onde você achou?, ela responderia. Você o deixou cair, diria eu. Adivinhou que ele era meu?, ela diria. Não, é que você deixou cair no caminho, eu vi cair e peguei, diria a ela. Fiquei à espera debaixo de uma árvore. Como transpirava!

Pouco depois ela sai da venda, vem em minha direção. Bom, eu ia mesmo à venda... Não olho para ela, avanço de olhos baixos, fixos nos meus tênis. Levanto de repente a cabeça.

"Oi", falei. Como ela é linda, pensei.

"Oi", disse ela, sem sorrir.

Parei, mas ela não.

"Está indo pra casa, Nilgün?", perguntei.

Minha voz soou esquisita.

"Estou", disse ela, se afastando sem acrescentar mais nada.

"Até logo!", gritei e depois tornei a gritar: "Dê lembranças ao tio Recep!".

Fiquei embaraçado. Ela não se virou, não disse uma palavra. Vejo-a se afastar. Por que ela se comporta assim comigo? Talvez tenha entendido tudo. Mas entendido o quê? Não se cumprimenta um amigo de infância ao encontrá-lo na rua? Que estranho! Volto a caminhar, pensativo. Têm razão os que dizem que o mundo mudou muito, as pessoas nem sequer se cumprimentam mais. Eu me digo que tenho cinquenta liras no bolso e que Nilgün na certa já chegou em casa. Em que estará pensando? Eu podia lhe telefonar para dizer que não espero nada dela, só um simples olá. Continuo a caminhar pensando no que vou lhe dizer ao telefone. Poderia dizer que a amo, por que não? Pensei numa porção de coisas. A rua está cheia de gente nojenta indo para a praia. O mundo está mesmo complicado!

Vou ao correio, consulto a lista telefônica. Família Darvinoğlu, Selâhattin. Forte Par. Av. Beira-mar, 12, anotei o número, pago dez liras por uma ficha telefônica, entro na cabine, disco, chegando ao último número erro e disco nove em vez de sete. Mas não desligo. O telefone toca, a ficha cai na caixa barulhentamente.

"Alô?", diz uma voz de mulher.

"Alô? De onde falam?", pergunto.

"Da casa do sr. Ferhat. Quem é?"

"Um amigo", digo. "Gostaria de dizer uma coisa."

"Pois não", diz a voz, preocupada. "De que se trata?"

"É importante", falo e me pergunto o que vou dizer. Dez liras se foram.

"Quem é?", volta a perguntar.

"Quero falar com o sr. Ferhat!", falo. "Chame para mim seu marido!"

"Com Ferhat? Mas quem é?"

"Ele mesmo. Chame!", falo.

Olho pelo vidro da cabine, o funcionário não presta atenção em mim, está entregando um selo a um cliente.

"Quem é?", ela torna a perguntar.

"Eu te amo", digo. "Eu te amo!"

"O quê? Quem é você?"

"Sua puta da alta! Os comunistas estão tomando conta do país enquanto vocês andam por aí seminuas, suas putas, eu te…"

Ela desliga. Faço a mesma coisa. O funcionário está dando o troco. Saio a passos lentos. Ele nem lançou um olhar para mim. Não me arrependo de ter gastado as dez liras. Saio do correio, caminho, digo a mim mesmo que ainda tenho quarenta liras no bolso. Se bastam dez liras para se divertir como acabo de fazer, posso me divertir mais quatro vezes com quarenta liras. É o que se chama cálculo matemático. E dizer que me fizeram perder um ano inteiro porque cismaram que eu não conseguia aprender nada de matemática! Está bem, senhores, eu sei esperar, mas cuidado para no fim das contas não se arrependerem.

13. Recep compra leite e mais algumas coisas

A srta. Nilgün voltou da praia, o sr. Faruk esperava por ela para o café da manhã. Sentaram-se à mesa, eu os servi. Ela lia o jornal, o outro parecia cochilar; mesmo assim conversaram, riram, comeram. Depois o sr. Faruk pegou sua pasta e foi para o Arquivo de Gebze; Nilgün se instalou no jardim, perto do galinheiro, com um livro. Metin ainda dormia. Deixei a mesa posta, subi. Bati na porta de Madame, entrei no quarto.

"Vou ao mercado, Madame", falei. "Deseja alguma coisa?"

"Mercado?", fez ela. "Tem algum mercado aqui?"

"Faz anos que as lojas se abriram. A senhora já sabia. Deseja alguma coisa?"

"Não quero nada dessa gente!", disse ela.

"O que deseja que eu lhe sirva para o almoço?"

"Não sei", respondeu. "Faça qualquer coisa!"

Desci, tirei o avental, peguei a sacola, as garrafas vazias, as rolhas. Ela sempre me diz o que não quer para comer, nunca o que quer. Antes, eu tinha de pensar, adivinhar o que ela queria, mas depois de tantos anos sei o que ela come. Está mais quente hoje, suo. As ruas estão repletas, mas ainda há muita gente que parte para Istambul, onde trabalham.

Subi a ladeira, as casas são mais espaçadas agora, começam os pomares e os cerejais. E ainda se veem passarinhos nas árvores. Estou de bom humor mas não vou mais longe, pego o pequeno caminho e logo avisto a casa deles, com a antena de tevê no teto.

A mulher de Nevzat e a tia Cennet estão ordenhando as vacas. É um bonito espetáculo, principalmente no inverno, quando sai vapor do leite. Nevzat está ali, montado em sua moto, que encostou na outra parede da casa. Vou em sua direção.

"Olá", cumprimento.

"Olá", ele responde sem se virar para mim.

Está com um dedo enfiado em algum lugar da moto, cutuca lá dentro. Nós dois ficamos calados. Acabei falando por falar:

"Está enguiçada?"

"Que ideia!", exclamou. "Quebrada? Ela?"

Ele tem muito orgulho da moto e faz o maior alvoroço no bairro com a sua barulheira. Comprou-a há dois anos, com o que ganha vendendo leite e fazendo trabalhos de jardinagem. De manhã ele vai de moto entregar leite, mas recomendei que não passasse por nossa casa, prefiro vir buscar na casa dele, para conversar um pouco.

"Trouxe duas garrafas hoje?"

"É", respondi. "O sr. Faruk e os outros estão lá."

"Está bem, bote as garrafas aqui."

Boto. Ele traz uma medida e um funil. Primeiro derrama o leite na medida, depois nas garrafas.

"Faz dois dias que não te vejo no café", diz ele.

Não falo nada.

"Ah", diz ele. "Não ligue para aqueles sujeitos. São uns grosseirões."

Fico pensando no que disse.

"Sabe, eu me pergunto: será que o que o jornal escreveu é verdade? Será que existiu mesmo uma casa para anões?"

Todos leram o jornal!

"E você ficou ofendido e saiu", disse ele. "Não ligue para esses comunistas desaforados! Onde você foi naquele dia?"

"Ao cinema."

"Ver o quê? Conte."

Contei. Quando terminei, ele tinha enchido as garrafas e punha a rolha com cuidado.

"Não se encontram mais rolhas de cortiça", disse ele. "Ficaram caras demais. Para o vinho ordinário, a gente usa aquelas de plástico. Não percam suas rolhas de cortiça, digo a eles. Se perderem, vão ter de pagar dez liras. Porque eu não sou a Leites Pinar! Se isso não lhes convier, então deem leite adulterado para os seus filhos!"

É o que ele repete todos os dias. Quase tirei do bolso as rolhas que o sr. Faruk tinha me dado, mas mudei de ideia, não sei por quê.

"Tudo fica mais caro", falei para lhe agradar.

"É verdade!", disse ele, continuando a encher as suas garrafas e falando excitado sobre a carestia e os bons tempos de antigamente. Farto daquela conversa, não o escutava mais. Pôs todas as garrafas numa caixa e me disse:

"Vou entregá-las, se quiser posso te deixar em casa."

Aciona o pedal, o motor ronca, senta no selim:

"Vamos!", grita.

"Não, obrigado", respondo também num grito. "Prefiro caminhar."

"Tudo bem", diz ele, e desaparece na sua moto.

Contemplei a nuvem de poeira que ele deixava atrás de si pelo caminho de terra que levava ao asfalto. Fiquei é com vergonha de subir na moto. Saio andando, com minhas duas garrafas de leite na sacola. Me volto: a mulher de Nevzat e tia Cennet continuam a ordenhar as vacas. Tia Cennet vivenciou a peste, minha mãe contava, o tempo da grande peste, ela nos dava detalhes apavorantes. Deixo para trás os pomares e os grilos, começam as casas. Lugares que não mudavam havia anos. Depois, as pessoas começaram a vir em setembro, para caçar com seus cães ferozes, bem alimentados, que pulavam como loucos dos carros, cuidado, crianças, não se aproximem dos caçadores, eles podem atirar em vocês! Uma lagartixa num buraco de um muro. Saiu fugindo! Sabe por que a lagartixa quando foge larga a cauda, filho, me perguntou o sr. Selâhattin, sabe a que princípio obedece? Eu me calava, olhava para ele, temeroso: um pai cansado, alquebrado, esgotado. Espere, vou anotar, ele me disse, e escreveu "Charles Darwin" num pedaço de papel que me entregou. Tenho até hoje esse papelzinho. Pouco tempo antes de morrer, ele me deu outro papel: a lista do que nos falta aqui e do que temos sobrando, só te deixo esta lista, filho, um dia talvez você compreenda. Peguei o papel: estava escrito no alfabeto antigo. Ele me fitava atento com seus olhos congestionados pelo álcool; havia trabalhado o dia inteiro em sua enciclopédia, estava exausto. Bebia todas as noites, e uma vez por semana se embriagava. Bebia até cair num canto do jardim, em seu quarto ou mesmo na beira do mar, às vezes passava dias sem ficar sóbrio. Nesses dias, Madame se trancava em seu quarto e dele não saía. Entrei no açougue. Estava cheio, mas não vi a bela mulher de cabelos negros.

"Vai ter de esperar um pouco, Recep", disse Mahmut.

Aquelas garrafas me deixaram cansado, sentar me fez bem. Depois, quando eu descobria o lugar em que ele tinha caído, ficava com medo, mas tratava de acordá-lo depressa, para que Madame não desandasse a gritar e também para que ele não ficasse deitado no frio. Por que o senhor se deitou aí, eu lhe dizia, vai chover, o senhor vai se resfriar, vamos para casa, o senhor poderá se deitar em sua cama. Ele resmungava, reclamava, xingava com sua voz de velho: merda de país! Merda de país! Tanto trabalho em vão! Se eu tivesse podido terminar meu livro, se tivesse podido pelo menos enviar aquele artigo a Istepan antes! Que horas são, toda uma nação mergulhada no sono, todo o Oriente está mergulhado no sono, não trabalhei à toa, é claro, mas estou tão cansado, ah, se eu tivesse tido a mulher que precisava! Quando sua mãe morreu, Recep, meu filho... Acabava se levantando, se apoiava em mim, eu o levava para casa. No caminho, ele continuava a resmungar: quando eles vão acordar, hein? Esses cabeças-ocas continuam a dormir em sua paz estúpida, mergulhados na serenidade idiota que as mentiras asseguram, na alegria simplista de crer que o mundo que os cerca é conforme às superstições e lendas grosseiras que entopem suas cabeças. Vou pegar um cacete para acordá-los batendo em seu crânio! Emancipem-se dessas mentiras, suas bestas, olhem em torno de vocês! Depois, quando eu o ajudava a subir a escada, a porta de Madame se entreabria sem ruído, seus olhos cheios de asco e curiosidade brilhavam na penumbra. Ah, mulher idiota, ele dizia então, pobre mulher idiota e covarde, você me dá nojo! Recep, me ajude a ir para a cama, traga um café assim que eu acordar, quero trabalhar o mais rapidamente possível, preciso me apressar, eles mudaram o alfabeto, o que atrapalhou todo o projeto da minha enciclopédia, quinze anos e não consigo vê-la terminada, ele me dizia, depois resmungava mais um pouco e adormecia. Eu ficava mais um instante velando seu sono, depois saía sem fazer barulho.

Fico devaneando. Vejo então uma criança na minha frente, olhando para mim como que enfeitiçada. Isso me aborrece. Tento pensar em outra coisa, mas não aguento, levanto, pego minhas garrafas.

"Volto mais tarde."

Dirijo-me à venda. A curiosidade das crianças é insuportável. Isso também me intrigava quando eu era garoto. Até pensei que era porque minha mãe me tivera sem ser casada, mas essa ideia me ocorreu bem mais tarde, quando minha mãe nos contou que nosso pai não era nosso verdadeiro pai.

"Tio Recep!", alguém chama. "Não me viu?"

Era Hasan.

"Não, não tinha visto", respondi. "Devaneava. O que está fazendo aqui?"

"Nada", disse ele.

"Ah! Então vá pra casa estudar, Hasan", falei. "O que veio fazer por aqui? Não é lugar para você."

"Por que não?"

"Não me entenda errado, filho", falei. "Digo isso por causa das suas lições."

"Não consigo estudar de manhã", ele respondeu. "Faz muito calor. Estudo de noite, tio."

"É preciso estudar de manhã e de noite", repliquei. "Você quer estudar, não quer?"

"Claro que sim", ele disse. "Não é tão difícil quanto você imagina. Vou estudar bem."

"Tomara!", exclamei. "Bom, agora volte pra casa."

"O sr. Faruk e os outros já chegaram?", perguntou. "É que vi um Anadol branco. Como vão eles? Nilgün e Metin também vieram?"

"Vieram", respondi. "Vão bem."

"Dê lembranças minhas a Nilgün e a Metin. Aliás, eu a vi faz pouco. Fomos amigos antigamente."

"Darei", disse eu. "Agora vá para casa."

"Já vou", disse ele. "Mas queria te pedir uma coisa, tio Recep. Poderia me dar cinquenta liras? Preciso comprar uns cadernos, e caderno custa caro."

"Por acaso você fuma?", perguntei.

"Meus cadernos acabaram…"

Pus as garrafas no chão, tirei vinte liras do bolso.

"É pouco", disse ele.

"Vá para casa", falei. "Senão vou me zangar."

"Tudo bem, eu compro só um lápis, azar", ele retrucou.

Deu alguns passos depois parou.

"Não diga nada a meu pai, está bem?", pediu. "Ele se preocupa com qualquer coisinha."

"Tudo bem! Mas não cause aborrecimentos a seu pai."

Ele se foi. Peguei minhas garrafas e fui à venda do Nazmi. A loja estava vazia, mas ele estava ocupado; escrevia alguma coisa num caderno. Levantou a cabeça e conversamos um instante.

Pediu notícias deles. Respondi que iam bem. E o sr. Faruk? Nem precisei contar que ele bebia, Nazmi sabe disso muito bem, é lá que ele vai comprar uma porção de garrafas. E os outros? Cresceram. Vejo a mocinha, disse ele, como se chama mesmo? Nilgün. Ela vem toda manhã comprar o jornal. Cresceu. É, cresceu. Mas o outro é que cresceu mesmo, falei. Ah, sim, Metin. Também o tinha visto e me dá sua impressão. Isso é o que se chama uma conversa, a amizade. A gente fala das coisas que já conhece e é isso que me agrada: as palavras não passam de palavras sem sentido, mas isso me distrai, me deixa de bom humor apesar de tudo. Ele pesa, embrulha. Marque o total num pedaço de papel, pedi. De volta para casa, anoto o valor no meu caderno e no fim do mês — cada dois ou três meses no inverno — mostro o caderno ao sr. Faruk. Aqui estão as contas, sr. Faruk, digo, é tanto, é bom o senhor verificar, pode haver algum erro. Ele nunca verifica. Limita-se a dizer, obrigado, Recep, tira da carteira umas notas amarrotadas, úmidas, que recendem a couro, isto é para os gastos da casa, isto é seu salário. Enfio o dinheiro no bolso, sem contar, agradeço e trato de falar de outra coisa.

Nazmi anota as despesas num pedaço de papel, eu o pago.

"Você conhece o Rasim?", ele me pergunta.

"Rasim, o pescador?", respondo.

"Ele mesmo. Morreu ontem."

Ele olha para mim, não digo nada. Pego o troco, a conta, os embrulhos.

"Do coração", esclarece. "Vai ser enterrado depois de amanhã ao meio-dia, quando seus filhos chegarem."

Assim é, tudo está além das nossas palavras e do nosso falar.

14. Faruk reencontra o prazer de ler

Eram nove e meia quando cheguei a Gebze, nas ruas já estava quente, não havia vestígios do frescor da manhã. Fui à subprefeitura, preenchi um formulário, assinei, um funcionário pôs nele um número, sem sequer lê-lo. Imaginei um historiador que, descobrindo daqui a trezentos anos esse formulário nas ruínas, se esforçasse para entender seu significado. O ofício de historiador é engraçado.

Engraçado, mas exige paciência, disse comigo. E assim, orgulhoso da minha paciência, me pus a trabalhar, confiante. A história dos dois comerciantes que se matam durante uma briga logo chamou minha atenção. Muito tempo depois de enterrá-los, seus parentes se acusam mutuamente num tribunal. As testemunhas contam de maneira detalhada como os dois homens brigaram a faca em pleno mercado no dia 17 Cemaziyülevvel de 998. Naquela manhã eu havia levado a tabela que permite converter as datas do calendário da hégira em datas do calendário cristão. Vinte e quatro de março de 1590! Os fatos se desenrolaram portanto no fim do inverno, mas quando copiei o documento eu havia visualizado um dia de verão escaldante e de muito sol. Talvez fosse um dia ensolarado de março. Li depois os autos de um processo movido por um homem que pede para devolver ao vendedor um escravo negro comprado por seis mil *akçe* que, como se descobriu, estava com um ferimento no pé. O comprador explica, com um furor evidente em suas declarações, como foi enganado pela lábia do vendedor e dá detalhes sobre a profundidade do ferimento. Depois, li peças relativas a um dono de terras, um novo-rico que tinha negócios em Istambul. Outros autos me informam que esse mesmo homem havia sido processado por malversações vinte anos antes, quando era um simples vigia do cais. Procurei encontrar nos diversos firmãs a natureza das vigarices cometidas em Gebze por esse homem chamado Budak. Com isso deixei momentaneamente de seguir os rastros da peste para me consagrar aos de Budak. Descobri assim que ele tinha registrado em seu nome umas terras fictícias, que havia pagado dois anos de imposto fundiário relativo a elas e, depois, trocado essas terras por um vinhedo, e pelo que entendi tinha conseguido se safar depois de enganar desse modo o novo dono delas. Em todo caso, essa versão, que me parecia coerente com o personagem de Budak, não era refutada pelos autos. Tive no entanto um trabalhão para reconstituir essa história, mas acabei tendo a alegria de encontrar novos documentos que a corroboravam. Com as uvas do vinhedo, Budak havia produzido ilicitamente vinho numa estrebaria pertencente a um terceiro e empreendido o comércio da bebida. Li com prazer que certos indivíduos cujos serviços ele havia utilizado em seus negócios o acusaram diante de um tribunal, e Budak replicou com acusações ainda mais virulentas. Também descobri que, posteriormente, ele havia construído uma pequena mesquita em Gebze. E me lembrei então com estupor que, em seu livro sobre as celebridades locais, meu professor de história havia consagrado algumas páginas a esse homem e a essa mesquita. Seu Budak se parecia muito pouco com o Budak que eu imaginava. Em seu livro, Budak era um digno otomano, um homem respeitável cujo perfil deveria figurar em todos os manuais de história. Meu Budak era um vigarista astuto e engenhoso. Eu me perguntava se ia poder tirar daquelas notas um relato mais vasto, mais rico, que não estivesse em contradição com as peças acerca de Budak, quando Riza veio me anunciar a pausa do meio-dia.

Saí e, para evitar o calor da nova avenida, me dirigi ao mercado velho, atravessando a estreita ruela margeada de lódãos. De lá subi até a mesquita. Fazia um calorão, o pátio da mesquita estava deserto, só se ouviam as marteladas do funileiro. Voltei, ainda não estava com vontade de almoçar, fui ao café. Uns garotos passaram por mim, um deles me chamou de "balofo", não me virei para ver se os outros riam. Entrei no café.

122

Pedi um chá, acendi um cigarro e me pus a refletir sobre o ofício de historiador: certamente não se tratava apenas de escrever artigos, de relatar certos fatos. Talvez fosse assim: buscamos o porquê de uma massa de acontecimentos, explicamos esses acontecimentos comparando-os com outros e, por sua vez, explicamos esses outros fatos com mais outros. De modo que nossa vida não basta para explicar o porquê de todos esses fatos. A certa altura, temos de deixar esse trabalho, esperando que outros o retomem a partir de onde paramos; no entanto, mal começam a fazê-lo, se apressam a declarar que todas as nossas explicações estão erradas. E assim sempre resta um enorme trabalho a fazer.

Esses pensamentos me irritam. Dou uma bronca no garçom que ainda não trouxe meu chá. Depois, para me consolar, eu me digo que me preocupo à toa: afinal, todas essas reflexões sobre o trabalho do historiador não são, elas mesmas, uma simples história? Outro poderá muito bem afirmar que o trabalho do historiador é algo totalmente diferente. Aliás, é isso que eles fazem: afirmam que podemos descobrir o que devemos fazer hoje ao estudar o passado, nos acusam de produzir uma ideologia e inspirar nos indivíduos ideias mais ou menos falsas sobre o mundo e sobre eles próprios. Digo comigo mesmo que eles deveriam sustentar também que enganamos as pessoas divertindo-as. Estou persuadido de que o aspecto mais atraente da história é o prazer que ela nos proporciona. Mas, para não prejudicarem sua imagem de homens engravatados, meus colegas procuram dissimular esse aspecto fantasista e fazem questão de se diferenciar dos seus filhos. Serviram enfim meu chá, observei os torrões de açúcar se dissolvendo no copo. E depois de fumar outro cigarro, fui ao restaurante.

Já fazia dois anos que vinha comer nesse restaurante; é um lugar silencioso, quente mas agradável. Em pratos arrumados detrás de um vidro embaçado, *mussaka*, charutinho de folha de uva, guisado de legumes e vários pratos de berinjela de tonalidades parecidas esperam banhados no azeite. As almôndegas também sobressaindo do azeite lembram o dorso dos búfalos metidos meio inconscientes na lama para fugir do calor do verão. De repente, sinto fome. Sento, peço uma *mussaka*, arroz e um guisado de legumes e também uma cerveja ao garçom que calça, de meias, sandálias japonesas.

Comi com prazer, saboreando cada bocado e, limpando meu prato com pão, tomei a cerveja. De repente pensei na minha mulher, e isso me deixou melancólico. Me aperta o coração pensar que minha mulher vai ter um filho. Eu esperava por isso, claro, mas agora que sei a ideia não me agrada nem um pouco. Nos primeiros meses do nosso casamento tomávamos precauções para não fazermos um filho. A tal ponto que estragava todo o nosso prazer, porque Selma nem queria ouvir falar de pílulas ou diafragma. Depois não tomamos mais tantos cuidados. Um ano mais tarde, pensamos em ter um filho, conversamos a esse respeito. Então fizemos de tudo para ter um, mas não acontecia nada. Um dia, Selma falou que devíamos consultar um médico e que ela faria a primeira consulta, para me dar coragem. Protestei, disse que me recusava a deixar que os médicos se metessem em nossos assuntos pessoais. Não sei se Selma foi ou não foi ao médico. Talvez tenha ido sem me dizer nada, mas não tive tempo de pensar no assunto, porque pouco depois nos divorciamos.

O garçom veio tirar a mesa. De sobremesa, havia *kadayıf*, pedi um. E outra cerveja. *Kadayıf* e cerveja combinam, disse ao garçom, sorrindo. Ele não sorriu, mergulhei de novo em meus pensamentos.

Agora meus pais é que me vêm à mente. Estávamos no Leste, em Kemah. Nilgün e Metin ainda não tinham nascido. Minha mãe ainda estava bem de saúde, podia cuidar da casa toda. Morávamos numa casa de pedra de dois andares; as escadas estavam sempre geladas. Eu tinha medo de sair do quarto à noite, não me atrevia a descer sozinho para a cozinha e assim era punido pela minha gulodice passando horas a fio acordado, sonhando com toda a comida que eu podia ter achado lá. A casa tinha um pequeno balcão; lá de cima, nas noites claras e frias de inverno dava para avistar uma planície toda branca entre as montanhas. Quando o frio se acentuava, ouvíamos os lobos uivarem, contava-se que, de noite, eles desciam até o vilarejo, que a fome os levava a vir bater nas portas, diziam para nunca abrir sem antes perguntar quem era. Uma noite meu pai até foi abrir com um revólver na mão. E uma vez, era primavera, ele havia perseguido, arma em punho, uma raposa que atacava nossos pintinhos. Nunca vimos essa raposa, só ouvíamos o barulho que ela fazia. Minha mãe contou que as águias também roubavam pintinhos, como as raposas. Digo comigo mesmo que nunca vi uma águia sair voando com um pinto, é uma pena. Logo percebo que está na hora de voltar para o Arquivo e me levanto.

Recobrei todo o meu bom humor ao recomeçar a fuçar nos papéis mofados. Começo a lê-los ao acaso. Um certo Yusuf paga sua dívida e pega de volta o burro que deixou em garantia para seu credor, mas constata no caminho de casa que o burro manca de uma pata posterior, presta queixa, e assim Hüseyin de querelante vira querelado. Essa história me faz dar boas risadas. Sei que rio porque tomei três garrafas de cerveja e estou ligeiramente embriagado, mas eu a releio, torno a rir. Depois percorro todos os papéis, tudo o que cai na minha mão, sem me preocupar se já não havia lido antes. Mas não tomo notas. Passo de um papel a outro, de uma página à seguinte, rindo gostosamente. Após um momento, é emoção que eu sinto, parecida com a que experimento quando ouço uma música que gosto, depois de ter bebido muito. Remoendo pensamentos desordenados sobre a minha vida e sobre mim mesmo, me esforço para concentrar minha atenção nas histórias que se sucedem diante dos meus olhos. Um litígio em torno das rendas de um moinho opõe um moleiro e o administrador de uma fundação beneficente: as partes apresentam ao tribunal um monte de cifras sobre as receitas e as despesas do moinho. O escrevente do cádi anotou todas essas cifras conscidenciosamente, como eu faço agora. Tendo copiado toda uma página de números relativos às entradas mensais e anuais do moinho, à quantidade de trigo e cevada moídos e aos proventos obtidos nos anos precedentes, contemplo essa lista com uma alegria infantil e até com emoção.

Continuo minha leitura, com a mesma convicção: um navio carregado de trigo desaparece depois de partir do porto de Karamürsel. Nunca chegou a Istambul, ninguém nunca mais voltou a vê-lo. Concluí que naufragou com toda a sua carga em algum ponto entre os rochedos ao largo de Tuzla e que os membros da tripulação não sabiam nadar. Leio depois os autos da queixa prestada por Abdullah, filho de Dursun: ele pede que os pintores de parede Kadri e Mehmet lhe devolvam as quatro telas que havia entregado a eles para que fossem pintadas, mas não anotei o caso por não ter entendido por que Abdullah reclamava as telas. Ibrahim Sofu, comerciante de picles, vendeu em Gebze no dia 19 Şaban de 991 (7 de setembro de 1583) três pepinos em salmoura por um *akçe*, os compradores deram queixa, foi lavrado um auto. Três dias depois, outro auto: faltam cento e quarenta dracmas na quantidade de carne de vaca vendida por treze *akçe* pelo açougueiro Mahmut. Anoto tudo. Eu me pergunto depois o que pensariam meus colegas da faculdade se descobrissem meu caderno. Não podendo pretender que inventei tudo, ficariam preocupados comigo. Gostaria de descobrir uma boa história para surpreendê-los mais. Para dizer a verdade, o tal de Budak, que se dedica ao negócio do vinho e sobe na vida graças às suas vigarices, seria o personagem ideal. Trato de encontrar um bom título para esse artigo que eu enriqueceria com uma porção de notas e de referências: "Um protótipo do sistema de notáveis: o grande Budak de Gebze". Nada mal! Soaria melhor ainda se fosse Budak Paxá. Será que virou paxá mais tarde? Nesse caso eu poderia escrever um artigo sobre a maneira como ele conseguiu obter esse título, traçando no início um panorama do primeiro quartel do século XVI. Mas, quando pensei em todos os detalhes extremamente aborrecidos que teria de fornecer, todo o meu bom humor foi pelos ares, achei até que ia chorar. Mais um efeito da cerveja, sem dúvida, mas será que ela ainda me causa algum? Volto a ler.

Leio o mandado de prisão do sipaio Tahir, filho de Mehmet, que se iniciava no banditismo. Leio outros documentos: proibição de que os rebanhos pertencentes às aldeias dos arredores penetrem no vinhedo que faz parte da donataria de Ethem Paxá; investigação a realizar sobre a morte de um certo Nurettin que se acreditava vítima da peste mas que teria sido morto espancado pelo sogro. Não anoto nada disso. Mas copio integralmente uma longa lista de preços nos mercados e nos bazares. Depois leio que Pir Ahmet, filho de Ömer, se comprometeu diante do assistente do cádi, Sheik Fethullah, a pagar em oito dias a dívida que tinha com Mehmet, gerente do *hamam*.[*] Leio depois um auto indicando que o hálito de Hizir, filho de Musa, recendia a vinho, eu gostaria de ter achado graça da história, mas para isso precisaria ter tomado mais cerveja. Continuei por um longo momento a ler seriamente as minutas do tribunal, mas sem pensar em nada e sem tomar notas. O que mais aprecio é que continuo a ler como se procurasse algo preciso, como se eu seguisse uma pista, embora esteja persuadido de não estar procurando nada. Quando meus olhos se cansaram, parei de ler e contemplei a janela em que o sol batia. Ideias, imagens me assaltavam por toda parte.

Por que me tornei historiador? Simplesmente porque me interessei por história a certa altura da minha vida, quando tinha dezessete anos. Eu tinha perdido minha mãe na primavera daquele ano; logo depois meu pai pediu demissão do cargo de subprefeito, sem esperar a idade da aposentadoria, e se instalou em Forte Paraíso. E passei o verão lendo os livros da biblioteca de

---

[*] Estabelecimento em que se toma o banho turco. (N. T.)

meu pai, passeando nos pomares ou à beira-mar e refletindo sobre as minhas leituras. A quem me perguntava eu dizia que ia fazer medicina, pois é, meu avô também era médico. Mas, chegado o outono, fui me inscrever na faculdade de história. Quantos escolheram ser historiadores por assim desejarem de fato, como eu? De repente, fico com raiva: Selma dizia que o orgulho bobo e a arrogância inerentes à minha personalidade eram a causa das idiotices que cometia, no entanto não lhe desagradava eu ser historiador. Acho que meu pai não apreciou minha escolha, ele bebeu muito no dia em que a revelei. Talvez não tenha sido por causa da minha decisão, ele sempre bebia muito. Minha avó o censurava o tempo todo por isso. O que me fez pensar na casa e em Nilgün; consultei o relógio: quase cinco horas. Como a leitura não me dá mais nenhum prazer, me levanto sem aguardar a chegada de Riza, pego o carro e volto para casa. A caminho, digo a mim mesmo que vou conversar com Nilgün, que ainda deve estar lendo seu livro perto do galinheiro. E se Nilgün não me der atenção, lerei Evliya Çelebi, que deixei em meu quarto na mesa de cabeceira, esquecerei, depois beberei, depois virá o jantar, jantarei, e beberei de novo.

15. Metin se diverte com os amigos e com o amor

Enfiei na boca um último pedaço de melancia e me levantei.

"Aonde ele vai sem esperar o fim do almoço?", perguntou vovó.

"Não se preocupe com ele, vovó, Metin já acabou", disse Nilgün.

"Pegue o carro, se quiser", Faruk me ofereceu.

"Eu volto para pegá-lo, se precisar", falei.

"Você não disse que o meu velho Anadol era feio demais para Forte Paraíso?"

Nilgün soltou uma gargalhada. Não respondi. Subi ao meu quarto para pegar as chaves e minha carteira, que me dá uma sensação de autoconfiança e até de superioridade, porque contém as catorze mil liras que ganhei trabalhando um mês inteiro em pleno verão. Encerei mais uma vez meus mocassins americanos, que adoro, peguei o suéter verde que o marido da minha tia trouxe de Londres, fornecendo todos os detalhes da compra, depois desci. Saía pela cozinha quando cruzei com Recep.

"Aonde o senhor vai assim, sem experimentar minha berinjela?"

"Comi tudo, até a melancia."

"Ótimo!"

Fui andando e pensando. Saio do jardim e ainda ouço Nilgün e Faruk a gargalhar juntos. É assim que eles vão passar toda a noite: incentivando um ao outro a caçoar de tudo, a achar grotesco tudo o que os rodeia, sentados horas a fio à luz pálida da lâmpada, esquecerão sua própria tolice decretando que tudo é só injustiça, tolice e ridículo. Faruk terá então esvaziado uma pequena garrafa de *raki*, e se Nilgün ainda não tiver ido se deitar, ele talvez lhe fale da sua mulher, que o abandonou, e quando eu voltar de madrugada encontrarei meu irmão ainda sentado à mesa, completamente bêbado, e me perguntarei com perplexidade como é que um cara como ele se dá o direito de soltar uma farpa cada vez que peço emprestado seu carro caindo aos pedaços. Se você é tão esperto, tão inteligente, por que sua mulher, tão bonita, tão sensata, te abandonou? Aí estão os dois em cima de um terreno que hoje vale, por baixo, cinco milhões, mas comem em pratos lascados, com talheres desemparelhados, no lugar do saleiro utilizam um velho frasco de farmácia cuja tampa o anão furou com um prego enferrujado e se resignam sem protestar ao espetáculo oferecido pela coitada da nossa avó, essa mulher de noventa anos que espalha à sua volta tudo o que come.

Eu tinha chegado em frente à casa de Ceylan. Seus pais assistiam televisão, como os pobres miseráveis que não têm outra distração e também como os outros novos-ricos subdesenvolvidos, essa gente idiota que não sabe se divertir! Desço em direção à praia, todo mundo já está lá, só falta o jardineiro, que passa o dia regando o jardim como se fosse grudado na mangueira d'água. Sento-me, ouço-os:

"O que vamos fazer, pessoal?"

"Vamos ver um vídeo daqui a pouco, quando meus pais forem se deitar."

"Ah, não, não vamos passar a noite toda trancados na sala."

"Estou a fim de dançar", disse Gülnur, rebolando ao ritmo de uma música imaginária.

"A gente ia jogar pôquer", disse Fikret.

"Eu não vou jogar."

"Vamos tomar um chá em Çamlıca."

"Cinquenta quilômetros para tomar chá!"

"Eu também estou com vontade de dançar", disse Zeynep.

"Vamos ver um filme turco, a gente vai tirar muito sarro."

Conforme as luzes do farol piscam na ilha distante, contemplo seu reflexo no mar calmo e aspiro o aroma da madressilva e o perfume das garotas que paira no ar. Eu me dizia que estava apaixonado por Ceylan, mas que um sentimento que não conseguia analisar me afastava dela. Sabia que tinha de lhe explicar o que eu era, como havia planejado a noite toda, na cama, mas quanto mais eu pensava nisso, mais eu me dizia que esse eu não existia. O que chamava de eu era uma coisa como aquelas caixas contidas uma na outra, tendo o tempo todo algo de novo dentro; talvez eu conseguisse um dia descobrir meu eu verdadeiro, mas não era o verdadeiro Metin, aquele que poderei revelar a Ceylan, que surgia da caixa, mas uma nova caixa que o escondia dela. Eu me dizia também que o amor leva a gente à hipocrisia, muito embora, persuadido de estar apaixonado, eu houvesse imaginado que poderia enfim escapar daquela contínua sensação de duplicidade. Ah, se essa espera pudesse ter fim! Mas também sei que não sei o que espero. Para me acalmar, evoco todos os dons que constituem a minha superioridade sobre eles, enumero todos eles, mas isso não me faz esquecer minha angústia.

Os outros por fim tomaram uma decisão, eu os acompanhei. Nós nos empilhamos nos carros e nos dirigimos barulhentamente à discoteca do hotel. Lá só havia uns poucos turistas com cara de idiota. Os outros zombaram daqueles estrangeiros que, neste vasto mundo, escolheram passar as férias nesse lugar sem graça e sem alma.

Logo depois fomos dançar, eu dancei com Ceylan, mas não aconteceu nada. Ela me perguntou quanto eram 27×13 e 79×81, eu respondi e ela riu sem dar importância à minha resposta, e quando o ritmo da música se acelerou bruscamente, ela me disse que já estava cheia e foi se sentar. Subi ao primeiro andar, segui corredores silenciosos, de piso atapetado, entrei no banheiro de uma limpeza espantosa, e quando me vi no espelho pensei, merda, tudo isso porque imagino estar apaixonado por essa garota, e sinto nojo de mim mesmo. Einstein certamente não era como eu aos dezoito anos. Rockefeller pai, na minha idade, também não, sem dúvida nenhuma. Mergulho então num interminável sonho de riqueza: com o dinheiro que ganho na América, compro um jornal na Turquia, mas ele não vai à falência, como os dos milionários cretinos daqui, viro um dono de jornal formidável, levo a vida do Cidadão Kane, sou um solitário herói de lenda, mas, merda, imagino também que viro presidente do clube de futebol Fenerbahçe. Depois penso que, ficando rico, esquecerei todas essas mesquinharias e esses sonhos vulgares, depois sinto raiva dos ricos, mas Ceylan virou a minha cabeça. Cheiro o ponto da minha camisa em que ela pôs a mão, quando dançávamos. Encontro-os na escada. Dizem que vamos a outro lugar, entramos de novo nos carros.

O painel da Alfa Romeo de Fikret faz pensar numa cabine de pilotagem: botões, ponteiros, manômetros, lampadazinhas multicores que piscam sem parar. Sonhador, fico olhando um pouco para ele. Antes de chegar à estrada Istambul-Ancara, Turgay grudou em nós com seu carro. Nela, os três carros resolveram apostar uma corrida até o cruzamento de Göztepe. Passamos a toda por caminhões e ônibus, debaixo das passarelas de pedestre, por postos de gasolina, fábricas, pedestres que paravam para nos ver à beira da estrada, pessoas que tomam a fresca em seus balcões, oficinas mecânicas, cafés, restaurantes, botecos, vendedores de melancia, piquetes de grevistas. Fikret buzina sem parar, de vez em quando todos berram ao mesmo tempo, excitados com o perigo, riem às gargalhadas. Num cruzamento, o farol fechou, Fikret não freou, pegou bruscamente um caminho secundário a toda a velocidade, dando de cara com um Anadol, que conseguiu desviar no último instante para o acostamento, e assim escapamos por pouco de uma trombada.

"O cara deve ter cagado nas calças, não vai se recuperar tão cedo!"

"Passamos eles", gritou Ceylan. "Passamos todos, acelere fundo, Fikret!"

"Ei, meninos, não estou a fim de morrer, só quero me divertir", disse Zeynep.

"É uma Alfa Romeo, ora. Temos de lhe conceder certos direitos!"

"Tem todos, acelere, irmão, não tenho mais medo de nada."

"Anadol é carro de pobre!"

Veremos como isso vai terminar, eu me dizia, mas não aconteceu nada conosco. Ganhamos a corrida, e depois, tendo pegado a estrada de Suadiye, chegamos à avenida Bagdat. Adoro essa avenida porque não procura dissimular sua feiura, porque ao contrário exibe seu lado factício. Essa avenida parece querer nos dizer que a vida não é mais que uma grande impostura, como se tudo nela fosse escancaradamente artificial. Esses repulsivos mármores nos edifícios! Esses repulsivos painéis de Plexiglas! Esses repulsivos lustres de cristal! Essas repulsivas confeitarias feericamente iluminadas! Gosto de tudo o que é francamente repulsivo. Eu também sou factício, melhor assim, todos somos! Não olhava para as garotas que andavam pelas calçadas porque uma delas poderia ter me agradado, e isso teria partido meu coração. Se eu tivesse uma Mercedes, claro, poderia atrair uma dessas garotas, pescá-la na calçada como um peixe com um puçá. Estou apaixonado por você, Ceylan, tanto que às vezes chego até a amar a vida! Estacionamos os carros e entramos numa discoteca. Acima da porta está escrito "clube", mas é só pagar duzentos e cinquenta liras que você entra.

Demis Roussos cantava, dancei com Ceylan, mas não trocamos muitas palavras e não aconteceu nada. Seus olhos fixavam um horizonte invisível para mim, sonhadora e até bastante melancólica, parecia se entediar e pensar em tudo, menos em mim, e de repente, não sei por quê, ela me deu pena e eu disse a mim mesmo que poderia amá-la muito.

"Em que está pensando?", perguntei.

"Hã? Eu? Em nada!"

Dançamos um pouco mais. Era no entanto como se houvesse entre nós uma lacuna que devíamos dissimular a qualquer preço nos apertando um contra o outro. Mas eu sentia também que todos esses pensamentos eram tão só fruto da minha imaginação. Pouco depois a música, que tentava ser melancólica mas só conseguia ser chorona, terminou. Entrou uma música rápida, e uma multidão de dançarinos loucos de vontade de se divertir invadiu a pista. Ceylan ficou com eles, fui me sentar e fiquei observando aquelas pessoas que dançavam freneticamente sob luzes de todas as cores, pensando: eles remexem todo o corpo, dobram os joelhos, sacodem a cabeça como galinhas abestalhadas! Que idiotas! Sou capaz de apostar que o que eles estão fazendo não é por prazer, mas para imitar os outros! Quando danço, eu me digo que faço uma coisa cretina, esse pensamento me desconsola e tento me consolar dizendo a mim mesmo que infelizmente tenho de me entregar a essa gesticulação bizarra para agradar à garota que está em meus braços, minha razão parece então dar razão a esses imbecis, mas não é verdade, consigo ser ao mesmo tempo igual aos outros e diferente deles, o que pouca gente consegue. Fico todo contente! Logo depois, para que não considerem que estou bancando o jovem pensativo e sonhador, me levanto e vou me juntar àquela dança idiota.

Levantamos. Fikret paga a conta. Vedat e eu fingimos querer dividi-la, ou pelo menos pagar nossa parte, mas, como esperávamos, Fikret não aceita. Vejo então os outros baterem na porta da BMW de Turgay, rindo às gargalhadas. Eu me junto a eles: Hülya e Turan adormeceram no banco de trás nos braços um do outro. Zeynep dá uma gargalhada cheia de felicidade e admiração, como se estivesse sob o efeito de um amor que ela mesma sentia.

"Puxa, eles nem desceram do carro!", exclamou.

Quer dizer então, pensei comigo, que um rapaz e uma moça da minha idade podem se abraçar e dormir assim, como "namorados de verdade"!

Entramos novamente nos carros. O de Turgay parou no cruzamento da estrada de Ancara diante de um vendedor de melancia. Turgay desceu do carro, foi conversar com o sujeito, à luz do lampião a gás da barraca. O vendedor virava sem cessar para os três carros. Turgay voltou para junto de nós, se inclinou para Fikret:

"Não está vendendo, diz que não tem."

"Culpa nossa", disse Fikret. "Somos numerosos demais."

"Não tem nenhuma?", perguntou Gülnur. "E o que vamos fazer?"

"Se vocês quiserem, podemos ir tomar alguma coisa."

"Não, não estou a fim de beber. Vamos parar numa farmácia."

"O que você quer comprar?"

"O que os outros sugerem?", perguntou Fikret.

Turgay se afastou do carro e logo depois voltou.

"Disseram que a gente devia comprar umas bebidas." Deu alguns passos e se deteve: "Ué, eles ainda não pararam no acostamento!".

"Ah!", fez Fikret. "Já saquei!"

Partimos. Antes de chegar a Maltepe, eles escolheram um carro com placa da Alemanha, um montão de malas no bagageiro do teto, a traseira quase arrastando no chão.

"Uma Mercedes, ainda por cima!", gritou Fikret. "Vamos nessa, pessoal!"

Fez um sinal com os faróis para Turgay, depois desacelerou e ficou um pouco mais atrás. Ficamos observando: a BMW de Turgay ultrapassou a Mercedes, mas em vez de acelerar e se afastar, Turgay desviou ligeiramente o carro para a direita forçando a Mercedes para a beira da estrada; a Mercedes balançou, o motorista buzinou e depois, para evitar a BMW de Turgay, teve de entrar com as rodas direitas no acostamento. Todos eles caíram na gargalhada, comparavam o carro a um cachorro perneta tentando correr. Depois Turgay acelerou e a BMW se afastou. A Mercedes voltou para a estrada.

"Vamos, agora é sua vez, Fikret!"

"Ainda não. Vamos deixá-lo se recuperar um pouco do susto."

O motorista estava sozinho na Mercedes. Disse a mim mesmo que na certa devia ser um imigrante voltando da Alemanha e não quis pensar mais no assunto.

"Não olhem para ele, pessoal!", disse Fikret.

Como Turgay, ele ultrapassou a Mercedes, depois virou o volante para a direita. Quando o cara da Mercedes buzinou de novo furiosamente, as meninas do nosso carro rebentaram de rir, mas acho que também estavam com medo. Quando Fikret virou mais ainda para a direita, ouvimos o "alemão" nos xingar, mas fingimos não perceber nada, depois as rodas da Mercedes descambaram de novo para o acostamento, fazendo o carro trepidar, e eles explodiram em gargalhadas.

"Viram a cara que ele fez?"

Fikret acelerou, nós nos afastamos. Um pouco depois, o carro de Vedat fez a mesma manobra com igual sucesso, parece, porque ouvimos a buzina da Mercedes urrar de desespero e de fúria. Depois nos encontramos todos num posto de gasolina. Eles apagaram as luzes dos carros, para não sermos vistos. Quando o "alemão" da Mercedes passou por nós se arrastando, eles rolaram de rir, bem satisfeitos.

"É, mas o cara me deu dó", disse Zeynep.

Eles comentaram entre si uma porção de vezes, contentes e animados, o que havia acontecido, tanto que acabei ficando de saco cheio. Saí do carro. Fui ao quiosque do posto, pedi uma garrafa de vinho, abri.

"Você é de Istambul?", perguntou o balconista.

O quiosque era tão iluminado quanto uma vitrine de joalheria. Não sei por quê, me deu vontade de sentar, ouvir no rádio de pilha aquela mulher cantando uma canção turca, para esquecer tudo. Pensamentos confusos passavam pela minha cabeça, todos misturados, sobre o amor, o mal, o afeto e o sucesso.

"Sim, sou de Istambul."

"Aonde estão indo?"

"Estamos passeando."

Cansado, sonolento, o balconista balançou a cabeça, compreensivo.

"Ah! Com umas garotas…"

Eu já ia respondendo, como se fosse uma coisa muito importante, e ele esperava pacientemente que eu respondesse, mas os outros começaram a buzinar. Corri para eles, entrei num carro. Onde você estava, eles perguntavam, vamos perdê-lo por sua causa. E eu que achava que a brincadeira tinha acabado. Nada disso. Arrancamos novamente a toda e avistamos o carro pouco depois de Pendik: a Mercedes subia o aclive com a lentidão de um caminhão a que falta potência. Dessa vez, primeiro Turgay emparelhou com ele à esquerda, empurrando a Mercedes para a direita; Vedat se enfiou à direita e nos aproximamos por trás dele a ponto de encostar em seu para-choque traseiro, de modo que encerramos o carro num triângulo, do qual ele só poderia sair nos ultrapassando. O motorista tentou acelerar, mas não conseguiu se afastar. Nós o perseguíamos buzinando sem parar, cravando em sua nuca os faróis de iodo dos nossos carros. Depois eles abriram todos os vidros e puseram o rádio a todo o volume, puseram os braços de fora para bater na carroceria dos carros, berravam, se debruçavam nas janelas cantando aos berros. Não sei mais quanto tempo isso levou. Como loucos, atravessamos assim aglomerações, passamos por casas e fábricas, naquela barulheira que só aumentava, porque o homem da Mercedes, sempre espremido entre nossos três carros, também buzinava desesperadamente. O "alemão" teve enfim a ideia de reduzir a velocidade, e então uma longa fila de ônibus e caminhões se formou atrás de nós e fomos obrigados a largar o cara, depois de lhe dar um último adeus. Me virei para ele ao passarmos; pude distinguir o rosto do operário na penumbra, que as luzes ao longe mal iluminavam. Ele parecia não nos ver mais. Nós o fizéramos esquecer tudo, sua vida, suas lembranças, seu futuro.

Não quis mais pensar nele, tomei meu vinho.

Não fomos para Forte Paraíso. Os outros resolveram perseguir um Anadol com um ridículo casal de idosos, mas logo desistiram. Quando passamos diante dos bordéis, logo depois do posto de gasolina, Fikret buzinou, acendeu e apagou os faróis, mas nenhum de nós lhe perguntou por quê. Pouco depois:

"Olhem só o que vou fazer!", disse Ceylan.

Virei a cabeça, vi Ceylan pôr as pernas nuas fora da janela da porta de trás. Nuas e bronzeadas à luz do farol dos carros que nos seguiam, elas se mexiam com lentidão, como se procurassem desesperadamente algo no vazio, tão hábeis e atentas quanto as pernas das dançarinas profissionais à luz da ribalta. Seus pés branquíssimos estavam descalços e quase não conseguiam girar contra o vento. Gülnur agarrou Ceylan pelos ombros e puxou-a para dentro.

"Você está bêbada!"

"Não estou, não", replicou Ceylan, dando uma gargalhada alegre. "Não bebi muito! Estou me divertindo. A vida é bela!"

Depois todos ficamos em silêncio. Continuamos pela estrada, como se corrêssemos para tomar posse num cargo importante em Ancara, passando por sórdidos lugarejos de veraneio, fábricas, olivais e cerejais, sem falar, como se não ouvíssemos nem mesmo a música saindo do rádio, que havia ficado ligado, e buzinando forte mal ultrapassávamos um caminhão ou um ônibus, à toa, sem prestar atenção. Isso durou um bom tempo. Eu pensava em Ceylan e me dizia que poderia amá-la até o fim dos meus dias, só pelo que ela havia feito.

Depois de passar por Hereke paramos num posto de gasolina. Compramos uns sanduíches de pão dormido e vinho ordinário. Com os sanduíches na mão, nos misturamos aos viajantes que desciam de um ônibus, pareciam todos esgotados, assustados. Vi Ceylan ir para a beira da estrada e, como as pessoas que comem à margem de um rio, morder seu sanduíche acompanhando com um olhar distraído o fluxo dos veículos; enquanto a observava, pensei no meu próprio futuro.

Pouco depois, vi Fikret se aproximar dela no escuro, a passos lentos. Ofereceu-lhe um cigarro, acendeu-o. Conversaram. Não estavam muito longe de mim, mas o barulho do tráfego me impedia de ouvi-los. Eu me perguntava o que diziam. Por fim, essa estranha curiosidade se transformou num medo esquisito. Logo entendi que precisava me juntar a eles para superar esse temor, e no entanto, como num pesadelo, eu me sentia acometido por uma paralisia abjeta, humilhante. Mas essa sensação de derrota não durou muito, como todo o resto. Pouco depois, entrávamos de volta nos carros e mergulhávamos na noite, sem pensar em mais nada.

16. Vovó ouve a noite

Quando termina o alvoroço ignóbil, quando cessa o tumulto atordoante que vem da praia e dos barcos a motor, o barulho do rádio, da televisão, das músicas, dos carros, as vociferações dos bêbados, os gritos das crianças, quando o último automóvel por fim passa rugindo pelo portão, saio lentamente da cama, me ponho à minha janela fechada para ouvir o exterior. Não há mais ninguém lá fora, todos devem estar dormindo, exaustos. Só se ouve um vento leve, às vezes o marulho das ondas, o farfalhar das árvores, ou às vezes o canto dos grilos, pertinho, o grasnado de um corvo que não sabe mais se é de noite ou de dia, às vezes um cachorro que late sem razão. Então abro devagarinho as venezianas, ouço os ruídos, ouço demoradamente o silêncio. Depois digo comigo mesma que vivo há noventa anos e me arrepio. Tenho a impressão de que aquela brisa leve que se ergue das plantas do jardim, onde minha sombra se projeta, me gela as pernas, fico com medo: não seria melhor eu ir me refugiar na penumbra morna do meu edredom? Mas fico ali para sentir mais um pouco a espera do silêncio. Fico assim um bom tempo, como se fosse acontecer não sei o quê, como se alguém tivesse me prometido vir, como se o universo pudesse me revelar um aspecto novo. Depois, fecho as persianas, me sento na beira da cama e, ouvindo o tique-taque do meu relógio que marca uma e vinte, penso comigo: também nisso Selâhattin se enganava, nunca há nada de novo, nada!

Todo dia é um novo mundo, Fatma, ele dizia toda manhã. Acordo antes de raiar o dia e me digo que o sol já vai nascer e que tudo será novo e que eu também vou me renovar com tudo o que se renova e que poderei ver, ler, aprender coisas que não sei e que depois de aprendê-las poderei de novo rever tudo o que sei, e minha emoção é tal, Fatma, que me dá vontade de levantar logo, de correr para o jardim para ver o sol nascer e ver também como todas as plantas e todos os insetos vibram e se transformam ao sol levante, e depois me dá vontade de voltar logo para o meu escritório, sem perda de tempo, para descrever o que vi, você não conhece essa sensação, Fatma, por que você não diz nada, em que está pensando? Olhe, olhe, Fatma, viu aquela lagarta, um dia ela se transformará em borboleta e sairá voando! Ah, só devíamos descrever o fruto da nossa observação e da nossa experiência, aí eu também poderia me tornar um verdadeiro cientista, como esses europeus, como Darwin, por exemplo, que homem extraordinário, mas infelizmente não temos a menor chance de chegar a nada neste Oriente apático, a menor!, mas por que eu não chegaria se tenho olhos para observar, mãos para fazer experiências, e se meu cérebro funciona melhor, felizmente, do que todos os cérebros deste país, sim, Fatma, você viu os pessegueiros em flor?, se você me perguntar por que eles emitem esse perfume tão gostoso, bem, eu teria de pensar sobre o que é esse perfume, o que é o olfato, Fatma, olhe a figueira, ela cresce rápido, olhe como as formigas trocam sinais, Fatma, percebeu que o mar sobe antes do vento sul soprar?, que ele baixa antes do vento norte?, é preciso observar tudo, porque é só assim que a ciência progride e que podemos desenvolver as capacidades do nosso cérebro, senão seríamos como os outros, os que passam o tempo entorpecidos nos cafés, como se fossem carneiros, ah, dizia ele, e assim que o céu trovejava antes da chuva, aquele demônio, louco de alegria, irrompia do seu escritório, descia quatro a quatro os degraus da escada, ia se deitar no jardim, ficava vendo as nuvens passar no céu até estar completamente ensopado. Eu adivinhava que ele queria escrever coisas sobre as nuvens e que buscava um motivo para fazê-lo, porque ele dizia: quando os homens compreenderem que tudo na Terra tem uma causa, não haverá mais lugar para Alá no cérebro deles, pois descobrirão que o desabrochar da flor e o ovo que a galinha põe e as águas que sobem e baixam e a chuva e a trovoada não se devem à sabedoria divina, como imaginam, mas a causas que descreverei na minha enciclopédia. Eles saberão então que as coisas dão origem a outras coisas e que o Alá deles não tem poder algum. Verão assim que, ainda que se suponha que Alá exista em algum lugar, a ciência tirou dele tudo aquilo de que ele era capaz e que ele deve se contentar em ser um espectador. E agora, Fatma, me diga se um ser que não tem nenhum poder, salvo o de contemplar o que acontece no universo, pode ser considerado um deus? Ah, você se cala porque também compreende que Alá não existe. E no dia em que lerem minha obra e também se derem conta dessa verdade, o que acontecerá, na sua opinião, está me ouvindo, Fatma?

Não, não estou te ouvindo, Selâhattin, mas quando ele falava não era a mim que se dirigia. No dia em que eles compreenderem que Alá é impotente, compreenderão que detêm todos os poderes; quando puderem ver que tudo está nas mãos deles, o medo e a coragem, o crime e o castigo, a ação e a inação, o bem e o mal, o que farão, Fatma? Ele me falava assim e se levantava bruscamente como se não estivesse à mesa, diante das suas garrafas, mas na sua escrivaninha, se punha a gritar, andando de um lado para o outro da sala de jantar: nesse dia, ficarão como fiquei no início, paralisados pelo terror, não ousarão acreditar em seus próprios pensamentos, apavorados que estarão com as ideias que lhes passarão pela cabeça e compreendendo que outros poderão pensar o que eles pensam, se sentirão culpados, terão medo, tremendo à ideia de serem mortos pelo vizinho, aí então a cólera deles se voltará contra mim, que os terei levado até onde eles se encontram, mas, como não vão ter alternativa, para se libertarem o mais depressa possível desse terror é para mim que se voltarão, correrão até mim, sim, até mim, meus livros, minha enciclopédia de quarenta e oito volumes, perceberão que daí em diante a verdadeira religião está nesses livros, em mim, Fatma. Sim, eu, o dr. Selâhattin, por que eu não tomaria o lugar dele no século xx, não seria o novo deus de todos os muçulmanos? Porque daqui em diante a ciência é que é nosso deus, está me ouvindo, Fatma?

Não! Porque eu me dizia que o simples fato de ouvi-lo era pecado, porque eu havia terminado minha insípida carne moída com batata e alho-poró que Recep tinha nos servido, havia me retirado para a saleta ao lado, gelada, levando uma tigelinha de *aşure*, sentara fechando bem as pernas para me proteger do frio e comera minha sobremesa, a pequenas colheradas, grãos de romã, feijão, grão-de-bico, figo, milho, minúsculas uvas negras, pistache, regados com um pouquinho de água de rosas, como é gostoso, uma delícia!

O sono não vem. Levanto de novo, tenho vontade de comer *aşure*. Vou me sentar à mesa. Nela, um frasco de água-de-colônia, não é de vidro mas é transparente. Ontem ao meio-dia achei que era vidro, mas quando o toquei com a ponta dos dedos percebi que não, me deu asco, perguntei o que era, Nilgün me disse que não se achavam mais frascos de vidro, e eles massagearam meus pulsos com seu conteúdo apesar dos meus protestos. Vocês talvez possam se sentir revigorados pelo conteúdo de uma garrafa de plástico, mas eu não. Não disse nada porque eles não podem entender. Se eu tivesse dito a eles, o plástico é a alma natimorta de vocês, em plena decomposição, eles na certa teriam rido.

Eles riem o tempo todo: como os velhos são engraçados, e riem; como vai, vovó, e riem; quer que compremos uma tevê para a senhora, sabe o que é tevê?, e riem; por que não vem passar um tempinho com a gente?, e riem; como é bonita a sua máquina de costura, e riem; é de pedal, e riem; por que a senhora guarda a bengala na cama, e riem; quer dar uma volta de automóvel, vovó?, e riem; que bonitos os bordados do seu penhoar, e riem; por que a senhora não foi votar?, e riem; o que a senhora não para de procurar no armário, e riem. E se eu lhes perguntasse por que vocês riem quando olham para mim, eles ririam, ririam, e diriam, rindo, não estamos rindo, vovó! Vai ver que é porque o pai e o avô deles choraram a vida inteira. Isso tudo me aborrece.

E se acordasse o anão para ele me preparar um *aşure*? Podia bater no assoalho com a bengala, acorde, anão, e ele diria, no meio da noite, Madame, com esse tempo que faz, não pense mais nisso, durma bem, amanhã de manhã eu faço... Se você não faz nada, para que serve nesta casa, hein? Fora! É capaz de ir contar tudo para eles: se vocês soubessem, crianças, tudo o que sua avó me faz passar! Mas então por que você ainda está aqui, por que não caiu fora como seu irmão? Ele é capaz de me dizer, porque, Madame, como a senhora sabe muito bem, quando o falecido sr. Doğan nos disse, tomem, Recep, Ismail, peguem este dinheiro e vivam como acharem melhor porque eu já estou cheio de sentir tanta culpa por causa dos pecados cometidos por meus pais, por causa dos seus erros, peguem este dinheiro, Ismail foi esperto, agradeceu a nosso irmão, pegou o dinheiro e comprou o terreno no alto do morro, construiu aquela casa, passamos por ela ontem a caminho do cemitério, por que a senhora finge ignorar tudo, Madame, não foi a senhora que fez de nós um anão e um manco? Cale a boca! De repente fico com medo. Ele conseguiu tapear tão bem todo mundo! Vocês enganaram meu filho, meu Doğan querido, ele era um anjo, o que vocês contaram a ele para iludi-lo, para arrancar dinheiro dele, seus bastardos? Não vou te dar mais nada, meu filho, pode olhar com seus próprios olhos, meu cofre está vazio, não me sobrou nada por causa do beberrão do seu pai; mãe, por favor, não fale assim do meu pai, malditos sejam o dinheiro e as joias, o dinheiro é a fonte de todos os males, me dê esse cofre, vou jogá-lo na água, não, nada disso, vou dar a ele uma finalidade útil, sabe, mãe, estou escrevendo umas cartas, conheço bem o atual ministro da Agricultura, na escola ele era uma turma mais adiantada que a nossa, estou preparando projetos de lei desta vez, juro, meu esforço servirá para alguma coisa, está bem, está bem, fique com seu cofre, não quero, mas pelo menos não se meta quando bebo. Levanto, vou até o armário, pego a chave, abro, o cheiro do armário bate no meu rosto. Eu o havia posto na segunda gaveta. Abro a gaveta: ele está lá. Cheiro o cofre sem abrir, depois abro, está vazio, aspiro seu aroma e me lembro da minha infância.

É primavera em Istambul e eu sou uma mocinha de catorze anos e amanhã à tarde vamos dar um passeio. Aonde vão? Vamos à casa de Şükrü Paxá, pai. Eu me divirto com suas filhas, Türkân, Şükran e Nigân, rimos o tempo todo, elas tocam piano, imitam todo mundo, recitam poemas e até leem para mim traduções de romances estrangeiros. Gosto muito delas. Muito bom, muito bem, mas está ficando tarde, agora você tem de ir para a cama, Fatma. Está bem, já vou, e dormirei pensando em nossa ida à casa delas amanhã. Papai fecha a porta, o batente desloca o ar, trazendo até mim o cheiro do meu pai, fico em minha cama pensando naquilo tudo, adormeço, acordo na manhã seguinte para encontrar um dia lindo à minha cabeceira, tão gostoso quanto o perfume do meu cofre. Mas tenho um brusco sobressalto: chega, caixa idiota, eu sei o que é a vida! A vida te furará e te queimará, sua tolinha, a vida te despedaçará, que Alá te guarde! De repente, num acesso de raiva, quase atirei longe o cofrinho, mas me controlei: o que eu faria sem ele para fragmentar o tempo? Guarde-o, esconda-o, minha filha, um dia você vai precisar. Desta vez o escondi na terceira gaveta, tornei a fechar o armário, será que tranquei à chave, conferi mais uma vez, sim, tranquei. Depois fui deitar na minha cama. Acima da cama, o teto. Sei por que não consigo adormecer. O teto é verde-claro. O último carro, o último depois do último, ainda não chegou. A tinta verde descascou. Quando ele voltar, ouvirei o ruído dos seus passos, adivinharei que se deitou. Aparece um amarelo sob o verde. Só então poderei acreditar que o mundo inteiro me pertence, só a mim, poderei dormir sossegada, sob o amarelo que surge sob o verde. Mas não pude dormir, pensei nas cores e no dia em que penetrei o segredo das cores.

O segredo das cores e das tintas é muito simples, Fatma, me disse um dia Selâhattin. Ele havia posto, virada para o ar, a bicicleta de Doğan em cima da mesa de jantar e me mostrado o círculo de sete cores que tinha grudado na roda de trás: está vendo, Fatma, tem sete cores aqui, mas olhe bem o que vai acontecer com elas. Girou a roda bem depressa, com uma alegria ladina, e pude constatar estupefata que as sete cores tinham se misturado e que agora só se via o branco, morri de medo, e ele ia e vinha pela sala soltando grandes risadas. No jantar, ele me expôs com orgulho o princípio que logo iria descartar: Fatma, só acredito no que meus olhos veem, nenhum conhecimento tem lugar na m ̤ ̤ia enciclopédia sem que eu o tenha provado com uma experiência, esse é o meu princípio! Mas depois esqueceu que havia pronunciado tantas vezes essas palavras, pois chegou à conclusão de que a vida era breve e sua enciclopédia extensa demais, e ao longo dos anos que precederam sua descoberta da morte ele dizia: ninguém tem tempo de verificar tudo pela experiência, Fatma, compreendi que o laboratório que instalei na lavanderia não passava de um capricho de juventude, quem quisesse comprovar pela experiência o tesouro de saber acumulado pelos ocidentais não passaria de um reles idiota ou de um pretensioso. Parecia até que ele adivinhava o que eu pensava: Selâhattin, você é bobo e pretensioso. Depois gritava indignado, como se quisesse se enfurecer: nem o grande Diderot pôde terminar sua enciclopédia em dezessete anos, Fatma, porque ele era demasiado seguro de si, para que discutir com Voltaire e Rousseau, seu imbecil, porque eles são homens que têm pelo menos o mesmo valor que você, e não se pode chegar a nada se não se reconhece que alguns grandes homens são capazes de refletir sobre certas coisas e descobri-las antes de todos os outros. Sou um homem modesto, constato que na Europa eles descobriram tudo antes de nós, analisaram tudo, no mais ínfimo detalhe. Não é uma besteira tentar estudar tudo de novo para descobrir tudo de novo? Para compreender que um centímetro cúbico de ouro pesa 19,3 gramas e que pode comprar tudo, inclusive os homens, não é preciso que eu utilize uma balança para conferir esse peso, ou que, com os bolsos cheios de moedas de ouro, vá me misturar com aqueles crápulas de Istambul, Fatma! As verdades só são descobertas uma vez: o céu

142

também é azul na França, as figueiras de Nova York dão fruto em agosto, e posso te garantir, Fatma, que os pintos saem dos ovos na China exatamente como no nosso galinheiro, e se o vapor movimenta as máquinas em Londres, pode fazer a mesma coisa em nosso país, e se Alá não existe em Paris também não existe aqui, e todos os homens se parecem e são iguais em toda parte e a República é o melhor regime e a ciência é a base de tudo.

Desde que chegou a essas conclusões, Selâhattin desistiu de mandar os ferreiros e caldeireiros de Gebze fazer estranhos instrumentos, máquinas esquisitas, parou de chamar o judeu e de me implorar para que lhe fornecesse o dinheiro necessário para aqueles trabalhos, não dedicava mais seu tempo a derramar baldes d'água nos vasos comunicantes que ele improvisava com chaminés de estufas de calefação, para nos mostrar como funcionava um jato d'água, igual aos loucos que procuram recobrar a serenidade contemplando um laguinho no pátio do hospício, tinha desistido de soltar pipas que a chuva encharcava para que descobríssemos a origem da eletricidade, de brincar com lupas, chapas de vidro, funis, tubos de que saía fumaça, garrafas de todas as cores, binóculos: eu lhe dei muita despesa, Fatma, com todos estes cacarecos na lavanderia, você me dizia, e tinha razão, que aquilo era uma criancice, desculpe, Fatma, imaginar que podíamos dar nossa contribuição à ciência com o laboratório de amador que eu havia instalado aqui não era somente uma ilusão de juventude, era puerilidade, eu ainda não havia entendido a grandeza da ciência, tome esta chave, peça para Recep te ajudar, joguem tudo no mar ou vendam tudo, façam o que quiserem. Ah, aquelas lâminas, aquelas coleções de insetos, aqueles esqueletos de peixe, aquelas flores e aquelas folhas que eu secava como um imbecil, aqueles ratos, aqueles morcegos, aquelas cobras e aqueles sapos que eu conservava no álcool, leve todos aqueles vidros, Fatma, miséria!, por que ter medo, não tem nada de nojento, está bem, está bem, chame Recep, tenho de me livrar de toda aquela tralha o mais depressa possível, melhor assim, porque já não tinha lugar para meus livros, aliás, imaginar que conseguiremos descobrir o que quer que seja vivendo no Oriente é uma grande asneira. Eles já descobriram tudo, não há mais nada de novo a dizer. Veja este dito: não há nada de novo sob o sol! Está vendo, Fatma, nem essas palavras são novas, miséria!, eles é que nos ensinaram tudo! Você entende o que estou dizendo? Já não me resta muito tempo, sei que quarenta e oito volumes não bastarão, o melhor é reunir em cinquenta e quatro todo o material que juntei; mas, por outro lado, eu me impaciento, gostaria que as massas pudessem enfim conhecer essa obra, realizar um trabalho sério é exaustivo, mas sei também que não tenho o direito de abreviá-lo, Fatma, porque infelizmente sou incapaz de me contentar em ser um medíocre, como esses imbecis que se enchem de vaidade anos a fio por terem tratado de um pedacinho da verdade em minúsculos livrinhos de uma centena de páginas, como os opúsculos de Abdullah Cevdet, esse sujeito superficial, primário, na verdade ele não passa disso, aliás não entendeu nada de De Passet, nunca leu Bonnesance, emprega a torto e a direito a palavra fraternidade, impossível corrigir todos os seus erros, e mesmo que eu conseguisse, quem me entenderia, bando de idiotas, preciso explicar tudo da maneira mais simples possível a essas massas estúpidas, eu me esgoto tentando lhes apresentar essas descobertas científicas, preciso enfeitar meus verbetes com provérbios e ditados para me fazer entender por esses animais, berrava Selâhattin, e no exato momento em que eu me lembrava dessas suas palavras, ouvi o ronco do carro, o que sempre chega depois do último.

Parou em frente ao portão do jardim. O motor ainda roncava, uma porta se abriu, ouvi aquela música esquisita, chinfrim! Depois falaram, prestei atenção.

"Amanhã a gente se encontra na casa da Ceylan, combinado?", alguém gritou.

"Combinado!", respondeu Metin.

Depois o carro arrancou uivando de dor e se afastou trovejando. Metin então atravessou o jardim, abriu silenciosamente a porta da cozinha, entrou, subiu os cinco degraus da pequena escada, passou pelo aposento que Selâhattin chamava de sala de jantar, subiu a escada que leva ao primeiro andar, dezenove degraus exatamente, e quando passou pela minha porta pensei em chamá-lo, dizer a ele, Metin, Metin, entre, conte onde passou a noite, conte aonde vocês foram, o que viram, conte para me distrair, despertar minha curiosidade, me emocionar um pouco, mas ele já havia entrado em seu quarto. Antes que eu pudesse contar até cinco, ele se despiu, tem uma maneira bem sua de se jogar na cama, a casa toda estremece, pronto, ela estremece e antes que eu possa contar até cinco, juro, ele já dormiu; três, quatro, cinco, já mergulhou em seu lindo sono de rapaz, porque a gente dorme tão bem quando é jovem, não é, Fatma?

Mas nunca dormi assim, nem mesmo quando tinha quinze anos. Eu esperava não sabia o quê, um passeio que faríamos de carruagem, sacudindo-

-nos ao trote do cavalo, a visita ou a partida de minhas primas, eu pensava que íamos tocar piano, depois almoçar, levantar da mesa, pensava naquela espera mais intensa que poria fim à espera, e nunca sabemos o que esperamos dessa espera. Agora que noventa anos já se passaram, compreendo que todas essas lembranças e todas essas esperas enchem a minha cabeça como uma água límpida, brilhante, que escorre de centenas de torneirinhas numa bacia de mármore, e quando, no silêncio da noite quente, me aproximo do frescor da bacia, vejo minha imagem se refletir na água e constato que meu ser está repleto de mim mesma e gostaria de soprar na minha imagem na bacia para que nada viesse turvar a superfície da água tão pura e brilhante. Eu era uma menina leve, graciosa.

Perguntei-me muitas vezes se não era possível continuar a ser uma menininha a vida toda. Quando uma menina não quer, como eu, crescer e soçobrar no pecado, se é esse seu único desejo, ela tem de fazer por merecer, mas como? Quando eu ainda era criança, em Istambul, eu ia visitar minhas amigas, Nigân, Türkân e Şükran, e elas liam para mim revezando-se um romance traduzido do francês: na terra dos cristãos existem mosteiros; se você não quiser se macular pelo pecado, você sobe a montanha para se refugiar num mosteiro e fica lá esperando. Mas enquanto eu ouvia Nigân nos ler esse livro, eu me dizia que era uma maneira estranha de agir, feia, imaginava todas aquelas monjas amontoadas lado a lado naqueles edifícios, como galinhas preguiçosas que se recusassem a pôr, só de imaginá-las velhinhas me dava nojo, aqueles símbolos assustadores da cristandade, aqueles ídolos, aqueles crucifixos, aqueles padres de olhos vermelhos e barba escura, enclausurados dentro daquelas frias paredes de pedra! Não era o que eu desejava. Gostaria de continuar a ser eu mesma, sem chamar a atenção de ninguém.

Não, não consigo dormir! Fito em vão o teto. Levanto lentamente, vou até a mesa, me absorvo na contemplação da bandeja, como se a visse pela primeira vez: o anão me trouxe ontem à noite pêssegos e cerejas. Pego uma cereja, parece um enorme rubi, permaneço um instante com ela entre meus dentes, antes de mordê-la. Depois mastigo-a devagar, na esperança de que seu gosto me leve a algum lugar do meu passado, mas não adianta. Aqui estou eu. Cuspo o caroço, repito a experiência com uma segunda cereja, uma terceira, três outras, mas continuo aqui. Não há dúvida, a noite vai ser difícil...

17. Hasan compra outro pente

Ao acordar, notei que o sol havia saído e batia em meu ombro. Os passarinhos gorjeavam nas árvores, meus pais já conversavam na sala ao lado.

"Que horas Hasan foi dormir?", pergunta meu pai.

"Não sei", responde minha mãe. "Eu estava dormindo. Quer outra fatia de pão?"

"Não", diz papai. "Volto para casa na hora do almoço para ver se ele está."

Eles se calam, mas os passarinhos não: da minha cama escuto seu gorjeio e o barulho dos carros que passam a toda rumo a Istambul. Levanto, pego no bolso da calça o pente de Nilgün, volto para a cama. Examino o pente à luz do sol que entra pela janela e devaneio: me vem à mente que aquele objeto na minha mão percorreu os recantos mais secretos da floresta dos cabelos de Nilgün e fico com uma sensação esquisita.

Depois pulo a janela sem fazer barulho, lavo o rosto e o pescoço com a água do poço, me sinto melhor. Não pensarei mais o que pensava esta noite, que nunca vai dar certo Nilgün e eu, que vivemos em dois mundos diferentes. Pulo de volta, ponho um calção de banho, enfio a calça, calço meus tênis, meto o pente no bolso, mas bem na hora em que vou sair ouço a porta bater. Oba, meu pai está saindo, o que significa que seu palavrório sobre as dificuldades da vida e a importância de terminar o colegial não vai acompanhar o queijo, os tomates e as azeitonas do café da manhã. Conversam à porta.

"Diga a ele que se não estudar de novo hoje...", papai fala.

"Ele passou a noite estudando", diz mamãe.

"Ontem fui espiar pela janela dele", replica papai. "Estava sentado à mesa, mas não fazia nada. Via-se que só pensava em ir passear."

"Ele estuda, sim!", diz mamãe.

"Problema dele!", exclama o manco da loteria. "Senão vou mandá-lo trabalhar novamente como aprendiz de barbeiro!"

Ouvi meu pai se afastar com seu passo desigual, um pé pisando forte, o outro mais leve: tac-tec, tac-tec, saio do meu quarto, vou à cozinha, pego um pedaço de pão na mesa.

"Sente-se. Por que comer de pé?", diz minha mãe.

"É que já vou sair. Aliás, não muda nada eu estudar ou não. Ouvi meu pai."

"Não ligue", diz ela. "Sente-se e coma direito. Quer chá?"

Ela olhava para mim com afeto. De repente penso que a amo muito e que não amo meu pai nem um pouco. Senti pena dela, foi porque ele batia tanto nela que nunca tive irmão. Por que pecado ela era assim castigada? Mas minha mãe é minha irmã. Pensei: ela e eu somos quase irmão e irmã, como se tivessem nos dado para ser criados por aquele manco, a fim de nos castigar por alguma coisa, nos dizendo, tratem de viver com o que ele ganha vendendo bilhetes de loteria. Sim, não é a verdadeira miséria, na minha turma tem uns caras mais pobres do que eu, mas nós não temos nem mesmo uma lojinha. Se não fossem os tomates, os feijões, os pimentões e as cebolas da nossa horta, minha bonita mãe nunca teria conseguido tirar desse vendedor de loteria o necessário para pôr na panela, e nós dois teríamos morrido de fome. De repente me deu vontade de explicar tudo à minha mãe: a situação mundial, o fato de sermos uns joguetes das grandes potências, dos comunistas, dos materialistas, dos imperialistas e de todos os outros, contar a ela que estamos reduzidos hoje a pedir esmola a nações que, antes, eram nossas lacaias. Porém ela não entenderia. Ela só sabe se lamentar do seu destino, sem nunca se perguntar por que isso aconteceu. Ela continuava a olhar para mim, o que me irritou.

"Não, mãe, já vou sair", falo. "Tenho muito o que fazer."

"Está bem, filho", ela responde. "Você é quem sabe."

Boa e linda mãe!

"Não volte tarde, venha estudar antes de seu pai voltar", ela acrescenta, mas não tem importância.

Será que peço dinheiro a ela, me pergunto por um momento, mas não digo nada e desço a ladeira. Ontem ela me deu cinquenta liras, e o tio Recep, vinte. Telefonei duas vezes, o que faz vinte liras, quinze liras por um *lahma-cun*, sobram então trinta e cinco liras. Tiro o dinheiro do bolso: sim, tenho exatamente trinta e cinco liras, e para calcular essa soma não preciso nem de raiz quadrada, nem de logaritmo, mas a intenção dos professores que me fizeram repetir de ano e de todos os outros professores e ilustres senhores é bem diferente: eles querem é me fazer levar bomba, desgraçar minha vida e me ensinar a ser submisso, de tanto enfrentar a miséria, para que eu me acostume a me contentar com pouco, a ser dócil, disposto a dar meu último pedaço de pão a quem o pedir. No dia em que vocês virem que me acostumei, que estou contente e feliz, vocês dirão, eu sei, que aprendi o que é a vida, mas essa vida que vocês me oferecem eu nunca aprenderei, e no dia em que arranjar um revólver eu lhes explicarei, na hora certa, o que pretendo fazer. Eles sobem a ladeira em seus carros, passando a toda pertinho de mim. Vi que faziam greve na fábrica do outro lado da rua. Isso me deixou irritado e querendo fazer alguma coisa, por exemplo, ir à Associação, mas fiquei com medo de não encontrar ninguém lá. O que aconteceria se fosse sem Mustafa ou Serdar? Pensei comigo: eu poderia mesmo assim ir à Associação principal, em Üsküdar. Bom, eu diria a eles, me encarreguem de um trabalho importante, escrever palavras de ordem nos muros, vender convites no mercado para mim é pouco, me deem uma coisa séria, um bom trabalho. Os jornais e a tevê falariam de mim. Fiquei pensando.

Chegando à praia, espio do outro lado da cerca de arame, Nilgün não está lá. Continuo a andar, continuo a pensar, passeio nas ruas, imerso em meus pensamentos. As pessoas tomam o café da manhã nos terraços ou nos jardins: as mães, os filhos, as filhas. Certos jardins são tão pequenos, a mesa fica tão perto da rua que eu poderia contar as azeitonas nos pratos. Se eu pudesse juntar todos eles na praia, gritar, enfileirá-los e subir em algum lugar para lhes dizer: vocês não têm vergonha, vocês não têm vergonha?, já entendi, vocês não têm mais medo do inferno; mas vocês não têm um pingo de consciência, seus corruptos, miseráveis, amorais, como podem viver assim, só pensando em seu prazer, nos lucros das suas lojas ou das suas fábricas, não consigo entender, mas agora vou lhes dar uma boa lição. O fogo das metralhadoras! Pena que não existam mais filmes históricos. Eu armaria tamanha confusão que eles nunca mais me esqueceriam. Chego em frente à casa de Nilgün, não vejo ninguém. E se eu lhe telefonasse para dizer o que penso? Tá sonhando! Volto à praia, mais uma vez ela não está. Pouco depois avisto o tio Recep, sacola na mão. Mudou de calçada para vir falar comigo.

"O que está fazendo outra vez aqui?", perguntou.

"Nada! Ontem estudei muito, então vim passear um pouco."

"Sei, então volte para casa", disse ele. "Você não tem o que fazer por aqui."

"Ah", fiz, "ainda não gastei as vinte liras que você me deu ontem. Não tem mais caderno a esse preço. Não preciso de lápis, já tenho um. Um caderno custa cinquenta liras."

Enfiei a mão no bolso, tirei as vinte liras, ofereci de volta para ele.

"Não quero", disse ele. "Eu te dei para que estude bem e se torne um grande homem."

"Ninguém se torna um grande homem quando não tem dinheiro", disse eu. "Até um simples caderno custa cinquenta liras."

"Está bem", disse ele tirando do bolso mais trinta liras e me dando. "Mas não vá gastar em cigarro!"

"Não aceito, se você acha que vou gastar em cigarro", falei. Dei um tempo e peguei o dinheiro. "Está bem", disse. "Obrigado. Cumprimente de minha parte Metin e Nilgün. Eles estão aqui, não é? Agora preciso ir estudar. Inglês é difícil."

"Dificílimo!", disse o anão. "E você acha que a vida é fácil?"

Saí andando para não ter de ouvir dele as mesmas idiotices que tinha ouvido do meu pai. Depois me virei para vê-lo: ele se afastava, balançando pesadamente. Ele me dá dó. Uma sacola a gente segura pelas alças, já ele a segura pelo fundo, para que não se arraste na calçada. Pobre nanico. Mas ele me disse que eu não tinha nada que fazer aqui. Todos me dizem a mesma coisa. Como se eu devesse sumir daqui para que eles possam cometer seus pecados tranquilamente. Continuei a caminhar para não topar de novo com o anão, esperei um pouco, e quando cheguei de novo à praia meu coração disparou: Nilgün estava lá, estirada na areia. Quando terá chegado? Está na mesma pose de ontem, os olhos no livro que tem nas mãos. Fiquei paralisado de surpresa.

"Ei!", alguém gritou. "Assim vai acabar caindo!"

Estremeço! Viro-me, olho: era Serdar.

"E aí, cara?", disse ele. "O que está fazendo por aqui?"

"Nada."

"Olhando as garotas?"

"Nada disso", respondi. "Estou ocupado."

"Deixe de mentira", ele replicou. "Você estava olhando para as garotas como se fosse devorá-las. Não tem vergonha? Vou contar para o Mustafa esta noite, você vai ver!"

"Nada disso", repeti. "Estou esperando um amigo. E você, o que está fazendo?"

"Vim fazer um conserto", respondeu, mostrando a caixa de ferramentas que trazia na mão. "Quem é o amigo que está esperando?"

"Você não conhece."

"E você não está esperando amigo nenhum", ele rebateu. "Está é de olho nas garotas, seu sem-vergonha. Mostre quem é."

"Está bem, vou mostrar, mas olhe discretamente", falei.

Aponto para ela com o nariz.

"Aquela que está lendo? E de onde você a conhece?"

"Daqui", respondi, e acrescentei: "Antes, quando não tinha nenhuma casa de concreto aqui, só tinha a nossa casa no alto da ladeira, a casa velha deles e a lojinha verde que hoje fica dentro do mercado. Não tinha mais nada. O bairro alto não existia, as fábricas também não, nem o bairro novo, nem Esentepe. Não tinha todas essas casas bacanas, não tinha praia. Naquela época, o trem não passava por fábricas e galpões, mas por vinhedos e pomares. É isso!".

"Era bonito este lugar, então?", perguntou ele, absorto.

"Lindo", respondi. "Até as cerejeiras em flor eram mais bonitas que hoje. Era só você afundar a mão no mar que uma tainha ou um sargo se enfiava nela."

"Não invente!", disse ele. "Pelo menos me diga por que está esperando essa guria."

"Tenho de devolver uma coisa para ela", falei. "Um troço que ficou comigo."

"O quê?"

Tirei do bolso e mostrei.

"Este pente é dela!", expliquei.

"Um pentezinho barato", disse Serdar. "Essa gente não usa esse tipo de pente. Deixe eu ver!"

Passei-lhe o pente para que ele apreciasse sua qualidade e calasse o bico. O desgraçado pegou o pente e começou a dobrá-lo, a torcê-lo.

"Está apaixonado por ela, é?"

"Claro que não", respondi. "Cuidado para não quebrar."

"Ficou todo vermelho! Quer dizer que está apaixonado por ela, sim."

"Não dobre!", falei. "Seria uma pena quebrar o pente."

"Por quê?", ele replicou, e de repente enfiou o pente no bolso, se virou e foi embora.

Corri atrás dele.

"Ei, Serdar, chega de brincadeira!", gritei.

Ele não respondeu.

"Você já está exagerando, devolva esse pente!"

De novo não respondeu.

"Ei, cara, não é hora de brincadeira. Seria o fim da picada não devolver."

Atravessávamos a multidão que fazia fila na entrada da praia. Serdar se pôs a gritar:

"Você não me deu nada, meu irmão!", ele gritava. "Me deixe em paz, não tem vergonha na cara?"

As pessoas olhavam para nós. Eu não disse mais nada. Continuei a segui-lo de longe. Depois, quando não vi mais ninguém na rua, corri atrás dele, agarrei seu braço, torci. Ele se debateu. Torci o braço mais forte ainda, para machucar mesmo.

"Ai, seu animal!", ele gritou.

Tinha deixado sua mala de ferramentas cair.

"Pare, eu devolvo!"

Tirou o pente do bolso, jogou-o no chão.

"Não sabe o que é brincadeira, seu besta?", disse ele.

Peguei o pente, ainda bem que não estava quebrado, e enfiei-o no bolso.

"Você não entende nada de nada. Seu chacal retardado!"

Fiquei com vontade de lhe dar uma porrada na cara, mas para quê? Voltei para a praia. Ele me xingou, depois se pôs a berrar que eu estava apaixonado por uma dondoca. Não sei se alguém ouviu, mas morri de vergonha.

Chego à praia, Nilgün não estava mais. Eu já entrava em pânico quando avistei a bolsa dela na areia. Com o pente na mão, espero que ela saia da água.

Assim que eu puser os olhos nela, vou me aproximar e dizer, Nilgün, você deixou cair este pente, encontrei no chão, trouxe para você, tome, não é seu? Ela pega o pente, me agradece. Não há de quê, não precisa me agradecer, hoje você me agradece mas ontem nem quis me dizer oi. Desculpe, ela dirá. Não precisa pedir desculpa, sei que você tem bom coração, vi você rezando no cemitério com sua avó, vi com meus próprios olhos. É o que direi, e quando ela me perguntar o que é que eu faço, vou lhe contar que levei bomba em inglês e matemática. E você está na universidade, não é? Se você for boa nisso podia me dar umas aulas, direi. Claro, vai lá em casa. E assim quem sabe eu vou à casa deles, e as pessoas que nos virem estudando, sentados à mesma mesa, nunca vão pensar que viemos de meios diferentes. Nós dois, sentados lado a lado. Mergulhei em meus pensamentos.

De repente eu a vejo entre os banhistas, está se enxugando com a toalha. Morro de vontade de correr até ela. Ela pôs o vestido amarelo, pegou a bolsa, se dirige para a saída. Saio correndo em direção à venda. Viro-me, ela está chegando. Ótimo. Entro na venda:

"Uma coca-cola!", pedi.

"É pra já!", respondeu o vendeiro.

Mas ele continua a calcular sei lá o que para uma freguesa, uma velha, até parece que faz de propósito para que Nilgün me encontre ali, à toa. Termina de servir a mulher, abre minha coca olhando para mim de um jeito esquisito. Pego a garrafa, vou para um canto da venda, espero. Ela vai entrar, estarei tomando minha coca, oi, que coincidência a gente se encontrar aqui, direi, você podia me dar umas aulas de inglês... Esperei, esperei, e quando você entrou no armazém, Nilgün, eu não te vi logo porque estava olhando para a minha garrafa, nem te disse oi. Bom, ela também não me viu ou então me viu e evitou me cumprimentar? Mas eu não olhava para ela.

"O senhor tem pente?", ela perguntou de súbito.

"Que tipo de pente?", quis saber o vendeiro.

Senti o sangue subir no rosto.

"Perdi o meu", disse ela. "Me dê o que o senhor tiver."

"Só tenho este tipo de pente", disse o vendeiro. "Serve?"

"Deixe eu ver", disse ela.

Fez-se um silêncio, não consegui aguentar muito mais, me virei e olhei para você, Nilgün. Vejo você de perfil: como é linda! Você tem uma pele e um narizinho de criança.

"Está bem", disse ela. "Fico com um."

Mas o vendeiro não responde, se vira para a freguesa que acaba de entrar. Você olhou ao redor e eu morria de medo. Você podia pensar que eu fingia não te ver, então falei primeiro.

"Oi!"

"Oi!"

A tristeza me apertou o coração, porque você não pareceu contente em me ver, ao contrário, pareceu chateada; eu percebi e pensei comigo que eu não te agradava, que até te desagradava. Por isso fiquei petrificado, com minha garrafa de coca-cola na mão. Ficamos ali, plantados na venda, como dois estranhos.

Ela tem razão de não olhar para mim, penso comigo mesmo, porque pertencemos a meios tão diferentes! Mesmo assim eu estava surpreso, por que é que alguém se recusa a pelo menos cumprimentar, por que me olhar com hostilidade sem nenhuma razão, eu me disse espantado: tudo é dinheiro, tudo é asqueroso, tudo é maldade! Merda! Resolvi estudar matemática, está bem, pai, vou sentar à minha mesa, vou dar duro em matemática, vou tirar meu diploma e virei jogá-lo a seus pés!

Nilgün escolheu um pente vermelho e de repente achei que eu ia começar a chorar, mas depois fiquei estupefato. Pois ela disse:

"Quero um jornal, o *Cumhuriyet!*"

Fiquei realmente petrificado de estupor. Olhei aparvalhado para ela, que pegou o jornal, e eu a via sair pela porta tranquilamente, como uma criança que nunca tivesse ouvido falar de culpa e de pecado, de repente saí correndo atrás dela com minha coca-cola na mão.

"Você lê um jornal comunista!", exclamei.

"O quê?", disse Nilgün, e por um instante olhou para mim sem hostilidade, como se tentasse apenas compreender uma coisa, e por fim me entendeu, se sobressaltou e foi embora sem dizer mais nada.

Mas eu não vou largar dela, disse comigo. Ela tem de me dar explicações, eu também vou lhe dar. Eu me preparava para segui-la quando percebi que continuava como um bobo com aquela garrafa de coca-cola na mão.

Merda! Entrei de novo na venda, paguei, esperei o troco como um idiota, para não despertar a desconfiança do cara, mas ele me fazia esperar, talvez para dar tempo de você cair fora.

Quando por fim saí do armazém Nilgün havia desaparecido, tinha virado a esquina. Eu poderia tê-la alcançado se tivesse corrido, mas eu não corria, eu me contentava em andar depressa, porque havia muita gente na rua, um monte de cretinos que iam uns à praia, outros ao mercado, além dos que andavam tomando um sorvete. Subi a ladeira a toda, desci de novo correndo, depois tornei a caminhar normalmente e corria quando não havia ninguém. Chegando à esquina, acabei avistando-a. Impossível alcançá-la, mesmo que corresse com todas as minhas forças. Continuei a andar até o portão da casa deles, espiei por entre as grades: ela atravessara o jardim e entrava em casa.

Sentei debaixo de uma castanheira em frente ao jardim para refletir. Eu pensava aterrorizado nos comunistas e em todas as aparências que eles assumem para se camuflar e no monte de gente que eles conseguem enganar. Depois me levantei, ia embora quando enfiei a mão no bolso: o pente continuava lá! Examinei-o me perguntando se devia quebrá-lo, não, não ia me dar ao trabalho de quebrá-lo. Tem uma lata de lixo no começo da calçada. Foi lá que joguei seu pente, Nilgün. Fui embora sem olhar para trás. Em direção à venda.

Ocorreu-me então ir falar com o vendeiro. Nós não te proibimos de vender esse jornal, senhor vendeiro? Agora diga que castigo prefere! Talvez vá ter a coragem de nos confessar que é comunista, como aquela moça, e que vende esse jornal porque acredita no comunismo! De repente senti pena de Nilgün, ela era tão amável quando menina. Entrei furioso na loja.

"Você de novo?", disse o homem. "O que você quer?"

Eu esperava, porque havia fregueses. Mas ele repetiu a pergunta. Os fregueses olhavam para mim.

"Eu?", fiz. "Eu queria… um pente, de cabelo."

"Está bem", falou. "Você é filho do Ismail, o vendedor de loteria, não é?"

Empurrou uma caixa, mostrou os pentes.

"A garota acabou de levar um vermelho", falou.

"Que garota?", repliquei. "Quero um pente, qualquer tipo de pente."

"Bom, bom", disse ele. "Escolha a cor."

"Quanto é?"

Ele tinha se voltado para os outros clientes, me deixando sozinho, de modo que pude examinar todos os pentes, um a um. E escolhi um vermelho, o mesmo que você tinha comprado, Nilgün. Vinte e cinco liras. Paguei, saí da venda dizendo que tínhamos o mesmo pente. Depois andei, andei, cheguei ao fim da calçada. A lata de lixo continuava lá e ninguém prestava atenção em mim. Enfiei a mão nela, tirei o pente verde, limpinho. Ninguém viu. E que me importava se alguém tivesse visto! Agora tenho dois pentes no bolso, Nilgün, seu pente e outro que é igualzinho ao seu! Essa ideia me encantou. Se alguém tivesse me visto talvez tivesse ficado com pena ou teria rido de mim, que cretino, mas eu não ia ligar para esses idiotas, esses tapados! Sou um homem livre, que passeia pelas ruas pensando em você.

18. Faruk precisa encontrar uma história

São quase cinco horas. Faz tempo que o sol veio bater nas janelas deste subsolo úmido que recende a mofo. Daqui a pouco porei meus papéis na pasta e sairei, sempre em busca da peste, mas ao ar livre. Meus pensamentos estão confusos. Pouco antes, eu estava persuadido de que bastaria percorrer ao acaso os arquivos, sem ter um objetivo preciso. Mas agora duvido que tenha sucesso assim... Pouco antes, a história era uma nebulosa de milhões de fatos sem vínculo entre si que amadureciam, se desenvolviam na minha cabeça... Abro meu caderno, releio rapidamente minhas notas, talvez consiga reencontrar essa sensação.

Leio os resultados de um recenseamento extraordinário efetuado em seis aldeias situadas nos arredores de Çayırova, Eskihisar e Gebze, que faziam parte das donatarias concedidas ao vizir Ismail Paxá, sob a jurisdição do cádi de Gebze. Depois a queixa-crime contra Ibrahim Abdülkadir e seus filhos por terem pilhado os bens de Hızır e ateado fogo à sua casa. Leio os firmãs enviados da capital acerca da construção de um atracadouro na costa de Eskihisar. Os dezessete mil *akçe* de renda provenientes de uma aldeia situada nos arredores de Gebze, outrora concedida como território ao sipaio Ali, lhe foram cortados, por não ter ele partido em campanha, e atribuídos a Habib, mas foi necessário conceder o território a outro, pois Habib tampouco foi guerrear. O lacaio Isa fugiu levando trinta mil *akçe*, um cavalo, uma sela, duas espadas e um escudo pertencentes a seu amo, Ahmet, e foi se colocar sob a proteção de Ramazan, que Ahmet processa. Sinan morreu e, após um litígio entre os herdeiros, um deles, Osman Çelebioğlu, requereu ao tribunal o inventário da sucessão. Leio os depoimentos circunstanciados das testemunhas Mustafa, Yakup e Hüdaverdi, afirmando que o cavalo que havia sido encontrado com uns ladrões, depois da prisão destes, e levado para as cavalariças do *mirliva** era o cavalo que fora roubado de Süleyman, filho de Dursun, de Gebze, e tenho a impressão de recobrar a mesma euforia de antes: o último quartel do século XVI fervilha em minha cabeça, todos os acontecimentos daqueles vinte e cinco anos se encontram nas circunvoluções do meu cérebro, sem ligação entre si, sem nenhuma causalidade. Hoje, quando almoçava, uma imagem me veio à mente: uma galáxia infinita de vermes que se espalhavam num vazio livre de gravidade, vermes que fervilhavam no vazio, como no meu cérebro, sem se tocar, sem se juntar uns aos outros. Disse comigo que minha cabeça era uma noz onde os vermes vão e vêm. Bastaria quebrar minha cabeça para ver esses vermes que passeiam entre as circunvoluções do meu cérebro!

Mas esse entusiasmo não durou muito. A galáxia se dissipou, desapareceu. Meu cérebro se obstina, com seu velho hábito, a exigir de mim, como sempre, uma história breve que resuma todos esses fatos, um relato convincente. Para poder compreender não só a história mas o universo e a vida tais como são, seria sem dúvida necessário que a estrutura do nosso cérebro mudasse. Ah, essa ânsia que temos de ouvir histórias, ela nos engana a nós todos, nos arrasta para um universo imaginário, quando vivemos num mundo real, de carne e de sangue...

Enquanto almoçava, acreditei por um instante também ter descoberto uma solução para esse problema. Desde ontem, a história do tal Budak ronda a minha mente. Depois de percorrer os arquivos hoje de manhã, sua história havia adquirido outra dimensão. Estava convencido de que Budak, sabe-se lá como, tinha conseguido se pôr sob a proteção de algum paxá de Istambul. Eu me lembrava também de outros detalhes fornecidos pelo livro do meu professor de história no colégio. Todos eles eram apropriados para fisgar os apreciadores de história e todos os que se esforçam para compreender o universo por meio de histórias.

* Comandante dos sipaios de uma circunscrição administrativa. (N. T. da edição francesa)

Isso me levou a pensar em escrever um relato sobre as aventuras de Budak, um livro sem pé nem cabeça sobre a Gebze do século XVI. O livro teria uma só regra: pôr nele, sem nenhum juízo de valor ou de importância, todos os conhecimentos que eu pudesse reunir sobre a Gebze da época e seus arredores. Assim, todos os crimes, os litígios comerciais, o preço da carne, as histórias de raptos ou de casamentos, as guerras, as rebeliões, os paxás teriam seu lugar no livro, lado a lado, sem ligação entre si, da mesma forma como estão nos arquivos, comportadamente, modestamente. Com base nisso, eu construiria a história de Budak, não que dê a ela maior importância que às outras, mas para pelo menos proporcionar uma história aos que buscam histórias nos livros de história. Assim, meu livro seria uma tentativa sem fim de "descrição". No final do almoço e sem dúvida também sob a influência das numerosas cervejas que havia tomado, eu tornava a me ver imerso na bruma desse projeto; parecia sentir novamente o entusiasmo juvenil dos meus trabalhos de outrora. Eu me dizia que iria aos arquivos da Presidência do Conselho, que não desprezaria nenhum documento de lá e que todos esses acontecimentos encontrariam seu lugar no meu livro. Quem o lesse de cabo a rabo, semanas ou meses a fio, acabaria entrevendo aquela massa brumosa que intuo quando venho trabalhar aqui. É isso a história, a história e a vida...

Esse projeto maluco, que poderia consumir trinta anos da minha vida, ou mesmo o resto dos meus dias, ainda subsistiu por um bom tempo em minha mente, adquirindo todo tipo de formas, tolice e heroísmo, doenças nervosas e oculares. Imaginei arrepiado a quantidade de páginas que teria de escrever. Depois senti que todo esse sonho sagrado, por recender a ilusão e ingenuidade, se dissipava pouco a pouco e caía n'água.

Porque, assim que eu me pusesse a redigir o que tencionava escrever, eu me veria diante de um primeiro problema: quaisquer que fossem minhas intenções, eu precisaria de um início. Em seguida, qualquer que fosse a forma utilizada, eu seria obrigado a decidir por uma ordem de sucessão para apresentar os fatos. E tudo isso, querendo ou não, significava uma certa sistematização para o leitor. Quanto mais eu me esforçasse para dela escapar, menos saberia por onde começar e quais seriam meus passos seguintes. Porque a mente humana, amarrada como está a seus velhos costumes, se esforça para dar um sentido a qualquer enumeração, para descobrir um símbolo em qualquer acontecimento, de modo que a historinha de que tento escapar o próprio leitor misturará aos fatos. Então, presa do desespero, pensei comigo que era impossível exprimir a história, e também a vida, com palavras. Depois pensei também que o único meio de descobrir essa solução seria transformar a estrutura do nosso cérebro. Mudar nossa vida, se quiséssemos ver a vida como ela é! Eu bem que gostaria de expressar mais claramente essa ideia, mas não conseguia. Saí do restaurante e voltei para cá.

A tarde toda pensei nisso. Não haveria meio de escrever um livro assim, de despertar em meus leitores a reação que desejo? De vez em quando, eu relia rapidamente tudo o que havia anotado em meu caderno para despertar novamente em mim a sensação que eu acreditava que nunca seria capaz de explicar a ninguém.

Enquanto percorria minhas notas, eu me esforçava para não me prender a nenhuma das histórias que relia, exatamente o que quero fazer de meu livro: um passeio ao acaso... Há pouco, acreditei ter conseguido, mas agora duvido de meu êxito. O sol baixou mais, já passa das cinco horas, saio do subsolo que recende a mofo sem esperar a volta de Riza. Vou procurar a peste ao ar livre.

Entro no Anadol. Saio da cidade, onde faz três dias trabalho no Arquivo da subprefeitura, vou embora exausto, a cabeça vazia, como se abandonasse uma cidade que, por nela viver anos a fio, houvesse liquidado, roído minha alma. Pouco depois, deixo a rodovia Istambul-Ancara para seguir em direção à estação ferroviária de Gebze. Desço em direção ao Mármara, passando pelas oliveiras, figueiras e cerejeiras. A estação, onde reencontro o odor da República e da burocracia, fica na extremidade de uma campina que se estende de lá a Tuzla. Creio que em algum ponto dessa campina ficam as ruínas de um caravançará. Paro o carro, desço a escada que leva à estação.

Operários voltando para casa, jovens de jeans, mulheres de lenço na cabeça, um velhinho que cochila num banco, uma mãe zangando com o filho esperam um trem que vai chegar de Istambul e voltar para lá. Vou até a extremidade da plataforma de embarque, desço à margem de terra batida da ferrovia. Caminho seguindo os trilhos, escutando o chiado dos fios elétricos, passando pelos desvios. Desde a minha infância adoro caminhar ao longo das ferrovias. As ruínas, eu descobri faz uns vinte e cinco anos, quando era um garoto de oito ou nove. Recep tinha me levado ao que eu chamava de caçada. Eu carregava uma espingarda de ar comprimido que o marido da minha tia me trouxera da Alemanha, podia ferir um corvo se atirasse de bem pertinho, mas eu não era um bom atirador! Recep e eu tínhamos caminhado ao longo de um riacho até essa campina, colhendo amoras. De repente um pedaço de muro surgiu diante de nós, depois vimos enormes pedras talhadas com esmero que se estendiam por um vasto espaço. Voltei cinco anos depois, num verão em que eu podia passear sem receio, dispensando Recep. Tinha me contentado em examinar demoradamente o muro e as pedras, sem tentar imaginar o conjunto de que haviam feito parte, pensando apenas no que via. Não longe da via férrea havia um riacho, havia também sapos, um terreno baldio, uma campina... O que restou disso? Vou olhando ao meu redor enquanto caminho.

Numa carta com data bastante posterior à dos autos dos tribunais e dos registros administrativos, era mencionado um caravançará que teria existido onde se situam as ruínas. Essa carta, que hoje creio ter sido escrita em fins do século XIX, mencionava com uma indiferença surpreendente certo número de mortes ocorridas em algum lugar dessa região e talvez relacionadas a um começo de epidemia. Tinha lido a carta com rapidez, lançando-a, por distração, maquinalmente entre os outros papéis, sem anotar a data nem o número do documento. Lamentando de imediato minha negligência, comecei a procurá-la com a intenção de relê-la, durante uma hora fucei por toda a parte na montoeira de papéis velhos, mas não pude achá-la. Essa curiosidade cresceu ainda mais depois da minha volta a Istambul.

Enquanto as questões relacionadas a essa carta quase mítica giravam por minha cabeça, acabei encontrando o riacho. Desprendia-se dele um pesado cheiro de putrefação, mas suas águas ainda abrigavam sapos. Eles não coaxavam, como que entorpecidos pelos venenos e pela imundice, mantinham-se imóveis, na relva e nas folhas, como placas de piche. Ao ouvir o ruído dos meus passos, os mais vivos pulavam na água, com uma indolência cheia de arrogância. Notei a volta que o riacho formava e a reconheci. As figueiras também. Mas elas não eram numerosas antigamente? De repente o muro de uma fábrica apagou minhas lembranças e me trouxe de volta ao presente.

Se o que li naquela carta pode de fato me levar a eventos ocorridos outrora, então posso ter a esperança de continuar por mais uns anos sem perder toda a minha fé no que chamo de história. Com essa história de peste, acho que vou poder demolir um montão de fatos históricos que simplesmente pairam no ar sem que se ponha em dúvida sua veracidade, como acontece com tantas fraudes. Assim, toda uma multidão de historiadores cheios de fé, ao se dar claramente conta de que seu trabalho não passa de fabulação, vai ficar tão incrédula quanto eu. Nesse dia, serei o único preparado para enfrentar a crise institucional que virá à tona, e com meus escritos e meus ataques caçarei todos esses imbecis, um a um. Parei à margem da ferrovia para imaginar esses dias de triunfo, que pareciam um sonho, mas não conseguia sentir grande entusiasmo. A verdade era que sempre tive inveja do meu velho professor Ibrahim, que, como um detetive, passou os últimos vinte anos da sua vida pesquisando a identidade de todos os que, durante o interregno otomano, foram proclamados sultões e cunharam os primeiros *akçe*.

O trem elétrico apareceu na extremidade da via férrea, se aproximou, subitamente gigantesco, passou por mim e desapareceu. Continuei andando ao longo do riacho e dos muros dos fundos das fábricas e das pequenas oficinas, cobertos de palavras de ordem políticas, escritas em letras enormes para serem lidas pelos viajantes dos trens. Como, e disso eu me lembrava muito bem, era aquele o ponto em que o riacho começava a se afastar da via férrea, estava prestes a encontrar aquelas pedras e aquele muro. A história deve estar por ali, pouco antes do acampamento dos ciganos, à beira da avenida que leva a Forte Paraíso, em algum lugar entre as favelas, os lixões, os tambores de óleo e as figueiras. Quando me aproximei, as gaivotas que me observavam do alto de um monte de lixo levantaram voo sem fazer barulho, afastando-se em direção ao mar como um guarda-chuva levado pelo vento. Ouvia roncar os motores dos ônibus estacionados no pátio anexo à fábrica, um pouco mais longe: são os operários que voltam para Istambul e sobem sem pressa neles. Ao longe, uma ponte cruza a via férrea e o riacho. Avisto um amontoado de sucata entregue à ferrugem, montes de latas, barracos com seu teto feito da folha de flandres daquelas latas, crianças jogando bola, uma égua e seu potro. Ela deve pertencer aos ciganos. Mas não é o que estou buscando.

Volto sobre meus passos, que me levam sem cessar aos mesmos lugares. Com a indolência de um gato que esqueceu o que procurava, avanço ao longo dos muros entre a via férrea e o riacho, pisando na relva seca, morta pelos produtos tóxicos, entre os espinheiros ainda vivos, passo ao lado de um osso impossível de identificar, resto sem dúvida de um crânio ou de um esqueleto de cordeiro, chuto o osso, depois uma lata de conserva enferrujada, me dirijo para a favela seguindo uma cerca de arame farpado. Nada. Nada.

Tento imaginar como era a vida dos homens que viveram aqui e de que falam as notas na minha pasta e os arquivos empilhados em subsolos recendendo a mofo, temo atribuir a esse cenário um significado que ele não tem, mas digo a mim mesmo, com o bom humor que as decepções sempre me inspiram, que o riacho com certeza não fedia assim naquele tempo. De repente avisto um pouco mais longe na campina um frango, que me espia com um olho idiota, gigantesco, ele tem a altura de um grande edifício: Frango Fino! Ele me espia do alto de um imenso painel publicitário de uma granja, sustentado por uma estrutura de aço. De calça curta e suspensório, logo adivinho que foi copiado de um anúncio de revista estrangeira, numa tentativa de tornar a Granja Frango Fino moderna.

Aproximo-me de um dos barracos, me dizendo que talvez fosse construído com pedras das ruínas do caravançará. Nos fundos, um quintalzinho: cebolas, um pé de não sei o quê, roupa secando, mas as paredes da casa são finas, feitas de tijolinhos deteriorados, sem vida, de uma época que conheceu as fábricas, e não com as grossas pedras talhadas que busco. Paro, fixando um olhar vago na parede do barraco, persuadido de que as coisas e a época que busco se dissimulam em algum lugar, acendo um cigarro, vejo o fósforo cair na frente dos meus pés, na relva seca e nos galhos secos, ao lado de um pregador de plástico quebrado. Volto a caminhar. Cacos de garrafa, uns cachorrinhos correndo atrás da mãe, pedaços de corda podre, tampinhas de refrigerante, folhas e grama esgotadas, desencantadas da vida. À margem da via férrea, uma placa de sinalização havia sido utilizada para tiro ao alvo. Avistei depois a figueira, fitei-a demoradamente na esperança de que ela despertaria em mim alguma lembrança. Mas ela se limita a se erguer diante de mim. No chão, à sombra da figueira, figos caídos sem ter tido tempo de amadurecer, uma nuvem de moscas se eleva deles voltando imediatamente a pousar. Pouco mais adiante, duas vacas roçam o mato ralo com o focinho. A égua dos ciganos deu um galope, observei-a se afastar com admiração, mas logo parou; seu potrinho continuou a galopar, depois se lembrou da mãe e voltou para junto dela. À beira do riacho papéis velhos se espalham entre pedaços de borracha, garrafas e latas de tinta vazias, um saco de plástico. Nada tem alma. Sinto sede, sei que vou voltar para casa daqui a pouco. Um par de corvos voa acima da minha cabeça, quase roçando-a, sem ligar para mim. Aquela vasta campina é a mesma que assistiu à morte de Mehmet, o Conquistador. Ele teria morrido perto da Escola de Agronomia. No pátio dos fundos de uma fábrica acham-se empilhadas enormes caixas, esvaziadas das mercadorias que continham, encostadas uma na outra, postas à venda. Assim que chegar em casa, vou ler Evliya Çelebi. Um sapo idiota me viu bem mais tarde que seus companheiros e pulou ruidosamente na lama e na água estagnada. Depois vou conversar com Nilgün. Sobre história? Direi que a história... As lascas dos tijolos pintaram o chão de vermelho. No quintal do seu barraco uma mulher recolhe a roupa. Direi a ela que a história são histórias, e nada mais. De onde tirou essa ideia?, ela vai perguntar. Paro e olho para o céu. Ainda sinto cravado em minhas costas o olhar do frango de olhos idiotas: Frango Fino. Frango Fino! Muros decrépitos de blocos de concreto, de tijolos, cobertos de palavras de ordem políticas. Nenhum muro de pedras! Antes, quando eu era garoto... Paro. Depois continuo a andar, ar decidido, como se acabasse de me lembrar de alguma coisa precisa, passa um trem novamente, se afasta, examino no chão o material de construção abandonado, as vigas, os moldes para blocos, não, não há nada, nem junto dos arvoredos, nem nos pequenos jardins, nem debaixo dos montes de sucata enferrujada, nem junto dos plásticos, do concreto, dos ossos, das cercas de arame. Mas continuo andando, porque sei o que procuro.

19. Recep serve a silenciosa mesa de jantar

Estão sentados à mesa, comendo com fome à pálida luz da lâmpada. No começo, Nilgün brinca com o sr. Faruk, depois o sr. Metin se levanta, assim que dá a última garfada, sem responder à Madame, que pergunta a ele aonde vai, e os outros se esforçam então para conversar, como vai, vovó, a senhora vai bem, vovó, repetem, e como não têm nada mais a lhe dizer sugerem, e se amanhã a gente levasse a senhora para dar uma volta de automóvel, vovó, estão construindo em toda a parte casas, prédios de concreto, estradas, pontes, vamos mostrar tudo isso para a senhora, vovó, mas Madame guarda silêncio; às vezes resmunga alguma coisa, mas eles não conseguem tirar nenhuma palavra desses balbucios, porque Madame fala de olhos fixos em seu prato, como se houvesse algo a recriminar no bocado que mastiga, resmunga sem procurar formar palavras e quando lhe acontece de levantar a cabeça dir-se-ia que é para se espantar, se espantar pelo fato de eles ainda não terem compreendido que a avó deles agora só é capaz de asco. Então eles compreendem, como eu, que é melhor se calar, mas tornam a se esquecer disso, provocando sua cólera, e quando se lembram que não devem irritar a velha senhora, se põem a cochichar entre si, como fazem agora.

"Você está bebendo muito esta noite!", disse Nilgün.

"O que vocês estão cochichando?", perguntou Madame.

"Nada", respondeu Nilgün. "Por que a senhora não come sua berinjela, vovó? Recep preparou-as agorinha mesmo, não é, Recep?"

"Claro, senhorita", falei.

Madame faz uma careta para mostrar seu asco e para nos dar a entender que tem horror de ser tapeada, e sua careta se fixa em seu rosto, o rosto de uma velha senhora que esqueceu o que lhe dá asco, mas que está decidida a nunca esquecer que deve sentir asco... Os três se calam e eu espero, dois ou três passos atrás. Só se ouve o tilintar dos talheres à luz pálida da lâmpada, em torno da qual vão e vêm estúpidas mariposas. A essa hora, o jardim também está em silêncio, alguns grilos, o farfalhar de algumas árvores e, durante todo o verão, ao longe, do outro lado dos muros do jardim, os veranistas, com suas lâmpadas coloridas penduradas nos galhos, seus carros, seus sorvetes, seus cumprimentos barulhentos... Nada disso no inverno: as trevas silenciosas das árvores, do outro lado do jardim, me dão arrepios, tenho vontade de gritar mas não posso; bem que gostaria de trocar algumas palavras com Madame, porém ela nunca fala, então eu também me calo e olho para ela, me perguntando como é possível viver assim em silêncio, e os lentos movimentos das suas mãos mexendo em cima da mesa me assustam, tenho até vontade de lhe dizer, suas mãos, Madame, parecem aranhas velhas e cruéis! Antigamente havia o silêncio do sr. Doğan, resignado, apagado, parecendo uma criança. E ela ralhava com ele. Outras vezes, muito mais longe no tempo, o sr. Selâhattin e suas ralhações, mais senis do que impressionantes, e as maldições que ele lançava sem parar, enchendo com dificuldade os pulmões de ar... Este país, este maldito país!...

"Recep!"

Ela me pediu fruta. Tiro os pratos sujos, volto com a melancia que já havia cortado e arrumado num prato que ponho na mesa. Eles comem em silêncio. Depois desci novamente à cozinha, onde pus para esquentar a água para lavar a louça, e quando subi de volta eles ainda comiam sem trocar uma palavra. Talvez porque tenham compreendido a inutilidade das palavras e porque não queiram se cansar à toa, como os frequentadores do café. Mas há também momentos em que a palavra vem para nos comover, disso eu sei. Alguém te diz olá, presta atenção no que você diz, você lhe fala da sua vida, ele escuta, depois é a vez dele de contar a vida para você, você o escuta, de modo que se pode ver a vida de um desfilar nos olhos do outro.

Nilgün mastiga os caroços da melancia, como sua mãe fazia. Madame estica o pescoço em minha direção:

"Tire o guardanapo!"

"Por que a senhora não fica mais um pouco, vovó?", o sr. Faruk perguntou.

"Deixe, Recep, eu a levo para o quarto", disse Nilgün.

Assim que se viu livre do guardanapo, Madame se levantou e se apoiou em meu ombro. Subimos a escada. No nono degrau paramos.

"Faruk bebeu esta noite, não é?", disse ela.

"Não bebeu, não, Madame", falei. "De onde a senhora tirou essa ideia?"

"Não os proteja", disse ela, e sua mão, a que segurava a bengala, logo se levantou como para ameaçar uma criança com uma bofetada, mas não em minha direção. Depois continuamos.

"Dezenove, graças a Alá!", disse ela.

Entrou no quarto, ajudei-a a se deitar, perguntei se queria alguma coisa. Frutas, falou.

"Feche a porta!"

Fechei, desci novamente. O sr. Faruk pusera à sua frente a garrafa que tinha mantido escondida até então debaixo da mesa. Os dois conversavam.

"Estou com a cabeça cheia de ideias esquisitas", dizia ele.

"Aquelas de que você fala todas as noites?", perguntou Nilgün.

"É, mas ainda não te contei tudo!", disse o sr. Faruk.

"Bom, vamos ver, pode fazer suas brincadeiras com as palavras!", disse Nilgün.

O sr. Faruk olhou ressentido para ela.

"Minha cabeça está parecendo uma noz cheia de vermes que vagueiam!", disse ele afinal.

"O quê?", disse Nilgün.

"Isso mesmo", disse o sr. Faruk. "Tenho a impressão de que um monte de vermes passeia dentro da minha cabeça."

Tirei os pratos sujos, desci para a cozinha, agora estou lavando a louça. Podem entrar vermes no intestino de vocês, nos dizia o sr. Selâhattin, se vocês comerem carne crua, andarem descalços, vermes, entenderam? Acabávamos de chegar da nossa aldeia, não entendíamos nada de nada. Nossa mãe morreu, o sr. Doğan teve dó de nós e nos trouxe para cá: Recep, você vai ajudar minha mãe a cuidar da casa, Ismail e você vão ficar neste quarto, aliás, vou fazer uma coisa por vocês, por que vocês pagariam pelos pecados deles, por quê? Eu ficava calado... Recep, você vai cuidar também do meu pai, parece que ele bebe muito, está bem, Recep? Eu continuava calado, nem sequer lhe dizia, sim senhor, sr. Doğan. Depois ele nos trouxe para cá e foi fazer o serviço militar. Madame reclamava sem parar, eu aprendia a cozinhar. De vez em quando, o dr. Selâhattin vinha me ver: como era a vida na aldeia, Recep, ele perguntava, conte o que as pessoas de lá faziam, tinha uma mesquita na aldeia, você ia fazer suas preces?; diga como acha que os terremotos se produzem e quais são as causas das estações. Está com medo de mim, filho, não precisa, sou seu pai, que idade você tem, você sabe?, não sabe nem a sua idade, bom, você tem treze anos e seu irmão Ismail tem doze, você tem o direito de ter medo e de se calar, não pude cuidar de vocês, é verdade, tive de me resignar a mandar vocês para a aldeia, no meio daquela gente imbecil, mas é que eu também tinha obrigações, trabalho numa obra gigantesca, todo o saber do mundo vai estar nela, você já ouviu falar de enciclopédia?, ah, onde poderia ter ouvido, que desastre, está bem, está bem, não tenha medo, fale, conte como sua mãe morreu, que mulher valorosa, ela encarnava toda a beleza do nosso povo. Ela te contou tudo? Não? Bem, lave a louça, e se Fatma fizer alguma maldade com vocês, venha me contar imediatamente, venha me ver no meu escritório, conte tudo, não tema nada! Nunca tive medo. Lavei louça, trabalhei quarenta anos. Mergulhado em meus pensamentos, termino a louça, guardo os pratos, me sinto cansado, tiro o avental, sento com a intenção de descansar um pouco, mas de repente penso no café e subo de novo até a sala de jantar. Eles continuavam a conversar.

"Não entendo como, depois de ter decifrado tantas notas e tantos documentos, você ainda possa se preocupar com o que acontece dentro do seu cérebro, ao voltar para casa!", dizia Nilgün.

"Era para eu me preocupar com quê?", perguntou o sr. Faruk.

"Com os fatos", disse Nilgün. "Os acontecimentos, suas causas..."

"Mas eles estão postos no papel..."

"Postos no papel, mas correspondem a algo no mundo real... Não correspondem?"

"Correspondem."

"Então, escreva sobre eles!"

"Mas, quando leio, os acontecimentos se desenrolam em minha cabeça, não no mundo real. Sou obrigado a escrever o que acontece na minha cabeça. E dentro dela fervilham os vermes."

"Deixe de besteiras!", disse Nilgün.

Não conseguiram se pôr de acordo. Calaram-se, os olhos fitos no jardim. Pareciam tristes, infelizes, mas sempre insatisfeitos. Pareciam contemplar seus próprios pensamentos, sem enxergar o que olhavam, sem enxergar o jardim, a figueira, a relva onde os grilos se escondem. O que você vê nos pensamentos? A dor, a tristeza, a curiosidade, a expectativa, é tudo o que sobra no fim, e se você não puder introduzir outra coisa, sua razão se esgotará como a mó que se desgasta, onde foi que ouvi isso, e então, chamam você de louco! O dr. Selâhattin era um médico calmo, sensato, diziam as pessoas, mas quis se meter na política, foi banido de Istambul, imergiu em seus livros e perdeu o juízo. Que mentirosos esses apreciadores de mexericos! Ele não era louco, eu via isso com meus próprios olhos; a única coisa de ruim que ele fazia era beber depois do jantar, e às vezes exagerava; passava o dia escrevendo, instalado em sua mesa de trabalho. Depois, vinha de vez em quando falar comigo. O mundo é como a árvore do fruto proibido, ele me disse um dia, você não ousa apanhá-lo porque acredita em mentiras vazias e tem medo, não tenha medo de nada, Recep meu filho, apanhe a maçã do saber, olhe, eu a apanhei e me tornei um homem livre, vá, o mundo poderá então te pertencer, por que não me responde? Eu tinha medo, eu me calava, porque sei dos meus limites. Tenho medo do diabo. Não sei como essa gente consegue vencer o medo, nem por que o vence. E se eu fosse dar uma volta, passar no café?

"Que vermes são esses?", perguntou Nilgün. Parecia irritada.

"Fatos ordinários", disse o sr. Faruk. "Um monte de fatos sem causa. Quando leio e penso muito, eles começam a se contorcer na minha mente."

"Sem causa, você acha", disse Nilgün.

"Não consigo estabelecer as inter-relações com convicção", disse o sr. Faruk. "Gostaria que os fatos o fizessem por si mesmos, sem que eu tivesse de me intrometer, mas isso não acontece. Quando encontro uma relação de causa e efeito, logo adivinho que se trata de uma atribuição do meu espírito, e os fatos logo começam a parecer larvas, vermes horríveis, que se contorcem nos interstícios do meu cérebro."

"Por que acha que isso acontece?", perguntou Nilgün.

"Talvez porque eu esteja ficando velho."

Os dois se calaram, dessa vez não por não se entenderem, mas porque pareciam contentes de ter compreendido que, se concordam numa coisa, é na discordância entre eles. Quando duas pessoas se calam, esse silêncio é às vezes bem mais eloquente do que se falassem. Gostaria tanto de também ter um amigo com o qual eu pudesse conversar ou calar...

"Sr. Faruk", falei, "vou ao café, com sua licença. Deseja mais alguma coisa?"

"O quê?", fez ele. "Não, obrigado, Recep."

Desci ao jardim, senti o frescor da relva e, assim que passei pelo portão, compreendi que não poderia ir ao café. Tem a multidão das noites de sexta, eu não me sinto em condição de enfrentar as mesmas vexações de sempre. Dane-se o café. Pus-me novamente a caminhar, passei pelo café sem me aproximar das suas vidraças iluminadas e evitando Ismail, que vendia seus bilhetes de loteria, fui até o atracadouro, onde não havia vivalma, me sentei, vendo tremular na água o reflexo das lâmpadas coloridas penduradas nas árvores, mergulhado em meus pensamentos. Depois me levantei, subi a ladeira para ir à farmácia: o sr. Kemal está sentado detrás do balcão, olhos fixos nos tipos despreocupados que, devorando seus sanduíches, falam em voz alta à luz pálida do boteco em frente. Ele não me viu. É melhor não incomodá-lo! Voltei depressa para casa sem encontrar nenhum conhecido. Depois de fechar o portão, eu os vi, para lá da barulheira e das árvores, sob a luz fraca da lâmpada do terraço. Ele sentado pertinho da mesa, ela um pouco afastada; ele se balança levemente sobre os pés de trás da cadeira, que mal consegue suportar seu peso; o irmão e a irmã, cara a cara, é como se tivessem medo de, se mexendo ou fazendo barulho, dissipar a nuvem da vida sem alegria que se comprazem em aprisionar ao redor deles, como se procurassem respirar mais profundamente ainda aquela atmosfera de infelicidade. Talvez também para não encher de cólera o olhar acusador da velha senhora, que vai e vem lá em cima, diante das janelas abertas. Pensei ter visto aquele olhar, mas ela não me percebeu. A silhueta de Madame, cruel, implacável, surgiu por um breve instante na moldura da janela, ela parecia empunhar firme a bengala, sua sombra se projetou no jardim, desapareceu depressa, bruscamente, como se ela quisesse fugir do pecado. Subi sem fazer barulho os degraus do terraço.

"Boa noite!", desejei. "Vou me deitar."

"Sim, vá se deitar, Recep", me respondeu Nilgün. "Amanhã eu tiro a mesa."

"É melhor não esperar. Vai atrair os gatos", disse o sr. Faruk. "Esses atrevidos vêm aqui de manhã cedinho, nem se incomodam comigo."

Fui à cozinha, peguei uns damascos no armário, ainda sobravam cerejas da véspera, lavei as frutas e levei o prato.

"Madame, trouxe umas frutas."

Não respondeu. Pus o prato na mesa, fechei a porta, desci, me lavei. Às vezes sinto meu próprio cheiro. Fui para o meu quarto, vesti meu pijama, apaguei a luz, depois abri a janela sem fazer barulho e me deitei; com a cabeça no travesseiro espero a manhã.

Amanhã de manhã sairei cedinho para caminhar. Depois irei ao mercado, talvez encontre por lá Hasan ou outra pessoa, alguém com quem eu possa conversar e que talvez me escute. Se pelo menos eu soubesse falar bonito! As pessoas prestariam atenção. Eu diria ao sr. Faruk, o senhor bebe muito, desse jeito vai acabar morrendo de hemorragia estomacal, como seu pai e seu avô, que Alá o guarde! De repente penso: Rasim morreu, irei a seu enterro amanhã ao meio-dia, vamos ter de subir a ladeira, em pleno calor, acompanhando o caixão. Verei meu irmão, ele me dirá, olá, Recep, por que você nunca vem nos visitar? Sempre as mesmas palavras! Eu me lembro do dia em que minha mãe e meu pai — o da aldeia — levaram Ismail e eu ao médico. Trata-se de um caso de nanismo, provocado por surras violentas levadas na primeira infância, disse o médico, e acrescentou, dê banho de sol neles, exponha bem a perna do caçula ao sol, ela pode ficar boa. Está bem, e o mais velho?, perguntou minha mãe. Eu os escutava com atenção: não vai crescer mais, disse o médico, terá sempre esta estatura de criança, dê-lhe estas pílulas, pode ser que façam efeito. Tomei as pílulas, mas não serviram para nada. Penso também em Madame, na sua bengala, na sua crueldade, não pense mais nisso, Recep! E então penso na mulher, aquela que é tão bonita! Todas as manhãs, às nove e meia, ela entra na venda e depois eu a encontro no açougue. Não a tenho visto estes dias. É alta, magra, cabelos negros! Tem um cheirinho gostoso. Até no açougue. Gostaria tanto de falar com ela, eu lhe diria, a senhora não tem criada, faz a senhora mesma as compras, seu marido não é rico? Como ela é bonita quando observa a maneira como o açougueiro corta a carne. Não pense mais nela, Recep! Minha mãe também tinha cabelos negros. Pobre mamãe! Veja o que viraram seus filhos. Eu continuo morando aqui, nesta casa, veja, veja, sempre nesta casa. Você pensa demais, Recep, pare de pensar e durma. De manhã, pelo menos, não penso em nada. Se conseguisse dormir! Bocejei sem fazer barulho, e de repente percebi, arrepiado: nenhum ruído, nenhum som. Que estranho! Parece uma noite de inverno. No inverno, quando faz frio de noite e eu fico arrepiado, conto histórias para mim mesmo. Tente contar uma agora! Daquelas que li no jornal? Não, é melhor uma das que minha mãe contava. Era uma vez um sultão que tinha três filhos, mas no começo não tinha nenhum e era muito infeliz por não ter filhos, suplicava a Alá que lhe concedesse um. Quando minha mãe nos contava essa história, eu pensava: pobre sultão, não tinha nem mesmo um filho como nós, ficava com pena dele e sentia mais amor ainda por minha mãe, por Ismail e por mim mesmo. Por nosso quarto, nossos móveis... Se eu tivesse um livro com histórias como as que minha mãe contava, um livro escrito em letras grandes, eu o leria, leria, e adormeceria lendo, pensando nas histórias.

20. Hasan sofre pressão dos companheiros

Depois do jantar, assim que meu pai foi dar sua volta pelos restaurantes com seus bilhetes de loteria, também saí sem dizer nada à minha mãe. Fui ver no café: eles já estavam lá, com dois outros caras que eu não conhecia, é a eles que Mustafa se dirige: sim, diz ele, as duas superpotências querem dividir o mundo, e o judeu Marx mente porque não é o que ele chama luta de classes que move o mundo, mas o nacionalismo, e a Rússia é o mais nacionalista de todos os Estados, e também é imperialista. Depois explica a eles que o centro do universo é o Oriente Próximo e que a chave do Oriente Próximo é a Turquia. Em seguida conta como as superpotências procuram nos dividir, quebrar a unidade da frente anticomunista provocando a desavença, "você se sente antes de mais nada turco ou muçulmano?". E acrescentou: esses agentes estão infiltrados em toda a parte, até entre nós, isso mesmo, é lamentável mas pode muito bem ter um deles entre nós. Fez-se então um silêncio. Depois Mustafa nos disse quanto nossa nação era unida, outrora, e como, graças a essa unidade, pudemos aterrorizar o europeu imperialista, pérfido, difamador, com essas histórias de que não nascia mais nada onde o turco bárbaro passava, e parecia até que dava para ouvir o bater dos cascos dos cavalos que fazia os cristãos tremerem nas noites frias de inverno. De repente, me enfureci porque um dos dois novatos cretinos tomou a palavra:

"Muito bem, mas, se um dia tivermos petróleo, poderemos assegurar nosso desenvolvimento e nos tornar ricos como os árabes são hoje?"

Como se tudo se reduzisse ao dinheiro, ao material! Mas Mustafa é paciente, voltou a explicar tudo, eu nem ouvi mais, são coisas que já sei, não sou mais um novato. Havia um jornal por ali, corri os olhos por ele, li também as ofertas de emprego. Depois Mustafa disse a eles para voltar mais tarde. Eles nos cumprimentaram respeitosamente, para mostrar que tinham entendido que a disciplina implica uma obediência ilimitada, e saíram.

"Vamos pichar palavras de ordem nos muros esta noite?", perguntei.

"Claro", disse Mustafa. "Pichamos ontem à noite, onde você estava?"

"Estava em casa, estudando", respondi.

"Estudando, é?", disse Serdar. "Ou espiando?"

Ele sorria maldosamente. Estou pouco me lixando para o que Serdar diz, mas tenho medo que Mustafa leve a sério.

"Eu o peguei hoje de manhã na rua da praia", continuou Serdar, "espiando uma guria. Uma dondoca, está apaixonado por ela. Até roubou o pente da guria."

"Roubou o pente dela?"

"Escute aqui, Serdar", respondi, "não me chame de ladrão, ou isso vai acabar mal!"

"Tá bom. A guria é que deu o pente pra você?"

"Sim", respondi. "Claro que foi ela."

"Por que uma garota como ela te daria seu pente?"

"Você não entende nada dessas coisas."

"Ele roubou!", disse Serdar. "Esse babaca se apaixonou por ela e roubou seu pente!"

Fiquei irritado, tirei os dois pentes do bolso.

"Olhe aqui!", falei. "Hoje ela me deu outro. Continua sem querer acreditar?"

"Deixe eu ver", disse Serdar.

"Pegue", falei, estendendo-lhe o pente vermelho. "E espero que tenha entendido hoje de manhã o que pode acontecer se você não o devolver!"

"É bem diferente do pente verde! Não é o tipo de pente que ela usa!", disse ele.

"Eu a vi usando este", retruquei. "E tem outro igual na bolsa dela."

"Nesse caso, não foi ela que te deu."

"Por que não?", repliquei. "Ela não pode comprar dois pentes iguais?"

"Coitado!", disse Serdar. "O amor fez ele perder a cabeça, não sabe mais o que diz."

"Você não quer acreditar que eu conheço ela?", berrei.

"Quem é essa garota?", perguntou bruscamente Mustafa.

Fiquei perplexo. Então Mustafa tinha acompanhado nosso bate-boca.

"Esse cara se apaixonou por uma dondoca", disse Serdar.

"É verdade?", perguntou Mustafa.

"O caso é gravíssimo!", disse Serdar.

"Quem é essa garota?", perguntou novamente Mustafa.

"Ele passa o tempo roubando os pentes dela", disse Serdar.

"Mentira!"

"O que é que é mentira?", perguntou Mustafa.

"Foi ela que me deu o pente!"

"Por que ela deu?", perguntou Mustafa.

"Sei lá", respondi. "Na certa quis me dar um presente."

"Quem é essa garota?", perguntou de novo Mustafa.

"Ela tinha me dado o pente verde de presente", falei. "Eu também quis dar um presente para ela e comprei o vermelho. Mas Serdar tem razão, o vermelho é feio, não é da mesma qualidade do verde."

"Você não acabou de dizer que ela tinha te dado os dois?", riu Serdar.

"Estou perguntando quem é essa garota!", berrou Mustafa.

"Eu a conheço desde criança", falei enrubescendo. "É um ano mais velha que eu."

"O tio dele é empregado da casa da guria…", disse Serdar.

"É verdade?", perguntou Mustafa. "Fale!"

"É", respondi. "Meu tio trabalha para eles."

"E essa guria dondoca te dá de presente um pente sem nenhuma razão, é isso?"

"Por que não?", repliquei. "Eu disse que conheço ela."

"Quer dizer que você é um ladrão, seu babaca de merda!", exclamou Mustafa aos berros.

Eu estava consternado: todo mundo devia ter ouvido os berros. Me calei, suando em bicas, cabeça baixa, me dizendo que melhor teria sido eu não vir.

Se estivesse em casa naquele momento ninguém teria vindo se meter nas minhas coisas, eu teria ido ao jardim para contemplar as luzes ao longe, emocionado, me arrepiando com o espetáculo dos navios silenciosos que desaparecem no horizonte.

"Você é mesmo ladrão ou não, responda!"

"Não. Não sou ladrão", falei.

Depois pensei melhor, caí na risada e contei tudo.

"Está bem", falei, "vou contar a verdade! Contei essa história hoje de manhã a Serdar para ver a reação dele. Mas ele não entendeu. É isso, este pente vermelho eu comprei na venda. Podem perguntar ao dono se ele não tem pentes assim. O verde é dela, deixou cair na rua, eu achei e vou devolver quando encontrar com ela."

"Você é criado dela, para ficar esperando na rua?"

"Não", respondi. "Sou amigo. Quando éramos crianças..."

"Esse babaca está apaixonado pela guria dondoca", repetiu Serdar.

"Não, não estou", falei.

"Então por que você estava esperando por ela na porta da casa dela?"

"Porque se eu não devolvesse ao dono um objeto que não me pertence, aí sim seria um ladrão!", respondi.

"Esse cara está achando que somos uns babacas como ele", disse Mustafa.

"Viu só?", disse Serdar. "O amor fez ele perder a cabeça!"

"Não é isso!", falei.

"Cale a boca, seu babaca!", berrou de repente Mustafa. "Além do mais, não tem vergonha na cara. E eu que acreditava que poderíamos fazer dele um homem. Quando veio me ver pedindo para lhe dar um trabalho de mais responsabilidade, acreditei nele, achei que tinha estofo para isso. E ele é escravo de uma garota da alta sociedade!"

"Não é verdade!"

"Faz dias que você anda por aí como uma alma penada!", disse Mustafa. "Ontem à noite, quando pichávamos nossas palavras de ordem, você estava na porta da casa dela, não estava?"

"Não, não estava."

"Ainda por cima você nos desonra com seus roubos!", disse Mustafa. "Chega! Caia fora!"

Fez-se um silêncio. Me arrependi outra vez de não estar em casa, sossegado, estudando matemática.

"Este babaca continua aqui!", disse Mustafa. "Não quero mais ver esse cara!"

Eu olhava para os dois.

"Vamos esquecer essa história. Temos coisas mais importantes com que nos preocupar", disse Serdar.

"Não, tirem esse cara da minha frente. Não quero ter de olhar para um ladrãozinho adorador de dondocas!"

"Deixa pra lá!", disse Serdar. "Olhe como ele está tremendo. Eu vou endireitar esse garoto. Sente-se, Mustafa."

"Não, vou embora", disse ele.

E ia mesmo.

"Não vá!", disse Serdar. "Sente-se aí."

Mustafa, de pé, brincava com seu cinto. Me deu vontade de dar uma porrada nele. De matar ele! Mas se você não quer ficar sozinho, tem de procurar se explicar para os outros te entenderem.

"Não posso estar apaixonado por ela, Mustafa!", falei.

"Vocês vêm esta noite", disse Mustafa a Serdar e a Yaşar. Depois, se virando para mim: "Não quero mais ver você por aqui. Você não nos conhece, nunca nos viu, entendido?".

Pensei um pouco, depois lhe disse:

"Espere!" Minha voz tremia, mas estava me lixando. "Deixe eu explicar, Mustafa. Você vai entender."

"O quê?"

"Que não posso estar apaixonado por ela", falei. "Ela é comunista."

"O quê?"

"Sim!", falei. "Juro, vi com meus próprios olhos."

"Viu o quê?", gritou, chegando mais perto de mim.

"O jornal. Ela lê o *Cumhuriyet*. Compra ele todo dia. Sente-se, Mustafa, vou explicar", falei e me calei, para que minha voz não tremesse mais.

"Seu babaca, débil mental, você se apaixonou por uma comunista?", ele berrou.

Cheguei a pensar que ia me dar uma porrada. Se tivesse dado, eu o teria matado.

"Não!", exclamei. "Não posso me apaixonar por uma comunista. Quando eu estava apaixonado por ela, não sabia que era comunista."

"Quando você estava o quê?"

"Quando eu achava que estava apaixonado por ela!", falei. "Sente-se, Mustafa, vou explicar tudo."

"Está bem, vou me sentar", disse ele. "Mas se você vier com conversa fiada, vai se dar mal, ouviu?"

"Sente-se e ouça. Não quero que se engane a meu respeito. Vou contar tudo." Me calei por um instante. "Pode me dar um cigarro?", pedi.

"Você agora fuma?", perguntou Serdar.

"Calem a boca, vocês, e deem um cigarro pra ele!", disse Mustafa e por fim se sentou.

Yaşar me ofereceu um cigarro, não pôde ver minha mão tremer porque foi ele mesmo que o acendeu. Quando vi que os três esperavam com interesse o que eu ia dizer, pensei um pouco.

"Quando eu a vi no cemitério, ela fazia suas preces", comecei a contar. "Pensei então que ela não podia ser uma esnobe, pois estava de lenço na cabeça e estendia as mãos para Alá, como sua avó…"

"Que história é essa!", exclamou Serdar.

"Cale a boca!", disse-lhe Mustafa. "O que você estava fazendo no cemitério?"

"Tem gente que põe flores", respondi. "Meu pai acha que as pessoas compram mais facilmente seus bilhetes de loteria se ele estiver com um cravo na lapela, quando vai vendê-los de noite. Então de vez em quando ele me manda ao cemitério."

"Certo."

"Quando fui ao cemitério buscar flores naquela manhã, eu a vi junto do túmulo do pai. Os cabelos dela estavam cobertos por um lenço e ela estava com as mãos abertas, estendidas para Alá."

"Mentira!", disse Serdar. "Eu vi a guria de manhã na praia, peladinha!"

"Não, senhor!", retruquei. "Ela estava de maiô. E no cemitério eu não sabia o que ela era."

"Bom, e você diz agora que essa guria é comunista", disse Mustafa. "Não está querendo me levar na conversa?"

"De jeito nenhum", respondi. "Estou dizendo a verdade… Quando a vi rezando, confesso que fiquei surpreso. Porque ela não era assim quando pequena. Conheço essa guria desde sempre. Ela não era má, mas também não era amável. Vocês não conhecem eles. E ficar pensando naquilo acabou virando a minha cabeça. Ela me intrigava, eu me perguntava o que ela tinha se tornado. Por isso, passei a segui-la, por curiosidade e também para me distrair um pouco..."

"Você é um vagabundo, um inútil, um miserável!", disse Mustafa.

"Ele está apaixonado!", disse Yaşar.

"Cale a boca!", mandou Mustafa. "E como ficou sabendo que ela é comunista?"

"Seguindo ela", falei. "Aliás, não, eu não a seguia mais. Foi por acaso, ela entrou na venda onde eu tinha ido tomar uma coca-cola e comprou o *Cumhuriyet*. Foi assim que descobri."

"Era o único indício?", perguntou Mustafa.

"Não, não era o único", respondi, me calando um instante. Depois prossegui: "Ela vai comprar o *Cumhuriyet* todas as manhãs, nunca compra outro jornal. O que não me deixou nenhuma dúvida. Fora isso, ela não frequenta mais nenhum dos esnobes daqui".

"Quer dizer que ela compra o *Cumhuriyet* todas as manhãs", disse Mustafa. "E você nos escondeu isso porque está apaixonado por ela e continuou a segui-la, não é?"

"Claro que não!", retruquei. "Foi hoje de manhã que ela comprou o *Cumhuriyet*."

"Não me venha com mentiras que te dou uma porrada", disse Mustafa. "Você disse que ela comprava o *Cumhuriyet* todas as manhãs."

"Ela vai à venda todas as manhãs, mas eu não sabia o que ela comprava", eu disse. "Esta manhã é que pude ver que era o *Cumhuriyet*."

"Ele está contando lorotas", disse Serdar.

"Eu sei", disse Mustafa. "Vou quebrar a cara dele, não demora muito. Ele seguiu essa mina sabendo que ela é comunista. E essa história de pentes? É verdade?"

"É verdade", respondi. "Ela deixou o pente cair quando eu estava seguindo ela. Eu peguei no chão. Não roubei... O outro é da minha mãe, juro."

"E por que você anda com o pente da sua mãe?"

Dei uma tragada no cigarro em silêncio porque tinha compreendido que, por mais que explicasse, eles não tinham intenção de acreditar em mim.

"Diga a verdade!"

"Está bem", falei. "Mas vocês não vão acreditar. Agora, juro que estou dizendo a verdade. É verdade, este pente não é da minha mãe. Fiquei com vergonha, por isso disse que era. Foi a guria que comprou este pente na venda hoje de manhã."

"Junto com o jornal?"

"Junto com o jornal. Pode perguntar ao vendeiro."

"E ela depois te deu o pente?"

"Não foi isso!", exclamei. Calei-me um instante, depois prossegui. "Depois que ela saiu, comprei um igual."

"Por quê?", berrou Mustafa.

"Por quê?", falei. "Não entende por quê?"

"Vou quebrar a cara dele!", disse Serdar.

Se Mustafa não estivesse ali, eu teria dado uma lição nele, mas Mustafa continuava a berrar:

"Porque você está apaixonado por ela, seu babacão! E você sabia que ela era comunista. Você não é um infiltrado, não?"

Disse comigo mesmo que eles não iam acreditar em mim, pouco importava o que eu lhes dissesse, e fiquei calado, mas ele berrava tanto que fiquei tentado a explicar mais uma vez, para convencê-los de que eu não estava mais apaixonado por uma comunista. Joguei o cigarro no chão, pisei nele, como a gente faz quando está calmo e sem problemas. Depois peguei o pente vermelho da mão de Serdar e dobrei-o, dizendo:

"Se você achasse um pente tão bom quanto este por vinte e cinco liras, barato assim, na certa não ia perder a oportunidade", falei.

"Vá pro inferno, seu idiota, mentiroso!", berrou Mustafa.

Resolvi então não dizer mais nada. Não vou mais discutir com vocês, entenderam? Quer me queiram ou não com vocês, vou já para casa, estudar matemática, depois um dia irei a Üsküdar e pedirei aos chefes que me deem um trabalho importante. Me deem uma tarefa importante, os companheiros de Forte Paraíso ficam o tempo todo chamando uns aos outros de infiltrados, vou dizer a eles! Vou voltar para casa, mas antes vou acabar de ler o jornal. Abri o jornal, li sem prestar atenção neles.

"O que vamos decidir?", perguntou Mustafa.

"Sobre o vendeiro, que continua vendendo o *Cumhuriyet*?", perguntou Serdar.

"Não estou falando dele", respondeu Mustafa. "Perguntei o que vamos fazer com este idiota, que se apaixonou por uma comunista."

"Perdoe o cara!", disse Serdar. "Não o leve a sério, está arrependido do que fez."

"Você quer que eu o deixe nas mãos dos comunistas?", berrou Mustafa. "Este imbecil vai correndo contar tudo à guria!"

"Damos uma surra nele?", perguntou Serdar, baixinho.

"E com essa guria comunista, não vamos fazer nada?", perguntou Yaşar.

"Vamos fazer com ele o que fizemos com aquela garota de Üsküdar."

"Também vamos ter que dar uma boa lição no vendeiro!", disse Serdar.

Continuaram discutindo entre si e falaram do que os comunistas tinham feito com nossos companheiros em Tuzla, e falavam de mim como se eu fosse um retardado, e contaram como tinham jogado no mar uma garota que lia o *Cumhuriyet* na barca de Üsküdar, e outras coisas mais, no entanto eu não dava mais a mínima para o que diziam, nem os ouvia mais. Lia os anúncios de emprego do jornal e me dizia que não tinha carteira de motorista, que eu não era um motorista experiente, nem um operador de telex que sabia inglês, que não tinha a menor noção de como cortar persianas de alumínio, que não era um auxiliar de farmácia especializado em ótica, nem um eletricista que já fez o serviço militar e que era capaz de trabalhar com telefones, nem sabia costurar etiquetas de calça, dane-se, mas acabaria indo para Istambul e um dia, quando tivesse feito um grande negócio…, sim, sim, foi o que pensei, mas como não sabia direito qual seria esse grande negócio resolvi consultar a primeira página do jornal, como se quisesse encontrar meu nome citado entre os acontecimentos mais importantes, ou para descobrir o que eu iria fazer, mas o jornal estava rasgado, faltava a primeira página, não conseguia encontrá-la, tinha a impressão de ter perdido, não só o jornal, mas meu próprio futuro. Eu tentava esconder minhas mãos para que os outros não as vissem tremer, agora era a mim que Mustafa se dirigia.

"Estou falando com você, seu babaca!", berrava ele. "A que horas essa guria vai à venda?"

"Hã?", fiz. "Depois da praia."

"Babaca! Como posso saber que horas ela volta da praia!"

"Entre nove e nove e meia."

"Você é que sujou, você é que vai limpar."

"Isso mesmo!", disse Yaşar. "Vai dar uma surra na guria."

"Ele não vai bater nela, coisa nenhuma!", disse Mustafa. "A guria te conhece, não é?"

"Claro!", respondi. "A gente se fala."

"Seu retardado!", replicou Mustafa. "Ainda por cima se gaba disso!"

"Sim", disse Serdar, "é por isso que peço que o perdoe."

"Não!", exclamou Mustafa. "Não é tão simples assim!" Virou-se para mim: "Escute, estarei lá amanhã às nove e meia. Você vai estar me esperando. Que venda é essa? Você vai me levar lá. Quero vê-la com meus próprios olhos comprar o *Cumhuriyet*".

"Ela compra todas as manhãs", falei.

"Cale a boca!", disse ele. "Se ela comprar, eu te faço um sinal e aí você vai arrancar o jornal das mãos dela e dizer que não deixamos comunistas se infiltrar aqui. Depois, você rasga o jornal e joga no chão. Entendeu?"

Não respondi.

"Entendeu?", ele repetiu. "Não me ouviu?"

"Ouvi", respondi.

"Ótimo", disse ele. "Não estou a fim de entregar aos comunistas nem mesmo um chacal tapado como você! Estou de olho em você. Esta noite vai com a gente pichar muros. Não vai voltar pra casa!"

Me deu vontade de matar Mustafa ali mesmo. Mas, pensei, isso vai te causar encrenca, Hasan! Não disse nada. Depois pedi outro cigarro, eles me deram.

21. Metin perde o controle

Cüneyt abriu bruscamente a janela e começou a berrar para a noite que todos os professores eram pirados, todos os professores, gritava ele, e Gülnur caiu na risada: ele está doidão, está viajando, olhem só pra ele, gente, dizia, e Cüneyt continuava berrando, seus veados, vocês me deram bomba este ano, quem lhes deu o direito de brincar com o meu futuro, e Funda e Ceylan intervieram, psiu Cüneyt, o que é isso, a essa hora, são três da manhã, os vizinhos estão dormindo, todo mundo está deitado, mas Cüneyt não parava de berrar, me deixem em paz, seus vizinhos que se fodam, eles são assim com os professores, e Ceylan disse, nunca mais te damos um, ela quis pegar o baseado, mas Cüneyt não o soltava, todo mundo puxa fumo, dizia, mas é só comigo que invocam quando eu puxo, e Funda teve de gritar para ser ouvida, na confusão e na barulheira daquela música horrível, então tá, mas cale a boca, dizia a ele, e Cüneyt se acalmou de repente, pareceu esquecer por um instante sua raiva e seu rancor, e se pôs a balançar ao ritmo do pop-rock que doía nos meus ouvidos, depois eles se afastaram passando entre as luzes que se acendiam e se apagavam sem parar e que Turan havia instalado para nos dar a impressão de que estávamos numa discoteca, e eu me virei para Ceylan, mas ela não parecia estar se chateando, ela estava tão linda com seu sorriso ligeiramente melancólico e até triste, estou apaixonado por essa menina, ó

Alá, me ajude, que situação ridícula, será que vou acabar como todos os jovens turcos, esses coitados sem vontade, com a cara cheia de espinhas, que pensam em casamento mal se apaixonam, como todos esses tarados do colégio que fingem que desprezam as garotas, mas que passam as noites escrevendo poemas de amor transbordantes de sentimentalismo que escondem em suas pastas, e no dia seguinte vão beliscar a bunda das meninas mais novinhas, com a segurança que seu machismo lhes dá, não pense mais nisso, Metin, isso tudo me dá náuseas, nunca serei como eles, serei um playboy internacional fleumático, sim, sim, cheio da grana, um conquistador, vou aparecer nos jornais com a condessa Rouch sei lá o quê, levarei nos Estados Unidos a vida de um grande físico turco, a *Time* me flagrará de mãos dadas com a Lady Fulana, nos Alpes italianos, e ao chegar à Turquia a bordo do meu iate para fazer um tour pela Riviera turca, quando você vir minha foto, enorme, na primeira página do *Hürriyet* acompanhado por minha mulher, a linda herdeira de um multimilionário mexicano do petróleo, você vai dizer, Ceylan, estou apaixonada pelo Metin, e nesse dia, Alá, como eu bebi!, torno a olhar para Ceylan e enquanto contemplo seu lindo rosto abobado pelo baseado em que ela só deu um ou dois tapas, entre aquela gente enlouquecida ou entorpecida, ouço uma gritaria, eles uivam e, ó Alá, não sei por que também fico com vontade de gritar, um uivo sem nenhum sentido escapa da minha garganta, bramidos animais, desesperados, mas Gülnur manda eu me calar, você não tem o direito de imitá-los, Metin, diz ela, você não fuma, ela me mostra o baseado que segura, e sorrio como se se tratasse de uma brincadeira e digo a ela, com a maior calma, que esvaziei uma garrafa inteira de uísque, ouviu, amiga, tem muito mais coisa numa garrafa de uísque do que nos baseados de vocês, um pouquinho de erva, só isso, e além do mais minha garrafa não passou de mão em mão, eu a esvaziei sozinho, mas ela não me ouvia, ela me chamava de bundão, de medroso, por que você não fuma também?, pega mal para o Turan, você não tem o direito de estragar a festa de despedida dele, que vai fazer o serviço militar, então está bem, falei, e peguei seu baseado, olhe pra mim, Ceylan, estou fumando como você, eu te amo, e dou mais um tapa, e Gülnur me diz, boa!, e eu trago de novo e devolvo o baseado, foi então que ela entendeu que era pra você que eu olhava, Ceylan, e deu uma gargalhada, ela me disse, sua garota está voando, Metin, você vai ter que fumar muito mais se quiser chegar aonde ela está, e eu pensei, ela falou sua garota, e fico em silêncio, e Gülnur me diz, você está a fim de conquistá-la, não está?, e eu calado, aí ela disse, depressa, Metin, senão Fikret vai roubá-la de você, e com a grossa bituca que segura entre os dedos desenha umas letras no espaço, está vendo, Metin, está escrito no ar, mas eu continuava calado, e quando ela me perguntou cadê o Fikret, esvaziei meu copo a pretexto de enchê-lo outra vez, e me afastei, porque tinha medo de um escândalo, e Gülnur deu outra gargalhada e, enquanto eu procurava uma garrafa na penumbra, Zeynep surgiu sei lá de onde, se agarrou em mim, venha dançar, por favor, Metin, escute que música bonita, e eu disse, está bem, e ela se apertava contra mim me dando vontade de gritar, olhem, não imaginem que penso o tempo todo na Ceylan, olhem, estou dançando com esta gorducha da Zeynep, mas logo enchi o saco, porque de olhos semicerrados como uma gatinha satisfeita por estar de barriga cheia, ela dava uma de romântica, e quando eu me perguntava como ia me livrar dela, alguém me deu um pontapé, que merda, eles apagam as luzes, gritam, todo mundo se beijando!, todo mundo se beijando!, e eu aproveito a escuridão para repelir aquela almofadona estufada grudada em mim, quentinha, e caio fora, em busca de uma garrafa de uísque, alguém bate com uma almofada na minha cara, uma almofada de verdade essa, e solto uma porrada no escuro, com toda a força, ouço Turgay gemer, cruzo com Vedat na entrada da cozinha, percebo o olhar abestalhado que ele me lança, depois se aproxima de mim e me diz, formidável, hein?, e eu pergunto a ele o que é formidável, ele me diz, você não sabe?, acabamos de ficar noivos, e põe uma mão afetuosa no ombro de Sema, um gesto de homem sério, consciente dos seus deveres, e me diz, não é formidável, meu irmão?, e eu respondo, formidável mesmo, e ele repete, é formidável, ficamos noivos, não vai nos felicitar?, nós três nos beijamos, e Sema parece a ponto de desatar em soluços, não sei o que mais dizer e quando me preparo para cair fora Vedat me agarra em seus braços e nos beijamos mais uma vez, fiquei com medo, se a inglesinha pegar a gente se beijando assim vai achar que somos veados, e eu me lembro que na escola, nos dormitórios, todos tentam fazer os outros passar por veados, vão à merda, esses doentes, esses pirados, esses anormais chamam de veado todo mundo que ainda não tem pelos na cara, graças a Alá eu já tenho, e muito, poderia até deixar crescer o bigode, não ficaria mal, aliás um dia aquele estúpido do Süleyman me deu um beliscão na bunda, mas eu o fiz pagar caro, ridicularizei-o me debruçando em cima dele no dormitório enquanto ele dormia, se eu não tivesse feito isso eles teriam me martirizado, como fazem com o pobre coitado do Cem, tarados, selvagens, selvagens, calma, Metin, pra que dar importância a esses caras, ano que vem você vai estar na América, mas ainda vou ter de viver um ano inteiro neste país de retardados, e quanto a vocês, Faruk e Nilgün, se acaso, por falta de dinheiro, eu não conseguir me mandar para a América, vocês vão sofrer na minha mão, pensei, e finalmente consegui encontrar a cozinha e vi Hülya e Turan ali perto; Hülya estava de olhos vermelhos, Turan enfiava sua cabeça rapada debaixo da torneira, quando notou minha presença se endireitou e me deu um soco bruscamente, e quando perguntei onde estavam os copos e as garrafas, ele apenas me disse, os copos estão ali, sem fazer nenhum gesto, e eu insisti, ele só repetiu, estão ali, por fim abri e fechei os armários, Turan abraçou Hülya, eles se beijaram apaixonadamente, como se quisessem arrancar os dentes um do outro, e eu, Ceylan, disse comigo que poderíamos nos beijar assim, eles emitem uns sons esquisitos, Hülya afasta a boca, quase sem fôlego, diz a ele que vai dar tudo certo e que não vai demorar, e aí Turan tem um acesso de raiva e grita, você sabe lá o que é o serviço militar, é só pra homem, e mais exasperado ainda ele se solta dos braços da garota e berra, um cara que não faz o serviço militar não é homem, e me dá mais um soco, nas costas desta vez, dizendo pra mim, você é homem, cara?, você é homem?, e você ainda por cima ri, é?, está muito seguro de si, é?, tudo bem, então vamos nos comparar, vamos ver quem é mais macho, e quando começou a desabotoar as calças Hülya gritou, o que você está fazendo?, e Turan respondeu, vou partir depois de amanhã, mas temos de passar outra noitada legal como esta, está bem?, seu pai não vai gostar nada, disse Hülya, e Turan se pôs novamente a berrar, estou cagando pra ele, já estou de saco cheio, se ele é meu pai devia se comportar como pai, por que eu preciso terminar o colegial só porque você quer, hein?, e agora você me manda para o Exército, já estou de saco cheio, seu imbecil, você não pode fazer um esforço para entender seu filho, hein?, e se acha um pai, eu nunca vou ser sério, está na cara, e tenho todo o direito de arrebentar seu carro se eu quiser, vou pegar também sua Mercedes, juro, e entrar com ele num poste só pra ele entender, juro, e Hülya gemia, implorava que ele não fizesse aquilo, e Turan me deu outro soco e de repente começou a balançar ao som do pop-rock que chegava da sala, parecia ter se esquecido de nós todos, e desapareceu na fumaça de haxixe, em meio às luzes coloridas que pisca-piscam na penumbra, e Hülya o seguiu correndo, e eu finalmente encho um copo, depois cruzo com Turgay, venha, vamos nadar pelados, diz ele, o que logo me excitou, quem, quem, falei, ele deu uma risada, é claro que as meninas não, seu babaca, nem Ceylan, e o que me espantou foi como eles adivinharam que estou apaixonado por você, Ceylan, que só penso em você, em mais nada além de você, onde está você, Ceylan, eu te procuro na fumaça e na música, se pelo menos eles abrissem as janelas, onde está você, caramba, eu continuo te procurando, te procurando, mas sem me alarmar, e quando te vejo dançando com Fikret digo para mim mesmo, fique calmo, Metin, não ligue, e fui me sentar num canto, como se estivesse indiferente, e bebericava meu uísque, e me dizia que estava ficando de porre, caramba, quando de repente a música parou, alguém pôs um disco, uma dança popular, *hayda, hayda,* e todos pularam, acostumados que estavam à farra dos pequeno-burgueses subdesenvolvidos, logo se adaptaram ao novo ritmo, e de braços dados fizemos uma roda, lado a lado, Ceylan e eu, dou uma olhada disfarçada e, naturalmente, outra vez é com Fikret que está com o outro braço dado, e nós começamos a rodar, ó Alá, bem à moda turca, exatamente como nos casamentos em família, e a roda acabou se desfazendo, agora formamos uma longa fila, um atrás do outro, rodamos na sala e a frente da fila sai para o jardim, nós também saímos e entramos por outra porta, e sinto a mão de Ceylan, aquela mão tão linda, no meu ombro, e me pergunto o que os que estão junto de nós podem pensar, os outros entram na cozinha, nós dois nos destacamos da fila, Fikret continua dançando, estamos a sós, você e eu, Ceylan, e na cozinha vemos Sema chorando enquanto examina o interior da geladeira e ouvimos Vedat dizer a ela, venha, querida, vou te levar pra casa, com um tom sério de marido, mas Sema continua a chorar, espiando dentro da geladeira, como se houvesse ali uma coisa muito triste, e Vedat diz a ela, já está tarde, o que sua mãe vai dizer, eu detesto a minha mãe, diz Sema, e você toma o partido dela contra mim, e quando Vedat lhe diz, me dê essa faca, ela joga a faca no chão, e eu ponho a mão no seu ombro, Ceylan, com a maior naturalidade, como para te proteger de todos os perigos, e tiro você da cozinha, você se apoia em mim, e vamos para a sala, pois é, vejam bem, estamos juntos, ela e eu, todo mundo grita, pula, e eu me sinto muito feliz, porque pouco antes você se encostou em mim, mas de repente ela se afasta de mim correndo, não sei onde ela está, me pergunto se devo segui-la e de repente me vejo perto dela, dançamos todos juntos, eu seguro a mão dela, ela desaparece de novo, mas não tem importância, tudo está tão claro agora, estou tão feliz, mal consigo parar em pé, e de repente penso comigo, pode ser que eu nunca mais te veja, e entro em pânico, Ceylan, e penso também, não sei por quê, nunca vou conseguir que você me ame, desesperado eu te procuro, Ceylan, onde está você, eu quero você, Ceylan, onde está você, eu te amo, Ceylan, Ceylan, onde está você, em meio a essa fumaça que me enjoa, a essas explosões de cores que se sucedem, a essas almofadas e a esses uivos e socos, à barulheira da música, eu te procuro, onde está você, meu amor, eu me sinto miserável e desesperado, como quando era criança e todos os meus colegas tinham uma mãe que os beijava quando voltavam pra casa, e eu não tinha, e me sentia tão sozinho no dormitório no fim de semana que tinha horror daquela solidão e de mim mesmo, como quando eu pensava que ninguém na casa da minha tia me amava, e eu me digo que todos os outros têm dinheiro e que eu não tenho, eu me digo que tenho de ficar rico de qualquer maneira na América, com minha criatividade e minha inteligência, com minhas invenções, mas Ceylan, por que a América, pra que ter de superar tantas dificuldades se podemos muito bem viver onde você quiser?, podemos viver aqui, afinal de contas, a Turquia não é um país tão desagradável, todo dia abrem novas lojas, novas boates, novos restaurantes, além do mais essa anarquia tão idiota quanto cega um dia acabará, podemos encontrar nas lojas de Istambul tudo o que se vende na Europa e na América, vamos nos casar, Ceylan, sou um cara inteligente e, neste instante, tenho exatamente catorze mil liras no bolso, nenhum de vocês tem tanto assim, com toda a certeza, será como você quiser, Ceylan, arranjarei um emprego, encontro um rapidinho, podemos também nos convencer de que o dinheiro não tem importância, não é, Ceylan?, onde está você, será que foi embora de carro com Fikret, não, impossível, eu te amo tanto, e de repente, ó Alá, eu te avisto sentada num canto sozinha, minha solitária, minha menina, minha linda, tão frágil, meu anjo, o que aconteceu com você, alguma preocupação?, conte, será que seus pais também te sufocam, conte, vim me sentar a seu lado, queria te perguntar por que você parece tão triste, tão desamparada, mas não faço a pergunta, fico calado, e quando me decido falo sem dizer nada, como sempre, são as palavras mais insignificantes, mais sem alma, que brotam dos meus lábios, eu te pergunto tolamente se você está cansada, mas você leva minha pergunta a sério e me diz, sim, estou com um pouco de dor de cabeça, mas como nunca sei o que dizer, fico sentado a seu lado, em silêncio por um longo momento, cada vez mais atordoado com o tédio e a música, até que Ceylan solta uma gargalhada, cheia de alegria e de vida e, diante da minha cara aparvalhada, ela me diz, você é tão bonzinho, tão simpático quando fica com esse ar, me diga, Metin, 17×27 quanto é?, e então, não sei por quê, fico furioso comigo mesmo e ponho a mão em seu ombro, e sua cabeça tão bonita se inclina e vem pousar no meu peito, sinto o peso dela, uma felicidade inimaginável, sinto o perfume dos seus cabelos e da sua pele, Ceylan, e de repente você me diz, sinto falta de ar aqui, quer sair, Metin?, e nos levantamos imediatamente, ó Alá, saímos juntos daquela barulheira nojenta, minha mão sempre no seu ombro, um contra o outro, um amparando o outro, fugimos como dois amantes solitários e desesperados neste universo apavorante, cheio de feiura, que só o amor deles lhes permite enfrentar, já deixamos tudo para trás, caminhamos sob as árvores, nas ruas vazias, silenciosas e melancólicas, e olhamos para as luzes coloridas dos restaurantes e dos cafés ao longe, e conversamos, nos entendendo do fundo do nosso coração, como dois namorados cujo amor e cuja profunda amizade que os unem todo mundo inveja, e eu comento com você, como está gostoso aqui fora, e Ceylan me conta que não tem muito medo dos pais, e que seu pai no fundo é uma boa pessoa, mas muito à maneira turca, tradicionalista demais, e eu conto que meus pais morreram e que infelizmente não os conheci direito, e Ceylan me diz que ela quer estudar jornalismo e correr o mundo, não confie nas aparências, ela me diz, aqui nós passamos o tempo nos divertindo, não fazemos nada, é verdade, mas não é com isso que eu sonho, quero ser como aquela mulher, esqueci o nome, aquela jornalista italiana que faz aquelas reportagens com celebridades como Kissinger, Anwar Sadat, sim, sei que para ser como ela é preciso ter muita cultura, você é um pouco desse tipo, Metin, mas eu sou incapaz de passar meus dias lendo, afinal também tenho o direito de viver, sabe, passei de ano sem problema, agora quero me divertir, não dá pra ficar lendo o tempo todo, olhe, tinha um garoto no colégio, ele lia muito, acabou pirando, está internado num hospital, já pensou, Metin?, mas eu fico calado, penso apenas comigo mesmo, como você é linda, e você continua falando, do seu pai, do seu colégio, dos seus amigos, dos seus projetos para o futuro, do que pensa da Turquia e da Europa, e você é tão bonita à luz pálida dos postes filtrada através das ramagens que vem tocar seu rosto, você é tão bonita quando traga a fumaça do seu cigarro, o rosto triste, sonhador, como que oprimido pelo peso dos problemas insolúveis da vida, e é tão linda também quando joga para trás a franja que cai na sua testa, ó Alá, ela é tão linda que dá vontade, ao vê-la, de ter um filho com ela, e eu de repente sugiro irmos dar uma volta na praia, olhe como está bonita, tão sossegada, não tem ninguém, ela diz tudo bem, e vamos, Ceylan tira os sapatos para andar na areia silenciosa, segura-os na mão, seus pés brilham na areia, clareados por uma luz que vem não sei de onde, caminhamos ao longo do mar, e ela me conta um montão de coisas, sobre seu colégio e sobre o que conta fazer na vida, depois mergulha suavemente seus lindos pés na água escura, misteriosa, e me parece tão próxima, mas também tão distante, inacessível, e enquanto ela continua a falar fazendo a água marulhar a seus pés, eu a acho atraente e grosseira, desalmada e terrivelmente sedutora e cafona e insincera e perigosa, não vejo mais do que seus pés que se mexem na água como peixes encantadores, ela me diz que deseja viver como uma europeia, mas não a ouço mais, sinto o calor úmido, grudento e o cheiro da água do mar e das algas, e o perfume da sua pele, e olho para seus pés na água, cintilantes como marfim, seus pés transbordantes de vitalidade, de movimento, de sexualidade pensando unicamente na minha solidão, e de repente entro na água sem nem mesmo tirar meus sapatos e abraço ela, Ceylan, eu te amo muito, o que você está fazendo?, diz ela dando uma risada, eu te amo, torno a dizer, e tento beijá-la no rosto, Metin, você está de porre, ela me diz, na certa ela está com medo de mim, puxo-a para fora d'água, derrubo-a na areia, imobilizando-a com meu corpo, ela se debate debaixo de mim, tento pôr a mão em seus seios, não, diz ela, não, não, o que você está fazendo, Metin?, perdeu a cabeça, está bêbado, e eu repito, eu te amo, eu te amo, e ela, não, e eu a beijo nas faces, nas orelhas, no pescoço, aspiro seu perfume incrivelmente suave, e ela me repele, e eu torno a dizer eu te amo, e quando ela me repele de novo, fico furioso, você não tem o direito de me repelir como se eu fosse um bosta qualquer, e imobilizo-a ainda mais, levanto sua saia, nos meus dedos suas longas pernas bronzeadas, seu corpo quente que eu imaginava tão distante entre as minhas pernas, não acredito, é um sonho, abro a braguilha, ela me repele repetindo não, por quê, Ceylan, por quê, eu te amo tanto, ela me repele com força, agora brigamos como cão e gato, rolamos na areia, é tão absurdo, tão desesperado, continuamos a rolar, você está de porre, diz ela, está bem, está bem, não sou um bosta, olhe, tudo bem, está certo, vou te largar, mas por que é que não treparíamos, mas não sou um estuprador, eu só queria te beijar para que você entenda quanto eu te amo, falei, foi o calor que me fez perder a cabeça, é isso, que coisa mais cafona, mais absurda, mais maluca, está bem, vou te largar, saia debaixo do meu corpo, meu pau excitado não perde logo seu ímpeto e se aplaca, amolece, grudando ridiculamente na areia fria, está bem, vou te soltar, abotoo a braguilha, me viro de cara para o céu, contemplo as estrelas, com a cabeça vazia, me deixe em paz, entendeu, vá correndo contar a seus amigos, vá dizer a eles, cuidado com o Metin, é um cara esquisito, se jogou em cima de mim, um selvagem, um grosseirão, aliás dava para ver que não havia nenhuma diferença entre ele e esses estupradores cuja foto a gente vê no jornal, mas, ó Alá, tenho vontade de chorar, Ceylan, bom, só me resta fazer as malas e voltar para Istambul, terminou minha linda aventura em Forte Paraíso. Na Turquia, para ir para a cama com uma garota bonita, só sendo milionário ou se casando com ela, isso eu aprendi, aliás ano que vem estarei na América e antes da volta às aulas porei um anúncio: estudante do colegial dá aula particular de matemática e de inglês, apareçam, seus retardados, duzentos e cinquenta liras por hora, e enquanto me esforço para ganhar uma graninha durante o verão no apartamentinho tórrido e sufocante da minha tia, aqui, Ceylan e Fikret, não, não, que injustiça, não é com grana que a gente deve seduzir as garotas mas com a inteligência, com o talento, também é preciso ser um bonito rapaz, mas esqueça, Metin, isso tudo não tem a menor importância, que significado podem ter todas essas estrelas cintilantes que piscam no céu, mas as pessoas recitam poemas contemplando-as, por que agem assim?, eles dizem sentir alguma coisa, pura besteira, é que têm ideias confusas, e é essa confusão que eles chamam de sentimentos, não é verdade, eu sei por que eles declamam poemas, o que importa é saber agradar as mulheres e ganhar dinheiro, sim, seus idiotas, o que é importante é botar a cabeça para funcionar; assim que eu estiver instalado na América farei uma descoberta no domínio da física, uma coisa muito simples mas essencial, em que ninguém terá pensado, e a publicarei nos *Annalen der Physik*, aquela revista em que Einstein publicou seus primeiros trabalhos, e assim que tiver conquistado fama e fortuna, nossos políticos virão me suplicar para ceder a fórmula do meu novo foguete a meus compatriotas a fim de fazer essa arma secreta chover em nossos vizinhos gregos, mas infelizmente não terei tempo, mal passarei uma semana por ano na casa que construirei em Bodrum, maior, mais luxuosa que a do bilionário Ertegün, Ceylan talvez esteja casada então com Fikret, ó Alá, mas que ideia, não há nada entre eles, de repente sinto muito medo, Ceylan, Ceylan, onde está você, ela talvez tenha ido embora correndo, talvez esteja contando aos outros o que aconteceu, ele quase me estuprou, diz ela sem fôlego, mas eu não deixei, mas ela não pode ser tão baixa assim, talvez ela tenha ido contar tudo, e foi um escândalo, ou talvez ela ainda esteja aqui, esperando que eu vá suplicar que me perdoe, não tenho força para levantar a cabeça e ver onde ela está, estou bêbado, que droga, estou sozinho na areia, sozinho no mundo, é culpa de vocês, mamãe, papai, por que vocês morreram tão depressa?, os pais dos outros não abandonam assim seus filhos, se pelo menos vocês tivessem me deixado algum dinheiro, eu seria como os outros hoje, mas que nada, nem um tostão, vocês só me deixaram como herança um irmão mais velho preguiçoso e balofo, e uma irmã ideológica, claro, ainda tenho uma avó gagá e seu anão, e aquela casa horrível caindo aos pedaços e fedendo a umidade, e eles se recusam a demoli-la, mas eu vou conseguir, puta merda, eu sei por que vocês nunca foram capazes de ganhar dinheiro, vocês nunca passaram de uns covardes, vocês têm medo da vida, nunca foram corajosos o bastante para cometer as desonestidades necessárias, e para ganhar dinheiro e ficar rico é preciso coragem, talento, ousadia, e eu tenho tudo isso, e o dinheiro eu vou saber ganhar, mas mesmo assim tenho dó de vocês, de mim também, e da minha solidão, e eu pensava em vocês e na minha solidão, com medo de desatar a chorar, quando de repente ouvi a voz de Ceylan, ela me dizia, está chorando, Metin?; ela não tinha ido embora; eu não, falei, por que estaria?, ainda bem, disse Ceylan, achei que estava, levante, Metin, temos de ir para casa, está bem, está bem, falei, vou me levantar, mas continuo deitado sem me mexer, olhando abestalhado para as estrelas, e Ceylan repete, levante, Metin, anda, e ela me dá a mão e me puxa para si, eu me levanto, tenho dificuldade de parar em pé, cambaleio, e olho para Ceylan, é essa a garota em cima da qual eu pulei agorinha mesmo, pensei, como é estranho!, ela fuma como se nada houvesse acontecido, tudo bem?, pergunto por perguntar, tudo, ela responde, você arrancou os botões da minha blusa, mas diz isso sem raiva, e eu me digo que ela é uma pessoa cheia de calor humano e de bondade, e fico com vergonha, ó Alá, não entendo, o que devo fazer?, e guardo silêncio por um momento, depois pergunto se ela está zangada comigo, eu estava de porre, desculpe, ela me responde que não, não está, que essas coisas acontecem, que nós dois estávamos bêbados, fico espantado; em que você está pensando, Ceylan?, pergunto, em nada, ela responde, vamos para casa, anda, e ela então percebe meus sapatos encharcados e cai na risada, e eu tenho novamente vontade de apertá-la em meus braços, não entendo mais nada, e ela me diz, podíamos passar na sua casa para você trocar de sapato, o que me espanta mais ainda, e saímos da praia, caminhamos sem dizer nada pelas ruas silenciosas, respiramos o perfume das madressilvas e da grama amarelada e o cheiro do cimento esquentado pelo sol, que sobe dos jardins escuros e frescos, e chegando ao portão sinto vergonha do aspecto miserável da casa em ruínas, e de novo toma conta de mim a raiva daqueles dois imbecis, e vejo a luz que ainda brilha no quarto da minha avó, mas de repente, ó Alá, meu irmão está ali, sentado no escuro à mesa da varanda, apagado, mas sua sombra se mexe, ele não está dormindo então, balança na cadeira, equilibrada sobre os pés de trás, tão tarde da noite, ou antes, de manhã tão cedo, oi, digo, eu os apresento, Ceylan, Faruk, meu irmão mais velho, muito prazer, eles se dizem, e posso sentir o horrível cheiro de álcool que emana dele, e para não os deixar frente a frente por muito tempo, corro até o meu quarto, troco rápido de meia e de sapato, e quando desço de novo, meu irmão está declamando:

> À noite, a chegada passo a passo da amada Lua, ó Naili,
> Não compensa a dor de todas as expectativas do universo?

claro, vocês entenderam que são versos de Naili,* mas aquele balofo se contrai e infla o gogó parecendo um galo, como se os versos fossem seus, e declama depois:

> Estou tão inebriado que não sei mais o que é o universo,
> Nem o que sou, nem quem me dá de beber, nem o que é o vinho

* Falecido em 1666, autor de um *Divã*, é um dos maiores poetas clássicos turcos. (N. T. da edição francesa)

e ele diz ignorar o autor desses versos, que descobriu no *Livro das viagens* de Evliya Çelebi, e Ceylan olha sorridente para aquele barril de álcool, para aquele otomano boboca, pronta para ouvir mais citações, mas então eu lhe peço a chave do carro, e ele me responde, claro, claro, mas com uma condição, que esta senhorita encantadora responda à pergunta que vou lhe fazer, não sei mais o que é o universo, responda por favor srta. Ceylan, é Ceylan, não é?, lindo nome, o que é o universo, tudo o que nos rodeia, estas árvores, este céu, estas estrelas e esta mesa com estas garrafas vazias, sim, diga-nos, e Ceylan lhe dirige um olhar amável, simpático, mas não responde, depois olha para mim com um ar tímido, como para me perguntar o que penso, e para mudar de assunto e evitar que o bêbado do meu irmão insista, digo a ele, a luz da vovó ainda está acesa, e nós três levantamos a cabeça para as janelas do quarto dela e pensamos na velha senhora, e digo, vamos embora, Ceylan, e nos instalamos no Anadol, naquele monte de plástico, faço o motor roncar e partimos, eu me pergunto arrepiado o que Ceylan pode pensar daquela casa caindo aos pedaços e daquele jardim que parece um cemitério, e daquele gordo beberrão, e de mim, ela deve pensar que alguém com uma casa, uma família e um carro daqueles só podia mesmo atacar as moças à meia-noite numa praia deserta, mas não, Ceylan, eu vou te explicar tudo, porém não dá mais tempo, já estamos chegando à casa de Turan, mas não, você tem de me ouvir, digo em pensamento, e conduzo o carro para a ladeira, e quando Ceylan me pergunta aonde vamos, sugiro que vamos tomar um pouco de ar, ela não diz nada, continuamos nosso passeio e eu me digo que vou lhe explicar tudo, mas como não sei por onde começar me contento em acelerar, descemos a ladeira a toda, eu me pergunto como começar minha explicação, continuamos descendo a ladeira, e piso tão fundo no acelerador que o Anadol começa a trepidar, mas Ceylan também está calada, de modo que acelero mais ainda, o carro derrapa na curva, mas Ceylan continua sem dizer nada, e chegamos à rodovia Ancara-Istambul, olho para os carros que passam, vamos dar umas fechadas neles, proponho, e Ceylan responde, você está bêbado, vamos para casa, ah, você quer se livrar de mim, hein, mas primeiro vai ter de me ouvir, tenho uma porção de coisas pra te explicar, digo comigo mesmo, vou te contar tudo e então você vai me entender, não sou rico, mas sou uma pessoa de bem, sei das suas ideias, das suas opiniões e das regras a que você se submete, sou como você, Ceylan, é o que desejo te explicar, mas, quando me preparo para falar, tudo me parece terrivelmente vulgar e falso, e então só consigo pisar no acelerador, escute, você pelo menos poderá entender que não sou um canalha, porque os canalhas têm medo da morte, e a mim ela não assusta, olhe só, estou a cento e trinta com esta carroça, você está com medo?, pode ser que a gente morra, piso ainda mais no acelerador, logo estaremos de novo numa ladeira, pode ser que a gente levante voo, que morra até, e meus companheiros organizarão no dormitório um torneio de pôquer em minha memória, com o dinheiro que tirarão dos filhos dos ricos, esses patifes vão ter de pagar para mim uma bela lápide de mármore, e torno a acelerar, mas Ceylan continua em silêncio, e no exato momento em que me digo que a morte está mesmo bem próxima eu os avisto, ó meu bom Alá, andando pelo meio da rua, como se passeassem na praia, apavorado eu freio, o carro derrapa balançando como um barco ao vento, se aproximando deles, eles fugiram com suas latas e o carro continua a deslizar, entra num campo, bate em sei lá o quê, o motor morre e podemos ouvir o canto dos grilos, você se machucou, Ceylan, ficou com medo?, e ela me diz, não, não, mas quase os atropelamos, e quando os vejo chegar correndo com suas latas de tinta na mão, entendo que são uns caras que picham palavras de ordem nas paredes, terroristas, sem dúvida nenhuma, e como não tenho a menor intenção de discutir com esses três vagabundos, vocês deviam prestar atenção, seus cretinos, tento ligar o motor do carro, mas ele não pega, outra tentativa, o motor finalmente ronca, dou marcha a ré, depois avanço para entrar na pista, mas os três vagabundos já alcançam o carro e desatam a nos xingar, tranque a porta, Ceylan, falo, e continuo manobrando o carro debaixo de uma torrente de xingamentos, o carro deve ter batido num daqueles imbecis, porque ele gritou, e eles começam a socar o vidro de trás, agora é tarde, seus babacas, já voltei para a pista, tchau, estamos a salvo e podemos ver outros um pouco mais longe: continuam pichando que o Bairro Novo vai ser o túmulo dos comunistas e que eles se preparam para libertar os turcos escravizados, ah, eles não são comunistas, então, ainda bem, e nos afastamos o mais depressa possível, ficou com medo, Ceylan, pergunto, eu não, ela me responde, e eu tento falar do que acabou de acontecer, mas ela só me responde com sins e nãos, de modo que ficamos em silêncio durante o trajeto de volta, e quando paro o carro em frente à casa de Turan, Ceylan desce na mesma hora e entra na casa, e eu vou examinar o carro, não sofreu grandes avarias, se o gorducho do meu irmão trocasse os pneus em vez de gastar todo o seu salário na bebida não teríamos tido essa chateação, em todo o caso tivemos sorte, também entro na casa e vejo eles refestelados nos divãs ou nas poltronas, deitados no chão, meio inconscientes, parecem esperar sei lá o quê, a morte quem sabe, ou um enterro, ou o desenlace de uma coisa importantíssima, mas como ignoram o que é e como estão com medo, não só por causa dessa incógnita, mas também por causa de tudo o que possuem, casas, barcos, carros, fábricas, móveis, presas do desespero, eles esperam, de cabeça vazia, essa coisa que ignoram, Mehmet cospe um a um, devagar e com extrema atenção, os caroços das cerejas que está comendo, atirando-os na cabeça de Turgay, como se fosse a derradeira ação sensata a consumar neste mundo, e Turgay, deitado no chão todo molhado, solta pacientemente um xingamento a cada caroço, e geme, e só então entendo que as poças no assoalho vêm de uma mangueira que alguém introduziu pela janela e das garrafas derrubadas e dos vômitos, e Zeynep dorme, e Fafa, com os olhos vidrados, está mergulhada na leitura de uma revista de moda, e Hülya cobre de beijos a cabeça de Turan, que ronca de boca aberta, e os outros ouvem nossas aventuras, que Ceylan conta de cigarro nos lábios, quando, erguendo a cabeça da revista que está folheando, Fafa diz, vamos, o sol está nascendo, vamos fazer alguma coisa, vamos.

22. Hasan cumpre seu dever

"Conseguiram anotar a placa do carro?", perguntou Mustafa.

"Era um Anadol branco", disse Serdar. "Eu vou reconhecer, se der com ele outra vez."

"Deu pra ver quem ia nele?"

"Uma garota e um cara", disse Yaşar.

"Deu pra enxergar a cara deles?", perguntou Mustafa.

Ninguém respondeu, e eu não disse nada, porque tinha reconhecido Metin e a garota era você, não é, Nilgün?, não sei bem. Vocês quase nos mataram esta madrugada, mas eu não quero mais pensar nisso, ainda mais depois de ouvir como meus companheiros xingavam vocês. Continuo a pichar letras enormes nos muros, cumpro minhas obrigações. Serdar, Mustafa e os outros sentaram num canto para fumar, eles não fazem nada, mas eu continuo a pichar os muros, dizendo que aquele ali ia ser um cemitério para os comunistas: sim, um cemitério!

"Bom, chega por hoje", disse Mustafa pouco depois. "Amanhã à noite continuamos." Calou-se, depois me disse: "Legal! Trabalhou bem!".

Não respondi. Os outros bocejavam.

"Mas esta manhã você tem de estar você sabe muito bem onde!", falou. "Quero ver com meus próprios olhos como você vai se comportar com essa guria!"

Eu continuava calado. Os outros foram embora e eu, lendo nossas palavras de ordem, me questionava no caminho de volta. Era mesmo você, Nilgün, a garota no carro ao lado de Metin? De onde vocês vinham? A avó talvez estivesse doente e eles devem ter ido comprar remédio para ela na farmácia... Ou quem sabe davam um passeio ao raiar do dia, vocês são capazes de tudo. O que vocês faziam por lá? Em todo o caso, no dia seguinte eu ia te perguntar.

Agora já estava claro, mas vi que ainda havia luz em casa. Muito bem, papai! Ele tinha fechado a porta e as janelas, estava dormindo, não na sua cama, no divã, sozinho, pobre manquinho! Senti pena dele, mas logo fiquei com raiva. Bati na vidraça.

Ele se levantou para me abrir a porta e começou a berrar, achei que ia me bater, mas não, desandou a falar sobre as dificuldades da vida e a necessidade de um diploma, e nessas ocasiões ele não bate. Eu o ouvia de cabeça baixa, para que ele se acalmasse, mas aquilo não acabava. Depois de trabalhar a noite inteira e com todas aquelas minhas preocupações, eu não ia ficar te ouvindo! Fui para a cozinha, peguei um punhado de cerejas e começava a comê-las quando, de repente, ele tentou me dar um sopapo, mas recuei, seu tapa só acertou a minha mão, as cerejas e os caroços se espalharam pelo chão.

Enquanto eu catava tudo, ele continuava a falar, e quando percebeu que eu não o escutava se pôs a se lamentar: ah, meu filho, meu filho, por que você não estuda, et cetera e tal. Ele me dava dó, tristeza, mas o que eu podia fazer? Então ele me deu uma porrada no ombro.

"Se você me bater mais uma vez, vou embora desta casa!", jurei.

"Caia fora!", disse ele. "Nunca mais abro a janela para você!"

"Tudo bem", respondi. "De qualquer modo, eu ganho a minha vida!"

"Não me venha com mentiras! O que você estava fazendo na rua a uma hora destas?" Minha mãe entrou na cozinha. "Ele disse que vai sair de casa!", contou para minha mãe. "E que não voltará mais."

Sua voz tinha ficado esquisita, tremia, como quando a gente vai chorar, parecia os ganidos de um cachorro velho abandonado, um pobre cachorro faminto e doente, pedindo ajuda nem sabe de quem. Aquilo encheu minha paciência. Minha mãe me fez sinal para eu sair da cozinha, saí sem dizer palavra. O manquinho continuava berrando, se lamentando, depois os dois começaram a discutir. Por fim apagaram a luz e se calaram.

Fui me deitar na minha cama, sem tirar a roupa, o sol já batia na minha janela. Fiquei deitado de costas, olhos fixos numa rachadura do teto; quando chove por muito tempo, é por ela que a água passa, formando uma mancha escura que quando eu era menor parecia uma águia: uma águia velha de asas abertas, que ia me levar enquanto eu dormia e eu deixaria de ser menino e viraria menina!

Fico pensando: vou encontrá-la na praia às nove e meia, direi a ela, olá, Nilgün, você sabe quem sou, não é?, e no entanto continua não me respondendo, amarrando a cara para mim, mas não temos muito tempo, porque infelizmente estamos correndo perigo, você não entendeu o que eu queria te dizer, eles também se enganaram a meu respeito, agora preciso te explicar, vou contar tudo pra ela, eles exigem que eu te dê uma dura, que arranque o jornal da sua mão e o rasgue, Nilgün, prove a eles que tudo isso é inútil, é o que vou dizer a ela, e então Nilgün irá falar com Mustafa que nos vigia de longe, explicará sua atitude, Mustafa ficará envergonhado das suas suspeitas, e Nilgün talvez adivinhe que estou apaixonado por ela, pode ser que não fique zangada, pode ser até que fique satisfeita, porque na vida tudo é possível, nunca se sabe...

Continuo olhando para as asas da mancha no teto. Parece mesmo uma águia, mas também um gavião. Às vezes pinga água do teto. Mas tempos atrás ela não estava ali, porque meu pai ainda não havia acrescentado esse quarto à casa.

Naquela época, eu não tinha tanta vergonha, vergonha da nossa casa por ser pequenina, vergonha do meu pai vendedor ambulante e do meu tio, por ser anão e empregado doméstico. Não posso dizer que não tinha vergonha nenhuma porque, quando ia com minha mãe buscar água na fonte — o poço ainda não tinha sido furado no jardim —, sempre tinha medo de encontrar você, Nilgün, você e Metin já tinham começado a caçar, e houve um tempo em que éramos amigos, você se lembra?, era no outono, quando já haviam voltado para Istambul os donos das cinco casas que acabavam de ser construídas, todas iguaizinhas uma à outra, e que foram com o tempo cobertas de hera, quando todos os veranistas já tinham ido embora, mas vocês ainda ficavam, e um dia você e Metin vieram em casa, com a velha espingarda de ar comprimido de Faruk, e me levaram para caçar corvos, vocês estavam suando porque tinham subido a ladeira até nossa casa, e minha mãe tinha oferecido água para vocês, em nossos copos inquebráveis novinhos da fábrica de vidros de Paşabahçe, e você, Nilgün, bebeu com prazer, mas Metin não bebeu nem um gole, quem sabe porque nossos copos lhe parecessem sujos, quem sabe até a água, e depois minha mãe sugeriu a vocês que fossem apanhar uva, a vinha não é nossa, ela disse a Metin, que lhe perguntou, é dos vizinhos, mas não tem importância, vão comer uva, não precisam se incomodar, e vocês se recusaram, e quando eu te disse que ia apanhar uns cachos para você, você não quis, porque a vinha não era nossa, pelo menos você, Nilgün, bebeu em nosso copo novinho, mas Metin não quis nem tomar água.

O sol subiu mais um pouco no céu, ouço os passarinhos chilreando nas árvores. Será que Mustafa se deitou, está dormindo, ou também está esperando?

Pensei: daqui a uns anos, quinze no máximo, um dia estarei em meu escritório, na minha fábrica, minha secretária, não, minha colaboradora, uma muçulmana, entrará e me dirá, estão aqui uns "idealistas" que pedem para ver o senhor, seus nomes?, Mustafa e Serdar, e eu respondo com desdém, falo com eles daqui a pouco, estou muito atarefado, eu lhes darei um chá de cadeira, depois aperto o botão do interfone, digo para chamá-los, já posso recebê-los, Mustafa e Serdar tomarão a palavra, incomodados, já sei, direi a eles, vocês querem ajuda, está bem, compro seus convites por dez bilhões, mas se compro é porque tenho dó de vocês, e não por medo dos comunistas, os comunistas não me metem medo, sou um homem de bem, não cometo fraudes em meus negócios, e todos os anos faço minhas doações no fim do Ramadã, distribuí ações a meus trabalhadores, eles apreciam muito a minha lealdade, por que se deixariam tapear pelos sindicatos e pelos comunistas?, eles sabem tão bem quanto eu que a fábrica é o nosso ganha-pão, sabem que não há diferença entre eles e mim, esta noite venham quebrar o jejum do Ramadã comigo, brindaremos juntos, sete mil empregados trabalham sob o meu comando, como Mustafa e Serdar ficariam espantados se me ouvissem falar assim, e então entenderiam quem sou eu!

Reconheço o barulho: o caminhão de lixo do Halil sobe a ladeira. Os passarinhos pararam de chilrear. Estou cheio daquela águia no teto, viro de lado, agora é para o chão que olho. Uma formiga corre pelo assoalho. Formiguinha, formiguinha, pobre formiguinha! Estico o dedo, toco de leve, ela se assusta. Ah, formiguinha, tem tantos seres mais poderosos que você! Está espantada, não é?, sai correndo, ponho um dedo na sua frente, você torna a fugir, corre, corre, e basta eu pôr o dedo na sua frente que você dá meia-volta. Brinquei um instante com ela, mas agora sinto dó da formiguinha, nojo também, me sinto estranho, um pouco triste, quero pensar em coisas agradáveis, volto a pensar nos belos dias da vitória.

Nesse dia, telefonando sem parar para dar ordens, pegarei o fone e direi, alô, é da prefeitura de Tunceli, não é?, e uma voz responderá, é, chefe, limpamos a cidade de todos os seus elementos duvidosos, depois telefonarei a Kars, alô, é de Kars?, como está a situação aí?, quase normal, meu líder, estamos a ponto de exterminar todos eles, muito bem, direi, vocês cumpriram sua missão, obrigado, depois sairei da minha sala com todo o meu séquito e irei até o salão, os representantes do Movimento me receberão aos milhares, aplaudindo de pé, e aguardarão emocionados que eu lhes faça um balanço da situação, meus amigos, direi a eles ao microfone, a campanha-relâmpago dos Idealistas chega ao fim, acabo de saber que neste instante, em Tunceli e em nossa cidade fronteiriça, Kars, esmagamos os últimos focos de resistência dos vermelhos, o paraíso do nosso Ideal não é mais um sonho, amigos, não sobra na Turquia mais nenhum comunista vivo, e nesse momento meu ajudante de ordens virá cochichar alguma coisa no meu ouvido, ah sim, está bem, direi, estou indo, e depois de passar por intermináveis corredores de mármore e atravessar as portas de quarenta salas que se sucedem, todas guardadas por sentinelas armadas, à luz ofuscante dos refletores, eu te avisto, amarrada a uma cadeira, acabamos de capturá-la, me diz meu ajudante de ordens, descobrimos que ela é a chefe de todos os comunistas do país, soltem-na imediatamente, direi, amarrar uma mulher, mesmo que só os pulsos, é indigno de nós, eles desfarão os nós, direi que nos deixem a sós, ela e eu, e meu ajudante de ordens e seus homens me saudarão batendo os calcanhares e sairão da sala; uma vez fechadas as portas, olho para você, está com quarenta anos, é mais bonita ainda na maturidade, ofereço um cigarro, me reconheceu, camarada Nilgün?, você responderá que sim, um pouco confusa, haverá um silêncio, nós nos desafiaremos com o olhar, e de repente eu te direi, nós ganhamos, está vendo, não entregamos a Turquia a vocês, comunistas, você lamenta o que fez?, lamento, você diz, e vendo tremer a mão que você estende para o maço de cigarros eu direi, acalme-se, meus amigos e eu nunca maltratamos as mulheres e as moças, controle-se, por favor, somos muito apegados a essa nossa tradição turca de milhares de anos, por isso você não tem nada a temer, não cabe a mim decidir o castigo que vocês merecem, isso compete ao tribunal da história e da nossa nação, e você me dirá, lamento muito o que fiz, Hasan, e eu responderei, de que adianta o arrependimento quando ele chega tarde demais?, infelizmente não posso conceder perdão a vocês sob a influência dos meus sentimentos, porque sou responsável acima de tudo perante meu povo, e de repente você começa a se despir, Nilgün, você tira a roupa, se aproxima de mim, ó Alá, você parece essas mulheres despudoradas, desavergonhadas, que apareciam no filme pornô que fui ver escondido em Pendik, você jura que me ama, tenta me seduzir, mas eu permaneço glacial, você logo me dá nojo, não te amo mais, você continua a me implorar, mas eu chamo as sentinelas, levem esta êmula de Catarina, a Vermelha, digo a eles, não quero repetir o erro de Baltacı Mehmet Paxá,* meu país sofreu demais por causa desse homem sem vontade, mas aqueles dias já passaram, e enquanto as sentinelas te levam eu me retiro para outra sala, talvez derrame algumas lágrimas e, por eles terem feito uma mulher como você cair tão baixo, por essa única razão talvez, eu me deixarei levar pelos meus sentimentos e serei ainda mais implacável com os comunistas, mas minhas lágrimas logo secarão e eu me consolarei pensando que vinha sofrendo todos esses anos em vão, e talvez seja capaz de te esquecer nesse dia mesmo, ao ir me juntar às comemorações da vitória.

De repente fico cheio de todos esses sonhos idiotas, viro de lado, examino o assoalho: a formiga desapareceu. Quando você fugiu? O sol já está alto. Levanto-me de um pulo. Vou me atrasar. Fui comer alguma coisa na cozinha e saí pela janela, sem eles me verem. Os passarinhos continuam empoleirados nos galhos das árvores. Tahsin e seus pais estão arrumando na beira do caminho seus cestos de cerejas. Quando chego à praia, o vendedor de ingressos e o guarda-vidas já estão lá, mas Nilgün ainda não apareceu. Vou em direção ao atracadouro contemplar os veleiros. Morro de sono, me sento.

Poderia ligar para ela: alô, srta. Nilgün, você está em perigo, não vá à praia hoje, nem à venda, não saia de casa. Quem eu sou? Um velho amigo seu! Plam! Baterei o telefone na cara dela. Será que ela vai saber que era eu, que estou apaixonado por ela e quero protegê-la do perigo que a espreita?

---

* Baltacı Mehmet Paxá (1660-1713) comandou as forças otomanas na batalha de Prut (1711) e foi criticado por ter aceitado o tratado de paz proposto por Pedro, o Grande. Acusaram-no de ter cedido à sedução da czarina Catarina. (N. T. da edição francesa)

Não sei, o que sei é que devemos ter respeito pelas mulheres. Afinal, não posso arrancar o jornal das mãos dela e rasgá-lo! A mulher é uma criatura frágil, não devemos brutalizá-la! Minha mãe, por exemplo, que é tão boa! Não gosto dos homens que faltam ao respeito para com as mulheres, os que só pensam em ir para a cama com elas, uns recalcados de maus instintos, de cara cheia de espinhas, todos os canalhas e os ricos materialistas. Eu sei que devemos tratar as mulheres com educação e até com delicadeza, perguntar como vai, ceder a vez, e quando andamos com uma senhora, ao ver uma porta devemos reduzir o passo, estender o braço para abri-la, entre, por favor, sei como se deve falar com as senhoras e com as moças, oh, mas se vocês, mulheres, fumam como nós, até mesmo na rua, bom, vocês têm direito, claro, eu até me apressaria a acender seu cigarro com meu lindo isqueiro em forma de locomotiva, não sou careta, se eu quisesse, se me esforçasse um pouco, com certeza seria capaz de falar com uma mulher ou uma jovem exatamente como com um homem, um colega da escola, à vontade, sem ficar vermelho nem gaguejar; então as garotas descobririam o homem que sou e ficariam espantadas ao ver como se enganaram a meu respeito. Arrancar o jornal da mão dela e rasgá-lo? Vai ver que Mustafa não falava a sério.

Cansado de olhar para o mar e para os barcos, levanto, volto à praia. Sim, Mustafa falou só de gozação, ele deve saber muito bem que nunca se deve maltratar uma moça. Ele é capaz de me dizer, se eu te disse aquilo foi pra te testar, pra saber se você entendeu bem que a disciplina é a obediência absoluta! Não precisa maltratar a moça que você ama, Hasan!

Ela está ali, deitada na areia. Mas estou com tanto sono que não sinto nenhuma emoção. Olho para ela como se olha para uma estátua. Depois, sento para te esperar, Nilgün.

Mustafa talvez não venha, penso. Talvez tenha esquecido, não tenha dado importância, vai ver que ainda está dormindo. Uma multidão não para de chegar à praia: uma porção de carros vindos de Istambul, pais, mães, crianças, carregando cestos e bolas, famílias cretinas, nojentas: vocês todos são culpados, vocês todos serão castigados. Essa gente me dá asco.

Eu talvez não vá fazer nada, pensei. Não sou disso! Mas eles me acusarão de não ter rasgado o jornal de uma comunista, de não ter nem mesmo arrancado o jornal de suas mãos! Antes, ele era dos nossos, mas também virou comunista, dirão, cuidado com Hasan Karataş, o cara que mora em Forte Paraíso, não andem com ele! E ficarei sozinho de novo. Azar! A solidão não me mete medo. Sou capaz de fazer grandes coisas sozinho, vocês vão ver.

"Ei! Acorda, seu besta!"

Levei um susto. É Mustafa! Levanto de um pulo.

"A guria chegou?"

"Chegou, está ali", respondi. "A de maiô azul."

"A que está lendo um livro?", perguntou, e dirigiu um olhar raivoso para você, Nilgün. "Você sabe o que é pra fazer!", disse depois. "E a venda, qual é?"

Apontei para a loja, depois pedi um cigarro, ele me deu e foi esperar um pouco mais longe.

Acendo o cigarro, também espero, olhos cravados no fumo queimando, penso: não sou um babaca, Nilgün, sou um idealista, tenho princípios, ontem à noite pichamos os muros, enfrentando o perigo, olhe, minhas mãos ainda estão sujas de tinta, é o que vou dizer a ela!

"Vejam só, você agora fuma. Que pena! Ainda é tão moço."

Tio Recep! Com suas redes na mão.

"É a primeira vez que fumo", falo.

"Jogue isso fora e volte pra casa!", diz ele. "O que está fazendo de novo aqui?"

Jogo fora o cigarro para ele me deixar em paz.

"Estou esperando um amigo, vamos estudar juntos", respondo.

Não lhe peço dinheiro.

"Seu pai vai ao enterro, não é?", pergunta ele.

Ele se cala e segue seu caminho, balançando de uma maneira esquisita. Parece um cavalo que sobe a ladeira puxando sua carroça: toc-tac, toc-tac. Pobre anão.

Passado um instante, me viro para onde está Nilgün. Ela está saindo da água. Corro para avisar Mustafa.

"Vou para a venda", diz ele. "Se ela comprar o *Cumhuriyet*, como você disse, saio antes dela e tusso uma vez. Você sabe o que tem de fazer, não é?"

Não respondo.

"Vou estar de olho em você, ouviu?", diz ele, se afastando.

Vou para a rua ao lado, espero. Mustafa entra na venda. Agora é sua vez, Nilgün. Estou nervoso, quando quis amarrar meu tênis notei que minhas mãos tremiam. Penso enquanto espero: tudo na vida pode acontecer. Essa ideia me assusta: pode ser que, uma bela manhã ao acordar, a gente venha a descobrir que o mar ficou vermelho, ou então naquele instante a terra pode começar a tremer, Forte Paraíso se dividindo em dois, chamas surgindo na praia. Me arrepiei.

Mustafa é o primeiro a sair, ele olha para onde estou e tosse. Nilgün sai depois, jornal na mão. Sigo-a. Ela vai depressa. Olho para seus pés, parecem pardais pousando um instante no chão para logo em seguida voar. Se você imagina que vai me fazer mudar de ideia porque tem lindas pernas, está muito enganada. Estamos longe da multidão. Olho para trás, não vejo mais ninguém além de Mustafa. Eu me aproximo dela, ela ouve o barulho dos meus passos e olha para mim.

"Olá, Nilgün!"

"Olá", ela responde, sem se deter.

"Espere!", falo. "Podemos conversar um pouco?"

Ela finge não ouvir e continua andando. Vou atrás dela.

"Pare!", falo. "Por que você não fala comigo?"

Nenhuma resposta. "Ou fez algo errado e está com vergonha?" Nenhuma resposta, continua andando. "Podemos conversar como duas pessoas civilizadas?" De novo, nenhuma resposta. "Ou você não me reconheceu, Nilgün?"

Ela anda cada vez mais depressa, compreendo que não adianta gritar de longe, corro até alcançá-la. Agora caminhamos lado a lado como dois amigos, e continuo a falar:

"Por que está fugindo de mim? O que foi que eu te fiz?" Continua calada. "Diga, eu te fiz algum mal?" Ela não diz nada. "Fale, por que você não abre a boca?" Continua sem dizer nada. "Está bem", falo. "Eu sei por que você se recusa a falar, quer que eu diga por quê?" Ela não diz nada, fico furioso. "Você tem uma má opinião sobre mim, não é?", falo. "Você acha que sou um pobre coitado! Mas está enganada, garota, está enganada, e já vai entender seu erro", falo, mas não faço nada. Como se tivesse medo de todas aquelas bobagens! Foi então que, merda, vi se aproximando no sentido oposto dois senhores muito bem vestidos.

Esperei, temendo que aqueles grã-finos que usam paletó e gravata nesse calorão venham se meter comigo. Que se enganem a meu respeito. Reduzi o passo, e vejo que Nilgün sai correndo. A casa deles fica na rua seguinte, aperto o passo. Mustafa também começa a correr atrás de mim. Viro a esquina: ela corre, alcança o anão, com suas redes balançando, e pega o braço dele. Me deu vontade de ir dar uma boa lição nos dois, mas minhas pernas se recusam a se mover. Paro, vejo apalermado eles se afastando assim. Mustafa me alcança.

"Seu covarde", fala. "Você vai ver!"

"Eles é que vão ver!", replico. "Amanhã! Amanhã eles vão ver!"

"Vai fazer o quê, amanhã?"

É agora que eu gostaria de fazer alguma coisa! Dar uma porrada em Mustafa! Uma só, ele cairia no chão, e no chão ficaria. Uma coisa, para que todos eles entendessem: arrebentar a cara dele a pontapés, para que ele não me visse mais, para que ninguém nunca mais me chamasse de covarde. Não gosto que pensem que sou um merda qualquer. Eu me tornei uma outra pessoa, não era mais eu mesmo, estava tão furioso que tinha a impressão de ser um espectador da minha fúria, de ter medo desse meu outro eu! O próprio Mustafa se calou, porque entendeu. Caminhamos em silêncio. Porque você entendeu que, senão, depois você ia se arrepender.

O vendeiro estava sozinho. Pedimos os *Cumhuriyet*, ele entendeu que queríamos um só, mas eu disse, quero todos os exemplares, ele entendeu, e como tem medo de mim, do mesmo modo que Mustafa, entregou todos. Não tem lata de lixo na venda. Rasgo os jornais, jogo-os pela loja. Também arranquei as fotos de mulher pelada que o cara tinha pendurado com pregadores na vitrine, e aquelas revistas pecaminosas, nojentas, abjetas… Então era a mim que incumbia extirpar toda aquela imundice! Mustafa estava pasmo.

"Tá bom, chega, chega, pode parar!", dizia ele.

Me forçou a sair da loja.

"Venha ao café hoje à noite", falou. "E esteja aqui amanhã de manhã."

Não respondi logo em seguida. Depois, quando ele se afastava, pedi um cigarro, ele me deu.

23. Fatma se recusa a viver em pecado

Recep veio buscar a bandeja do meu café da manhã, depois foi ao mercado. Estava acompanhado ao voltar. Por seus passos leves, soube que era Nilgün. Ela subiu ao primeiro andar, abriu minha porta, olhou para mim: seus cabelos estavam molhados, ela tinha entrado no mar. Foi embora. Até meio-dia ninguém mais veio me ver. Fiquei na cama, prestando atenção no mundo à minha volta. No começo, ouvia Nilgün e Faruk conversando no térreo, mas depois a barulheira horrível do sábado vinda da praia se tornou tão forte que eu não podia ouvir mais nada. Não consigo dormir; seu inferno, Selâhattin, eu me dizia, esse inferno que você chamava de paraíso desceu à terra. Ouça-os. As pessoas são todas iguais hoje, todos os que podem pagar a quantia cobrada na entrada podem ir se despir, deitar na areia. Ouça-os! Para não os ouvir mais, eu me levantei e fui fechar a veneziana e a janela. Esperava o almoço para depois me refugiar no esquecimento da sesta. Recep estava atrasado. Parece que foi ao enterro de um pescador. Não desci à sala para almoçar, Recep trouxe minha bandeja e saiu fechando a porta. Fico esperando o sono.

A sesta é o melhor de todos os sonos, dizia minha mãe. Nela, temos os sonhos mais agradáveis, e além de tudo a sesta embeleza. Sim. Eu suava um pouco, relaxava, me sentia leve, tão leve quanto um pardal. Sim. Depois, em Nişantaşı, abríamos a janela para arejar o quarto, deixar o ar fresco e os galhos das árvores do jardim entrarem e também para deixar meus sonhos saírem. Porque, uma vez desperta, eu às vezes imaginava que o sonho que eu tinha deixado pela metade continuava seu voo. Talvez também quando eu morrer meus pensamentos andem entre os móveis do quarto, rocem as venezianas cuidadosamente fechadas, a mesa e minha cama, as paredes e o teto, e quando alguém abrir a porta sem fazer barulho talvez possa perceber a sombra dos meus pensamentos: fechem a porta, não quero que minhas lembranças sejam conspurcadas, quero que meus pensamentos, tão puros, tão inocentes, continuem a voar como anjos nestes cômodos, sob meu teto, nesta casa silenciosa, até o fim dos tempos, para que vocês se envergonhem de si mesmos. Mas eu sei o que eles farão: ai, eles são netos do demônio, um deles, o mais moço, creio, um dia se traiu: a casa está em mau estado, vovó, deveríamos demoli-la para construir um prédio, disse ele. Eu sei, ver uma pessoa escapar do pecado incomoda muito mais a vocês do que viver submersos nele até o pescoço.

Você tem de superar esse tabu idiota que chama de pecado, me dizia Selâhattin. Tome um golinho deste *rakı*, só para provar, você não é curiosa?, o álcool não faz mal à saúde, ao contrário, ele aguça o espírito. Que Alá nos perdoe! Diga só uma vez, Fatma, só uma, eu assumo a responsabilidade, diga que Alá não existe. Que Alá te perdoe! Bom, ouça então, é o verbete mais importante da minha enciclopédia, o verbete *bilgi*,* acabo de terminar a redação, fica na letra B do novo alfabeto… "A fonte do nosso conhecimento é a experiência… Um conhecimento que não se baseie na experiência e não seja provado por ela não é válido…" Essa frase, que é a pedra angular de todo o conhecimento científico, anula instantaneamente o problema da existência de Alá… Porque ele não pode ser resolvido pela experiência… A prova ontológica da existência de Alá é uma balela!… A divindade é uma ideia com que só os metafísicos brincam… No universo das nossas maçãs e das nossas peras e das Fatmas, Alá não tem mais lugar… Ha, ha, ha! Entendeu, Fatma, seu Alá infelizmente não existe mais! É essa a ideia que conto difundir com meus escritos! Não tenho mais paciência de esperar minha enciclopédia ser terminada, escrevi à gráfica Istepan, quero editar esse verbete o mais depressa possível, num folheto avulso. Vou pedir que Avram, o joalheiro, venha nos ver, estou te avisando, diante de um problema tão importante,

* Conhecimento. (N. T.)

acho suas vaidades de mocinha insuportáveis, você vai escolher a mais bela joia do seu cofre, garanto que esse estudo será utilíssimo ao país, e se esses carolas imbecis proibirem a difusão, eu mesmo irei vendê-lo na estação de Sirkeci. Você vai ver, vão se digladiar para conseguir um! Porque consagrei anos para extrair essa forma de raciocínio dos livros em francês de modo a exprimi-la numa linguagem que o povo será capaz de compreender, você sabe tão bem quanto eu, Fatma! O que mais me deixa curioso não é saber se as pessoas vão lê-lo ou não, Fatma, é o que elas se tornarão depois de ler!

Mas felizmente, fora ele e talvez seu anão, ninguém nunca leu essas mentiras deslavadas, eu fui a única a ler, com horror e asco, a descrição do inferno que aquele infeliz, possuído pelo demônio, chamava excitado de "paraíso radioso do futuro", rogando que ele se realizasse imediatamente na terra, não, ninguém mais a leu.

Sete meses depois de Selâhattin ter descoberto a morte, e três meses depois da sua morte, meu Doğan estava em Kemah, em pleno inverno, eu e o anão estávamos sozinhos nesta casa. Nevava, era noite, eu me dizia que seu túmulo devia estar coberto de gelo, e de repente me arrepiei, pensei em me aquecer. Porque eu sempre ficava no cômodo em que costumava me refugiar para escapar do seu hálito que fedia a vinho, estava com os pés gelados, sozinha, sentia frio. A luz pálida e angustiante da lâmpada não era capaz de me fazer esquecer da solidão e do frio, a neve batia nos vidros da janela, eu nem chorava. Queria me aquecer, fui para o andar de cima dizendo a mim mesma que agora podia entrar no cômodo de onde vinha antigamente o barulho das suas incessantes idas e vindas, e onde eu nunca entrava enquanto Selâhattin esteve vivo. Empurrei devagarinho a porta e vi: aqueles papéis, aqueles montes de papéis rabiscados, impressos, espalhados em todos os cantos, despudoradamente derramados nas mesas, nas poltronas, nas cadeiras, nas gavetas, no chão, em frente às janelas, em cima dos livros. Levantei a tampa da enorme estufa negra, comecei a empilhá-los dentro dela, joguei um fósforo, a estufa engolia tudo, aqueles livros, aquelas narrativas, aqueles jornais, aqueles papéis, junto com todos os seus pecados, Selâhattin! Ver seus pecados desaparecer aqueceu meu coração! Esta obra a que dediquei toda a minha vida: meu pecado amado! O que esse demônio escreveu? À medida que rasgava aqueles papéis antes de atirá-los no fogo, eu conseguia decifrar algumas coisas... Notas breves no alto de uma página: "A República: esta é a forma de governo que

208

precisamos... Há várias formas de República... De Passet diz num livro consagrado a esse tema... 1342... Os jornais informam que a República foi proclamada em Ancara... Muito bem... Contanto que essa gente não a arruíne. Confrontar a teoria de Darwin e o Alcorão, explicar a superioridade da ciência com exemplos e parábolas bem simples... O terremoto é um fenômeno puramente geológico, devido à deformação da crosta terrestre... A mulher é o complemento do homem... Há duas categorias de mulher... Umas, que qualificaremos de naturais, são criaturas que apreciam os prazeres que a natureza lhes proporciona, calmas, equilibradas, ignoram a cólera e a neurose, a maioria delas provém do povo, das classes inferiores... Rousseau por exemplo nunca se casou... A mulher de Rousseau, que lhe deu seis filhos, era uma criada... As mulheres da segunda categoria são nervosas, autoritárias, distintas, se consideram obrigadas a teimar em suas ideias preconcebidas, são de temperamento frio, desprovidas de tolerância e de compreensão... Maria Antonieta, por exemplo... As mulheres dessa categoria são tão despidas de sentimentos e de benevolência que numerosos estudiosos e filósofos tiveram de buscar o calor da compreensão e do amor em mulheres da mais humilde condição... A de Rousseau era uma criada, Goethe amou a filha de um padeiro e o teórico comunista Marx, também uma criada... Teve até um filho com ela... Engels adotou-o... Por que se envergonhar? É uma realidade da vida... Há muitos outros exemplos... Assim, esses grandes homens tiveram a vida envenenada por preocupações que certamente não mereciam, por causa de suas esposas frígidas, sem amor, muitos deles esgotaram desse modo suas forças sem conseguir terminar sua obra, livro, sistema filosófico, enciclopédia... Pobres crianças que a lei e a sociedade chamam de bastardas!... Observando as asas de uma cegonha, pensei: não seria possível criar um zepelim sem hélice, com a forma exata de uma cegonha?... O aeroplano virou uma arma de guerra... Um tal de Lindbergh conseguiu semana passada atravessar o Atlântico... Tem apenas vinte e dois anos... Todos os sultões eram uns idiotas... Mas o sultão Reşat era um fantoche do partido União e Progresso, era o mais idiota de todos... As lagartixas do nosso jardim, apesar de não terem lido Darwin, soltam seu rabo, conforme a teoria darwiniana, e não se trata de um milagre, deve-se ver nisso uma vitória do pensamento humano! Se eu estivesse convencido de que nossa conversão é capaz de acelerar nossa industrialização, escreveria imediatamente que deveríamos renunciar ao islã e nos tornar cristãos...".

Eu lia essas palavras e jogava-as enojada na estufa, e elas me aqueciam. Não sei a quantidade de papéis que havia lido e queimado assim, quando a porta de repente se abriu e vi o anão: ele só tinha dezessete anos, mas ousou me dizer: o que a senhora está fazendo, não é uma vergonha? Cale a boca! Não é pecado isso? Cale a boca! Não é pecado? Ele não se calava! Cadê minha bengala? Ele se calou. Tem outros papéis em algum outro lugar, você escondeu algum, diga a verdade, anão, isto é tudo o que ele escreveu? Ele se calava! Quer dizer que você escondeu, anão, você não é filho, é apenas o bastardo dele, não tem nenhum direito sobre nada, está entendendo?, devolva esses papéis, vou queimar tudo, traga logo e não ouse protestar. Cadê minha bengala? Avanço para ele. O pérfido sai correndo escada abaixo. Lá do térreo grita: não tenho nada comigo, Madame, não escondi nada! Está bem! Não insisti. Mas entrei no meio da noite em seu quarto, acordei-o e botei-o dali para fora, procurei em toda a parte naquele quarto que tem um cheiro esquisito, vasculhei sua cama de criança, seu colchão minúsculo. Era verdade, não havia outros papéis. Mas eu continuava com medo. Talvez ele tivesse escondido outros papéis em algum lugar, um pedaço de papel que houvesse me escapado; Doğan, que se parecia tanto com o pai, talvez o tivesse descoberto, mandado imprimir; ele sempre me perguntava: mãe, onde estão os escritos de meu pai? Não estou ouvindo, meu amor. Ele trabalhou anos a fio neles, onde estão, mamãe? Não estou ouvindo, filho. Falo da enciclopédia inacabada do meu pai, querida. Não estou ouvindo. Essa obra talvez tenha algum valor, meu pai dedicou a vida a ela, estou curioso para ler os verbetes, entregue-a para mim, mãe. Não estou ouvindo, meu filho. Poderíamos publicá-la em algum lugar, como meu pai queria, em breve será o primeiro aniversário do golpe de 27 de maio, ouvi dizer que o Exército vai dar outro. Não estou ouvindo, Doğan. Dizem que depois do próximo golpe, haverá um novo retorno ao kemalismo, poderíamos publicar certas partes, as mais interessantes, da enciclopédia. Onde estão esses manuscritos, mostre-os para mim, mamãe! Não estou mais ouvindo direito. Onde estão os manuscritos, por Alá, procurei em vão por toda a parte, os livros dele desapareceram, só restaram aqueles instrumentos esquisitos na lavanderia! Não estou ouvindo. O que você fez com eles, mamãe, você queimou os manuscritos e os livros? Fiquei calada. Você rasgou, queimou, jogou tudo fora, não é? Ele se punha a chorar. Depois, ia se consolar bebendo. Vou fazer como meu pai, começar a escrever, tudo vai mal novamente, é preciso agir para pôr fim a esse processo tão perigoso, tão imbecil, eles não podem ser todos tão burros, tão desonestos, com certeza tem gente honesta entre eles, conheci o ministro da Agricultura quando éramos estudantes, estávamos apaixonados pela mesma garota, éramos grandes amigos, ele era um ano mais adiantado que a gente, mas éramos da mesma equipe de atletismo, ele lançava pesos, era um rapaz grandalhão, tinha um coração de ouro, agora estou redigindo um longo relatório que conto lhe enviar, um general, subcomandante do estado-maior, era capitão em Zile quando eu era assessor do subprefeito, era um homem honestíssimo, só tinha em vista a felicidade do país, vou mandar para ele uma cópia do relatório, você não sabe, mãe, mas há injustiças gritantes... Está bem, mas em que você seria responsável por elas, meu filho? Se não interviermos, mãe, aí sim seremos responsáveis, é justamente para escapar dessa responsabilidade que estou escrevendo esse relatório... Você é mais covarde do que seu pai, mais lamentável que ele!... Não, mãe, se eu fosse covarde ficaria do lado deles, eu estava para ser nomeado subprefeito, mas não aguentava mais, você sabe como esses pobres camponeses são tratados? Nunca tive a curiosidade de saber, filho! Mãe, naqueles cantos desolados nas montanhas... Foi meu pai que me ensinou que a curiosidade não leva a nada... São entregues à própria sorte, sem médico, sem professor... Que pena, Doğan, eu não ter podido te ensinar o que meu falecido pai me ensinou! E uma vez por ano se apoderam da colheita deles a preço vil... Que pena, filho, que você não é como eu! Depois, são abandonados à sua triste sorte, em suas trevas, mãe... Ele continuava a falar, eu não o ouvia mais, me retirava para o meu quarto e pensava: que coisa estranha, é como se uma força misteriosa os induzisse a ser diferentes de todo mundo, como se ela os impedisse de viver em paz, de ir e vir de casa para o trabalho! Agora ela parece ver meus tormentos e rir perfidamente deles! Desgostosa, olho para o relógio. Três horas, e ainda não consegui dormir, ouço o burburinho da praia. Depois penso no anão e tenho um arrepio.

Eu me pergunto se ele não terá escrito da sua aldeia, naquela época, uma carta para Doğan, a fim de despertar sua compaixão. É possível também que o pai tenha contado tudo para Doğan. Mas naquela época Selâhattin só tinha uma coisa em vista, seus verbetes. Doğan havia concluído a universidade, e naquele verão começou volta e meia a perguntar: Recep e Ismail foram embora, mamãe? Depois, um belo dia ele sumiu. Ao voltar, passada uma semana, os dois estavam com ele, ainda crianças: um anão e um perneta, em andrajos! Por que você foi buscá-los, filho, o que eles têm a ver com esta casa?, perguntei. Você sabe muito bem por quê, mamãe, ele disse, e os instalou no quarto que ainda hoje é do anão. Depois o perneta se mandou, confiando no dinheiro do diamante que Doğan havia vendido, mas não foi muito longe: todo ano, quando vamos ao cemitério, eles me mostram sua casa, lá no alto da ladeira! Eu sempre me perguntei por que o anão nunca foi embora. Porque ele tem vergonha, diziam, porque tem medo de aparecer em público. Ele me livrou dos cuidados com a casa e a cozinha, mas sempre me deu asco. Depois que Doğan se foi, eu pegava às vezes Selâhattin cochichando com o anão num canto, fazendo perguntas a ele: conte, meu filho, como era a vida na aldeia, vocês eram muito infelizes, te obrigavam a fazer suas preces, conte, você acredita em Alá, como sua mãe morreu? Que grande mulher, havia nela toda a beleza do meu povo, mas infelizmente eu tinha de terminar a enciclopédia. O anão ficava calado, mas eu não podia mais suportar, corria para o meu quarto, lutando para esquecer aquilo, mas não parava de pensar naquelas palavras abomináveis: que grande mulher, havia nela toda a beleza do meu povo, que grande mulher, que grande mulher!

Não, Selâhattin, ela não passava de uma pecadora: e de uma criada. Seu marido e ela tiveram de fugir da aldeia deles por causa de uma vingança, vieram morar em Gebze, depois seu marido foi servir o Exército e a confiou a um pescador da costa, mas o barco do pescador virou e ele se afogou, às vezes eu a encontrava para os lados das ruínas do antigo embarcadouro, uma mulher miserável, de nariz escorrendo, eu me perguntava como ela conseguia viver. Foi nessa época que nosso cozinheiro disse umas insolências a Selâhattin, coisas do tipo, o senhor não crê em Alá, mas nós lhe daremos uma lição, e Selâhattin despediu-o e contratou essa mulher horrorosa, repulsiva, o que podemos fazer, Fatma, é difícil arranjar empregados, faça como quiser, falei, e ela aprendeu rápido a cuidar da casa, ela é talentosa, não é Fatma?, ele me disse da primeira vez que ela nos preparou folhas de uva recheadas, e naquele dia adivinhei o que ia acontecer, fiquei enojada e pensei, que coisa, minha mãe deve ter me posto no mundo para testemunhar os erros e pecados alheios.

Sim, tinha nojo: nas noites frias de inverno, Selâhattin, cuja boca escura como um poço sem fundo recendia a álcool, achando que eu estava dormindo, descia a escada sem fazer barulho e a mulher o esperava, embaixo, no quarto que é hoje o do anão, ó Alá, que ser desprezível, ele andava na ponta dos pés, mas eu o via e sentia horror dele. Depois ele mandou construir uma cabaninha ao lado do galinheiro, para que pudessem se distrair mais confortavelmente, "com toda a liberdade", para utilizar a expressão que ele empregava o tempo todo em sua enciclopédia, e tudo isso me dava ainda mais nojo. Quando, completamente bêbado, ia ter com ela em plena noite, eu ficava imóvel em meu quarto, com meu tricô e minhas agulhas na mão, e imaginava o que eles faziam lá na cabana.

O que eu sempre recusei ele deve impor a essa pobretona, pensava eu; para afundá-la ainda mais no pecado, com certeza ele deve fazê-la beber, fazê-la dizer que Alá não existe, e ela com certeza deve repetir essas palavras para agradar àquele demônio, deve dizer, não tenho medo do pecado, Alá não existe. Que Alá te perdoe, Fatma, afasta de ti esses pensamentos! Às vezes eu largava meu tricô, saía em silêncio do meu quarto, entrava no cômodo que dá para o galinheiro e, olhos fitos na luz pálida, carregada de pecado, das janelas da cabana, eu murmurava comigo, ele está lá neste instante... Talvez esteja beijando seus bastardos, explicando a eles por que Alá não existe, eles talvez riam, e talvez também... Não pense nisso, Fatma, não pense! Cheia de vergonha por ele, voltava para o meu quarto, pegava o colete que tricotava para Doğan, esperava, mas não era preciso esperar muito: uma hora depois, eu o ouvia sair da cabana, subir a escada trôpego, nem tomando mais o cuidado de não fazer barulho, eu entreabria a porta para acompanhar com os olhos aquele demônio, cheia de curiosidade e de horror, até ele entrar em seu escritório.

Uma noite, depois de subir a escada tropeçando como sempre, ele parou. Vi-o se virar para a minha porta entreaberta, olhar nos meus olhos, tive muito medo e logo tratei de fechar a porta. Mas era tarde demais, Selâhattin já havia começado a gritar: por que você bota o nariz para fora e fica me olhando, sua medrosa? Por que toda noite você fica me espiando por trás da porta? Como se não soubesse aonde vou, o que faço todas as noites! Quis fechar a porta, escapar dele, mas não conseguia soltar a maçaneta, era como se eu fosse me tornar cúmplice dos seus pecados se fechasse a porta. Ele continuava a gritar: não tenho vergonha de nada, Fatma, de nada! Não me importo com os míseros medos e preconceitos cujas teias infestaram sua cabeça: faz tempo que já superei todas essas besteiras do Oriente, o pecado, o erro, entende, Fatma? Você me espia à toa: tudo o que você se compraz em condenar e abominar me orgulha! E depois ele subiu o último degrau e berrou em direção à minha porta, sempre entreaberta: e também me orgulho dessa mulher e dos filhos que ela me deu... Uma mulher trabalhadora, decente, leal e bonita! Ela não vive como você, no terror do pecado e do castigo, ela nunca aprendeu como você a manejar com elegância a faca e o garfo, a afetar como você a distinção! Escute bem o que vou te dizer agora! Na sua voz, eu não percebia mais a raiva, ao contrário, ela se fazia persuasiva, e havia entre nós aquela porta entreaberta, que o costume me impedia de fechar, e eu o escutava: não tem por que se envergonhar, se enojar, nos acusar de nada, Fatma, aqui nós somos livres! Os outros é que querem restringir nossa liberdade! Estamos sozinhos aqui, Fatma, você sabe tão bem quanto eu que vivemos quase como numa ilha deserta, como Robinson, essa maldição que chamamos de sociedade nós deixamos para trás, em Istambul, e só voltaremos para lá no dia em que eu for capaz de abalar o Oriente inteiro com a minha enciclopédia. Agora me escute: enquanto pudermos viver aqui saboreando nossa liberdade, livre das noções de erro e de pecado e de vergonha, por que nos envenenar com a sua moral e os preconceitos idiotas a que você se apega como os viciados à sua droga? Se não é à liberdade que você aspira, mas à infelicidade, afinal é problema seu: mas é justo que por sua causa todo mundo seja infeliz?; é justo que, por causa da sua moral e dos seus preconceitos idiotas, todo mundo sofra? Escute o que vou dizer: estou voltando da cabana, não tenho por que te esconder, você sabe que eu estava lá com nossa criada e meus filhos, Recep e Ismail; fui comprar uma estufa para eles em Gebze, mas ela não adianta muito, eles morrem de frio, Fatma, por causa dos seus preconceitos idiotas, não posso mais suportar a ideia de que eles tremem de frio lá, está me ouvindo?

Eu entendi e fiquei com medo; continuava a ouvir em silêncio o que ele me dizia martelando a porta com seus punhos, me implorando com sua voz chorosa. Mais tarde, ele voltou gemendo para o seu quarto, e o que me espantou foi não demorar a ouvir seus roncos de bêbado. Passei a noite pensando. Nevava, eu espiava pela janela. Na manhã seguinte ele me explicou o que eu já havia adivinhado.

Estávamos tomando o café da manhã, aquela mulher nos servia e depois desceu para a cozinha, como se estivesse cheia de nos atender, como o anão está fazendo hoje, e Selâhattin sussurrou para mim: você os chama de bastardos, mas são gente como outra qualquer. Ele falava com uma voz incrivelmente suave, como se me confiasse um segredo, como se me dirigisse uma prece. Pobres crianças, passam frio naquela cabana, são tão pequenos ainda, só dois e três anos: decidi instalá-los aqui, nesta casa, eles e a mãe deles, Fatma! Aquele cubículo é pequeno demais. Agora vou instalá-los no quarto ao lado. Não se esqueça que, afinal de contas, são meus filhos! E não tente me impedir de fazê-lo, por causa dos seus preconceitos idiotas! Eu ouvia pensativa. Quando ele desceu para o almoço, tocou de novo no assunto, dessa vez em voz alta: não posso mais deixá-los dormir naquelas esteiras, cobrindo-se com trapos que usam como cobertores. Amanhã, quando fizer as compras do mês em Gebze... Eu pensei cá comigo, ele disse que vai a Gebze amanhã. Depois pensei: ele é bem capaz de dizer esta noite que vamos comer todos juntos. Acaso ele não fala que somos todos iguais? Mas não disse. Tomou seu *rakı*, repetiu que ia a Gebze na manhã seguinte, se levantou da mesa sem se incomodar e saiu. Subi logo em seguida, para vê-lo cambalear na neve que cintilava ao luar, se dirigir para a luz daquele antro do pecado, vá, demônio, você vai ver, amanhã mesmo! Esperei, contemplando o jardim ao luar, espreitando a luz pálida, tão feia, da cabana. Ao voltar, veio ter comigo dessa vez em meu quarto e me disse abertamente: não conte muito com o fato de que, há dois anos, para nos separar a lei nos obriga a abrir um processo de divórcio e que não tenho mais direito de ter uma segunda esposa! Não resta mais nada entre nós, Fatma, além desse ridículo contrato chamado casamento! Além do mais, quando firmamos esse acordo as condições da época me autorizavam a te repudiar com uma só palavra, eu podia me casar com outra mulher, mas não achei necessário então. Está entendendo? Ele continuou a falar, e eu ouvia. Depois saiu cambaleante, repetindo que ia a Gebze na manhã seguinte, e foi dormir seu sono de bêbado. Passei a noite inteira pensando e contemplando o jardim coberto de neve.

Chega, Fatma, não pense mais nisso! Suei debaixo do meu edredom. Passou de repente por minha cabeça: será que o anão contou? Crianças, ele terá dito, a avó de vocês, com sua bengala na mão, nos... Fiquei com medo, não quero pensar nisso, quero dormir, mas sábado com essa barulheira da praia eu realmente não posso dormir!

Mesmo cobrindo a cabeça com o edredom eu a ouço e digo a mim mesma, agora percebo como eram bonitas aquelas noites solitárias de inverno, quando o silêncio da noite pertencia todo a mim, quando tudo ficava imóvel. Enterro meu ouvido na escura maciez do travesseiro, e imagino esse silêncio profundo das noites silenciosas, enquanto ouço a voz surda do universo que sobe, fora do tempo, de sob o meu travesseiro até mim.

Na manhã seguinte, Selâhattin foi a Gebze. Como me parecia remoto naquela época o dia do Juízo Final! Por fim estava sozinha em casa. Como estavam distantes aquelas cidades em que os defuntos nem apodrecem no túmulo! Pensando assim, peguei minha bengala, desci a escada, saí no jardim. Como estavam longe os caldeirões ferventes, os castigos e os tormentos do inferno! Deixando as marcas dos meus passos na neve que derretia, fui depressa até o antro do pecado que aquele demônio chamava de cabana. Como estavam longe as cascavéis, os morcegos, os esqueletos! Cheguei à cabana, bati na porta, não precisei esperar muito, aquela miserável, aquela criada imbecil e vulgar logo abriu. Ratos em putrefação, corujas, djins! Afastei-a, entrei, então era ali que aqueles bastardos moravam! Cheiro de esgoto, baratas, fedor de cadáveres! Não, madame, não faça isso, que culpa têm estas pobres crianças? Escravos negros etíopes, correntes enferrujadas! Bata em mim, madame, mas não bata nas crianças, elas não têm culpa. Ó Alá, fujam crianças, fujam! Não puderam fugir! Carniças, fedidos, bastardos! Não puderam fugir, eu batia neles, ah, você ergueu a mão para mim!, e então bati nela também, e quando ela tentou reagir bati com mais força, e ela é que acabou caindo no chão, aquela mulher que você dizia tão forte, tão corajosa, Selâhattin, ela é que caiu, e não eu! Então examinei o interior daquele horrível antro do pecado, aquela cabana, como você dizia, que já fazia cinco anos ficava na extremidade do jardim, eu ouvia os bastardos chorando. Colheres de pau, facas de metal, alguns pratos, rachados e lascados, do serviço de mesa da minha mãe, mas outros também, em bom estado, que você achava que haviam se extraviado, pobre Fatma, caixas que faziam as vezes de mesa, trapos, pedaços de pano, chaminés de estufa, colchões no chão, jornais vedando a porta e as janelas, ó Alá, como aquilo tudo era asqueroso, trapos horríveis e cheios de manchas, montes de papel, palitos de fósforo, uma tenaz quebrada e enferrujada, lenha em caixas de metal, cadeiras velhas derrubadas, pregadores de roupa, garrafas de *rakı* e vinho vazias, cacos de vidro no chão e até sangue, ó Gracioso, e os bastardos que continuavam a berrar, senti náuseas, e de noite, ao voltar, Selâhattin derramou algumas lágrimas, e dez dias depois levou-os para aquela aldeia distante.

Está bem, Fatma, dizia ele, como você quiser, mas sua atitude é desumana, o caçula quebrou a perna, o mais velho não sei o que ele tem, seu corpo está coberto de hematomas, deve ter levado uma pancada, é só para poder terminar minha enciclopédia que me resigno a despachá-los para essa aldeia distante, encontrei um velhinho de bom coração que aceitou reconhecer as crianças, dei-lhe algum dinheiro, vou ser obrigado a chamar em breve o joalheiro, afinal temos de pagar a remissão dos nossos pecados, está bem, está bem, não vá discutir de novo, então é inocente, os pecados são somente meus, mas daqui por diante não me pergunte mais por que bebo, me deixe em paz, e você se encarregará da cozinha; agora vou subir para trabalhar, e você não me encha a paciência, antes que eu fique com raiva vá se trancar no seu quarto, corra para lá, meta-se na sua cama gelada, fique olhando a noite inteira para o teto sem pregar os olhos, como uma coruja, sem conciliar o sono.

Continuo na minha cama e continuo sem conseguir dormir. Espero a noite. Gostaria tanto que chegasse logo essa noite que nenhum de vocês é capaz de estragar, imersos que estão no sono. Então, sozinha na noite, aspirarei seu perfume, apreciarei seu sabor, poderei tocá-la com a mão, ouvi-la, e poderei pensar: na água, na garrafa, nas chaves, no lenço, no pêssego maduro, na água-de-colônia, no prato, na mesa, no relógio. Estão todos aqui, como eu, só para mim, no vazio, à minha volta, em paz, evidentes, estalam, fazem tique-taque, no silêncio da noite, como se bocejassem como eu, purificados do pecado, da imundice. É então que o tempo é tempo, e todas essas coisas ficam mais próximas de mim, assim como eu fico mais próxima de mim mesma.

24. Faruk e Nilgün veem tudo do alto

Em meu sonho, um velho com uma capa comprida girava em torno de mim me chamando pelo nome, "Faruk, Faruk!". Achei que ele ia me revelar o segredo da história, mas ele se demorava para me torturar um pouco antes de falar. Eu, que estou persuadido, não sei por quê, de que devemos pagar por tudo nesta vida, suportava aquele sofrimento por amor ao saber, sentia uma vergonha esquisita, repetia a mim mesmo que devia aguentar firme antes de saber o segredo, mas a vergonha se tornou de repente insuportável e acordei, ensopado de suor. Agora ouço o burburinho da praia, o barulho dos carros e dos barcos a motor que chegam até mim através do portão. A longa sesta finalmente não adiantou nada: ainda estou com sono porque passei a noite bebendo. Olho o meu relógio: são quinze para as quatro. É cedo demais para beber de novo, mas me levanto.

Saio do quarto. A casa está em silêncio. Desço a escada, entro na cozinha e quando, com um movimento maquinal, seguro o puxador da geladeira, tenho de novo a mesma sensação de expectativa: a expectativa de algo novo, de uma nova emoção, de uma aventura imprevista. Se pudesse acontecer alguma coisa na minha vida que me fizesse esquecer os arquivos e a História e as histórias! Abro a geladeira, olho para seu brilho como se estivesse contemplando a vitrine de uma joalheria: tigelas, garrafas, ovos, tomates, cerejas, distraiam-me! Mas eles parecem me responder, não podemos fazer mais nada, isole-se deste mundo e faça como se renunciasse a suas alegrias. Depois complemente com a bebida seus pequenos prazeres e suas pequenas dores, e deixe-se levar. Só tenho meia garrafa de *rakı*, e se fosse comprar outra? Fecho a geladeira e de repente me pergunto se não deveria, como meu pai e meu avô, largar tudo e vir me trancar aqui, iria todos os dias a Gebze, me instalaria na minha mesa de trabalho para me dedicar à redação de uma obra, feita de milhões de palavras sem pé nem cabeça, ligada ao que chamamos de História. Não para mudar o mundo, somente para dizer o que é.

O vento ficou frio, agora está soprando mais forte. Olho para o céu, as nuvens se aproximaram. O vento sul anuncia uma bela tempestade. Dei uma olhada nas janelas ainda fechadas do quarto de Recep, imagino-o dormindo. Sentada para os lados do galinheiro, Nilgün lê um livro, ela tirou as sandálias, apoia seus pés descalços no chão. Vagueio um pouco pelo jardim, a esmo, como uma criança, passo a mão na beira do poço, na bomba, pensando em minha juventude e também na minha infância. Quando me peguei pensando novamente na minha ex-mulher, resolvi ir comer alguma coisa, entrei de novo em casa. Mas em vez de descer para a cozinha, subi para o meu quarto e, enquanto espiava pela janela com um olhar vazio, me perguntei num murmúrio se valia a pena correr atrás dos meus pensamentos, se valia a pena viver. Será que sou capaz de pensar alguma coisa que vale a pena perseguir? E para não pensar mais, me joguei na cama, abri um livro de Evliya Çelebi e li ao acaso.

Conta uma viagem pelo oeste da Anatólia: Akhisar, a cidade de Mármara, depois uma pequena aldeia na mesma região, e também as termas: termas cuja água suaviza a pele, como se fosse óleo, e até cura a lepra, se bebida durante quarenta dias. Depois, fico sabendo como o autor mandou consertar e limpar uma das piscinas e nela entrou com prazer. Reli esse trecho da piscina e senti inveja do deleite de Evliya, que não se importa com o pecado ou o erro, bem queria estar em seu lugar. Ele gravou numa das colunas da piscina a data em que o conserto foi efetuado. Depois se foi a cavalo, passando por Gediz. Relata sem ocultar o menor detalhe, com a serenidade, o bom humor do músico de banda tocando seu tambor. Fecho o livro e me pergunto como ele consegue, como pode harmonizar tão bem os fatos e a escrita, como consegue enxergar tão bem a si mesmo, como se enxergasse um outro. Se eu fosse fazer a mesma coisa, por exemplo numa carta a um amigo, não seria capaz de dar prova da mesma simplicidade, sentir a mesma alegria que ele: eu me introduziria no relato, minha mente tortuosa e culpada velaria a nudez dos fatos. Minhas intenções se misturariam com minhas ações, meus juízos de valor com os acontecimentos, seria incapaz de estabelecer o vínculo direto e verdadeiro que Evliya consegue criar entre ele e as coisas, e acabaria machucando meu nariz de tanto esfregá-lo na superfície delas.

Abro novamente o livro e continuo a ler. Evliya fala das cidades de Turgutlu, Nif e Ulucak e da farra que lá fez: "Armamos a tenda à beira de um rio e, tendo comprado um cordeiro bem carnudo de uns pastores locais, nós o assamos e devoramos sem preocupações nem aborrecimentos". Aí está: o prazer e o bom humor são tão despojados quanto o mundo exterior. O mundo é um espaço concreto em que é agradável viver, às vezes com entusiasmo, às vezes com uma melancolia matizada de alegria, não é um lugar que se deva criticar, se acalorando na paixão, no desejo de modificá-lo ou de conquistá-lo.

Mas de repente me vem o pensamento de que Evliya pode muito bem ter trapaceado para enganar seu leitor. Talvez ele fosse um sujeito como eu, com a diferença que ele escrevia bem e mentia bem. Talvez visse estas árvores e estes pássaros, estas casas e estes muros, exatamente como eu os vejo, mas consegue me enganar graças a seu talento de escritor. Não consegui no entanto me convencer disso e, depois de ler mais um pouco, concluí que não se tratava de um talento, e sim de um conhecimento intuitivo. Esse conhecimento que Evliya tem do mundo, das árvores, das casas, das pessoas é totalmente diferente do nosso. De repente, fiquei curioso para saber como aquilo era possível, como tinha se formado essa sua consciência. Quando penso na minha ex-mulher depois de ter bebido e longamente remoído minhas preocupações, às vezes peço socorro a não sei quem ou o quê, como acontece num pesadelo do qual não conseguimos sair. É com esse mesmo desespero que me pergunto: eu não poderia ser como Evliya, fazer que a estrutura do meu cérebro se pareça com a dele?, não poderia empreender a descrição do universo inteiro com o mesmo despojamento, a mesma simplicidade que ele?

Atiro o livro longe. Tento me animar dizendo para mim mesmo com convicção que sou capaz, que poderia dedicar minha vida a isso. Começarei a descrever o mundo e a história a partir do ponto em que os encontrar. Enumerarei os fatos, como faz Evliya quando nos conta a quem o sultão conce-

deu a província de Manisa, quantos *hás*,* quantos *zeamet*,** quantos *timar*****
ela recebe, quantos soldados ela fornece. De resto, todos esses fatos estão disponíveis nos arquivos, à minha espera. Eu poderia transcrever todos esses documentos, com a desenvoltura de Evliya quando fala dos monumentos históricos ou dos usos e costumes. Como ele, eu não faria meu juízo intervir no relato desses fatos. Poderia depois acrescentar este ou aquele detalhe, como ele faz quando nos explica que o domo de certa mesquita é coberto de telhas ou de chumbo, de modo que a História que eu escreveria seria uma descrição constante dos fatos, como as *Viagens* de Evliya. Sabendo disso como ele, eu interromperia de quando em quando minha enumeração, reconhecendo que há muitas outras coisas no mundo, e escreveria a palavra

história

no alto de uma página, para que o leitor compreendesse melhor que os fatos que relato são totalmente livres de ficções agradáveis, divertidas, imaginadas para contentar as paixões e as emoções humanas. Se um dia alguém lesse as páginas que tivesse assim escrito e que pesariam muito mais que as seiscentas páginas de Evliya Çelebi, poderia encontrar nelas, tal e qual, a nebulosa da História que me enche a cabeça. Tudo estaria lá, do mesmo modo que em Evliya, como coisas naturais, como uma árvore, um pássaro, uma pedra, o que faria o leitor sentir que um fato igualmente natural se esconde atrás de cada narrativa. Assim, poderia escapar dos vermes estranhos que sinto passear pelas circunvoluções do meu cérebro. E quando eu tivesse me livrado deles, poderia enfim entrar no mar, e o prazer que teria com isso seria igual ao que Evliya sentia em sua piscina, eu me dizia quando tive um brusco sobressalto: um carro buzinava insolentemente. Aquele barulho "moderno", estridente, horrível, que interrompe os sonhos e apaga as lembranças, me deixou de mau humor no mesmo instante.

Levanto-me de um salto, desço correndo a escada e saio no jardim. O vento sopra forte, as nuvens estão próximas: vai chover. Acendi um cigarro,

---

* Dotação de um rendimento de mais de 100 mil *akçe*. (N. T. da edição francesa)
** Dotação militar de uma renda anual de 20 mil a 100 mil *akçe*, em troca de participação na guerra. (N. T. da edição francesa)
*** Dotação militar inferior a 20 mil *akçe*. (N. T. da edição francesa)

atravessei o jardim, saí à rua, fui andando. Sim, mostrem-se a mim muros, janelas, carros, terraços, e a vida nesses terraços, bolas e boias de plástico, tamancos, sandálias, garrafas, protetores solares, caixas, camisas, toalhas de banho, sacolas de praia, pernas, saias, mulheres, homens, crianças, insetos, mostrem-se a mim rostos mortiços, sem expressão, mostrem-se ombros bronzeados, seios gigantescos, braços magros, inseguros, olhares desajeitados, mostrem a mim todas as suas cores e todas as suas formas externas, porque quero esquecer tudo, quero esfregar meu nariz em todas as superfícies e esquecer de mim mesmo, olhos fixos nos neons, nos painéis de publicidade de Plexiglas, nos slogans políticos, nas telas das televisões, nas mulheres nuas que se exibem nas vitrines dos armazéns, ou presas com percevejos nas paredes, nas fotos dos jornais, nos cartazes repletos de vulgaridade, sim, mostrem-se a mim, mostrem-se...

Chega! Não é que caminhei até o atracadouro? Que ardor vazio, só estou tentando me enganar! Não ouso confessar a mim mesmo, mas sei muito bem que gosto de todas essas imagens, que lá no fundo preciso de tudo o que qualifico de vulgar e sem alma, que também faço parte do que quero me convencer que abomino. Às vezes, consigo me persuadir de que gostaria de ter vivido duzentos anos atrás ou de viver daqui a duzentos anos, mas é pura mentira. Sei muito bem que adoro essa embriaguez nauseante e superficial. As propagandas de sabão e de refrigerantes, de máquinas de lavar e de margarinas me encantam. O século em que vivo colocou em meus olhos óculos que deformam tudo o que vejo, sei que sou incapaz de ver a verdade, mas, porra!, afinal de contas gosto de tudo o que se oferece à minha vista!

Um veleiro se aproxima lentamente do atracadouro para escapar do vento sul, balançando com suavidade nas ondas ainda normais. Ele não procura conhecer o subconsciente que o faria se mover e balançar assim: feliz veleiro! Dirijo-me ao café. Está lotado. O vento levanta o canto das toalhas, mas os elásticos em volta das mesas mantêm a ordem, para que mães, pais e filhos tomem tranquilamente seus chás e seus refrigerantes. No barco, têm dificuldade para recolher a vela, que tomou gosto pelo vento. Uma vez baixado, o pano branco treme como uma pomba capturada que bate as asas desesperadamente, mas em vão: acabam conseguindo recolhê-lo. O que aconteceria se eu renunciasse à brincadeira de me questionar sobre o sentido da história? É melhor ir dar uma olhada no meu caderno de notas, me distrair comportadamente com a memória dos arquivos. E se tomasse um chá? Lá fora não tem mais nenhuma mesa livre. Observo pela janela o interior do café. Alguns fregueses jogam cartas, há mesas vazias. Recep frequenta este café. Os jogadores examinam suas cartas, depois as abandonam na mesa, como que para descansarem delas. Um deles as pega e embaralha. Depois as coloca de volta na mesa. Observo-o embaralhando-as, de repente me ocorre uma ideia. Sim, sim: um baralho poderia resolver tudo!

Volto para casa pensando assim:

No silêncio do Arquivo modorrento, vou anotar em pedaços de papel do tamanho de uma carta de baralho todos os crimes e roubos, guerras e camponeses, paxás e vigaristas, todos os acontecimentos, um a um. Depois embaralharei as peças desse impressionante baralho composto de centenas, não, de milhões de notas, como se embaralham as cartas, bom, vai ser mais difícil, claro, talvez sejam necessárias máquinas especiais, como as que são utilizadas para o sorteio de loteria em presença de um fiscal, e eu as darei a meu leitor! E então direi a ele: estas cartas não têm nenhuma relação entre si, nem antes nem depois, nem verso nem anverso, nem antecedente nem consequente, é a história, é a vida, meu jovem leitor, pegue, leia como achar melhor. Os fatos se contentam em existir, e tudo está aí, nenhuma história os liga. Então não há histórias, perguntará o jovem leitor com tristeza, não há nenhuma história? Então eu lhe darei razão, direi a ele, eu te entendo, claro, você é jovem para poder viver em paz, para se acreditar capaz de pegar um pedacinho do mundo e fazê-lo pender para o lado que desejar, ou também por motivos morais, na sua idade a gente precisa de uma história que possa explicar tudo, senão enlouquece! Está certo, direi a ele, e entre os milhões de cartas farei deslizar, como se fosse um curinga, outras cartas intituladas

história

e essas cartas contarão a você histórias. Tudo bem, perguntará de novo o jovem leitor, mas qual o sentido disso tudo? A que conclusões o senhor chega? O que fazer com isso? Em que acreditar? O que é verdade? O que não é? Por que agir na vida? O que é a vida? Por onde começar? Qual a essência de tudo isso? Que conclusão tirar? O que devo fazer? O que devo fazer? O que devo fazer? Merda! Tudo isso me enche o saco. Volto.

Caminho ao longo da praia quando o sol desaparece subitamente atrás das nuvens, e os montes de carne humana que cobrem por inteiro a areia parecem ter perdido de repente sua razão de ser. Tentei imaginá-los estendidos, não na areia mas numa geleira, não para se bronzear ao sol mas para aquecer o gelo, como galinhas chocando seus ovos. Mas sei por que luto para quebrar a corrente da causalidade, me livrar dos imperativos éticos. Se não é na areia mas no gelo que estão estendidos, não é por minha culpa, sou livre para fazer o que quero e, portanto, tudo é possível. Sigo meu caminho.

O sol tornou a aparecer. Entro na venda, peço três cervejas. Enquanto o vendeiro enfia as garrafas numa sacola, tento não sei por que descobrir uma semelhança entre um freguês, um velhinho feiíssimo, de boca imensa, e Edward G. Robinson. O espantoso é que se parecem mesmo. Inacreditável: ele tem o mesmo nariz pontudo, os mesmos dentes miúdos do ator, a mesma verruga na bochecha. Mas é careca e bigodudo. Esta é a questão que se coloca às ciências sociais de um país subdesenvolvido: o que diferencia a estrutura de que dispomos concretamente do original de que ela não é mais que uma cópia ruim? Uma careca, um par de bigodes, a indústria e a democracia. Meu olhar se cruza com o do falso Edward G. Robinson. E se de repente ele se pusesse a me fazer confidências: se o senhor soubesse como é difícil para mim ser a vida inteira uma pálida cópia de outro! Minha mulher e meus filhos veem na tela o verdadeiro Edward G. Robinson e me criticam por tudo o que em mim não se parece com ele, falam disso como se fosse um defeito. É culpa minha não me parecer com ele, diga, por Alá, não posso ser eu mesmo, e o que teria acontecido se ele não fosse um ator famoso, eles teriam me criticado? Creio que eles teriam arranjado outro modelo e teriam te criticado por não se parecer com ele. Tem razão, o senhor por acaso é sociólogo, catedrático ou algo assim? Não, sou professor assistente. O velho Robinson pega seu queijo e sai a passos lentos. E eu pego minhas garrafas e vou para casa, dizendo a mim mesmo que agora chega. O vento sopra fortemente. Nas varandas a roupa lavada volta e meia se enrola no varal; uma janela não para de bater.

Chego em casa, ponho as garrafas na geladeira e bem na hora em que estava fechando a porta o diabo me tentou, não consegui resistir à tentação, tomei um copinho de *rakı* em jejum, como se tomasse um remédio, e fui ter com Nilgün. Ela me esperava para darmos um passeio. O vento agitava seus cabelos e as páginas do seu livro. Não tem nada para ver neste bairro, falei.

Resolvemos então dar uma volta de carro. Subi ao meu quarto para pegar as chaves e meu caderno de anotações, e não esqueci o saca-rolha. Ao vê-lo, Nilgün me dirigiu um olhar como se fosse me passar uma descompostura, depois correu até a casa, voltando com um rádio de pilha na mão. O carro tossiu, gemeu e por fim arrancou. Atravessamos lentamente a multidão que saía da praia e, quando deixávamos o bairro para trás, um relâmpago brilhou ao longe, no mar. Só bem mais tarde ouvimos a trovoada.

"Aonde vamos?", perguntei. "Ao tal caravançará dos doentes de peste", disse Nilgün. "Não tenho certeza de que esse lugar existe", falei. "Melhor ainda", disse Nilgün, "vamos lá e você poderá chegar a uma conclusão." "Uma conclusão?", pensava comigo, quando ela acrescentou: "Ou será que você tem medo de emitir um juízo categórico?". "Noites de Peste e Dias de Paraíso", murmurei. "É um romance que você leu?", perguntou Nilgün surpresa. "Sabe que essa história da peste me entusiasma cada vez mais?", falei me animando. "Pensei nela esta noite, li em algum lugar que foi graças à peste que Cortés derrotou os astecas e se apoderou da Cidade do México, com um exército tão pequeno. Tendo uma epidemia de peste assolado a cidade, os astecas acharam que os deuses eram favoráveis a Cortés." "Maravilha!", disse Nilgün. "Você vai descobrir os detalhes da nossa peste, relacioná-la a outros acontecimentos e seguir a pista." "Mas e se não houve peste nenhuma?" "Nesse caso, você para!" "E faço o quê, então?" "O de sempre: história!" "Tenho medo de não conseguir mais fazer isso." "Por que você se recusa a acreditar que pode ser um bom historiador?" "Porque sei que não se pode fazer nada de bom na Turquia." "Não diga uma coisa dessas!" "Digo sim! Meta isto na cabeça, este país não tem jeito. Me dê um gole de *rakı*." "Não vou dar, não. Olhe como está lindo aqui. As vacas. As vacas da velha Cennet." "Vacas!", começo a gritar de repente. "Vacas escrotas! Criaturas vulgares! Vão se foder!" Caí na gargalhada, mas acho que me forçando um pouco. "Está buscando um pretexto para entregar os pontos, não é?", disse Nilgün. "Exatamente. Passe o *rakı*!" "Por que você quer entregar os pontos?", disse Nilgün. "Não é uma pena?" "Por que seria uma pena? Em que eu seria diferente de tantas pessoas que entregam os pontos?" "Mas o senhor estudou com tanto afinco, Faruk Efêndi!", disse ela num tom zombeteiro. "Você bem que gostaria de me censurar seriamente, mas não tem coragem, não é?" "É verdade", disse Nilgün, dessa vez com convicção, "por que se entregar sem razão?"

"Não é sem razão. Ficarei feliz quando abandonar tudo. Serei enfim eu mesmo." "Neste instante você é você mesmo", disse ela após uma ligeira hesitação. "É que então serei autêntico, entende? Neste instante, eu não sou! Alguém que se controla, que se interroga sem cessar, não pode ser autêntico na Turquia, ficaria louco! Se a gente não quiser perder o juízo neste país tem de se entregar. Não vai me servir o *rakı*?" "Tome, está aqui!" "Até que enfim! Ligue o rádio!" "Você gosta de bancar o irmão mais velho, não é?" "Não estou bancando", falei, "eu sou. E sou turco!" "Aonde você está indo?" "Ao ponto mais alto", respondi me emocionando de repente. "A um lugar de onde possamos ver tudo o melhor possível. Ver tudo ao mesmo tempo…" "Tudo o quê?" "Se eu pudesse ver tudo ao mesmo tempo, quem sabe…" "Quem sabe o quê?", perguntou Nilgün, mas não respondi.

Eu me calo, nos calamos. Subimos a ladeira, passamos em frente da casa de Ismail. Tomo a direção de Darıca, passamos pelo cemitério e pegamos a velha estrada de terra que vai dar nos fundos da fábrica de cimento. O carro se sacode na ladeira, em mau estado por causa da chuva. Quando chegamos ao topo da colina começa a chuviscar. Paro o Anadol virado para o panorama, e ficamos ali, como os jovens casais que vêm aqui em plena noite de Forte Paraíso para se beijar e esquecer que vivem na Turquia, contemplando a paisagem: a costa que serpenteia entre Tuzla e Forte Paraíso, as fábricas, as cidades de veraneio, os campings dos bancários, os olivais cada vez mais reduzidos, a Escola de Agricultura, a campina onde morreu Mehmet, o Conquistador, uma barcaça no mar, as casas, as árvores, as sombras, tudo vai ficando pouco a pouco debaixo do temporal que chega lentamente do cabo de Tuzla. Podemos acompanhar o rastro branco das rajadas de chuva que se aproximam sobre o mar. Derramo o resto da garrafa no meu copo, que esvazio de um gole só.

"Vai arrebentar o seu estômago!", disse Nilgün. "Por que você acha que minha mulher me deixou?", perguntei. Fez-se um breve silêncio, depois Nilgün respondeu com uma voz prudente, tímida. "Achava que vocês tinham se separado de comum acordo." "Não, ela é que me largou. Porque eu não conseguia alcançar o que ela desejava… Deve ter entendido que eu ia me tornar um joão-ninguém." "Não é verdade!" "É sim", respondi. "Olhe como chove!" "Não entendo." "O quê? A chuva?" "Não", disse Nilgün sem sorrir. "Sabe quem é Edward G. Robinson?" "Quem é?" "Um ator cujo sósia encontrei na Turquia. Estou farto de viver a vida do meu sósia. Entendeu?" "Não." "Entenderia se bebesse. Por que não bebe? Porque você acha que beber é o símbolo da derrota, não é?" "Não, não acho isso." "Acha sim, eu sei que você acha. Aliás, eu também, estou capitulando…" "Mas você nem entrou na batalha!" "Estou capitulando porque não posso mais suportar viver duas vidas. Às vezes penso que sou duas pessoas ao mesmo tempo. Isso não acontece com você?" "Não", disse Nilgün, "nunca acontece." "Comigo sim", falei. "Mas tomei uma decisão: não vai mais acontecer. Vou ser uma pessoa só, um ser inteiro, completo, sadio. Adoro as propagandas de tapete ou de geladeiras cheias de comida que vemos na tevê, gosto dos meus alunos que levantam o dedo na prova para me perguntar se podem começar respondendo a segunda pergunta, gosto das revistas que vêm como suplemento dos jornais, das pessoas que enchem a cara e depois se abraçam cordialmente, dos anúncios de salaminho e de cursos particulares nos ônibus. Entendeu?" "Mais ou menos", disse Nilgün com um ar tristonho. "Posso me calar, se te aborreço." "Não, estou achando divertido." "Vai chover a cântaros, não acha?" "Vai." "Estou bêbado." "Ninguém fica bêbado com tão pouco." Abro uma das cervejas, bebo na garrafa. "Bom, e o que você pensa ao ver tudo isso do alto?", perguntei. "Que não dá para enxergar tudo…", disse Nilgün parecendo animada agora. "E se você pudesse enxergar? Tem um trecho no *Elogio da loucura* que pergunta: o que pensaria um homem que chegasse à Lua e observasse nosso mundo e visse com um só olhar tudo o que nele acontece, toda essa agitação?" "Ele talvez pensasse que é uma grande confusão." "Isso mesmo", falei, e um verso me veio à mente: "A própria imagem do caos é confusa…". "De quem é?" "De Nedim.* Está nas *Variações sobre um gazal* de Neşati.** Ficou gravado na minha memória, é uma bobagem." "Recite o resto!" "É só o que sei. Não tenho memória! Agora, estou relendo Evliya Çelebi. Na sua opinião, por que não somos como ele?" "Como assim?" "Esse homem era uma alma solitária e conseguiu ser ele mesmo. Eu não consigo. E você?" "Acho que não refleti o bastante sobre isso." "Ah, como você é prudente!", falei. "Tem medo de romper com seus livros, dar um só passo que seja fora deles. Que bom pra você, acredite! Os personagens dos meus arquivos também acreditavam, acreditam ainda… Mas um dia não acreditarão mais. Olhe, a fábrica de cimento também está debaixo da chuva

* Um dos maiores poetas clássicos turcos (1681-1730). (N. T. da edição francesa)
** Falecido em 1674, Neşati exerceu forte influência sobre os poetas da sua época e sobre os que o seguiram. (N. T. da edição francesa)

agora. Como é estranho este mundo!" "Por quê?" "Não sei... Estou te chateando?" "De jeito nenhum." "Devíamos ter trazido o Recep." "Ele não quis." "Claro, sente vergonha." "Gosto muito do Recep", disse Nilgün. "Chops!" "O quê?" "Um personagem de Dickens: um anão pérfido..." "Irmão, como você é maldoso." "Acho que ontem ele queria me perguntar alguma coisa sobre a cidade de Üsküdar." "Perguntar o quê?" "Não lhe dei a chance de fazer a pergunta. Olhe só o que ele me mostrou hoje." "Você é mesmo maldoso!" "Uma lista feita por nosso avô!" "Nosso avô?" "Sim, a lista das coisas supérfluas, dos excessos e das carências da Turquia." Pego a folha que tinha posto no meio das folhas do meu caderno. "Onde você achou este papel?" "Já te disse, foi Recep que me deu!" Leio a lista. "'Ciência, chapéu, pintura, comércio, submarino'..." "Que é isso?" "A lista de tudo o que falta a nosso país." "Sabe o Hasan, sobrinho do Recep?" "Sei." "Ele não para de me seguir, irmão." "Quer que eu continue a ler a lista?" "Estou dizendo que ele anda me seguindo." "Por que ele te seguiria?... 'Submarino, burguesia, arte pictórica, máquina a vapor, jardim zoológico, xadrez.'" "Eu também não consigo entender por quê..." "Você nunca sai de casa, quando ele te segue?... 'Fábrica, professor, disciplina.' Engraçado, não é?" "Engraçadíssimo!" "Não. É trágico!" "Seja como for, toda vez que volto da praia Hasan me segue." "Vai ver que ele quer falar com você, ser seu amigo." "Sim, é o que ele diz." "Viu? Agora escute. Muitos anos antes de nós, nosso avô refletiu sobre as carências do nosso país e as descobriu. Olhe..." "Isso está ficando chato!" "Qual das duas coisas?... 'Jardim zoológico, fábrica, professor' — a meu ver, professor tem de sobra —, 'disciplina, matemática, livros, princípios e também calçadas'; e com outra pena ele escreveu: 'medo da morte e consciência do nada', depois acrescentou, 'conservas em lata, liberdade'..." "Chega, irmão!" "Falta acrescentar a sociedade civil. Vai ver que está apaixonado por você." "É possível." "Depois enumerou o que há em excesso: 'homem, camponês, funcionário público, muçulmano, militar, mulher, criança'..." "Não acho nada engraçado." "... 'café, favoritismo, preguiça, insolência, suborno, apatia, medo, carregador'..." "Esse homem não tinha a menor noção de democracia." "... 'minarete e sua sacada, gato, cachorro, visita, conhecidos, percevejo, promessa, cara (para dizer amigo), mendigo'..." "Chega!" "... 'alho, cebola, empregados domésticos, vendedor ambulante'... já é até demais..." "Chega!" "... 'pequeno comércio, imames'..." "Você está inventando!" "Não estou, não. Olhe só." "Está na escrita antiga." "Recep me mostrou este papel hoje, me pediu para ler, foi nosso avô que deu pra ele." "Por que terá dado?" "Sei lá." "Olhe a chuva. Esse barulho é de um avião, não é?" "É!" "Com um tempo destes!" "Avião é uma coisa formidável!" "É." Imagine você e eu nesse avião…" "Vamos voltar para casa, irmão, já estou cheia." "E ele cai." "Vamos para casa!" "O avião cai, nós morremos e descobrimos que existe um outro mundo." "Irmão, eu disse que já estou cheia." "Um além onde temos de prestar contas: você cumpriu seu dever? E qual era meu dever? Simples: dar esperança aos outros." "E é verdade!" "Sim, minha própria irmã tinha me lembrado desse dever, mas eu entreguei os pontos." "Não, você finge que entregou." "Entreguei, sim, porque já estava cheio." "Quer que eu dirija, irmão?" "Você sabe dirigir?" "Você me ensinou um pouco no último verão." "Eu existia no último verão?" "Recep deve estar nos esperando." "Nosso Chops! Ele também me olha de um jeito esquisito." "Chega, irmão. "Era o que minha mulher dizia: chega, Faruk!" "Não posso acreditar que você esteja tão bêbado assim." "Tem razão, não há nada em que acreditar. Vamos ao cemitério!" "Vamos para casa, irmão, a estrada está toda enlameada." "E se ficássemos aqui, atolados anos a fio na lama?" "Vou descer do carro." "O quê?" "Vou para casa a pé." "Deixe de bobagem!" "Então vamos embora." "Primeiro diga o que você pensa de mim." "Eu te amo muito, irmão." "Que mais?" "Queria que você não bebesse tanto." "Que mais?" "Por que você é assim?" "O que quer dizer esse 'assim'?" "Quero ir para casa!" "Você não se diverte comigo, não é? Espere, já vou te divertir! Cadê meu caderno de notas? Dê cá! Escute agora: a carne de vaca vendida pelo açougueiro Halil por uma soma de vinte e um *akçe* foi pesada e constatou-se que faltavam cento e vinte dracmas. Datado de 13 Zilhicce de 1023. Isto é, 14 de janeiro de 1615. Tem algum sentido?" "Um sentido muito evidente." "O criado Isa foi pedir proteção a Ramazan, levando consigo trinta mil *akçe*, uma sela, um cavalo, duas espadas e um escudo, pertencentes a seu amo, Ahmet." "Interessante!" "Interessante? Em quê?" "Ligue o limpador de para-brisa." "Diga o que viu de interessante." "Vou descer do carro e voltar a pé." "Você gostaria de morar comigo, Nilgün?" "Hã?" "Não aqui, neste carro, é claro. Agora falando sério: em vez de morar com nossa tia em Istambul, venha morar comigo, Nilgün. Tem um quarto enorme vazio lá em casa. Eu sou tão sozinho." Silêncio. "Já pensei nisso", diz Nilgün. "E?" "Achei que não seria muito correto com nossa tia." "Está bem", falo. "Vamos pra casa." Liguei o motor, pus o limpador de para-brisa para funcionar.

25. Metin empurra o carro e arrisca a sorte

Como todos acharam que tínhamos nos divertido muito ontem à noite, decidiram que a melhor coisa a fazer seria repetir hoje, e assim nos reunimos novamente na casa de Turan. Mas quando todos começaram a se queixar contra terem de ouvir de novo a mesma música, Funda pressionou Ceylan a ir buscar seu *The Best of Elvis* para animar a noite.

"Debaixo desta chuva?"

"Estou com meu carro, Ceylan!", falo cautelosamente.

Então, Ceylan e eu, só nós dois, saímos deixando na casa aqueles infelizes que se intoxicavam lentamente com a música melancólica e cafona e corremos para o velho Anadol do meu irmão. Arrancamos, olhos fixos na noite, nas gotas de chuva que caem das árvores, no caminho encharcado, iluminado pelos velhos e indiferentes faróis, os limpadores de para-brisa gemendo e rangendo. Parei o carro em frente à casa de Ceylan. Observei-a descer e correr para a casa, sua saia cor de laranja brilhando nas luzes da noite. À medida que as janelas se iluminavam, eu procurava imaginá-la passando de um cômodo a outro. Depois pensei: que coisa estranha é o amor! Pouco depois Ceylan voltou correndo, com o disco na mão, e entrou no carro.

"Briguei com minha mãe!", ela diz. "Ela ficou furiosa por eu sair tão tarde!"

Ficamos um instante calados, até passarmos direto pela casa de Turan, sem nem mesmo diminuir a velocidade.

"Aonde você vai?", perguntou Ceylan, nervosa, desconfiada até.

"Eu me sinto sufocar naquela casa! Não quero voltar lá. Vamos dar uma volta, Ceylan, estou de saco cheio, vamos passear e respirar um pouco."

"Tudo bem, desde que a gente volte logo. Eles estão nos esperando."

Não falo nada. Vou dirigindo devagar pelas ruas menos movimentadas, contente, me comportando bem. Passo por aquelas luzes pálidas, por aquelas pessoas modestas que, em suas casinhas, em suas varandinhas, contemplam as árvores e a chuva que quase cessou, eu me chamo de imbecil e penso que nós dois poderíamos ser como aquelas pessoas, que poderíamos nos casar, ter filhos!

Na hora de voltar, me comportei de novo como uma criança: em vez de entrar na rua onde mora Turan, saí do bairro. Agora subimos a ladeira a toda.

"O que você está fazendo?", pergunta Ceylan.

De início não respondo, continuo dirigindo cuidadosamente, sem virar a cabeça, olhos fixos na pista, como um piloto de corrida. Depois, mesmo sabendo que vou ser pego mentindo, digo que preciso pôr gasolina. Eu me sinto tremendamente brega.

"Não, vamos logo pra lá!", diz ela. "Eles estão esperando."

"Quero ficar sozinho com você, Ceylan, preciso falar com você."

"Falar do quê?", ela me pergunta secamente.

"O que você pensa sobre o que aconteceu ontem à noite?"

"Nada! Coisas que acontecem, nós dois estávamos bêbados."

"É só o que você tem a dizer?", replico revoltado. Piso no acelerador. "Só isso?"

"Vamos para lá, Metin, não fica bem fazer isso com eles."

"Nunca mais esquecerei aquela noite!", falo desesperado, e na mesma hora sinto vergonha da cafonice das minhas palavras e nojo de mim mesmo.

"Sim, você tinha bebido demais, nunca mais beba tanto assim!"

"Não, não foi porque eu tinha bebido muito!"

"Por quê, então?", pergunta ela com uma indiferença inacreditável.

Minha mão pega a mão que ela apoiou no banco. Uma mãozinha pequena, quente. Ela não a retirou, como eu temia.

"Vamos para lá!"

De repente, pensei que ia começar a chorar. Aperto a mão dela com mais força e, não sei por quê, penso na minha mãe, de quem nem me lembro mais, e, como eu temia, meus olhos se enchem de lágrimas. Tento pousar o braço em seus ombros, mas ela grita:

"Cuidado!"

Dois fachos de luz, poderosos e implacáveis, me ofuscam ao se aproximarem, dou imediatamente uma guinada. Um enorme caminhão passa por nós, com o estrépito de um trem, sua buzina fazendo um eco assustador. O susto me leva a dar uma freada violenta, esqueço de pisar na embreagem, a porcaria do Anadol para sacolejante, o motor morre. Agora só ouvimos o cri-cri dos grilos.

"Ficou com medo?", pergunto.

"Não. Vamos voltar, já está tarde", ela responde.

Viro a chave, mas o motor não pega. Em pânico, tento outra vez, mas de novo ele não pega. Desço, tento fazer o carro pegar empurrando, mas de novo não pega. Suando em bicas, empurro o carro pela estrada. Depois sento, apago o farol para não arriar a bateria e faço o Anadol descer ladeira abaixo, rapidamente, em silêncio.

Ao girarem mais depressa no asfalto molhado, as rodas fizeram um barulhinho agradável, e deslizamos ladeira abaixo como um navio avançando nas trevas no alto-mar. Tento várias vezes fazer o motor pegar, mas ele não pega. Um relâmpago brilha em algum lugar, bem longe, o céu se ilumina com uma luz amarelada, então podemos perceber os caras pichando os muros. Depois, sem mais frear, faço a curva, o carro ganha velocidade no declive, desliza até o viaduto que passa por cima da ferrovia e dali, mais devagar, até o posto de gasolina à beira da estrada de Ancara. Não trocamos uma palavra. Chegando ao posto, desço, entro no escritório, acordo o frentista que cochila emborcado na mesa. Explico que a ignição não funciona mais e a embreagem também não, pergunto se podia achar alguém que entenda de Anadol.

"Não é preciso ser especialista", falou o frentista. "Espere um instante."

Olho espantado para um cartaz da Mobil Oil na parede: há uma semelhança incrível entre Ceylan e a moça que tem na mão uma lata de óleo. Volto embasbacado para o carro.

"Eu te amo, Ceylan!"

Ela traga nervosamente.

"Estamos atrasadíssimos!"

"Estou dizendo que te amo."

Acho que trocamos um olhar vago. Tornei a descer do carro, caminhei depressa como se tivesse uma ideia na cabeça, fugi. Refugiei-me num canto escuro de onde a observava. A luz intermitente de um neon incidia nela, irritante, ela não passava agora de uma sombra que continuava a fumar. Meus pensamentos se congelaram. Eu tinha medo, transpirava, de onde estava podia ver a ponta incandescente do seu cigarro brilhar. Devo ter ficado ali olhando para ela quase meia hora, com a impressão de ser um cara mau-caráter e vil. Depois fui até a loja de conveniência comprar chocolate, escolhi uma das marcas que fazem mais propaganda na tevê, voltei para o carro, sentei.

"Onde você estava? Fiquei preocupada", disse Ceylan. "Estamos atrasados."

"Olhe, trouxe um presente pra você."

"Com amêndoas! Bem o que não gosto..."

Disse de novo que a amava, mas as palavras não eram apenas banais, eram desesperadas, sem sentido. Faço nova tentativa e, de repente, minha cabeça cai em sua mão, posta nos joelhos, beijo repetidamente essa mão que se mexe nervosamente, como se eu tivesse medo de deixar escapar alguma coisa, repetindo sempre as mesmas palavras insignificantes, desprovidas de qualquer beleza, pego sua mão, aperto-a nas minhas, o gosto salgado que ela tem será que se deve ao seu suor ou às minhas lágrimas?, não consigo saber e me sinto mergulhar no fundo do desespero e da derrota. Beijo de novo sua mão, murmuro aquelas palavras idiotas, depois, para não sufocar de desespero, ergo a cabeça para respirar o ar fresco.

"Tem gente olhando!", dizia Ceylan.

Saí do carro, fui ver uma família de trabalhadores que vinha da Alemanha encher o tanque. Meu rosto estava todo vermelho, como que manchado de sangue. Os neons acima das bombas acendiam e apagavam sem parar, sem dúvida por causa de um mau contato. A gente nasce rico ou pobre, pensava comigo mesmo, é uma questão de sorte que no entanto marca a nossa vida inteira. Não queria mais voltar para o carro, mas meus pés me levaram até lá e as mesmas idiotices recomeçaram, em vão.

"Eu te amo!"

"Venha, vamos voltar, Metin!"

"Vamos esperar mais um pouco, por favor, Ceylan!"

"Se você me amasse de verdade, não me obrigaria a ficar neste lugar deserto!"

Procurei outras palavras, palavras que pudessem servir para me apresentar como sou, porém quanto mais eu pensava melhor entendia que as palavras não abrem os véus detrás dos quais nos ocultamos, ao contrário, elas servem para melhor dissimular. Enquanto tentava desesperadamente me explicar, percebi algo no banco de trás: um caderno que o bêbado do meu irmão havia esquecido. Examinei-o à luz do neon, depois o estendi a Ceylan para que o lesse, ela parecia a ponto de explodir de tédio e de raiva. Leu algumas linhas mordendo os lábios, depois jogou o caderno bruscamente no banco traseiro. Quando o jovem mecânico chegou, empurrei o carro para baixo dos neons e, sob sua luz crua, pude ver o rosto implacável, inexpressivo de Ceylan.

Bem mais tarde, depois de examinar o motor com o mecânico, que foi buscar uma peça, eu me virei e vi no rosto de Ceylan a mesma expressão fria e entediada. Afasto-me do Anadol debaixo da chuva que volta a cair, a cabeça cheia de pensamentos confusos sobre o amor, amaldiçoando os poetas e os cantores que exaltam esse sentimento de catástrofe e de derrota. Mas depois percebo que há nesse sentimento um aspecto a que a gente se acostuma e de que a gente quer gostar, e isso me enoja: era como se eu desejasse secretamente a morte de um ser querido, só por curiosidade, para ver o que aconteceria, ou o incêndio e a destruição de uma casa, só pelo espetáculo, e me sentia culpado por sentir esses desejos perversos. Tenho consciência de que, quanto mais o tempo passa, mais eu afundo nesse gosto pela catástrofe. Os olhares furiosos, acusadores de Ceylan se tornam cada vez mais insuportáveis, eu me afasto então do carro e me deito no chão, ao lado do jovem mecânico. E ali, na penumbra recendendo a óleo e sujeira, embaixo do velho automóvel, eu me digo que Ceylan está a apenas cinquenta centímetros acima da minha cabeça, e no entanto tão distante. Passado um momento, o carro balançou e pude ver pertinho de mim as lindas pernas compridas de Ceylan. Seus sapatos vermelhos de salto alto se moveram de um lado para o outro, impacientes, nervosos, depois se afastaram, decididos e furiosos.

Quando sua saia cor de laranja e suas costas apareceram no meu campo visual, adivinhei que ela se dirigia para o escritório, adivinhei o que ia fazer, me levantei na mesma hora e gritei para o mecânico "acabe logo com isso!", depois saí correndo. Quando cheguei ao escritório, Ceylan olhava para o telefone em cima da mesa e o frentista, sempre sonolento, olhava para ela.

"Espere, Ceylan!", gritei. "Eu telefono!"

"Só agora é que você pensou nisso? Está tardíssimo. Eles devem estar preocupados, sabe lá o que estarão imaginando... São duas da manhã..."

Ela continuava a reclamar, mas felizmente um carro parou diante da bomba e o cara saiu do escritório, o que evitou mais confusão. Abri logo a lista e procurei o telefone de Turan. "Como você é cabeça de vento!", me diz Ceylan quando disco o número. "Eu me enganei a seu respeito!" Mas repito que a amo e, sem mais pensar, acrescento que quero me casar com ela, mas tudo o que eu pudesse dizer não adiantava mais: plantada perto da mulher do cartaz que se parecia com ela, Ceylan estava de olhos cravados no telefone, furiosa, nem olhava para mim. Não sei o que mais me amedrontou, o ódio que transparecia no seu rosto ou sua estranha semelhança com a mulher do cartaz da Mobil Oil. Mas agora eu esperava o pior. Após um instante, reconheci do outro lado da linha a voz do filho da puta do Fikret.

"É você?", falei. "Ligamos pra dizer que não se preocupem com a gente." Me perguntei por que terá sido ele que atendeu, se havia tanta gente na casa de Turan. "Com a gente, quem?", Fikret perguntou bruscamente. "Eu, ora essa, Metin!" "Reconheci sua voz, mas quem está com você?" "Ceylan!", respondi embaraçado. Por um breve instante, tive a impressão de que os dois estavam debochando de mim, mas o rosto de Ceylan estava inexpressivo. Ela só perguntou quem estava falando. "Achei que você tinha levado Ceylan para casa", disse Fikret. "Não", falei. "Estamos aqui, no posto de gasolina. Liguei para que não ficassem preocupados. Bom, tchau!" "Quem era, com quem você estava falando?", perguntou Ceylan. "Me dá o telefone!" Mas eu não dava, e continuava a responder às perguntas cretinas do Fikret: "O que vocês estão fazendo no posto de gasolina?" "Consertando um probleminha no carro", respondi e me apressei a acrescentar: "Chegamos agorinha mesmo!" Ceylan gritou para se fazer ouvir: "Espere, não desligue, quem é?" "Acho que Ceylan quer me dizer alguma coisa!", Fikret falou com sua voz fria e estridente. Não ousei desligar, hesitei, depois passei o fone para Ceylan e saí do escritório, debaixo da chuva escura, com o mesmo sentimento de inferioridade e de catástrofe.

Dei alguns passos mas não pude me impedir de virar e olhar para Ceylan, que continuava falando ao telefone, puxando uma mecha de cabelo, de pé na luz do escritório, entre as prateleiras, os cartazes e as latas de Mobil Oil, e pensei comigo mesmo que quando estivesse nos Estados Unidos esqueceria tudo aquilo, só que eu já não tinha vontade nenhuma de ir para lá. Ceylan continuava falando, se apoiando ora numa perna, ora na outra, balançando com gestos nervosos: ela é sem sombra de dúvida a mais linda de todas as garotas que conheci, que vi em toda a minha vida! Eu esperava debaixo da chuva, como que conformado a sofrer, com calma e resignação, o castigo que iam me infligir. Pouco depois, ela desligou e saiu com um ar contente.

"Fikret já vem!"

"Não! Eu te amo!"

Corri para o carro e gritei para o jovem mecânico que lhe daria todo o dinheiro que tinha no bolso se ele conseguisse fazer o carro pegar.

"Vou conseguir!", disse o rapaz. "Mas a embreagem vai pifar no meio do caminho."

"Não vai, não! Faça o carro pegar!"

Ele mexeu mais um pouco no motor, depois me pediu para dar a partida. Todo excitado, entrei no carro, dei a partida mas nada de pegar. O rapaz tornou a mexer, disse para eu dar de novo a partida, de novo não pegou. O nervosismo e a raiva sem dúvida me fizeram perder a cabeça.

"Ceylan, Ceylan, não vá embora, não vá embora, por favor!"

"Você está completamente descontrolado", disse Ceylan.

Quando Fikret chegou em sua Alfa Romeo, eu me controlei, desci do carro.

"Vamos embora já, Fikret!", disse Ceylan.

"O que aconteceu com esse Anadol?", perguntou Fikret.

"Já vai pegar", falei. "Vou chegar antes dele em Forte Paraíso, Ceylan. Quer apostar uma corrida?"

"Tudo bem", disse Fikret em tom de desafio. "Vamos apostar."

Ceylan foi se instalar na Alfa Romeo. Dei logo a partida e por sorte o carro pegou. Dei ao mecânico uma nota de mil liras, e mais outra. Depois emparelhamos os carros para iniciar a corrida.

"Tome cuidado, Fikret", disse Ceylan. "Metin está completamente descontrolado."

"Vamos para a casa de Turan! Um, dois...", contou Fikret.

Quando ele disse três os carros arrancaram roncando, rápidos como flechas, vamos lá!, pisei fundo no acelerador, mas Fikret tinha arrancado antes de mim e já ia na frente, era até melhor assim, porque mesmo com este Anadol de merda eu estava na cola deles, buzinando e cravando de longe os faróis em suas nucas; não ia deixá-la sozinha com ele! Passando pelo viaduto, eu me aproximei um pouco mais e, quando cheguei à curva no topo da ladeira, acelerei em vez de frear, talvez seja uma ideia banal e cômica, mas sei que para ser amado por uma garota como você sou obrigado a enfrentar a morte, é injusto demais, viu, Ceylan, você está no carro de um cagão, ele freou, covarde, ao entrar na curva, as lâmpadas vermelhas piscaram e, quando tento ultrapassá-lo, o mau-caráter não deixa, você está vendo, merda!, e eu me digo que sou um azarado, mas de repente me espanto: a Alfa Romeo desacelera, depois sai a toda, sim, parece um foguete, e sobe a ladeira a uma velocidade incrível, as lanternas traseiras parecem minúsculas agora, e em dois minutos desapareceram! Caramba! Aperto o acelerador até o fim, mas o carro é muito lerdo, parece uma carroça subindo a ladeira puxada por um cavalo preguiçoso, o carro chacoalha, sopra e bufa a cada buraco, o diabo que o carregue, momentos depois começa a gemer e não demora muito para as rodas não obedecerem mais ao motor por causa da maldita embreagem, tenho de desligar o motor com medo de fundi-lo, e pronto, aqui estou boquiaberto, parado no meio da subida, sozinho e com cara de bobo. Outra vez, só eu e o maldito cri-cri dos grilos.

Tentei dar a partida no carro, em vão, entendi que o único jeito de alcançá-los era empurrar o carro até o alto da subida e então deixá-lo rodar ladeira abaixo até Forte Paraíso. Quando comecei a empurrá-lo, xingando sem parar, tinha parado de chover. Num instante fiquei encharcado de suor, mas continuei por um bom momento, ignorando a dor que castigava minhas costas. A chuva voltou a cair, e a dor ficou insuportável. Puxei o freio de mão e desandei a chutar o carro, furioso. Fiz sinal para um automóvel que vinha subindo, mas o cara passou sem parar, buzinando várias vezes. Voltou a trovejar ao longe, e então me pus novamente a empurrar o carro. A dor era tão forte que eu até lacrimejava. Para tentar esquecê-la, pensava neles carregado de ódio.

Mas ao constatar, depois de algum tempo, o pouco que eu havia avançado à custa de tanto esforço, minha cabeça começou a girar, saí correndo pela beira da estrada, chovia mais forte, eu entrava nas cerejeiras, passava pelos vinhedos na esperança de encontrar algum atalho, mas era impossível correr na escuridão, na lama! Eu ia ofegante, dobrado em dois pela dor nas costas e no braço, os pés afundando na lama e, quando ouvi o latido feroz dos cachorros que pareciam me fazer uma advertência de longe, voltei para a estrada. Sentei no carro para escapar da chuva e encostei a cabeça no volante: eu te amo.

Pouco depois, avistei três silhuetas que desciam a ladeira, pulei fora do carro para pedir ajuda. Mas quando se aproximaram, eu os reconheci imediatamente, aterrorizado. O maior carregava uma lata de tinta, um deles tinha bigode. O terceiro estava de paletó.

"O que está fazendo aqui, no meio da noite?", perguntou o de bigode.

"Meu carro enguiçou. Podem me ajudar a empurrar?"

"Está pensando que somos cavalos? Ou empregados do seu pai? Empurre você o carro ladeira abaixo!"

"Espere aí, espere aí!", gritou o de paletó. "Estou te reconhecendo, meu caro! O senhor não se lembra da gente, quase nos atropelou outro dia, de madrugada!"

"O quê? Ah, sim! Então eram vocês! Desculpe, amigo!"

O cara do paletó respondeu imitando uma mulher:

"Desculpe, queridinha, pois é, quase te atropelei naquela noite! E o que teria acontecido se você tivesse nos atropelado, hein?"

"Vamos embora, gente, estamos ficando ensopados!", disse o de bigode.

"Eu fico aqui, com este cara", disse o de paletó, entrando e sentando no carro. "Venham vocês também."

O bigodudo se instalou no banco de trás, o terceiro, o que carregava a lata de tinta, seguiu-o após uma breve hesitação. Sentei-me ao volante, ao lado do cara de paletó. Lá fora a chuva havia aumentado.

"Não estamos te incomodando, não é, querida?", disse o de paletó.

Limitei-me a sorrir.

"Beleza! Adorei este cara, ele gosta de brincadeira, bom garoto! Como você se chama?"

Falei.

"Muito prazer, sr. Metin. Eu sou o Serdar, aquele ali é o Mustafa e o outro, o retardado, a gente chama de chacal. Seu nome verdadeiro é Hasan."

"Você vai acabar se dando mal!", disse Hasan.

"Por quê?", respondeu Serdar. "Precisamos nos apresentar, não é? Não tenho razão, sr. Metin?"

Estendeu-me a mão. Estendi a minha e ele começou a apertá-la com toda a força. Meus olhos se encheram de lágrimas, também apertei a dele com toda a força. Então ele parou.

"Muito bem! Você é forte, mas não tanto quanto eu!"

"Onde você estuda?", perguntou Mustafa.

"No Liceu Americano."

"O colégio do pessoal da alta, hein?", disse Serdar. "Nosso chacal se apaixonou por uma garota do seu tipo!"

"Não recomece com isso!", disse Hasan.

"Não se irrite! Ele poderia te dar bons conselhos. Afinal, também é da alta! Não estou certo? E você, está rindo de quê?"

"De nada!", respondi.

"Eu sei de quê!", disse Serdar. "Você está rindo porque este pobre coitado se apaixonou pela filha de um ricaço. Não é verdade?"

"Você também riu!", falei.

"Eu posso rir", berrou Serdar. "Sou amigo dele, não o desprezo, mas você olha para ele de cima! O que você vê de engraçado nisso, sua besta, você nunca se apaixonou?"

Ele me xingou, tanto mais furioso porque eu não replicava, se pôs a fuçar no carro, abriu o porta-luvas, leu aos gritos todas as cláusulas da apólice de seguro, dando gargalhadas como se fosse uma coisa cômica, mas quando soube que o carro era do meu irmão me encarou com uma espécie de desprezo, depois perguntou:

"O que você faz com essas minas, nestes carros, altas horas da noite?"

Não respondi. Limitei-me a dar uma risadinha desagradável, escrota.

"Seus sacanas! Vocês fazem muito bem, viu! A mina de ontem à noite era sua namorada?"

"Não", respondi inquieto. "Não era."

"Não minta!", disse Serdar.

Pensei um instante. "Era minha irmã!", falei. "Nossa avó estava passando mal, fomos comprar remédio para ela."

"Por que não foram à farmácia da rua da praia?"

"Estava fechada."

"Mentira! Fica aberta a noite toda! Ou será que você sabe que aquele farmacêutico é comunista?"

"Não sabia."

"Você nunca sabe nada, fora sair com bacanas?"

"Sabe pelo menos quem nós somos?", perguntou Mustafa.

"Sei", respondi. "Vocês são do movimento do 'Ideal'."

"Muito bem!", disse Mustafa. "Também sabe pelo que a gente combate?"

"Pelo nacionalismo, essas coisas!"

"O que você quer dizer com 'essas coisas', hein?"

"Acho que esse cara não é turco!", disse Serdar. "Você é turco mesmo, seus pais são turcos?"

"Claro que sou turco!"

"Então o que é que é isto?" Serdar apontava para o disco esquecido por Ceylan: "*Best of Elvis*", leu com dificuldade.

"Um disco", respondi.

"Pare de bancar o engraçadinho, senão te cubro de porrada!", gritou Serdar. "O que é que o disco de um veado está fazendo no carro de um turco?"

"Não é um disco que me interessa", falei. "É da minha irmã, deve ter esquecido no carro."

"Quer dizer que você não vai a discotecas?", perguntou Serdar.

"Vou muito pouco!"

"Você é contra o comunismo?", perguntou Mustafa.

"Totalmente contra!"

"Por que você é contra?"

"Você sabe muito bem…"

"Não… Não sei, não… Você vai nos explicar, aí vamos ficar sabendo…"

"Esse cara parece meio tímido", disse Serdar. "Não abre a boca…"

"Você é covarde?", disse Mustafa.

"Não creio!"

"Ele não crê!", disse Mustafa. "Que metido! Se você não é covarde e se é anticomunista, por que não luta contra eles?"

"Não tive oportunidade", falei. "Vocês são os primeiros 'idealistas' que conheço."

"E o que acha de nós?", perguntou Serdar. "Gostou da gente?"

"Gostei."

"Então você é um dos nossos! Quer que a gente venha te pegar amanhã à noite, saindo do trabalho?"

"Claro, venham..."

"Cale a boca, seu mentiroso cagão! Assim que a gente te liberar você vai correndo à polícia, não vai?"

"Calma, Serdar", disse Mustafa. "Ele não é um mau garoto! Olhe, vai até comprar uns ingressos, agora mesmo!"

"Estamos organizando uma festa no Palácio dos Esportes. Você vai, não é?", perguntou Serdar.

"Claro!", respondi. "Quanto é o ingresso?"

"Alguém aqui falou em dinheiro?"

"Ora, Serdar! Já que ele quer, deixe o garoto pagar o ingresso! Afinal, ajuda a gente!"

"Quantos o senhor quer, efêndi?", Serdar me perguntou com um ar solícito.

"Um de quinhentas liras."

Apressei-me a tirar da carteira uma nota de quinhentos.

"É de pele de cobra, a carteira?", perguntou Mustafa.

"Não!"

Eu oferecia a nota de quinhentas liras a Serdar. Ele não a pegou.

"Deixe eu ver essa pele de cobra?"

"Não é cobra, já disse!"

"Deixe eu dar uma olhada nessa porra de carteira."

Passei-lhe minha carteira, com o dinheiro que eu havia ganhado trabalhando um mês inteiro, em pleno verão.

"Beleza!", disse Serdar. "É verdade, não é cobra, mas você mentiu para a gente."

"Deixe eu ver, eu entendo disso", disse Mustafa. Ele pegou minha carteira e se pôs a examinar o conteúdo. "Você precisa de caderno de endereços? Não, não é?... Mas você tem um montão de amigos, hein?, e todos têm telefone... Um cara que tem tantos conhecidos não precisa andar com carteira de identidade para se identificar, vou ficar com ela... Doze mil liras! Foi seu pai que deu toda esta grana?"

"Não, fui eu que ganhei", respondi. "Dou aulas particulares de inglês e matemática."

"Ouviu só, chacal, isso tem a ver com você!", disse Serdar. "Metin, você não podia dar umas aulas para ele? De graça, claro..."

"Dou, sim", respondi e foi então que entendi quem era aquele Hasan que eles chamavam de chacal...

"Beleza!", disse Mustafa. "Aliás, logo vi que você era um garoto legal. Com estas doze mil liras você pode comprar exatamente vinte e quatro ingressos, para dar aos seus amigos."

"Deixe pelo menos mil liras pra mim!", falei.

"Vamos acabar ficando bravos com você, cuidado!", gritou Serdar.

"Calma, ele não está reclamando! Essas doze mil liras você faz questão de nos dar, não é?", disse Mustafa.

"É com você que estamos falando, seu babacão!"

"Chega, Serdar! Pare de perturbar o garoto!"

"O que é este caderno?" Serdar abriu o caderno de Faruk, que acabara de encontrar no banco de trás, e leu em voz alta: "'Os dezessete mil *akçe* de renda provenientes de uma aldeia situada nos arredores de Gebze, outrora concedida como território ao sipaio Ali, lhe foram cortados, por não ter ele partido em campanha, e atribuídos a Habib.' O quê? Não consigo entender! 'A queixa de Veli contra Mahmut, que não lhe pagou a mula que tinha comprado dele...'"

"O que é que isso?", perguntou Mustafa.

"Meu irmão é historiador", expliquei.

"Coitado!", disse Serdar.

"Vamos indo, a chuva está parando", disse Mustafa.

"Pelo menos me devolvam a carteira de identidade", falei.

"Pelo menos? O que você quer dizer, babacão?", disse Serdar. "Por acaso te causamos algum prejuízo? Responda!"

Querendo causar mais algum, correu os olhos pelo carro e deu com o *Best of Elvis*.

"Vou levar isto também!"

Depois pegou o caderno de Faruk.

"Da próxima vez, dirija devagar e não ache que todo mundo é empregado do seu pai! Filho da puta! Escroto!"

Bateu a porta do carro e foi embora com os outros. Quando pressenti que já estavam longe, desci do carro e tratei de empurrá-lo de novo.

26. Hasan tenta devolver o disco e o caderno

"Demos uma boa lição naquele escroto!", disse Serdar.

"Você está exagerando", disse Mustafa. "E se ele for à polícia?"

"Não vai", disse Serdar. "Não viu que ele é um cagão."

"Por que você pegou o disco e o caderno?"

Só então eu percebi, Nilgün: Serdar tinha pegado o disco que você havia esquecido no carro e o caderno de Faruk. Quando chegamos no bairro baixo, ele parou debaixo de um poste de luz para examinar a capa do disco.

"Porque me deixa doente ele achar que todo mundo é empregado do pai dele!", respondeu.

"Você agiu mal", disse Mustafa. "Deixou o cara furioso à toa."

"Se você quiser, eu devolvo o disco pra ele", falei.

"Cacete, que retardado esse cara!", disse Serdar.

"Opa!", fez Mustafa. "Daqui pra frente, pare de chamar Hasan de retardado e chacal na frente de todo mundo."

Serdar não disse nada. Descemos a ladeira em silêncio. Eu ia pensando que com as doze mil liras que Mustafa meteu no bolso, eu poderia comprar o canivete com cabo de madrepérola que tinha visto em Pendik e um par de sapatos de inverno, de couro com sola de borracha. E até um revólver, pondo uma graninha a mais. Chegando perto do café, eles pararam.

"Bom", disse Mustafa. "Agora vamos nos separar."

"Não vamos fazer uma pichação?", perguntei.

"Não", respondeu Mustafa. "Vai chover de novo, iríamos nos encharcar. Esta noite você leva a tinta e os pincéis para casa. Está bem?"

Eles vão para casa, eu vou ter de encarar a ladeira, e doze mil liras dividido por três dá quatro mil liras. Também tem o disco da Nilgün e o caderno.

"O que foi?", perguntou Mustafa. "Por que você não diz nada? Bom, cada um pro seu lado." Pareceu lembrar de repente de uma coisa: "Ah", fez ele. "Tome, Hasan, no maço tem cigarro e fósforos pra você."

Não estava a fim de aceitar, mas ele me lançou um olhar esquisito, então peguei.

"Não vai agradecer?", disse ele.

"Obrigado."

Eles vão embora. Vejo os dois se afastarem: com quatro mil liras dá pra comprar muita coisa. Passam pela vitrine iluminada da padaria e somem na escuridão. Berrei de repente: "Mustafa!". O ruído dos passos deles se interrompe. Então:

"O que foi?"

Hesito um instante, depois corro até eles.

"Pode me dar o disco e o caderno, Mustafa?", perguntei arquejante.

"O que vai fazer com eles?", quis saber Serdar. "Vai devolver mesmo?"

"É só o que eu peço", falei. "Me dê o disco e o caderno, pra mim está bom."

"Dê o que ele pede", disse Mustafa.

Serdar os entregou para mim.

"Você é mesmo um retardado", disse ele.

"Cale a boca!", Mustafa disse a ele. Depois, dirigindo-se a mim: "Escute, Hasan, resolvemos dedicar as doze mil liras a certas despesas, não vá imaginar coisas. Ganharemos muito pouco dinheiro com isso. Você já pode pegar as quinhentas liras que te cabem."

"Não quero", respondi. "Esse dinheiro deve ir todo para o movimento, para ser usado na luta. Não quero nada para mim."

"Mas você pegou o disco!", berrou Serdar.

Estava tão aturdido que peguei maquinalmente a nota de quinhentas liras e enfiei no bolso.

"Pronto!", disse Serdar. "Agora você não tem mais nenhum direito sobre as doze mil liras. E não fale nada a ninguém, está me ouvindo?"

"Não vai falar!", disse Mustafa. "Ele não é tão idiota quanto você acredita. Não parece, mas é esperto como um djim. Não viu como correu atrás de nós para pegar a sua parte?"

"Mau-caráter!", disse Serdar.

"Bom, vamos andando", disse Mustafa, e eles se foram.

Observo enquanto se afastam, ainda ouço a voz deles. Devem estar me gozando. Os olhos fixos nas silhuetas dos dois, acendo um cigarro e dou meia-volta, pego a estrada, levo a lata de tinta e os pincéis numa mão, o disco e o caderno na outra. Amanhã de manhã vou à praia e, se Mustafa aparecer, direi que fui espiar a garota e, se não vier, de noite eu digo a ele, e ele poderá comprovar que sei o que é disciplina. Eles que vão para o inferno!

Chegando à metade do caminho fiquei pasmo ao ouvir a voz de Metin. Ele está ali, pertinho, nas trevas da noite que não acaba, está sozinho soltando palavrões. Me aproximo dele sem fazer barulho, no asfalto molhado, me esforçando para enxergá-lo, mas só consigo ouvi-lo blasfemar até cansar, como se tivesse diante de si alguém de pés e mãos amarrados. Depois ouço um barulho esquisito, surdo; espantado, me aproximo pela beira da estrada e, quando chego perto dele, entendo que está dando uma saraivada de pontapés no carro. Parece um cavaleiro fora de si, chicoteando furioso seu cavalo, gritando injúrias, mas o carro de matéria plástica não reage e ele parece bater no carro com mais força ainda pelo fato de ele não reagir. Ideias estranhas passam pela minha cabeça, por exemplo: eu podia dar uma surra no Metin! Penso em coisas terríveis, furacões, mortos, terremotos. Poderia largar tudo o que carrego e pular repentinamente em cima dele: por que você não me reconheceu, por que me esqueceu? Essa gente se acha muito importante, a gente conhece eles, espia de longe, sabe de tudo o que fazem, de todos os detalhes da vida deles, mas eles nem reconhecem a gente e continuam a viver a vida deles, sem sequer nos notar. Um dia vão ver quem eu sou, ouvirão falar de mim. Deixo ele chutando sua merda de carro. Para evitá-lo, passo pelo vinhedo, me metendo na lama, e é então que entendo. Eu tinha imaginado que ele xingava por causa do dinheiro que tínhamos roubado e que estava com raiva do carro por estar enguiçado, mas é por causa de uma garota! Ele a amaldiçoa repetindo sem cessar a palavra que se usa para designar as mulheres que se vendem. Essa palavra às vezes me deixa com medo, porque essas mulheres são assustadoras, tenho horror a elas, e quero esquecê-las. Segui meu caminho.

Eu me digo que talvez se trate de você, Nilgün, ou talvez de outra mulher. Que palavra mais horrorosa! As mulheres às vezes me metem medo. Elas são incompreensíveis, sua maneira de pensar é obscura, inexplicável, são perturbadoras, e ai de quem cai na sua rede! Elas parecem a morte, mas essa morte é uma prostituta que sorri para você, com uma fita azul no cabelo.

O céu no horizonte está todo amarelo, tenho medo do relâmpago que o clareia de repente. Nuvens, tempestades escuras e pensamentos que não consigo explicar! É como se a gente fosse escravo de um desconhecido e tentasse de vez em quando enfrentá-lo, mas logo o terror toma conta de nós: o medo de ele nos atingir com relâmpagos, nos fulminar, atrair sobre nós misteriosas catástrofes. Então me digo que basta viver na luz tranquila da nossa casa, sem me revoltar, sem saber de nada. Tenho medo do pecado! Sou como meu pai, um miserável vendedor de bilhetes de loteria.

Quando avistei as luzes acesas de casa, uma chuva miúda havia recomeçado a cair. Me aproximei da janela, meu pai não estava dormindo, minha mãe também não. Pobre mãe, o que será que aquele manco te contou a meu respeito que deixou você acordada? De repente me ocorreu: o vendeiro deve ter me dedado! Gordão escroto, na certa contou tudo para o meu pai: Ismail, seu filho entrou na minha venda hoje de manhã, rasgou os jornais e as revistas, me ameaçou, não sei com quem ele anda, mas está destrambelhado! Então meu pai, um vendedor de bilhetes de loteria que só pensa em dinheiro, deve ter perguntado quanto lhe devia, e sabe lá quanto teve de pagar para recompensar o vendeiro, na certa pagou o custo daqueles jornais nojentos, à toa. Na verdade não propriamente à toa, mas para descontar em mim assim que eu voltasse, contanto, é claro, que ele pudesse me encontrar. Não consigo decidir se entro ou não, fico imóvel diante da janela, olhando meus pais. Mas voltou a chover, de modo que fui botar a lata de tinta, o disco de Nilgün e o caderno de Faruk no parapeito da minha janela, que está fechada, e mergulhei de novo em meus pensamentos, contemplando a chuva. Ela está bem forte agora.

Mais tarde, quando chovia torrencialmente, depois de pensar por um longo tempo em Metin e quando as calhas instaladas pelo meu pai começaram a transbordar, voltei sem fazer barulho à janela e vi que minha pobre mãe tinha posto aqui e ali na sala suas bacias e vasilhas de plástico, havia goteiras por todo o teto. Depois deve ter pensado no meu quarto, porque lá também tem goteira, entre as asas da águia, justo em cima da minha cama. Ela acendeu a luz e enrolou o colchão. Eu a observo.

Por fim, quando parou de chover, percebi que não pensava nos meus pais, só pensava em você, Nilgün! Você na certa está na sua cama, talvez não tenha conseguido dormir por causa do barulho da chuva, talvez esteja neste instante olhando pela janela e se arrepiando cada vez que o céu troveja. Amanhã de manhã, quando o céu estiver azul, você vai à praia, te esperarei e você vai acabar por me ver, conversaremos, e eu te contarei tudo: uma longa, longuíssima história. Vida, eu te amo.

Pensei em outra coisa. Quando a gente tem convicções, pode se tornar outra pessoa. Pensei em lugares distantes, em ferrovias intermináveis, nas florestas africanas, no Saara, nos desertos, em lagos gelados, nos pelicanos, nos leões, nos livros de geografia, nos bisões que a gente vê na tevê, nas hienas que os acossam e dilaceram, nos elefantes dos filmes, na Índia, nos peles-vermelhas, nos chineses, nas estrelas, nas guerras intergalácticas, em todas as guerras, na história, a do nosso país, no poderoso rufar dos nossos tambores e no medo que tomava conta dos infiéis quando ouviam soar esses tambores: sim, a gente pode se tornar outra pessoa. Não somos escravos. Vou saber me libertar de todos os medos, das leis, das fronteiras, vou alcançar meu objetivo, a bandeira vai tremular no ar: espadas, adagas, revólveres, poder! Sou outra pessoa, não estou submetido ao meu passado, não tenho lembranças, daqui por diante só tenho meu futuro. Lembrança é bom para escravos, para fazer eles adormecerem. Que continuem adormecidos, pensei.

Pensei, depois, como sei muito bem que nunca vou ter força para esquecer tudo, peguei o disco e o caderno de volta no parapeito e saí andando. Como se, na escuridão da noite cujo fim posso ver agora, eu tivesse um objetivo para o qual me dirijo, que por ora ainda não está definido mas que não é mais desconhecido. A água escorre a rodo pelo caminho. Primeiro, resolvi ir ver o que está acontecendo no bairro baixo, dar uma olhada nas luzes, nos jardins artificiais bem conservados, no concreto liso e sem alma, quando não tem mais ninguém à luz dos postes, ver aquelas ruas onde ninguém sabe o que é preocupação e onde se vive no pecado, olhar mais uma vez para uma janela que até o dia da vitória não mais verei. Talvez você não esteja dormindo, Nilgün, talvez você esteja à janela vendo a chuva cair e, quando um relâmpago brilhar enchendo o céu com uma luz azulada, talvez você me veja, plantado debaixo da sua janela em plena noite, debaixo desta chuva terrível, ensopado da cabeça aos pés. Mas não fui, como se tivesse medo. Porque no caminho pensei que, àquela hora, talvez encontrasse os vigias noturnos, eles me fariam perguntas, o que está fazendo por aqui, rapaz, caia fora, este não é um bairro para você! Está bem!

Dei meia-volta e passei em frente de casa, sonolento, com a sensação de que atravessava um bairro que não era o meu. A luz dos meus pais ainda estava acesa. A luz pálida, fraca da nossa casa de pobre! Certamente não me viram. Atravessei o campo e, quando alcancei a estrada, fiquei estupefato: Metin ainda estava lá, empurrava o carro no escuro, gemendo, soltando palavrões. Imaginava que já tinha ido embora! Parei para assistir à cena, como se ele fosse uma criatura bizarra num lugar estranho, onde eu punha os pés pela primeira vez na vida, assistia de longe como que com medo, mas também com curiosidade, como se aquele medo me agradasse. Depois acho que ouvi Metin chorar, ele emitia sons roucos que despertavam compaixão. Me lembrei da nossa amizade de crianças e, esquecendo aquela gente do seu meio, que vive acusando os outros, me aproximei.

"Quem é?"

"Sou eu", respondi. "Você não me reconheceu agora há pouco, é o Hasan!"

"Acabei reconhecendo!", falou. "Trouxeram meu dinheiro de volta?"

"Estou sozinho", respondi. "Você queria seu dinheiro de volta?"

"Vocês me roubaram doze mil liras", disse ele. "Não está sabendo?"

Não respondi. Ficamos calados um instante.

"Onde você está?", ele berrou por fim. "Apareça, quero ver a sua cara!"

Pus o disco e o caderno num lugar seco e me aproximei.

"Não trouxe meu dinheiro?", perguntou. "Apareça!"

Cheguei mais perto e pude ver seu rosto infeliz, coberto de suor. Nos encaramos.

"Não", respondi. "Não ficou comigo!"

"Então por que voltou?"

"Você estava chorando?"

"Você ouviu mal", ele disse. "É o cansaço… Por que está aqui?"

"Porque éramos amigos quando crianças!", falei. E acrescentei, sem esperar sua resposta: "Posso te ajudar, Metin, se você quiser".

"E por quê?", perguntou e depois falou: "Bom, então empurre!".

Me encostei no carro e empurrei. Pouco depois, o carro se moveu na subida, e eu parecia ter ficado mais contente que ele. Era uma sensação muito estranha, Nilgün. Mas depois, ao ver que o carro avançava muito pouco, fiquei chateado.

"O que foi?", perguntou Metin, puxando o freio de mão.

"Calma! Preciso tomar fôlego."

"Nada disso!", ele retrucou. "Estou atrasado."

Empurrei de novo, mas com um resultado diminuto. Parecia um enorme bloco de pedra, e não um veículo sobre rodas! Tentei descansar um pouco, mas ele soltou o freio. Tornei a empurrar o carro, com medo de que descesse, depois parei.

"O que foi?", disse Metin. "Por que parou de empurrar?"

"Por que você também não empurra?"

"Porque estou exausto!"

"Aonde você tem tanta urgência de ir a estas horas?"

Não respondeu, se limitou a olhar para o relógio e soltar um palavrão. Dessa vez ele também empurrou, mas o carro não andou um milímetro! A gente fazia o que podia para o carro subir a ladeira, ela parecia nos repelir e não saíamos do lugar. Acabamos avançando alguns passos, mas eu não aguentava mais, desisti. Voltou a chover e entrei no carro. Metin sentou ao meu lado.

"Coragem, vamos lá!", disse ele.

"Amanhã você vai ao seu encontro", falei. "Agora vamos conversar um pouco."

"Conversar sobre o quê?"

Fiquei calado.

"Que noite estranha", falei um instante depois. "Você tem medo de raio?"

"Medo nenhum!", respondeu Metin. "Anda, vamos empurrar um pouco."

"Eu também não", falei. "Mas quando a gente pensa neles, dá um arrepio, entende?"

Ele não disse nada.

"Quer um cigarro?", perguntei, oferecendo a ele o meu maço.

"Não fumo!", disse ele. "Bom, vamos empurrar de novo."

Saímos do carro, empurramos mais um pouco, mas voltamos a entrar quando ficamos molhados até os ossos. Perguntei pela segunda vez por que estava com tanta pressa, mas em vez de responder ele me perguntou por que os outros me chamavam de chacal.

"Esqueça!", falei. "São doidos."

"Mas você anda com eles", disse Metin. "E foram vocês todos que me roubaram."

Pensei então em contar tudo para ele. Mas contar tudo o quê? Eu tinha a impressão de não saber mais do que se tratava: melhor dizendo, não, eu tinha tudo na cabeça, mas não sabia por onde começar, porque assim que achasse o começo eu me sentiria na obrigação de castigar o autor do primeiro pecado, e eu não tinha a menor vontade de sujar as mãos de sangue nem me lembrar do primeiro responsável. Eu sei que teria que começar por ele, mas... Amanhã de manhã eu te explico tudo, Nilgün! Mas eu me pergunto por que deveria esperar amanhã, melhor era empurrar o carro, entrar nele assim que a gente chegasse ao fim da subida, deixar o Anadol descer ladeira abaixo e, ao chegar à sua casa, Metin iria te acordar e então você me ouviria, vestindo sua camisola branca na noite escura, e eu te explicaria o perigo que te ronda: eles acham que você é comunista, meu amor, vamos fugir, você e eu, porque eles estão em toda a parte, são poderosíssimos, mas deve existir um lugar no mundo em que a gente possa viver em paz, você e eu, tenho certeza...

"Bom, vamos empurrar!"

A gente desceu do carro para empurrá-lo debaixo da chuva. Depois de um instante, Metin parou, mas eu continuei empurrando, tenho a impressão de empurrar com mais força, porque tenho fé, mas o Anadol não é um carro, é um rochedo. Desisti, exausto, ante o olhar acusador de Metin.

"Você disse que eles são doidos, mas são seus amigos!", disse ele. "Não foram só eles que roubaram meu dinheiro, foram vocês três."

"Estou cagando pra eles e pra todo mundo!"

Não pareceu se impressionar, seu olhar continuava severo.

"Não fiquei com um centavo das doze mil liras, Metin!", falei. "Palavra."

Mas ele não parecia nada convencido. Me deu vontade de pular em cima dele, torcer seu pescoço. A chave do carro estava no contato. Ah, gostaria tanto de saber dirigir! O mundo é tão vasto, sei lá quantas estradas, quantos países, cidades, mares distantes existem!

"Pule fora, vamos empurrar, cara!"

Desci do carro sem pensar mais, debaixo da chuva, tornei a empurrar. Metin não empurrava, com as mãos na cintura ele observava o meu esforço como se fosse meu amo. Exausto, acabei largando tudo, mas ele nem chegou a puxar o freio de mão. Berrei para me fazer ouvir sob a chuva:

"Estou morto de cansaço!"

"Conversa!", ele replicou. "Você ainda aguenta empurrar."

"Desisto!", gritei. "O carro vai recuar!"

"A quem devo pedir de volta meu dinheiro?"

"Você vai me denunciar à polícia se eu não empurrar mais?"

Não respondeu, e eu continuei empurrando, sentia uma dor tão violenta nas costas que pensei ter quebrado alguma coisa. Ele acabou puxando o freio de mão. Entrei no carro. Estava ensopado. Acendi um cigarro e de repente o céu e a terra faiscaram com uma explosão de luz, um clarão serpeante, assustador, o raio caiu pertinho de nós, me calei.

"Ficou com medo, hein?", disse Metin.

Fiquei calado. Ele perguntou de novo.

"Caiu bem ali!", consegui dizer por fim. "Olhe, ali pertinho!"

"Não, senhor", disse ele. "Caiu bem longe, provavelmente no mar, não precisa ter medo."

"Não vou mais empurrar o carro."

"Por quê?", ele perguntou. "Porque está com medo? Babaca! Não aprendeu na escola que um raio não cai perto de onde outro caiu?"

Não falei nada.

"Cagão!", Metin gritou. "Seu cagão ignorante."

"Vou pra casa", falei.

"Tudo bem. E cadê minhas doze mil liras?"

"Não fui eu que peguei!", respondi. "Juro…"

"Amanhã você explica isso a eles. À polícia."

Com a cabeça encolhida entre os ombros para escapar da chuva, resolvi empurrar novamente o carro e percebi, todo contente, que a gente estava pertinho do fim da subida. Metin também tinha descido do Anadol, mas nem fingia mais, para me estimular, que me ajudava a empurrar. Ele se limitava a repetir de quando em quando, maquinalmente, "força, força", depois xingava uma mulher, sabe lá quem, que chamava de puta, mas eram na certa várias pessoas que ele amaldiçoava porque também dizia, vou dar uma lição em "vocês". Acabei parando de empurrar, porque não sou um criado, como diz Serdar!

"É dinheiro que você quer?", ele me perguntou então. "Te dou quanto você quiser, desde que continue a empurrar."

Voltei a empurrar só porque a gente estava chegando ao alto da ladeira. Eu só parava quando a dor nas costas ficava insuportável, e só pelo tempo de o sangue afluir ao meu coração, de eu encher meus pulmões de ar, mas ele continuava a gritar, soltar palavrões, berrar. Prometeu me dar mil liras! Empurrei até o limite das minhas forças. Então ele falou em duas mil liras. Está bem, eu empurro, não perguntei como ele vai cumprir suas promessas: os companheiros não tomaram tudo o que ele tinha? Chegando finalmente à parte plana, parei para respirar, mas de novo ele ficou irritado, furioso: disparava palavrões, já não dando a mínima pra mim. Logo, logo ele vai começar a chutar o carro de novo, pensei comigo. Depois fez um gesto esquisito, que me assustou: a cabeça para trás na chuva, dirigia insultos ao céu escuro, como se insultasse a Ele. Fiquei com tanto medo que voltei a empurrar, para não ter mais que pensar. O céu, perto do morro, troava, se iluminava sem parar, muito azul, com estalos aterrorizantes, e a chuva continuava a cair, com uma cor incrível, azul-marinho, a água escorria dos meus cabelos, da minha testa, enchia a minha boca, e eu empurrava, empurrava. Eu fechava os olhos para não ver mais os relâmpagos que se sucediam cada vez mais depressa, encolhia a cabeça entre os ombros, olhava para o chão, como um escravo cego, não passava de um miserável que tinha perdido até a própria faculdade de refletir, ninguém podia me castigar, porque eu me resignava, não sabia mais nada do mal e do pecado. Agora eu empurrava correndo e, à medida que o carro pegava velocidade, uma estranha sensação tomava conta de mim. Metin havia subido no carro, se colocando ao volante, e pela janela aberta do Anadol eu o ouvia berrar injúrias, como uma velhota que não sabe mais por que está com raiva. Ele me lembrava o velho carroceiro que berra com seus cavalos o tempo todo, mas esses insultos era a Ele que Metin parecia dirigir. Como se não fosse Ele que fizesse o céu trovejar! Quem você acha que é, seu infeliz? Eu me recuso a ser cúmplice das blasfêmias dos outros! Paro de empurrar.

Mas o carro continua andando. Vejo ele se afastar lentamente, como quando a gente acompanha a partida de um navio silencioso e escuro. Já não chove tanto. E conforme ele se afasta, uma ideia me vem à cabeça: quem sabe Ele não nos separou para eu não sofrer o castigo que Ele vai infligir ao outro? Mas pouco depois o carro para. Vejo à luz de um relâmpago Metin descer.

"Onde você se meteu?", ele urra. "Venha, continue a empurrar!"

Não me mexo.

"Ladrão!", ele grita para a escuridão. "Patife, ladrão. Fuja que eu quero ver, fuja!"

Eu continuava imóvel. Tremia de frio. Por fim corri até ele.

"Você não teme a Alá?", gritei.

"Se você o teme tanto, por que rouba?", gritou ele.

"Eu sou temente a Alá!", falei. "Mas você o insulta olhando para o céu! Um dia Ele vai te castigar."

"Babaca, burro!", disse ele. "Você ficou apavorado com o raio que acaba de cair, não é? À luz dos relâmpagos você tem medo da silhueta das árvores, do cemitério, da chuva, da tempestade, não é? Na sua idade! Em que ano está na escola? Burro! Vou te contar: Alá não existe! Entendeu? Agora venha empurrar o carro. Já te disse que vou te dar duas mil liras."

"Aonde você pretende ir depois?", perguntei. "Para casa?"

"Eu te levo aonde você quiser", disse ele. "É só empurrar o carro até o início da descida."

E eu empurro, Nilgün. Ele pulou no carro e voltou a soltar palavrões como um carroceiro, que não faz isso por estar com raiva, mas por costume mesmo. O carro vai um pouco mais depressa, digo a mim mesmo que a descida já vai começar e tudo então se arranjará, e também me digo: Metin também está enojado e cansado de tudo! Vamos poder ligar o aquecimento do carro e nos aquecer um pouco. Depois eu te pego e vamos juntos para bem longe, ou vamos embora para outro país. O carro começa a deslizar pela ladeira, mas o motor não pega, o carro se afasta, só se ouve o barulhinho estranho dos pneus no asfalto molhado. Saí correndo para alcançá-lo e entrar nele, mas a porta estava trancada.

"Abra!", gritei. "Abra, Metin, a porta está trancada! Abra para mim, me leve! Pare!"

Mas ele provavelmente não me ouvia, porque havia voltado a blasfemar furiosamente. Corri o máximo que pude, batendo na janela do carro, eu gemia, resfolegava, mas logo aquela caixa de plástico sobre rodas se distanciou.

Eu no entanto continuei a correr, a gritar, Metin não parou. Acendeu os faróis, que iluminaram os pomares e as vinhas, o carro se contorcia nas curvas, descia a ladeira, corri atrás dele até o momento em que o perdi de vista. Depois parei, fiquei olhando.

Pensando.

Foi quando o frio me fez bater os dentes que me dei conta: seu disco, Nilgün, tinha ficado para trás, do outro lado da encosta. Voltei, subi a ladeira correndo, na esperança de me aquecer, minha camisa grudava na minha pele. Enfiava o tempo todo os pés na água. Não vendo o disco no lugar em que achava que o havia escondido, voltei a correr. Cada vez que o céu se iluminava e trovejava, meu corpo inteiro tremia, mas era de frio, e não de medo. Eu estava sem fôlego e sentia novamente aquela dor aguda nos quadris. Eu ia e vinha correndo, a cada tanto parava tiritante, olhava, e nada de disco.

Não sei mais quantas vezes subi e desci a encosta, até encontrar o disco, pouco antes de o sol raiar. Estava a ponto de desmaiar de cansaço e de frio quando compreendi que aquelas silhuetas, que eu tinha visto várias vezes, eram o disco e o caderno, como se alguém tivesse querido me pregar uma peça: alguém capaz de esconder tudo de mim e me fazer levar uma vida de escravo. Me deu vontade de esmagar com meus pés aquela estúpida capa americana do *Best of Elvis*. De qualquer modo, a chuva tinha deixado a capa empapada. Para o inferno, para o inferno, para o inferno todos eles! Mas não pisoteei o disco, vou levá-lo pra você.

O primeiro veículo a passar foi o caminhão de lixo do Halil, que subia lentamente, iluminado pelo avermelhado do sol levante. Saí da estrada, entrei num vinhedo, depois segui ao longo do muro do cemitério para passar pela trilha que minha mãe e eu sempre pegávamos, quando eu era criança. Eu tinha ali um esconderijo entre a amendoeira e as figueiras.

Catei uns galhos, estava difícil encontrar galhos secos. Mas consegui acender uma fogueira usando umas páginas que arranquei do caderno de Faruk. Ninguém poderá ver a fumaça branca que dela se eleva. Tirei a camisa e a calça, cheguei os pés calçados com tênis bem junto do fogo e fiquei ali, imóvel. Como é gostoso se aquecer! Observo com prazer meu corpo nu em pelo iluminado pelas chamas: não tenho medo de nada! Observo meu pau, estou quase dentro da fogueira. Era como se meu corpo fosse o de outro: um corpo bronzeado, sólido como aço! Penso comigo: sou um homem, sou capaz de tudo, cuidado comigo! As chamas queimam ligeiramente meus pelos, mas não tem importância. Depois me afasto da fogueira em busca de mais galhos, sopra um vento fresco, sinto frio na bunda, um pensamento passa pela minha cabeça: não sou mulher, nem veado, eles é que são medrosos, penso comigo mesmo. De pé junto do fogo, cujas chamas se reavivaram, fico olhando para o meu pau e pensando: nas coisas que podia fazer, na morte, no medo, no fogo, em outros países, nas armas, nos infelizes, nos escravos, na bandeira, na revolta, no diabo, no inferno.

Depois, pus a capa do disco para secar ao calor das chamas, seu papelão está todo amolecido. Minhas roupas estão secas, me visto de novo. Me deito num canto, pensando neles e em tudo mais.

Devo ter adormecido instantaneamente. Quando acordei, sabia que estava sonhando, mas não sabia mais o que via em sonho. Uma coisa quente. O sol já estava alto. Me levanto imediatamente, saio correndo. Talvez já seja tarde. Acho que não sei mais o que fazer.

Quando eu descia a pista com seu disco na mão, apertando o passo ao passar pela minha casa, a turba domingueira que ia para a praia descia pertinho de mim, empilhada nuns carros horrorosos. Não se via ninguém em casa: nem minha mãe nem meu pai. As cortinas estavam fechadas. Toda a família de Tahsin apanhava cerejas, para que os vermes não as atacassem depois da chuva. Ao chegar no bairro baixo, troquei minha nota de quinhentas liras: ali todas as lojas ficam abertas aos domingos. Pedi um sanduíche na chapa e um chá. Enquanto bebia, tirei os pentes do bolso e me pus a observá-los: um verde, o outro vermelho.

Vou lhe contar tudo. O erro e o pecado ficarão claramente explicados. Não vou omitir nada. Você vai entender como eu sou, Nilgün. Você não é como os outros, você dirá. Sim, não sou um escravo. Olhe para mim, faço o que quiser com o resto das quinhentas liras que tenho no bolso, sou senhor de mim mesmo. Os outros é que são uns pobres coitados, essas mulheres que correm para a praia carregadas de bolas e sacolas, calçando tamancos esquisitos, e seus maridos, e seus filhos! Vocês não entendem nada de nada! Vocês olham e não veem, pensam e não sabem! Eles não entendem quem eu sou, não sabem o que vou ser, porque são piores que os cegos: nojentos! Turba nojenta, que corre para a praia em busca do prazer! Caberá a mim trazer todos eles de volta ao bom caminho. Olhem para mim: eu tenho uma fábrica!

Olhem para mim: eu tenho um chicote! Eu sou um efêndi, eu sou um senhor! Espiei a turba por entre a cerca da praia e não consegui enxergar nela a srta. Nilgün, então fui embora. Até porque, também, digo comigo mesmo, Mustafa ainda não chegou.

Saí andando em direção à sua casa. Está aí um cavalheiro que deseja vê-la, srta. Nilgün, muito educado, dirá o anão. É mesmo?, dirá ela, então conduza-o ao salão, sr. Recep, já vou. Segui para a casa dela, prestando atenção ao longo do caminho, pois Nilgün já podia ter saído de casa, mas não a encontrei, senhorita. Parei diante do portão do jardim, espiei: o carro não estava lá, eu queria esquecer quem o empurrou na estrada na noite anterior, como um idiota, como um escravo cego. Onde estaria o Anadol? Entro, me dirijo para a cozinha, não para a porta da casa, porque sou um cavalheiro educado que não gosta de incomodar ninguém. Reconheço a sombra da figueira, as pedras das paredes. Como num sonho. Bato na porta da cozinha, espero. O senhor é o criado da casa, sr. Recep, direi, este pente verde e este disco pertencem, creio, à encantadora senhorita que mora aqui, eu a conheci faz tempo, mas não tem importância, vim apenas entregá-los, pode avisá-la, por favor? Bato de novo, depois penso: vai ver que o tio Recep não está, deve ter ido ao mercado. Não tem ninguém em casa! Sim, como num sonho. Estremeço.

Giro a maçaneta, a porta se abre lentamente. Silencioso como um gato, entro na cozinha. Ela recende a óleo de cozinhar, como eu me lembrava. Não vejo ninguém e, com meu tênis, ninguém me ouve subir a escada caracol junto da talha d'água. Sou uma sombra que perturba os sonhos, e passa pela minha cabeça que talvez a falta de sono é que me faça pensar num sonho. Esse cheiro me faz pensar que as casas deles têm esse cheiro, como uma casa de verdade! Vim fazer uma visita, direi.

Cheguei ao primeiro andar, abri uma das portas fechadas sem fazer barulho. Olhei: reconheci imediatamente aquele nojento: era Metin, que dormia coberto por um lençol! Ele me deve duas mil liras, disse comigo, e afirmou que Alá não existe. Eu podia estrangulá-lo, e ninguém ficaria sabendo. Parei, pensei: deixaria minhas impressões digitais. Fechei silenciosamente a porta e entrei em outro cômodo cuja porta estava aberta.

Ao ver a garrafa em cima da mesa e a calça imensa jogada na cama que não havia sido arrumada, logo entendi: era o quarto de Faruk. Saí e, ao abrir a porta ao lado, estremeci, porque tive a impressão de ver meu pai na parede; era estranho, meu pai, de barba, olhava para mim da sua moldura, com olhos onde se liam a raiva e a decepção, ele parecia me dizer, que pena, você não passa de um simples idiota. Tive medo. Mas quando ouvi uma voz rouca de velha, compreendi de quem era aquele quarto e quem era o homem na parede.

"Quem está aí?"

Mesmo assim empurrei a porta e a vi debaixo dos seus lençóis amarrotados, com seus travesseiros enormes e seu rosto coberto de rugas, e logo tornei a fechar a porta.

"Recep, é você, Recep?"

Corri sem fazer barulho até o quarto no fundo do corredor, parei à porta, trêmulo. E ouvi de novo a voz:

"Recep, é você? Estou falando com você, Recep, responda!"

Entrei imediatamente no quarto e fiquei perplexo: não havia sinal de você, srta. Nilgün! Levantei a colcha da cama vazia e aspirei seu perfume, depois, todo excitado, tornei a cobri-la rapidamente para não deixar nenhum vestígio, pois a velha continuava a gritar, como para que eu não fuçasse mais.

"Quem é, estou perguntando? Quem está aí? Recep?"

Encontrei sua camisola debaixo do travesseiro, a cheirei: ela recendia a lavanda e a Nilgün. Eu a dobrei cuidadosamente, enfiei de novo debaixo do travesseiro, e pensei em deixar os pentes e o disco ali, em cima da sua cama, Nilgün, deixo, posso deixar. Ao ver os pentes você entenderá, Nilgün: faz uns dias que eu te sigo, eu te amo. Mas não deixei, porque se deixasse era como se tudo acabasse. Bom, eu também vou acabar, pensei, tudo vai, mas a velha gritou de novo:

"Recep, estou te chamando, Recep!"

Saí depressa do quarto, porque percebi pelo barulho que a vovozinha resolvera se levantar. Ao descer a escada, ouvi sua porta se abrir e sua bengala bater no assoalho, com força, como se quisesse furá-lo.

"Recep, estou chamando, Recep!"

Atravessei a cozinha e quando ia saindo para o jardim parei: não podia ir embora sem fazer nada. Havia uma panela no fogão, num fogo baixo. Abri mais o gás, a chama aumentou. Depois, abri outro bico. Fui embora pensando: devia ter feito mais.

Fui andando depressa pela rua, dizendo que não me deixaria mais impressionar por ninguém, e como esperava eu te vi entre a turba de banhistas, do outro lado da cerca da praia, srta. Nilgün! Vou te entregar o pente e o disco, e caso encerrado! Não tenho medo de ninguém. Ela se enxugava. Logo, tinha acabado de sair da água. Mustafa ainda não havia chegado. Fiquei pensando.

Depois fui à venda. Havia outros fregueses.

"Me dá o *Cumhuriyet*!", pedi.

"Não tem!", respondeu o vendeiro, ficando vermelho. "Não vendemos mais."

Não disse nada. Esperei um pouco, depois você voltou da praia, srta. Nilgün, e pediu como todas as manhãs:

"O *Cumhuriyet*, por favor."

Mas o vendeiro respondeu: "Não tem. Não vendemos mais".

"Por quê?", Nilgün perguntou a ele. "Ontem tinha."

O vendeiro me indicou com a ponta do nariz, você olhou para mim, nossos olhos se encontraram: entendeu, entendeu, entendeu quem eu sou? Depois disse comigo mesmo que agora ia explicar tudo pacientemente, sem pressa, como um cavalheiro distinto. Saí da venda e fiquei esperando com o disco e o pente na mão. Pouco depois ela também saiu. Agora vou explicar tudo, tudo, tudo, e você vai entender.

"Podemos conversar um pouco?", perguntei.

Espantada, ela não diz nada, se limita a olhar para mim. Ah, que lindo é o seu rosto! Achei que ela ia falar, fiquei todo excitado, mas ela não espera! Foge como se houvesse visto o diabo. Corro imediatamente atrás dela, a alcanço, sem me importar com as outras pessoas:

"Pare, por favor, Nilgün!", falo. "Me ouça pelo menos uma vez!"

Ela para de supetão. Seu rosto mais de perto me surpreende: que cor têm seus olhos!

"Está bem", ela diz. "Diga logo o que você quer!"

É como se eu tivesse esquecido tudo: minha cabeça está completamente vazia. É como se acabássemos de nos conhecer e eu não tivesse nada a dizer a ela. Por fim, numa última esperança lhe estendo o disco:

"Este disco é seu, não é?"

Ela nem olha para ele.

"Não!", diz ela. "Não é."

"Este disco é seu, sim, Nilgün! Olhe bem. Você não o reconhece porque está imundo. Acabo de secá-lo."

Ela se inclina, dá uma olhada.

"Não. Não é meu", diz ela. "Você está enganado."

Ela se afasta, corro atrás dela, agarro-a pelo braço.

"Me largue!", ela grita.

"Por que todos vocês mentem para mim?"

"Me largue!"

"Por que vocês me evitam? Você nem me cumprimenta! O que foi que eu fiz, me diga! Se eu não estivesse lá, sabe o que eles teriam feito com você?", também grito.

"Eles quem?", pergunta.

"Por que você mente para mim? Como se você não soubesse! Por que você lê o *Cumhuriyet*?"

Em vez de responder sinceramente, ela olha desesperada à sua volta, como se quisesse pedir socorro. Numa derradeira esperança, continuo a falar com ela como um cavalheiro, segurando-a ainda pelo braço:

"Eu te amo, você sabe disso, não é?"

Ela escapa de repente, tenta fugir, mas sem acreditar que conseguirá! Corro, dois passos apenas, e agarro seu pulso fino, seguro-a entre a multidão como um gato que pega um camundongo ferido. Pare! Tudo é muito mais fácil do que eu imaginava. Ela treme. Me dá vontade de beijá-la, só que agora quem domina sou eu, ela compreendeu seu erro, mas não quero abusar da situação: eu sei me controlar. Olhe, ninguém vem te acudir, porque sabem que você está errada. Agora, menina, você vai me explicar por que sempre fugiu de mim, vai contar o que vocês andam tramando pelas minhas costas, para que toda essa multidão possa entender, para que ninguém possa me acusar, a pretexto de não terem ouvido direito. Será que Mustafa já tinha chegado? Eu esperava ansiosamente a resposta dela, na esperança de que terminassem todas aquelas calúnias que as pessoas difundem a meu respeito, todo aquele pesadelo sem fim, mas ela de repente começou a gritar:

"Seu fascista pirado, me largue!"

E assim ela confessou que era cúmplice deles. De início fiquei atônito, mas logo resolvi dar a ela o castigo que merecia, imediatamente, ali mesmo, e a castiguei, bati, bati…

27. Recep leva Nilgün para casa

Quando entendi que a moça que estava caída no chão era Nilgün e que era Hasan que a tinha surrado e fugia, larguei minha sacola cheia de compras e corri até chegar lá.

"Você está bem, minha menina?"

Ela estava toda encolhida, como se estivesse deitada na cama, a cabeça entre as mãos, virada para o asfalto, tremendo.

"Nilgün, Nilgün", falei, agarrando-a pelos ombros.

Ainda estava chorando baixinho. Começaram a chegar pessoas de todos os cantos onde até agora haviam estado escondidas, e passaram a se agrupar em torno de nós, as cabeças curiosas, tímidas, se espichando acima dos ombros dos que estavam na frente, tentando enxergar melhor e dizendo alguma coisa, alguns soltando gritos roucos carregados de preocupação. Ao ver aquele monte de gente ao seu redor, ela pareceu se envergonhar e procurou minha ajuda para se levantar. Vi sua face sangrando e lhe disse: "Apoie-se em mim, querida, apoie-se".

Ela se levantou, se apoiando em mim. Ofereci-lhe meu lenço.

"Olhe ali um táxi", falei. "Vamos embora daqui."

Abriram passagem, entrávamos no táxi quando alguém me passou minhas sacolas e a bolsa de Nilgün. Um menino gritou: "Esperem, isto é dela", e lhe entregou um disco.

"Vamos para o hospital?", perguntou o motorista. "Para Istambul?"

"Quero ir pra casa!", disse Nilgün.

"Primeiro vamos à farmácia", falei.

Ficou calada durante todo o trajeto, ainda trêmula e, de vez em quando, lançando um olhar vago e indiferente para o lenço com que enxugava levemente o olho, para ver se ainda estava sangrando.

"Mantenha sua cabeça assim", falei puxando-a de leve para trás pelos cabelos.

O farmacêutico não estava lá, mas sua bonita esposa sim, ouvindo rádio.

"O sr. Kemal não está?", perguntei.

Quando ela viu Nilgün, soltou um grito. Então se pôs a andar de um lado para o outro, nos fazendo uma porção de perguntas, mas Nilgün, que tinha se sentado, não abriu a boca. Depois a esposa do sr. Kemal se calou e tratou de limpar com algodão e antissépticos os ferimentos do rosto. Eu me virei para não ver.

"O sr. Kemal não está?"

"Sou eu a farmacêutica!", disse sua esposa. "O que você quer com ele? Está lá em cima. Ah, querida, com que bateram em você?"

A porta então se abriu e o sr. Kemal entrou na loja. Ao nos ver, se deteve um instante, depois olhou para nós com um ar obcecado, como se houvesse sempre sabido que aquilo iria acontecer.

"O que houve?", perguntou.

"Bateram em mim", disse ela. "Me espancaram."

"Por Alá!", exclamou a esposa do farmacêutico. "A que ponto nós chegamos!"

"Nós quem?", disse o sr. Kemal.

"Quem fez isso...", disse sua esposa.

"Um fascista", murmurou Nilgün.

"Cale-se, cale-se já", disse a senhora. "Calada, calada."

Mas o sr. Kemal tinha ouvido e estremeceu, como se alguém houvesse dito uma grosseria. Depois, de um impulso levou a mão ao rádio e gritou para a sua esposa:

"Por que ligou tão alto?"

Desligou o rádio. A farmácia pareceu de repente vazia, e a dor e a vergonha e o mal vieram à tona. Eu não queria mais pensar.

"Não desligue", disse Nilgün. "Pode ligar de novo?"

O sr. Kemal ligou o rádio, e eu continuei sem querer pensar. Todos ficamos em silêncio. A farmacêutica terminou seu trabalho.

"Agora, direto para o hospital!", disse ela. "Que Alá te proteja, você pode ter uma hemorragia interna. Os golpes na cabeça foram fortes, podem ter afetado o cérebro…"

"Meu irmão está em casa, Recep?", Nilgün perguntou.

"Não, foi à oficina consertar o carro", falei.

"Peguem já um táxi", disse a senhora. "Tem dinheiro consigo, sr. Recep?"

"Eu dou", disse o sr. Kemal.

"Não, quero ir para casa", disse Nilgün. Ao se levantar, soltou um gemido.

"Espere", disse a senhora. "Vou te aplicar uma injeção contra dor."

Nilgün não reclamou, a senhora a levou para o interior da farmácia. O sr. Kemal e eu ficamos em silêncio. Ele olhava pela vitrine o espetáculo que contemplava todas as noites até amanhecer: o bar, o anúncio da Coca-Cola, as luzes e os sanduíches de *döner*.* Falei, só para quebrar o silêncio:

"Vim comprar aspirina segunda à noite. Mas o senhor já tinha ido dormir. Parece que tinha ido à pesca naquela manhã."

"Ela está em toda parte", disse ele. "Ela não nos larga, onde quer que vamos."

"Ela quem?"

"A política."

"Não sei", disse eu.

Tornamos a observar a multidão que, lá fora, se dirigia para a praia. Pouco depois, elas voltaram. Me virei para Nilgün e vi então seu rosto: seus olhos estavam quase fechados e suas faces, roxas. A esposa do sr. Kemal disse novamente que devíamos ir ao hospital, mas Nilgün não quis. A senhora repetiu a recomendação e depois disse ao marido:

"Chame um táxi."

"Não quero", repetiu Nilgün, pegando sua bolsa. "Vamos a pé, vai me fazer bem. A casa fica perto."

Enquanto os outros continuavam a insistir, peguei minhas compras, a bolsa de Nilgün e lhe dei o braço. Ela se apoiou levemente em mim, numa

---

* *Döner kebab*, conhecido no Brasil como "churrasco grego". (N. T.)

espécie de gesto costumeiro. Abrimos a porta, a campainha soou, íamos saindo quando o sr. Kemal perguntou:

"Você é progressista, não é?"

Ela fez que sim com a cabeça machucada, e o sr. Kemal pareceu hesitar, mas não se conteve e indagou:

"Como eles adivinharam?"

"Pelo jornal que compro no armazém."

"Ah!", fez o sr. Kemal, aliviado, mas depois ficou com vergonha da sua reação, e mais envergonhado ainda ficou quando sua bonita esposa exclamou por sua vez:

"Ah! É o que vivo te dizendo, Kemal…"

"Cale a boca!", gritou-lhe Kemal, que parecia já estar cheio de passar vergonha.

Ao sairmos, Nilgün e eu nos encontramos em pleno sol. Atravessamos a avenida, procurando não nos fazer notar por ninguém, pegamos a rua em frente, seguimos entre os jardins e as sacadas, onde estavam penduradas roupas de banho e toalhas multicores. Ainda havia gente tomando o café da manhã, mas não olhavam para nós. Um adolescente de bicicleta parou para nos fitar, não porque Nilgün estava ferida, mas porque sou anão, entendi por seu olhar. Uma menina que passou por nós de pés de pato, parecendo mesmo um pato, fez Nilgün rir.

"Dói aqui quando rio", disse, e riu mais ainda. "Por que você nunca ri, Recep?", ela me perguntou. "Por que você é tão sério? Sempre formal, sempre de gravata como os homens formais. Ria!"

Tive de rir.

"Aaah! Você também tem dentes!", ela exclamou, e eu fiquei com vergonha e ri mais ainda, mas depois ficamos em silêncio e passado um instante ela começou a chorar, não olhei, porque ela certamente não queria que eu a visse chorar, mas quando recomeçou a tremer procurei acalmá-la.

"Não chore, querida, não chore."

"Tudo isso por nada", disse ela. "Que coisa mais besta, sem nenhum motivo… Sou uma bobalhona, uma criança…"

"Não chore, não chore."

Paramos, acaricio seus cabelos. Depois eu me digo que a gente prefere chorar a sós. Deixo de afagá-la. Olho em volta. Um garoto nos observa do alto de uma sacada, com curiosidade e medo. Deve estar pensando que eu é que a faço chorar. Mais tarde Nilgün se acalma, me pede seus óculos escuros, estão na bolsa, tiro dali e entrego a ela, que os põe.

"Ficam bem em você", falo.

Ela ri.

"Eu sou bonita?", e sem esperar minha resposta, faz nova pergunta: "Minha mãe era bonita? Como ela era, Recep?".

"Você é bonita, sua mãe também era bonita."

"Como ela era?"

"Ela era muito boa", falo.

"Boa como?"

Penso: ela não exigia nada de ninguém, não incomodava ninguém, não parecia saber por que vivia. Como uma sombra. Como um gato, dizia Madame: seguindo seu marido. Mas também ria, um riso como o sol, mas despretensioso. Sim, era boa: ninguém a temia.

"Era boa como você", falo.

"Eu sou boa?"

"Claro!"

"Como eu era quando criança?"

Penso: vocês brincavam no jardim, dois irmãozinhos adoráveis. O sr. Faruk era mais velho, quase não participava. Vocês corriam debaixo das árvores, eram tão curiosos. Mas às vezes ele vinha e brincava com vocês, e vocês o tratavam de igual para igual. Eu ouvia vocês pela janela da cozinha: vamos brincar de esconde-esconde? Vamos tirar a sorte. Comece você a contar, Nilgün: uni, duni, tê... E de repente Hasan te perguntava: "Ué, você sabe francês, Nilgün?".

"Quando criança você era como agora", falo.

"Como?"

E quando a comida estava pronta eu subia e avisava: Madame, o almoço está pronto, e Madame abria a janela e chamava vocês para comer, Nilgün, Metin, venham almoçar, onde vocês se meteram?, Recep, eles sumiram de novo, onde estão?, eles estão ali, Madame, perto da figueira, e Madame tentava enxergar e acabava vendo vocês através dos galhos da árvore, e gritava: ah!, Hasan está aí outra vez, Recep quantas vezes eu já disse para não deixar esse menino entrar, por que ele vem à minha casa, que vá para a casa dele, então outra janela se abria e a cabeça do sr. Doğan aparecia, era o quarto onde o pai dele havia passado tantos anos trabalhando, o que foi, mamãe, por que não deixa eles brincarem juntos?, e Madame respondia, não se meta no que não te diz respeito, continue escrevendo suas bobagens, você não se dá conta de nada, claro, mas o que vão se tornar essas crianças convivendo assim com criados, o sr. Doğan a interrompia, o que é que tem?, eles brincam bem juntos, mãe, como irmãos.

"Recep, é preciso uma tenaz para arrancar uma palavra de você..."

"Que disse, senhorita?"

"Perguntei como eu era quando criança."

"Você e Metin brincavam tão bonitinho!"

Como irmãos!, exclamava Madame, que Alá te perdoe, de onde você tirou essas comparações, todo mundo sabe que os dois só têm um irmão, que é Faruk, assim como você, Doğan, é meu único filho, meu Doğan teria irmãos, por acaso?, quem inventa esses mexericos, será possível que na minha idade vou ter de combater essas mentiras?, por que um anão e um perneta seriam da sua família? Eu a ouvia calado. Depois que fechavam as janelas, eu saía ao jardim, vamos Nilgün, vamos Metin, a avó de vocês está chamando, está na mesa. Eles entravam em casa e ele ficava sozinho num canto.

"A gente também brincava com Hasan!", diz Nilgün.

"Sim, sim!"

"Você se lembra?"

E enquanto vocês — Madame, Doğan e, quem sabe, Faruk que sempre chegava na última hora — estavam na sala comendo, eu ia encontrá-lo em seu canto, psss, Hasan, está com fome?, venha comer, menino. Ele me acompanhava em silêncio, assustado, eu o levava para a cozinha, dizia para ele se sentar na minha cadeirinha, punha na frente dele a bandeja que ainda hoje utilizo. Eu subia de volta para a sala de almoço e à medida que ia descendo com a travessa de carne, a vagem, a salada, os pêssegos ou as cerejas, enfim, tudo o que Faruk não tinha conseguido comer ou enfiar no bolso eu oferecia a ele e lhe perguntava: o que seu pai tem feito, Hasan? Sei lá! E as pernas dele?, ouvi dizer que ele estava sofrendo um pouco por causa delas. Não sei! E você, o que tem feito, quando vai para a escola? Ele se calava, olhava amedrontado para mim, como se estivesse me vendo pela primeira vez. Mais tarde, depois da morte do sr. Doğan, quando ele foi para a escola, eu perguntava: em que ano você está, Hasan? Ficava calado. Terceiro ano, não é? Você não quer estudar para ser uma pessoa importante quando crescer? O que você quer ser?

Nilgün, que se apoia em meu braço, de repente cambaleia.

"O que foi?", pergunto. "Quer se sentar?"

"Meu estômago está doendo", ela diz. "Ele me bateu aqui também."

"Quer pegar um táxi?"

Ela não responde. Continuamos a andar. Pegamos novamente a avenida principal, atravessamos a multidão dominical vinda de Istambul, passamos entre os carros estacionados à beira-mar. Abro o portão do jardim e vejo o Anadol.

"Faruk já chegou", diz Nilgün.

"É. Vocês podem ir já para o hospital em Istambul", falo.

Ela não diz nada. Passamos pela porta da cozinha. Me espanto: eu tinha deixado o gás aberto, um dos bicos estava aceso! Apaguei imediatamente, apavorado. Depois ajudo Nilgün a subir. O sr. Faruk não está na sala. Obrigo Nilgün a se deitar no divã, ponho as almofadas em suas costas, e é então que ouço me chamarem do andar de cima.

"Estou aqui, Madame, estou aqui, já vou!", respondo. Ponho outra almofada sob a cabeça de Nilgün. "Está bem assim? Agora vou chamar o sr. Faruk."

Subo. Madame saiu do quarto, está ali, no alto da escada, bengala na mão.

"Onde você estava?", pergunta.

"Tinha ido ao mercado, a senhora sabe…", respondo.

"E aonde vai agora?"

"Um instante", falo. "Entre no quarto, já volto."

Bato na porta do sr. Faruk, não responde. Abro a porta sem mais demora, ele está deitado na cama, com um livro na mão.

"Consertaram o carro na hora, Recep", diz ele. "Não entendo por que Metin passou a noite na estrada."

"A srta. Nilgün está lá embaixo à sua espera", falo.

"À minha espera? Por quê?"

"Recep", Madame chama. "O que está fazendo aí?"

"Nilgün está lá embaixo", explico. "É melhor descer, sr. Faruk."

Faruk olha surpreso para mim. Larga o livro, levanta, sai do quarto.

"Estou indo, Madame", respondo e me dirijo para o seu quarto. "Por que ficou parada na porta? Apoie-se em mim, Madame, vou ajudá-la a deitar. A senhora vai se resfriar, assim. Está cansada."

"Pérfido!", exclama. "De novo com as suas mentiras. Aonde Faruk acaba de ir?"

A porta está aberta, entro no quarto.

"O que está fazendo?", diz ela. "Não mexa em nada."

"Vou arejar o quarto, Madame. Não estou tocando em nada, como a senhora pode ver."

Madame entrou no quarto. Abri as janelas.

"A senhora devia se deitar", falo.

Ela se deita, puxa a coberta até a cabeça, como uma criança, e, parecendo esquecer por um instante sua aversão e seu nojo, me faz uma pergunta, com curiosidade infantil:

"O que aconteceu no mercado? O que você viu?"

Alisei a coberta, dei umas batidas no travesseiro.

"Nada", respondo. "Hoje em dia não se vê mais nada bonito!"

"Sempre reclamando, esse anão!", fala. "Eu sei. Não é o que estou perguntando."

Seu rosto voltou a estampar o ódio e o nojo. Ela se cala.

"Comprei frutas, quer que traga?", falo.

Continua calada. Fecho a porta, desço. Faruk e Nilgün estão conversando.

28. Faruk assiste à dança do ventre

Ela me contou o que a dona da farmácia e seu marido tinham dito e como voltou para casa apoiada em Recep. Eu ia perguntar como se sentia, mas ela se antecipou à minha pergunta:

"Não foi nada, Faruk. Dói tanto quanto uma injeção. Na verdade, eu estava é com raiva de mim. Por não ter sabido lidar com aquele débil mental..."

"Você acha que ele é mesmo um débil mental?"

"Quando criança, era um bom menino. Mas este ano me deu a impressão de ser meio boboca e bem simplório. Até quando batia em mim, eu estava furiosa, só que comigo mesma, por não ter sido capaz de controlar aquela situação ridícula."

Hesitei em perguntar:

"E depois?"

"Depois entendi que era tarde demais, que tinha deixado passar a oportunidade fazia tempo. Nessas horas, você sente cada pancada e só pensa nelas. Devo ter gritado, mas ninguém me socorreu. Por que tanta curiosidade com detalhes mórbidos, Faruk?"

"É que sou assim", respondi.

"Não, senhor", disse ela. "Você só está fingindo ser. Você se convenceu de que não há esperança, sem nenhuma razão."

"É mesmo? Então me esclareça, por favor: o que é essa coisa que você chama de esperança?"

Nilgün pensou um instante.

"A esperança é o que faz a gente aguentar as pontas, por isso a gente não se deixa simplesmente morrer", disse ela. "Quando a gente é criança, a gente se pergunta: o que aconteceria se eu morresse... Quando eu pensava nisso, eu me divertia com um sentimento de revolta. Mas a diversão não dura. O problema é que, se a gente ceder muito a essa curiosidade, ela se torna insuportável."

"Não se trata de curiosidade, Nilgün!", falei. "É pura inveja. A gente pensa que os outros, depois da nossa morte, vão continuar a ser felizes, a se divertir, que nos esquecerão, a gente pensa que não poderemos participar desses prazeres, é por isso que ficamos com inveja dos outros."

"Não é nada disso", ela rebateu. "No fundo, você é simplesmente curioso. Você finge não sentir essa coisa que protege o homem da morte, mas na verdade sente, sim."

"Não!", repliquei, colérico. "Não sou curioso mesmo."

"Está bem", ela disse, com uma confiança estranhamente serena. "Então o que faz você ir aos arquivos ler todas aquelas coisas nos livros? Você age como se não soubesse."

"O que mais eu deveria fazer, ficar à toa aqui?"

Como antes, eu me odiava por abrigar tantas hipocrisias dentro de mim, mas é difícil fingir para quem nos conhece bem. A gente só pode pretender que se conhece até certo ponto, além do qual começa um falatório vazio, quer a gente perceba, quer não.

Recep tinha aparecido de novo. Me levanto de repente, falo com uma segurança que não sei de onde me vem:

"Vamos, Nilgün! Vou te levar ao hospital."

"Pfff!", fez ela como uma criança. "Não quero."

"Não seja tola! O farmacêutico tem razão. E se você estiver com uma hemorragia?", disse Recep.

"Não é ele que é farmacêutico, é a mulher dele. E também não estou com hemorragia nenhuma."

Tentei dar de novo um palpite sugerindo que, nesse caso, ela não era o melhor juiz do que estava sentindo, mas depois de alguma argumentação cuidadosa percebi que ia perder a discussão: Nilgün estava ficando com sono. Espichou-se no divã e, fechando os olhos, me disse:

"Irmão, me fale um pouco de história. Leia alguma coisa do seu caderno de anotações."

"Acha que isso a faria dormir?"

Ela abriu o sorriso tranquilo da menina que se prepara para ouvir uma história em sua cama. Pensei comigo que minhas histórias iam finalmente servir para alguma coisa e todo feliz subi correndo para o meu quarto, mas o caderno não estava na minha pasta. Ofegante, procurei nas gavetas, no armário, na mala, depois nos outros quartos, entrei até no quarto da minha avó, mas não consegui achar o maldito caderno. Após pensar um pouco, eu me disse que talvez o houvesse deixado no banco de trás do carro, na noite passada, depois de ter contemplado a chuva com Nilgün, mas também não o encontrei lá. Ia subir de novo para continuar a busca, porém ao parar junto de Nilgün vi que ela tinha adormecido. Seu rosto parecia uma máscara branca, estática, manchada de vermelho e roxo. O buraco escuro da sua boca entreaberta lembrava as esculturas não figurativas, cujos espaços vazios provocam na gente uma sensação de expectativa e de medo. Quando vi Recep se aproximar, eu me senti culpado e saí para o jardim. Consegui acomodar minha enorme carcaça na espreguiçadeira em que Nilgün tinha se instalado a semana toda para ler e fiquei ali, imóvel.

Fico pensando nos corredores da universidade, no trânsito da cidade, nas camisas brancas de manga curta, no calor úmido do verão, nas refeições que ainda faremos nessa atmosfera pesada, nas palavras. Lá em casa, a água deve estar pingando das torneiras que não fechei com cuidado, os cômodos devem recender a poeira e livros, na geladeira metálica um pedaço de margarina com gosto de plástico na certa ficou petrificado, branco, numa espera indefinida. E o quarto vazio vai continuar vazio! Senti uma súbita vontade de beber ou de dormir. Depois eu me disse que foi logo com a melhor de nós que aquilo aconteceu! Levantei-me, entrei sem fazer barulho na casa, observei o corpo ferido, mergulhado no sono de Nilgün. Recep acorreu.

"Leve-a para o hospital, sr. Faruk!", disse ele.

"Não vamos acordá-la", respondi.

"Não?"

Ele dá de ombros e vai para a cozinha, balançando em cima das suas pernas miúdas. Volto a sentar ao sol, perto das galinhas de olhar idiota. Metin chegou bem depois, acabava de acordar mas seus olhos não estavam sonolentos, ao contrário estavam bem despertos. Nilgün me contou!, disse ele. Mesmo assim, me fez contar tudo, e também me contou o que tinha acontecido com ele na noite passada: as doze mil liras que lhe roubaram, seus problemas com o carro e a chuva que qualificou de inacreditável. Quando perguntei o que ele fazia sozinho na estrada no meio da noite, ele se calou, depois fez um gesto esquisito. Pensei de repente:

"Meu caderno!", exclamei. "Acho que esqueci no carro, você não o viu? Não consigo encontrá-lo."

"Não vi, não."

Ele me perguntou então como consegui fazer o carro pegar para levá-lo à oficina. Quando contei que Recep e eu tínhamos conseguido empurrá-lo um pouco, ele não quis acreditar, foi correndo perguntar a Recep e, quando este lhe disse a mesma coisa, começou a se queixar da sua sorte, como se fosse ele, Metin, e não Nilgün, a vítima do azar! Depois ele me fez a pergunta que há horas me recuso a fazer a mim mesmo: alguém avisou a polícia? Eu disse que não e o vi fazer uma careta, como para expressar o repúdio que lhe causava minha apatia, mas de repente adivinhei que ele se esquecia de nós todos e pensava em outra dor, muito mais intensa. Entrei em casa, ao saber que Nilgün estava acordada, falei novamente do hospital e da hemorragia, mas em vão, e movido pelo sentimento do dever lembrei-lhe o risco de morte, sem empregar no entanto essa palavra, quis fazê-la ter medo da morte para que concordasse em ir, mas ela não quis saber.

"Não quero ir agora", falou. "Talvez depois do almoço."

Como vovó não descera, pude relaxar e beber à vontade durante o almoço, fingindo não notar os esforços de Recep para nos fazer nos sentir uns irresponsáveis. Ao terminar o almoço, tive um pensamento desagradável: se Nilgün não tivesse chamado Hasan de fascista pirado, pode ser que nada disso houvesse acontecido. Depois, enquanto estava sentado ali, minha mente derivou até uma coisa que havia lido no jornal: em algum lugar do Bósforo, provavelmente, Tarabya, um ônibus municipal tinha caído no mar à meia-noite, com todos os passageiros. Eu me sentia agora como se estivesse dentro do ônibus, estávamos todos no fundo do mar, as luzes ainda brilhavam, todo mundo olhava apavorado pela janela, enquanto a sombra da morte, que parecia estranhamente sedutora, se introduzia nele. Esperávamos.

Depois do almoço, falei mais uma vez com Nilgün sobre o hospital, ela disse que não queria ir. Subi para o meu quarto, me estirei na minha cama, abri as *Viagens* de Evliya Çelebi. Adormeci lendo.

Quando acordei, exatamente três horas mais tarde, meu coração batia de um modo esquisito. Eu não conseguia me levantar. Como se um elefante invisível pesasse sobre meus braços e minhas pernas. Poderia facilmente ter dormido de novo, bastava ter fechado as pálpebras, mas rejeitei o sono cheio de belos sonhos e me obriguei a me levantar. Fiquei parado no meio do quarto, a cabeça vazia, depois murmurei: o que é isso que chamamos de tempo?, que socorro espero dele? São quase cinco horas. Desci.

Nilgün também acabava de acordar, lia novamente deitada no divã.

"Sempre quis ficar doente assim", disse ela, "para poder ficar deitada e ler o que eu bem entendesse sem nenhum sentimento de culpa."

Estava relendo *Pais e filhos*. A intensidade de um rato de biblioteca que deseja impedir a entrada de todas as pequenas distrações da vida. Parecia contente, e não tive coragem de invocar de novo o espectro da morte.

Subi ao primeiro andar e vaguei por todos os cômodos, na esperança de encontrar meu caderno. Me esforçava para lembrar se tinha escrito nele alguma coisa sobre a peste. Desci ao jardim, sempre em busca do caderno, mas era como se houvesse esquecido o que buscava. Ao sair à rua, também fui invadido por uma sensação estranha: eu passeava, mas não exatamente ao acaso, tinha certeza de que acabaria encontrando alguma coisa.

As ruas e a praia estão menos animadas do que na véspera. A areia está molhada, o sol não esquenta a gente e o Mármara é um mar sujo e sem cor. Os guarda-sóis fechados, desbotados, tinham um ar melancólico. Fui até o café, no começo do atracadouro, passando entre os carros, que devolviam ao sol poente o calor que haviam absorvido durante o dia. Encontrei lá um amigo de infância, ele também cresceu, casou, estava acompanhado da mulher e do filho. Conversamos.

Ele explicou à sua mulher que éramos os mais antigos moradores de Forte Paraíso. Contou-me que encontraram Recep segunda-feira à noite. Quando me perguntou por Selma, não lhe disse que havíamos nos divorciado. Então ele lembrou as aventuras de antigamente: eu tinha me esquecido de todas elas. Uma vez, passamos a noite inteira num barco, bebendo até raiar o dia. Depois falou dos nossos velhos amigos, que fim haviam levado, o que faziam.

Ele havia encontrado a mãe de Şevket e de Orhan, que deviam chegar na semana seguinte; Şevket se casou, Orhan está escrevendo um romance. Perguntou se eu tinha filhos. Me indagou sobre meu trabalho na universidade, evocou os mortos, depois acrescentou em voz alta, mas como se cochichasse: esta manhã mesmo atacaram uma moça aqui, não se sabe por quê, lhe deram uma surra, na frente de uma porção de gente. Todos viram, mas ninguém interveio. Depois disse que gostaria muito de nos rever em Istambul e me estendeu seu cartão de visita. Como dei uma olhada nele ao pegá-lo, ele me explicou: tinha uma empresa, não exatamente uma fábrica, uma oficina, que faz baldes, bacias, cestas: sim, claro, de plástico.

No caminho de casa, passei pela venda para comprar uma garrafa pequena de *rakı*. Quando entrei, falei de novo com Nilgün sobre o hospital, depois me sentei para beber. "Não, não vou ao hospital", declarou Nilgün, Recep também ouviu, mas depois me dirigiu mais uma vez um olhar cheio de censura. Talvez tenha sido por isso que não ousei lhe pedir um tira-gosto: eu mesmo fui prepará-lo na cozinha. Depois me instalei confortavelmente, para deixar as palavras e as imagens fluírem em paz pela minha cabeça e, quem sabe, tomarem forma de modo que eu pudesse escrever alguma coisa. Quando a noite caiu e Recep trouxe vovó para baixo, tratei de esconder a garrafa. Mas Metin sem a menor hesitação a pegou de volta e se serviu de uma dose. Vovó sussurrava suas queixas, como se fossem preces. Depois Recep a ajudou a subir de novo. Ficamos em silêncio.

"Ei, e se voltássemos para Istambul?", quebrou o silêncio Metin. "Agora mesmo!"

"Você não pretendia ficar aqui até o meio do verão? E todos os seus amigos?", perguntou Nilgün.

"Não aguento mais isto aqui", disse Metin. "Fique você se quiser, Faruk. Mas me dê a chave do carro, que eu levo Nilgün."

"Você não tem carteira de motorista", disse Nilgün.

"Você não entende que tem de ir embora, irmã?", disse Metin. "E se houver uma complicação? Faruk não vai poder fazer nada, olhe só pra ele. Eu dirijo."

"Você está tão bêbado quanto ele", disse Nilgün. "Pelo menos passemos a noite aqui."

Depois de ajudar vovó a se deitar, Recep desceu para tirar a mesa.

"Bem, se é assim que preferem, não vou estragar a noite de vocês", disse Metin. Subiu para o seu quarto e pouco depois desceu, tinha mudado de roupa e estava cuidadosamente penteado. Saiu de casa sem dizer nada a ninguém. Ainda sentíamos o perfume da sua loção pós-barba quando ele chegou ao portão.

"O que deu nele?", disse Nilgün.

Como resposta, recitei para ela um dístico de Fuzuli,* modificando-o um pouco:

Enamorei-me outra vez de uma linda rosa em botão
Que me fez, com seu carmim, meter-me sempre em confusão

o que fez Nilgün rir. De novo, caiu o silêncio. Como se não tivéssemos mais nada a dizer. O silêncio era total no jardim também, mais sombrio, mais profundo que o silêncio que sucede à chuva. Levantei-me.

"Isso, irmão", disse Nilgün. "Vá andar um pouco, vai te fazer bem."

Eu não tinha pensado em passear, mas saí.

Quando passei o portão do jardim, pensava em minha mulher. Depois pensei em Fuzuli, em seu desejo de sofrimento. Perguntei-me se os poetas do *Divã* criavam seus poemas de estalo ou se, ao contrário, penavam horas diante do papel, fazendo mil correções. Pensava naquilo tudo para pensar em alguma coisa, porque compreendi que não poderia voltar tão cedo para casa.

As ruas apresentam o aspecto habitual das noites de domingo, os cafés e os cassinos estão quase desertos, nas árvores a maioria das lâmpadas coloridas está apagada, talvez por efeito da tempestade da noite anterior. As rodas das bicicletas que tiveram de atravessar as poças d'água junto do meio-fio traçaram no asfalto curvas indecifráveis. Vou cambaleando para o hotel, entro pela porta giratória, avançando como um cachorro que fareja os cheiros para chegar à cozinha. Distingo acima dos garçons que deslizam silenciosamente no carpete a fonte da música e sigo-a escada abaixo. Abro uma porta: sentados às mesas, turistas embriagados, homens e mulheres, de fez na cabeça, falam aos berros. Adivinho que se trata de uma daquelas "noites orientais" feitas para os

---

* Poeta (1494-1560), autor de três *Divãs* em turco, árabe e persa, e de um longo romance em versos sobre o amor absoluto entre Leylâ e Mecnun. (N. T. da edição francesa)

estrangeiros no fim de sua estada na Turquia. Uma orquestra lamentável faz uma barulheira metálica a todo o volume. A dança do ventre ainda não começou. Sento numa mesa bem no fundo do salão e peço um *rakı*.

Mais tarde ouvi o tilintar do címbalo de dedos, vi o corpo moreno da dançarina se contorcendo no cone de luz que se movia na penumbra. Suas joias cintilantes me ofuscavam: raios de luz pareciam irromper das suas nádegas e dos seus seios. Fiquei excitado.

Levantei-me sem perceber. O garçom me serviu outra dose. Sentei-me de novo e pensei comigo que a dançarina não era a única a dançar: nós também participávamos da brincadeira. Ela representava a mulher oriental, e aqueles turistas, que viviam sua última noite no Oriente, a viam como ela queria aparecer. Eu observava as turistas alemãs à medida que a luz dos projetores incidia sobre seu rosto: elas não estavam muito assombradas, mas talvez desejassem ter uma cara de surpresa, sorriam e pouco a pouco conseguiam se espantar, olhavam para a dançarina se dizendo que elas não eram "assim", eu adivinhava que esse pensamento as reconfortava, que elas se sentiam iguais a seus homens; eu adivinhava também que elas viam a nós todos "assim". O diabo que as carregue! Elas nos humilhavam, como essas donas de casa que imaginam ser iguais ao marido porque dão ordens à empregada!

Tive vontade de interromper aquele espetáculo malsão, mas sabia que não ia fazer nada: eu apreciava a sensação de derrota e confusão de ideias.

A música ficou mais forte, os instrumentos de percussão, invisíveis num canto ao fundo do tablado, não têm dificuldade de dominar a barulheira, a dançarina dá as costas para as mesas e sacode as nádegas, num movimento tão rápido quanto o de uma mão que abana nervosamente, e adivinho que se trata de um desafio, porque ela logo se virou e brandiu no nosso nariz seus seios belicosos e arrogantes. Depois, o facho de luz me deixou ver em seu rosto uma expressão inesperada de triunfo e confiança, que me tranquilizou: sim, está vendo, não é fácil nos derrotar, ainda somos capazes de reagir, ainda estamos de pé.

Nesse momento a dançarina desafia todos eles, torna vãos e ridículos os olhares das espectadoras, que parecem perturbadas, e sua maneira antropológica de observar. A maioria dos turistas masculinos, de fez na cabeça, já se entregou: eles não parecem mais considerá-las mulheres ordinárias, perderam a pose, ficaram tão humildes quanto diante de uma mulher respeitável.

Sinto uma estranha felicidade: o corpo espesso, mas cheio de vida e movimento, da dançarina me emocionou. Todos nós parecemos acordar de um longo sono. Olhos fixos na carne bronzeada pelo sol, em torno do umbigo brilhante de suor, penso que sou capaz de me aferrar a qualquer coisa. Murmuro comigo mesmo: agora tenho de ir para casa, levar Nilgün ao hospital e depois me dedicar à história, sem arrancar os cabelos, posso começar já, neste instante, me decidindo a acreditar em todas as histórias passadas e presentes e nos acontecimentos de carne e sangue.

Como se quisesse manifestar mais ainda o desprezo que sente, a dançarina agora passa entre os turistas, escolhe alguns deles para obrigá-los a se levantar e dançar com ela. Por Alá! Ela os está forçando a fazer a dança do ventre! Os alemães abrem os braços com gestos desajeitados, rebolam com lentidão, dirigindo aos amigos olhares confusos, mas nunca perdendo, de certo modo, a convicção de que também têm o direito de se divertir.

Por fim, a dançarina inicia o que eu mais temia. Magistralmente, ela escolhe o alemão que parece mais boboca, e mais cheio de boa vontade, para fazer o número de striptease. Quando o alemão gorducho, que sacode a pança desgraciosamente sorrindo para os amigos, tira a camisa, acho demais, sacudo a cabeça, me dá vontade de perder a consciência, de que nenhum vestígio do meu passado subsista, nem do futuro ou das minhas expectativas, desejo escapar do mecanismo do meu pensamento, poder passear livremente por um universo que existe fora da minha razão, mas sei muito bem que nunca poderei me entregar a essa liberdade, que sempre haverá dois seres em mim e que não serei capaz de ir embora daqui.

29. Vovó recebe visitas no meio da noite

Já deu meia-noite faz tempo, mas ainda ouço o barulho deles e me preocupo: o que estão fazendo lá embaixo, por que não vão dormir e deixam a noite silenciosa para mim? Me levanto, vou até a janela, olho lá embaixo: a claridade do quarto de Recep ainda ilumina o jardim: o que você está fazendo, maldito anão? Tenho medo! Ele é tão pérfido! O tempo todo eu o pego olhando para mim, e me dou conta de que está me observando atentamente, vejo-o espreitar o mais ínfimo gesto das minhas mãos, dos meus braços, compreendo que sua cabeça grande está tramando coisas. Parece que agora eles também querem envenenar minhas noites, contaminar meus pensamentos: essa ideia me assusta. Uma noite, Selâhattin veio ao meu quarto unicamente para não deixar eu me purificar das ignomínias do dia mergulhando na ingenuidade infantil dos meus pensamentos, e para me fazer sofrer como ele. Só de pensar nisso agora me apavoro, estremeço como se estivesse com frio: ele me disse que havia descoberto a morte. Penso de novo e me apavoro mais ainda, me afasto da janela e da noite, minha sombra que caía no jardim desaparece, trato de me deitar logo, puxo o edredom e fico pensando:

Foi exatamente quatro meses antes da sua morte. O vento norte soprava com violência, assobiava pelas frestas das janelas. Eu tinha me retirado para o meu quarto, deitado na cama, mas as idas e vindas incessantes de Selâhattin em seu quarto, a tempestade e o bater das venezianas na parede, que esquisito, me deixavam de cabelo em pé, eu não conseguia dormir. Depois ouvi o ruído dos seus passos se aproximando do meu quarto, que medo! A porta se abriu repentinamente, meu coração saiu pela boca, disse a mim mesma: é a primeira vez em anos que ele entra de noite no meu quarto! Ele parou um instante à porta: "Não consigo dormir, Fatma!". Como se não estivesse bêbado, como se eu não houvesse percebido quanto ele havia tomado durante o jantar. Não respondi. Entrou cambaleante. Seus olhos ardiam de febre. "Não consigo dormir, Fatma, porque fiz uma descoberta assustadora, e desta vez você vai me ouvir. Não permito que vá se refugiar em outro quarto com seu tricô. Sim, descobri uma coisa assustadora, preciso falar dela com alguém." Quase disse a ele, seu anão está lá embaixo, Selâhattin, ele adora te ouvir, mas fiquei em silêncio, porque seu rosto tinha uma expressão estranha, e de repente ele se pôs a cochichar: "Descobri a morte, Fatma, ninguém sabe nada da morte! Sou o primeiro no Oriente a descobri-la! Agorinha mesmo, esta noite". Calou-se um instante, parecia apavorado com sua descoberta, e não estava falando como falam os bêbados: "Escute, Fatma, depois de tantos meses de atraso, finalmente cheguei à letra O e, naturalmente, tendo chegado à letra O, tive de escrever o verbete *ölüm*,* como você sabe". É claro que eu sabia, ele não falava de outra coisa, no café da manhã, no almoço e no jantar. "No entanto eu não consigo avançar, faz dias que ando de um lado para outro no meu escritório, me perguntando por que não consigo redigi-lo. Claro, eu contava utilizar o que outros já escreveram sobre esse tema, como fiz em todos os outros verbetes, eu achava que não conseguiria acrescentar a esse material algo meu e não entendia por que não era capaz de começar..." Deu uma risadinha. "Talvez porque eu pense na minha própria morte, porque ainda não terminei minha enciclopédia e porque em breve farei setenta anos, não é o que você se diz?" Não falei nada. "Pois não é isso, Fatma, ainda sou jovem, ainda não terminei o que tenho de fazer! Além do mais, desde essa descoberta me sinto fabulosamente jovem e em plena forma: com essa descoberta, mesmo que eu vivesse mais cem anos, não seria o bastante!" De repente, ele começou a gritar: "Tudo, tudo, todos os acontecimentos, todos os movimentos, toda a vida, tudo ganhou um sentido inteiramente novo! Todas

* Morte. (N. T.)

as coisas são de agora em diante completamente diferentes. Depois de passar uma semana indo e vindo no meu quarto sem conseguir escrever uma só palavra, há duas horas uma ideia atravessou meu espírito como um relâmpago. Há duas horas, Fatma, sou o primeiro do Oriente a ter aberto os olhos para o medo do nada. Eu sei que você não está entendendo coisa nenhuma, mas me ouça e compreenderá!". Eu o ouvia, não com a intenção de compreendê-lo, mas porque não podia fazer outra coisa, e ele ia de um lado para outro como se estivesse em seu quarto. "Fiquei uma semana andando de um lado para outro em meu quarto, pensando na morte e me perguntando por que eles reservavam a ela um lugar tão importante em seus livros e em suas enciclopédias. Sem falar nas obras de arte, milhares de livros foram publicados no Ocidente sobre o tema da morte. Eu me perguntava por que eles davam tamanha importância a esse tema, que eu contava tratar brevemente na minha enciclopédia; diria o seguinte: a morte é a falência do organismo! Em seguida a uma curta introdução médica, eu demoliria todas as reflexões sobre a morte encontradas nos livros sagrados e nas lendas, depois de demonstrar facilmente, mais uma vez, que esses livros ditos sagrados se plagiavam uns aos outros, e também contava fazer um breve resumo dos costumes e das cerimônias fúnebres nas diversas nações, tomando o cuidado de salientar seu ridículo. Eu queria tratar esse tema brevemente talvez por ter pressa de terminar minha obra, mas não era essa a verdadeira razão. Se eu dava tão pouca importância a esse problema, Fatma, é porque até duas horas atrás eu ainda não havia compreendido o que é a morte, porque eu procedia como um oriental comum, há duas horas somente eu entendi: esse problema que eu não levava em conta havia tantos anos me saltou aos olhos quando eu olhava umas fotos de mortos nos jornais. Que coisa pavorosa! Ouça! Os alemães passaram ao ataque na região de Kharkov, mas isso não tem importância! Há duas horas, ao olhar para aquelas fotos com um olhar indiferente, como se olhasse para os cadáveres nos hospitais há quarenta anos, quando era estudante de medicina, uma ideia passou de repente, como um raio, pela minha cabeça, uma ideia apavorante, como se houvesse levado uma marretada no crânio: o Nada, pensei então! Sim, o Nada! O que se chama de Nada: aqueles infelizes mortos na guerra caíram no poço sem fundo do Nada. Era uma sensação pavorosa, Fatma, e eu ainda a sinto; então pensei: se não existe Alá, nem o inferno, nem o paraíso, só há uma coisa depois da morte: apenas o que chamamos de Nada. Um Nada totalmente vazio! Não creio que você possa entender já essa ideia. Há duas horas apenas eu a ignorava; mas depois de descobrir o que se chama de Nada, eu refleti, Fatma, e quanto mais eu me aprofundava, melhor compreendia o que a morte e o Nada têm de apavorante! Um pavor que as pessoas não conhecem no Oriente. É por isso que rastejamos na miséria há centenas, milhares de anos, mas não vamos nos apressar, vou te explicar tudo, esta noite não sou capaz de suportar sozinho o peso da minha descoberta." Ele falava agitando nervosamente os braços, as mãos, como se revivesse seus anos de juventude. "Porque num instante compreendi tudo: por que nós somos o que somos e por que eles são o que são? Compreendi por que o Oriente é o Oriente e por que o Ocidente é o Ocidente, palavra de honra que compreendi, Fatma, e agora, por favor, me ouça atentamente, você vai entender." Ele continuava a explicar como se não soubesse que fazia anos que eu não o ouvia mais. Estava com sua voz de antigamente, do início do nosso casamento. Uma voz cheia de fé e de atenção, que ele procurava manter terna, afetuosa, como a do velho professor tentando convencer uma criança, mas sua voz só expressava entusiasmo e pecado. "Agora preste bem atenção, Fatma! E não fique zangada, está bem? Digamos que Alá não exista, já te expliquei isso mil vezes, porque sua existência não pode ser provada experimentalmente; logo, todas as religiões baseadas nesse postulado não passam de conversa, poética talvez, mas vazia. Assim, o paraíso e o inferno de que essas religiões falam também não existem. E se não há paraíso nem inferno, não há vida após a morte. Está me acompanhando, não é, Fatma? E se não há vida após a morte, a vida de quem morre desaparece com ele, não resta nada dele. Examinemos agora esse fato do ponto de vista do morto: o morto, que vivia antes de morrer, onde está depois da morte? Não falo do seu corpo: onde ele está como consciência, inteligência, sentimentos? Em lugar nenhum. Ele não existe mais, não é, Fatma?, foi para o que eu chamo de Nada, não vê mais ninguém, ninguém o vê. Agora você entende, Fatma, o que há de pavoroso no que chamo de Nada? Quanto mais penso nisso, mais me apavoro: que ideia estranha, aterrorizante, ó Gracioso! Fico de cabelo em pé quando tento imaginar isso! Pense você também, Fatma: pense numa coisa que não tenha nada, nem som, nem cor, nem cheiro, nem textura, nenhuma característica e que não exista no vazio. Pense nisso, Fatma: você não consegue imaginar essa coisa que não ocupa lugar no espaço e que não pode ser percebida, nem vista, nem ouvida, não é? Uma escuridão cega que não sabe que é uma escuridão cega sem começo nem fim! E o que chamamos de morte e Nada são ainda mais escuros! Essa ideia não te apavora, Fatma? Enquanto nossos cadáveres apodrecem no silêncio imundo e glacial da terra, enquanto essas vítimas da guerra, seus corpos perfurados por ferimentos grandes como um punho, seus crânios quebrados, seus miolos esparramados pelo chão, suas órbitas vazias e suas bocas sangrentas se decompõem entre as ruínas, a consciência delas, como a nossa, ai!, afunda na escuridão do Nada sem começo nem fim, rola até o infinito como um cego que não sabe o que acontece com ele, pior ainda: como se não acontecesse nada! Raios o partam! Quando penso nisso fico apavorado, não quero morrer, me revolto quando penso na morte, ó Gracioso, que coisa terrível a gente se imaginar rolando sem fim na escuridão, saber que essa queda não terá começo nem fim e que continuaremos a rolar assim, sem nunca conseguir escapar, nunca, nunca, sem sentir nada, todos nós naufragaremos no Nada, Fatma, a inexistência vai nos inundar completamente. Você não tem medo, não cresce em você uma revolta interior? É preciso ter medo, é preciso se acostumar ao medo, não deixarei você em paz enquanto o medo da morte, esse sentimento tão revolucionário, não despertar em você. Ouça, ouça: não existe inferno, não existe paraíso, não existe Alá, ninguém te observa, nem te vigia, nem vai te castigar, nem te perdoar; depois da sua morte, você cairá no fundo desse Nada, como no fundo de um mar escuro de onde você não poderá mais sair; você se afogará num vazio silencioso, um vazio de onde ninguém nunca volta; seu corpo apodrecerá na terra fria, que encherá seu crânio e sua boca, como vasos de flor, sua carne se desprenderá dos seus ossos e se desagregará como estrume seco, seu esqueleto virará pó como se fosse de pedaços de carvão e você penetrará nesse pântano repugnante em que seu corpo se decomporá inteiramente até seu último fio de cabelo, e você não tem sequer o direito de esperar uma volta, você desaparecerá sozinha no lodo gelado, implacável do Nada. Entendeu, Fatma?"

Fiquei com medo! Ergui a cabeça do travesseiro e corri os olhos pelo quarto. O mesmo mundo antigo, o mundo que ainda existe, mas minha cama e meus móveis estão imersos no sono. Estou suada. Gostaria de ver alguém, falar com alguém, tocar alguém. Depois ouvi o barulho que faziam no andar de baixo e me preocupei. São três da manhã. Me levanto e corro para a janela: a luz de Recep continua acesa. Anão pérfido, bastardo da criada!, digo comigo.

Depois penso com pavor naquela noite fria de inverno: as cadeiras rolando no assoalho, os vidros, os pratos quebrados, a roupa de cama imunda, o sangue, e me arrepio, me sinto angustiada. Cadê minha bengala? Pego-a e bato no chão, uma, duas vezes. Chamo:

"Recep, Recep, venha já aqui em cima!"

Saio do quarto, ando até a beira da escada:

"Recep, Recep, falei com você, onde você está?"

Espio do alto da escada: sombras se movem na parede. Eu sei que vocês estão aí. Grito mais uma vez e de repente vejo uma sombra.

"Estou indo, Madame, estou indo", diz ele, e sua sombra fica pequenina na parede. Vejo o anão. "O que há? O que deseja?"

Ele não sobe.

"Por que você ainda não foi se deitar? O que vocês estão fazendo aí embaixo?", pergunto.

"Nada", ele responde. "Estamos todos aqui."

"A estas horas?", replico. "Não minta, sei no mesmo instante que está mentindo. O que está contando para eles?"

"Não estou contando nada", responde. "O que está havendo com a senhora? Está pensando de novo naquilo? Não pense mais! Se a senhora não consegue dormir, leia o jornal, vasculhe seu armário para ver se suas roupas estão lá, coma uma fruta, mas não pense mais nessas coisas!"

"Não se meta no que não te diz respeito! Diga a eles para subirem!"

"A srta. Nilgün está sozinha", diz ele. "O sr. Faruk e o sr. Metin não estão aqui."

"Eles não estão aí?", pergunto. "Me ajude a descer, para eu mesma ver. O que você contou a eles?"

"O que quer que eu conte, Madame, não entendo!"

Ele acabou de subir a escada. Mas não ficou a meu lado: entrou no quarto.

"Não mexa no meu quarto!", falo. "O que está fazendo?"

O anão estava parado no meio do quarto. Alcancei-o num instante. Ele se virou de repente para mim e agarrou meu braço; fiquei espantada, mas tudo bem. Ele me ajudou a deitar, puxou o edredom sobre mim. Bem, como sou uma mocinha inocente, esqueci tudo. Estava na minha cama e ele ia saindo.

"A senhora nem provou o pêssego", diz ele. "E são os melhores pêssegos do mercado, mas não lhe apetecem. E o damasco, a senhora jogou fora?"

Foi embora. Fiquei só. O mesmo teto acima da minha cabeça, o mesmo assoalho debaixo da minha cama; na mesa, a mesma garrafa d'água, o copo, a escova, a água-de-colônia, o prato e o relógio, tudo no mesmo lugar, e eu deitada na minha cama penso nessa coisa estranha chamada tempo e tenho um arrepio: compreendo que vou pensar de novo no que Selâhattin descobriu naquela noite, fico com medo. Aquele demônio não parava de falar:

"Entende a magnitude dessa minha descoberta, Fatma? Esta noite consegui enxergar a fronteira que separa o Oriente do Ocidente: não são as roupas, as máquinas, as casas, os móveis, os profetas, as formas de governo, as fábricas. Tudo isso é apenas consequência. O que nos separa deles é um pequeno e simples detalhe: eles foram capazes de perceber o Nada, o abismo sem fundo que chamamos de morte, e nós nem sequer temos consciência dessa terrível realidade. Fico fora de mim quando penso que esse enorme abismo decorre de uma descoberta tão pequena e simples! Não consigo entender como não apareceu um só homem no vasto Oriente, ao longo de tantos séculos, para fazê-la. Se olhar para o tempo e as vidas perdidas, até você será capaz de ver, Fatma, as dimensões que a estupidez e a letargia adquiriram entre nós! Apesar disso, confio no futuro, porque pude dar o primeiro passo, esse passo tão simples que já deveria ter sido dado há séculos; nesta noite do Oriente, eu, Selâhattin Darvinoğlu, descobri a morte! Entende o que estou dizendo? Seu olhar está tão vazio! É natural, porque só quem conhece as trevas pode compreender a luz, só quem conhece o Nada sabe o que significa existir! Penso na morte, logo, existo! Não! Porque infelizmente também existem orientais letárgicos, e você e as agulhas de tricô que tem nas mãos, vocês existem, mas nenhum de vocês sabe o que significa a morte! Para ser mais preciso, deveria dizer: penso na morte, logo, sou ocidental! E eu sou o primeiro ocidental oriundo do Oriente! Represento o Oriente que se tornou Ocidente! Entendeu, Fatma?" De repente ele começou a berrar. "Ó, Gracioso, você é como os outros, Fatma, você está cega!" Depois, gemendo, deu dois ou três passos trôpegos em direção à janela, era estranho, por um instante achei que ele ia abri-la e se jogar na tempestade e que a alegria com a tal descoberta lhe daria asas, que ele seria capaz de sair voando, depois a verdade acabaria se impondo e ele se estatelaria no chão, mas Selâhattin ficou no quarto, olhando com ódio e desespero para as vidraças escuras como se visse nelas o país inteiro e tudo o que chamava de Oriente. "Pobres cegos!

Estão dormindo! Metidos em suas camas, debaixo de seus cobertores, dormem tranquilamente o sono profundo da sua tolice. O Oriente inteiro dorme. Bando de escravos! Vou ensinar a eles o que é a morte para que possam escapar da sua escravidão. Mas eu te salvarei antes, Fatma, trate de me ouvir, trate de compreender, diga que tem medo da morte!" E então voltou a me suplicar, como quando queria me obrigar a dizer que Alá não existe, sabendo muito bem que eu nunca pronunciaria essas palavras, e tinha me ameaçado, e havia tentado me enganar jogando com as palavras e me convencer enumerando nos dedos o que chamava de suas provas. Não acreditava nele. Cansado, ele se calou, se sentou numa cadeira à minha frente fixando na mesa um olhar vago, e a veneziana continuava batendo na parede. De repente, percebeu o relógio à minha cabeceira e se pôs a gritar, com um ar apavorado como se tivesse visto um escorpião ou uma cobra: "Temos de alcançá-los, temos de alcançá-los! Depressa, depressa!". Pegou o relógio, jogou-o em cima da cama e gritou: "Entre eles e nós há talvez mil anos de distância. Mas podemos alcançá-los, Fatma, vamos conseguir, porque eles não têm mais segredos para nós, já aprendemos tudo sobre eles, conhecemos a base da realidade deles! E essa realidade eu vou explicar o quanto antes a esses infelizes num folheto. Idiotas! Eles ainda não entenderam que só têm uma vida; fico furioso quando penso nisso. Eles vivem sem a menor dúvida, ignorando até a própria vida que levam, achando normal o mundo deles, comportados e satisfeitos, vivem em paz! Mas atormentarei a alma deles! Dobrarei todos eles incutindo-lhes o medo da morte! Eles aprenderão a se conhecer, a ter medo de si mesmos, a ter nojo de si! Você já encontrou um muçulmano capaz de se odiar, um oriental que sinta aversão por si próprio? É que eles não esperam nada de si, não sabem se distinguir da manada. Eles pura e simplesmente se submetem a um modo de vida que não entendem e acham que é loucura ou aberração querer mudá-lo. Vou lhes ensinar, Fatma, a ter medo, não da solidão, mas da morte! Só então eles poderão suportar a solidão, só então preferirão os profundos sofrimentos dessa solidão à serenidade estúpida das hordas! Só então aprenderão a se ver como o centro do mundo! Nesse momento, não vai ser mais orgulho, e sim vergonha que sentirão por terem sido a mesma pessoa ao longo de toda a vida; eles se interrogarão; e não o farão mais baseando-se em Alá, mas em si mesmos; tudo isso vai acontecer, Fatma, vou despertá-los desse sono idiota, feliz e sereno que dura há milênios! Encherei o coração deles de um medo sufocante da morte, de um pavor enlouquecedor! Farei isso de qualquer maneira, se preciso enfiarei à força na cabeça deles, juro!". Então ele se calou, respirando fortemente, como que esgotado por seu próprio furor. Eu esperava que ele saísse, me devolvendo à solidão da noite, para que pudesse voltar a um sono tranquilo.

Quando o ruído vindo de baixo chega novamente aos meus ouvidos, levanto a cabeça do travesseiro quente. Ouço o anão ir e vir tão nitidamente na casa quanto se estivesse indo e vindo dentro de mim. O que você está fazendo, anão, o que está contando para eles? Ouço então o portão fechar e um ruído de passos no jardim: Metin! Onde estava a essas horas? Ouço-o entrar fazendo a porta da cozinha ranger, mas não subiu a escada. Penso comigo: estão todos lá embaixo agora, ouvindo o anão. Sinto um arrepio. Onde estará minha bengala, eu me pergunto se não devia pegá-los em flagrante, mas não me levanto. Depois ouço passos na escada e me acalmo, mas então acho estranho o ruído dos passos, como se aquele demônio estivesse indo para o seu quarto depois de ter bebido! Os passos param diante da minha porta, alguém bate, me dá vontade de gritar, como se acordasse de um pesadelo, mas não grito.

Metin entrou. "Como você está, vovó?", pergunta. Está com uma cara estranha. "A senhora está bem?" Não respondo, não olho para ele. "Tenho certeza que sim, vovó, a senhora não tem nada, não pode acontecer nada com a senhora." Entendi: está bêbado! Igual ao avô! Aperto as pálpebras. "Não durma, vovó! Quero lhe contar uma coisa!" Não conte! "Não durma já!" Durmo. Ouço-o se aproximar da cama. "Devíamos demolir esta casa caindo aos pedaços, vovó." Entendi tudo. "Devíamos demoli-la e construir um grande edifício de apartamentos. O construtor nos daria a metade deles. Seria bom para todos. A senhora não está a par das coisas." É verdade, não estou a par de nada! "Todos nós estamos precisando de dinheiro, vovó! Do jeito que vão as coisas, logo a senhora não terá mais como bancar os gastos com casa e comida!" Penso em nossa cozinha, ela recendia a cravo e canela quando eu era criança. "Se não fizermos nada, a senhora vai morrer de fome aqui, a senhora e Recep. Meus irmãos não têm como resolver esse problema. Faruk se embriaga todas as noites e Nilgün virou comunista, a senhora sabia?" Eu aspirava o perfume de canela e ignorava tanta coisa, mas sabia que para ser amada não devia saber tudo. "Responda! É para o seu bem! Não está me ouvindo?" Não estou ouvindo porque não estou mais aqui, estou dormindo e me lembrando: fazíamos geleias, bebíamos limonada e *sherbet*. "Responda, vovó! Por favor, responda!" E eu ia visitar as filhas de Şükrü Paxá: olá, Türkân, olá, Şükran, olá, Nigân! "Não quer! A senhora prefere morar nesta casa caindo aos pedaços, passar fome e frio, em vez de morar num apartamento bonito e quentinho?" Ele chega bem junto da minha cama adornada com pomos de latão e, para me intimidar, se põe a sacudi-la. "Acorde, vovó, abra os olhos, responda!" Não abro os olhos, a cama balança. Para irmos à casa delas pegávamos uma carruagem. Toc-tac, toc-tac. "Eles acham que a senhora não quer mandar demolir a casa! Mas eles também precisam de dinheiro. Por que a senhora acha que a mulher de Faruk o abandonou? Por causa do dinheiro! Hoje em dia, as pessoas só pensam em dinheiro, vovó!" Ele continua chacoalhando minha cama. A carruagem chacoalhava, toc-tac. O rabo dos cavalos... "Responda, vovó!"... espantando as moscas. "Se não responder, não deixo a senhora dormir!" Eu me lembro, eu me lembro, eu me lembro. "Eu também preciso de dinheiro, mais até do que os outros, está entendendo? Porque eu..." Ó Alá, ele se sentou na beira da cama. "... eu não me contento com pouco, ao contrário deles. Detesto este país cheio de imbecis! Vou para a América. Preciso de dinheiro. Entende, vovó?" Senti enojada o cheiro de álcool da sua boca batendo em meu rosto e então entendi. "Agora, vovó, a senhora vai me dizer que quer, sim, construir um edifício de apartamentos, e aí dizemos a eles. Diga que sim, vovó!" Não disse. "Por que não diz? Por estar presa demais às suas recordações?" Minhas recordações. "A gente bota todas as coisas que estão em sua casa no apartamento! Seu armário, seus baús, sua máquina de costura, seus pratos, tudo. A senhora vai ser muito feliz, vovó, entende?" O que entendo é como eram bonitas aquelas noites solitárias de inverno: o silêncio da noite me pertencia, tudo ficava petrificado, repousando! "Penduraremos na parede este retrato do vovô. Seu quarto vai ficar igualzinho a este. Por favor, me dê uma resposta!" Não dei! "Ó, Alá, um bêbado e preguiçoso, a outra comunista, e ainda tem esta velha gagá, só que eu..." E eu ouvia! "... não vou passar a vida inteira neste asilo de loucos, não vou mesmo!" Tenho medo ao sentir sua mão fria no meu ombro! Sua voz chorosa está bem próxima, ele me suplica, seu bafo recende a álcool, e eu continuo me recordando: não existe inferno, não existe paraíso, seu corpo ficará sozinho nas trevas geladas do seu túmulo. E ele continua suplicando. Seus olhos se encherão de terra, os vermes roerão suas entranhas, suas carnes se decomporão. "Vovó, eu te suplico!" As formigas invadirão seus miolos, as lesmas passearão em seus pulmões, as minhocas formigarão em seu coração. Ele se cala de repente. "Vovó, por que meus pais estão mortos e a senhora continua viva?", pergunta. "Isso é justo?" Penso: eles o levaram na conversa. Penso: o anão lá de baixo contou! Continuo a pensar, mas ele não diz mais nada. Ele chora, por um instante chego a pensar que suas mãos vão deslizar até o meu pescoço! Debruçado sobre a minha cama, ele continua a chorar. Eu me sinto enjoada. É difícil levantar da cama, mas consigo, enfio os chinelos, pego a bengala, saio do quarto, vou até o começo da escada e chamo:

"Recep, Recep, venha depressa aqui em cima!"

30. Recep tenta cuidar de todo mundo

A srta. Nilgün e eu estávamos embaixo. Assim que ouvi Madame gritar, levantei e corri escada acima. Madame estava na soleira da sua porta.

"Rápido, Recep!", gritou. "O que está acontecendo nesta casa? Me conte tudo!"

"Nada, Madame", respondi ofegante.

"Como nada?", disse ela. "Este aqui perdeu o juízo. Olhe só!"

Ela apontava a bengala para o interior do quarto, com asco, como se me mostrasse um rato morto. Entrei no quarto: o sr. Metin estava deitado de bruços na cama de Madame, a cabeça enfiada no travesseiro de fronha bordada, seu corpo inteiro tremia.

"Ele quase me matou!", disse Madame. "Recep, não me oculte nada: o que está acontecendo nesta casa?"

"Nada, Madame", respondi. "Sr. Metin, isso não são modos, vamos, levante-se."

"Como nada? Quem meteu aquelas ideias na cabeça dele? Leve-me já para baixo!"

"Está bem, Madame", falei. "O sr. Metin bebeu um pouco, só isso! Ele é jovem, bebeu, não está acostumado, como a senhora pode ver. Não era assim com o pai e o avô dele?"

"Basta", disse ela. "Cale-se! Não foi o que te perguntei!"

"Vamos, sr. Metin!", chamei. "Vou levá-lo para a cama."

Ele se levantou trôpego e, na hora de sair do quarto, lançou um olhar esquisito para o retrato do avô.

"Por que meus pais morreram tão moços? Me explique por quê, Recep!", disse ele com uma voz chorosa, depois de entrar no quarto.

"Alá assim quis", respondi, ajudando-o a tirar a roupa.

"Que Alá, que nada, anão burro! Vou me despir sozinho, pode deixar."

Mas em vez de se despir, foi pegar uma coisa na sua mala. Foi até à porta, parou, me disse com uma voz estranha: "Vou ao banheiro!". E saiu.

Madame me chamou, também saí.

"Me leve para baixo, Recep. Quero ver o que estão fazendo lá."

"Não estão fazendo nada, Madame", falei. "A srta. Nilgün está lendo e o sr. Faruk saiu."

"Aonde foi tão tarde assim? O que você contou para eles? Não minta para mim."

"Não estou mentindo", repliquei. "Vou ajudá-la a se deitar."

Dirigi-me para o quarto dela.

"Alguma coisa está acontecendo nesta casa… Não entre no meu quarto, não mexa em nada!", dizia ela, me seguindo.

"Venha, Madame, venha se deitar, senão vai ficar cansada", disse a ela. Ouvi então Metin gritar, e fiquei apavorado. Saí imediatamente do quarto dela.

Metin estava embaixo, cambaleante como um bêbado, balançando o braço.

"Olhe! Olhe o que aconteceu, Recep!", dizia ele, olhando ternamente, como uma criança, para o sangue que escorria do seu pulso, que estava cortado, mas não era um corte profundo, graças a Alá, era um simples arranhão. De repente seu medo e minha presença o trouxeram de volta à realidade, e pareceu se arrepender do que havia feito.

"A farmácia ainda está aberta?", ele perguntou.

"Claro", respondi. "Mas antes vou buscar um algodão, sr. Metin!"

Desci correndo a escada. Peguei o pacote de algodão no armário.

"O que foi?", perguntou Nilgün, sem tirar os olhos do livro.

"Nada!", disse Metin. "Cortei a mão."

Entreguei-lhe o algodão, Metin pressionou o corte com ele. Nilgün veio espiar.

"Não foi na mão, foi no pulso", disse ela. "Mas não é nada. Como fez isso?"

"Acha que não é nada?", replicou Metin.

"O que tem naquele armário, Recep?", Nilgün perguntou.

"Você acha que não é nada!", exclamou Metin. "Mas vou à farmácia assim mesmo."

"Uma porção de coisas, senhorita", respondi.

"Os manuscritos do meu pai e do meu avô não estão ali?", disse Nilgün. "O que será que eles escreviam?"

Pensei um instante antes de responder: "Que Alá não existe".

Nilgün desatou a rir e seu rosto ficou bonito de novo. "Como você sabe?", perguntou. "Eles te contavam?"

Não respondi. Fechei o armário. Ouvi então Madame me chamar, subi, ajudei-a a se deitar e repeti que não estava acontecendo nada. Ela me pediu para trocar a água da garrafa, o que fiz. Quando tornei a descer, Nilgün havia voltado à sua leitura. Ouvi um barulho vindo da cozinha. Era o sr. Faruk que não conseguia abrir a porta que dá para o jardim. Abri.

"Não estava trancada", falei.

"As luzes estão todas acesas", disse ele. Um cheiro forte de *rakı* bateu em meu rosto. "O que está acontecendo?"

"Estávamos à sua espera, sr. Faruk", respondi.

"Minha culpa, não é?", disse ele. "Sempre minha culpa. Vocês deviam ter ido embora de táxi. Eu estava assistindo a uma apresentação de dança do ventre."

"Quanto à srta. Nilgün, não foi nada", falei.

"Nada? Eu sabia", disse ele, mas pareceu surpreso. "Ela está bem, então?"

"Está. O senhor não vai entrar?"

Entrou. Depois se virou para a escuridão, lançou um olhar para algum ponto além do portão, na direção do poste com sua luz fraca, como se tivesse a intenção de sair novamente. Em seguida foi abrir a geladeira e tirou dela uma garrafa. De repente, como que se desequilibrando com o peso da garrafa, deu dois passos trôpegos para trás e se deixou cair na minha cadeira. Respirava ruidosamente, como um asmático.

"Está estragando a sua saúde, sr. Faruk", falei. "Ninguém pode beber tanto assim."

"Eu sei", respondeu ele ao cabo de um momento. Não disse mais nada. Continuava sentado, abraçado à garrafa, parecia uma menina apertando a boneca contra o peito.

"Quer que eu faça uma sopa para o senhor?", perguntei. "Tem um caldinho de carne."

"Faça", disse ele. Ficou mais um instante ali, depois saiu cambaleante.

Quando fui lhe servir a sopa, Metin já havia voltado. Estava com um esparadrapo no pulso.

"O farmacêutico perguntou por você, Nilgün. Ficou espantado quando eu disse que você não havia ido ao hospital."

"Pois é", disse o sr. Faruk. "Ainda não é tarde, podemos chegar a tempo."

"Que conversa é essa?", ela replicou. "Não vai acontecer nada comigo."

"Fui ver a dança do ventre", contou Faruk. "Tinha também uns turistas idiotas de fez na cabeça assistindo."

"E que tal?", perguntou Nilgün bem-humorada.

Não respondeu, só disse:

"Onde terá ido parar meu caderno? Eu podia utilizar aquelas notas."

"Vocês estão dormindo em pé. E por causa de vocês…", disse Metin.

"Você quer voltar para Istambul, Metin?", perguntou Faruk. "Istambul ou aqui, que diferença faz!"

"Vocês dois estão de porre. Nenhum dos dois está em condições de dirigir", disse Nilgün.

"Eu estou, sim!", berrou Metin.

"Não está, não. Vamos passar esta noite aqui, entre irmãos", disse Nilgün.

"Quanta história!", exclamou o sr. Faruk. Logo em seguida acrescentou: "E histórias sem nenhuma razão de ser…".

"Não, senhor! Como eu digo o tempo todo: sempre tem uma razão."

"Parabéns! De fato, você não se cansa de dizer."

"Silêncio! Já passou da medida!", berrou Metin.

"Como seria se fôssemos filhos de uma família ocidental?", perguntou Faruk. "Filhos de uma família francesa, por exemplo. Metin seria feliz?"

"Acho que não", disse Nilgün. "É a América que ele ama."

"Verdade, Metin?"

"Psss! Silêncio!", fez Metin. "Quero dormir."

"Não durma aqui, sr. Metin", falei. "Vai pegar um resfriado."

"Não se meta!"

"Querem que eu traga uma sopa?"

"Ah, Recep!", suspirou o sr. Faruk. "Ah, bom Recep!"

"Traga!", disse Metin.

Desci à cozinha para prepará-la. Quando subi de novo, o sr. Faruk estava estirado no divã, olhos fitos no teto. Conversava com Nilgün, os dois davam risadas juntos. Metin olhava para um disco que tinha na mão.

"Que maravilha!", dizia Nilgün. "Parece um dormitório."

"Vocês não vão subir para seus quartos?" Mal disse isso, ouvi Madame me chamar.

Subi. Precisei de um bom momento para acalmar Madame e ajudá-la a se deitar. Ela queria porque queria descer. Servi-lhe um pêssego. Fechei sua porta e, ao chegar embaixo, o sr. Faruk tinha apagado de tanto beber. Soltava roncos profundos, que lembravam os dos velhos que sofreram muito na vida.

"Que horas são?", sussurrou Nilgün.

"Três e meia", respondi. "A senhorita também pretende dormir aqui?"

"Sim."

Subi e tornei a descer trazendo as cobertas deles. Nilgün me agradeceu, cobri o sr. Faruk também.

"Não quero cobertor", disse Metin, que continuava a contemplar com um olhar distraído a capa do disco, como se estivesse vendo tevê. Aproximei-me e vi que era o disco daquela manhã. "Apague as luzes", disse ele.

Como Nilgün não disse nada, apaguei as luzes dos lustres do teto, mas ainda podia enxergá-los, porque a luz que estava acesa lá fora penetrava na sala através das venezianas e incidia sobre seus corpos deitados, como para me mostrar o ronco vencido do sr. Faruk, e também para me lembrar que a gente não deve ter medo enquanto houver um pouco de luz, enquanto o mundo não mergulhar na escuridão. Ouvi o cri-cri intermitente e decidido de um grilo, não lá fora, mas bem perto de nós. Era como se eu tivesse vontade de ter medo, sem conseguir, porque eu podia ver de vez em quando um deles se mexer ligeiramente e pensava cá comigo que devia ser muito bom para os irmãos dormir no mesmo cômodo, acalentados por roncos serenos quando a escuridão da noite serve de cobertor. Aí você não está só no sono, e mesmo se for uma noite fria de inverno, você não se arrepia de frio sozinho. É como se no quarto de cima ou no quarto ao lado sua mãe ou seu pai, ou os dois juntos, velassem seu sono e o ouvissem dormir, e esse simples pensamento o ajuda a se entregar ao sono sereno debaixo de um edredom de plumas. Foi então que pensei em Hasan, tinha certeza de que ele também se arrepiava naquele instante. Por que você fez isso? Por quê? Eu me perguntei e tornei a me perguntar, enquanto observava os três corpos que se mexiam lentamente, bem vivos. Queria ficar ali mais um pouco, e mesmo até de manhã, ruminar as mesmas histórias, sempre as mesmas, gostaria de me meter medo, me encolher no calor do medo, mas ouvi a voz de Nilgün soar:

"Recep, você ainda está aí?"

"Estou, senhorita."

"Por que não foi se deitar?"

"Estava indo."

"Vá se deitar, Recep. Estou bem."

Saí da sala, bebi um copo de leite, tomei um iogurte, depois fui me deitar, mas não consegui dormir logo. Revirando na cama pensei nos três que dormiam juntos lá em cima, no mesmo cômodo, depois pensei na morte e também no sr. Selâhattin. Ah, meu filho, que pena que eu não pude cuidar da sua educação e da de Ismail, dizia ele. Aquele imbecil que apresentavam como pai de vocês na aldeia lhes arruinou a vida. Claro, é também culpa minha, não fui capaz de impedir Fatma de mandar vocês para lá, me comportei como um fraco, não queria irritá-la, até hoje é ela que garante o dinheiro necessário para fazer face às despesas, até mesmo para o pão que vocês comem, e o que mais me dói é que esses campônios boçais quase fossilizaram o cérebro de vocês enchendo-o de medos e preconceitos. Mas infelizmente não posso mais me encarregar da educação de vocês, fazer de vocês homens livres, capazes de discernimento e de decisão, porque, como se diz, só dá para moldar a árvore jovem, e além do mais já estou com um pé na cova e não posso me dedicar à redenção de duas crianças, enquanto milhões de pobres muçulmanos vagam nos porões do obscurantismo, enquanto milhões de pobres escravos esperam a luz do meu livro, que os tirará do sono em que estão imersos! Mas o tempo que tenho é tão pouco! Adeus, meu pobre filho, sempre silencioso, quero lhe dar um derradeiro conselho, ouça-me, Recep: seja alegre e livre, só confie em você mesmo e na sua razão, entendeu? Eu me contentava em fazer que sim com a cabeça, mas pensava: palavras! Recep, você tem de colher o fruto da árvore do conhecimento do Éden, não tenha medo, colha-o, talvez então você sofra muitos amargores, mas será livre e, quando todos os homens forem livres, vocês poderão construir todos juntos o paraíso terrestre e então você não terá mais medo de nada. Palavras, eu me dizia, palavras, sons que desaparecem assim que se difundem no ar, palavras... E pensando nas palavras adormeci.

Acordei bem depois do nascer do sol. Alguém batia na minha janela. Era Ismail. Fui logo abrir. Olhamos um para o outro com temor, como se culpados não sei de quê. Ele me perguntou então com uma voz chorosa: "Hasan veio te ver, não é, irmão?". "Não", respondi. "Entre, Ismail." Entrou na cozinha e ficou imóvel, como se temesse quebrar alguma coisa. Ficamos em silêncio. Passado um instante, como se agora não tivesse mais medo, ele me perguntou: "Por que ele fez aquilo, Recep, o que você ficou sabendo?". Não respondi, fui para o meu quarto tirar o pijama e enquanto enfiava uma calça e uma camisa ouvia-o falar, como que a si mesmo: "Sempre fiz o que ele pedia. Não quis ser aprendiz de barbeiro, e eu disse, está bem, mas então tem de estudar. Mas ele não estudava. Fiquei sabendo que ele andava com aqueles sujeitos, me contaram, eles iam a Pendik arrancar dinheiro dos comerciantes!". Calou-se. Achei que ele ia chorar, mas quando voltei à cozinha vi que não estava chorando. "O que eles dizem?", perguntou timidamente. "Os lá de cima. Como está a senhorita?" "Ontem à noite ela disse que estava bem, agora está dormindo", falei. "Mas não a levaram para o hospital. Deviam ter levado." Ismail parecia contente. "Na certa nem vai precisar ir para o hospital", falou. "Na certa ele não bateu tanto assim." Fiquei um instante em silêncio, depois exclamei: "Eu vi, Ismail! Eu vi quanto ele bateu!". Ele ficou envergonhado, como se fosse ele o culpado, caiu sentado na minha cadeirinha, achei que ia começar a chorar.

Mais tarde, ouvi um ruído vindo de cima, pus a água do chá para esquentar e subi ao quarto de Madame.

"Bom dia", falei. "A senhora vai tomar o café da manhã aqui ou embaixo?" Abri as venezianas.

"Aqui", ela respondeu. "Mande-os subir, quero vê-los."

"Estão dormindo", falei, mas quando descia vi que Nilgün estava acordada. "Como se sente?"

Estava vestida de vermelho.

"Bem, Recep", respondeu. "Não foi nada."

Mas não era o que dizia seu rosto: um olho estava inteiramente fechado; os ferimentos, que haviam criado casca, pareciam mais inchados, mais roxos ainda.

"Vocês têm de ir já para o hospital!", falei.

"Meu irmão mais velho já acordou?", ela quis saber.

Desci. Ismail continuava na cadeira, como eu o havia deixado. Preparei o chá. "Os gendarmes vieram ontem em casa", disse Ismail após um instante. "Disseram para não escondê-lo. E por que eu o esconderia, falei, eu o castigaria antes que o Estado o fizesse." Calou-se, parecia esperar eu dizer alguma coisa, e como eu não disse nada fez uma careta, como se fosse começar a chorar, mas não chorou. "O que eles dizem?" Não respondi. Ele acendeu um cigarro. "Onde será que posso encontrá-lo?" Eu cortava o pão para tostá-lo. "Ele tem amigos, ia com eles ao café", continuou. "Agia como se estivesse enfeitiçado por eles. Não tinha consciência de nada!" Eu sentia seu olhar cravado em mim, mas continuava cortando o pão. Ele repetiu: "Não tinha consciência de nada!". Continuei cortando o pão.

Quando subi, o sr. Faruk também tinha se levantado. Nilgün o ouvia alegremente.

"Foi assim que me encontrei nos braços da minha musa", dizia Faruk. "Ela me envolvia em seu regaço, como uma tia enorme, e me dizia, escute, agora vou te desvendar o segredo da História."

Nilgün ria. Faruk continuou.

"Que sonho! Tive medo, acordei, mas sem acordar de fato. Queria acordar, mas caí no abismo do sono. Olhe só o que encontrei no meu bolso!"

"Haha! Um fez!", exclamou Nilgün.

"Pois é, um fez. Ontem à noite, os turistas que viam a dançarina estavam todos de fez. Não sei como foi parar no meu bolso. Como posso tê-lo enfiado lá?"

"Já querem tomar café?", perguntei.

"Sim, Recep", responderam.

Eles queriam evitar o trânsito e a multidão de comerciantes que ia trabalhar em Istambul. Desci à cozinha, pus o pão para tostar, cozi uns ovos, preparei as coisas para o café da manhã. "Você talvez saiba de alguma coisa", disse Ismail. "Você está sempre sentado nesta cozinha, mas sabe de quase tudo o que acontece, Recep!" Pensei por um instante. "Tanto quanto você, Ismail!", falei. Contei-lhe depois que tinha visto seu filho fumando. Ismail olhou para mim estupefato, como se houvesse sido traído. Disse então, esperançoso: "Onde terá ido? Um dia voltará de onde estiver. Com o que acontece todo dia, com tanta gente que morre, vão acabar por esquecê-lo". Ficou um pouco calado, depois perguntou: "Vão esquecê-lo, não é, irmão?". Enchi uma xícara de chá, coloquei-a diante dele. "E você, vai esquecê-lo, Ismail?"

Subi.

"Eles já acordaram, Madame", falei. "Esperam a senhora na sala de almoço. Vamos, desça, venha tomar café com eles pela última vez."

"Mande-os subir!", ela respondeu. "Vou lhes contar umas tantas coisas. Não quero que acreditem nas suas mentiras."

Desci sem dizer nada. Pus a mesa, Metin também tinha se levantado. Faruk e Nilgün continuavam rindo um com o outro, Metin sentava em silêncio. Desci à cozinha. "Hasan tinha ficado duas noites sem voltar para casa", disse Ismail. "Você sabia?" Ele me fitava atentamente. "Não, não sabia", respondi. "Mesmo naquela noite que choveu tanto?" "Mesmo naquela noite", falou. "Havia goteiras no teto, chovia a cântaros na vizinhança. Passamos a noite sentados, esperando, ele não chegou." "Deve ter se abrigado em algum lugar quando a chuva começou", falei. Ele me fitava com mais atenção. "Ele não veio para cá?", perguntou. "Não, Ismail!" Mas logo pensei no gás que alguém tinha deixado aberto. Subi com o chá, o pão, os ovos para eles, pensativo.

"Vai tomar leite, srta. Nilgün?"

"Não", respondeu ela.

Eu deveria ter fervido leite e posto na frente dela sem lhe perguntar. Voltei à cozinha. "Vamos, Ismail, tome o chá", falei. Servi-lhe o desjejum, cortei o pão. "Você contou para eles, Recep?" Nem respondi, ele ficou meio embaraçado e se pôs a comer em silêncio, como se quisesse se desculpar por sua pergunta. Levei a bandeja de Madame.

"Por que eles não subiram?", Madame perguntou. "Você não disse que eu estava chamando?"

"Disse, Madame... Estão tomando o café da manhã. Antes de partirem, é claro que virão beijar a sua mão."

De súbito, ela ergueu lentamente a cabeça do travesseiro e me fitou com um olhar malicioso:

"O que você contou para eles esta noite?", indagou. "Diga logo, e não minta!"

"O que eu poderia ter contado? Não entendo!"

Ela não me respondeu. Lia-se novamente o nojo em seu rosto. Pus a bandeja na mesa, desci.

"Se pelo menos eu pudesse reaver meu caderno", dizia o sr. Faruk.

"Onde você o viu pela última vez?"

"No carro. Depois Metin pegou o carro, mas disse que não o viu."

"Não viu mesmo, Metin?", perguntou Nilgün.

Os dois se viraram para Metin, mas ele não disse nada. Continuava sentado, como uma criança que acaba de ser punida com uma surra e que não deixam chorar; com uma fatia de pão na mão, parece não saber direito o que ela é, fita-a demoradamente, o olhar vazio como o de um velho gagá que tem de se esforçar para se lembrar que é um pão como os que comia antes, com manteiga ou geleia, e que morde o pão tostado na esperança de encontrar a lembrança dos bons tempos que passaram. Por um breve instante, parece comovido, mas logo esquece o triunfo, abandona a esperança, se esquece até de mastigar e fica imóvel como se tivesse uma pedra entre as mandíbulas. Eu olhava para ele e refletia.

"Metin, fizemos uma pergunta!", esbravejou Nilgün.

"Não, não vi o caderno de vocês!"

Desci para a cozinha, Ismail havia acendido outro cigarro. Sentei-me para tomar também meu desjejum; pela porta aberta, olhávamos para o jardim, para a terra em que os pardais saltitavam. O sol entrava aquecendo nossas mãos impotentes. Tive a impressão de que Ismail sentia vontade de chorar, então quis lhe dizer alguma coisa. "Quando é o sorteio da loteria, Ismail?" "Foi ontem à noite." Ouvimos então um ronco prolongado: era Nevzat, passando em sua motocicleta. "Vou andando", disse Ismail. "Sente-se", falei. "Aonde você vai? Precisamos conversar quando eles saírem." Ele sentou. Subi à sala de almoço.

O sr. Faruk tinha terminado o desjejum e fumava um cigarro. "Vai precisar ter paciência com vovó, Recep!", ele me disse. "Viremos visitar vocês outra vez. Viremos com certeza passar mais uns dias aqui antes do fim do verão."

"Serão bem-vindos."

"E se acontecer alguma coisa, que Alá não permita, telefone logo para nós. Se você precisar de alguma coisa... Já se acostumou com o telefone?"

"Antes vocês vão passar pelo hospital, não é?", falei. "Mas não se levantem ainda. Vou lhes servir um chá."

"Está bem."

Desci. Enchi as xícaras de chá e levei-as para eles. Nilgün e Faruk haviam recomeçado a conversar.

"Já te falei da minha teoria do jogo de baralho?", perguntava o sr. Faruk.

"Falou, sim", Nilgün respondeu. "Também me contou por que para você a sua cabeça parecia uma noz e quem a apanhasse e a quebrasse para examinar o interior poderia ver os vermes da História se movendo nas suas circunvoluções. E eu te disse que você estava sempre falando absurdos. Mas acho suas histórias divertidas."

"Verdade. São histórias tão cômicas quanto absurdas."

"Nem tanto", disse Nilgün. "O que aconteceu comigo, por exemplo, não foi puro acaso."

"Mas as guerras, os saques, os crimes, os estupros, os generais..."

"Nada acontece por acaso."

"Os vigaristas, as epidemias de peste, os negociantes, as desavenças: a vida..."

"Você sabe muito bem que tudo tem uma causa."

"Será que sei mesmo?", disse Faruk. Calou-se um instante, depois acrescentou: "Histórias divertidas e absurdas, infelizmente!".

"Estou enjoada", disse Nilgün de repente.

"Então vamos logo embora", disse Metin.

"Por que não fica aqui, Metin?", perguntou Faruk. "Para aproveitar o mar. O que vai fazer em Istambul?"

"Sou obrigado a ganhar dinheiro, já que vocês não conseguem ganhar o bastante, de tão moloides!", disse Metin. "Vou dar aulas particulares o verão todo, a duzentas e cinquenta liras por hora. Tá bom?"

"Às vezes você me mete medo!", disse Faruk.

Desci à cozinha, pensando no que podia arranjar para o enjoo de Nilgün. Ismail tinha se levantado. "Vou andando", disse ele. "Hasan vai acabar voltando para casa um dia, não é, Recep?" Pensei um instante. "Vai voltar, sim!", falei. "Esteja onde estiver, ele vai voltar, mas não saia ainda, Ismail!" Ele não se sentou. "O que eles dizem lá em cima?", perguntou. "Devo ir pedir desculpas?" A pergunta me surpreendeu. Pensei. "Sente-se, Ismail, não vá embora", falei, e então ouvimos um barulho vindo de cima. Era a bengala de Madame batendo no assoalho. "Você se lembra, Ismail?" Erguemos a cabeça e ficamos um instante olhando para cima. Depois Ismail se sentou. A bengala bateu várias outras vezes, como se batesse na cabeça de Ismail. Ouvimos então a voz frágil, apagada, mas incansável.

"Recep, Recep, o que está acontecendo aí embaixo?"

Subi.

"Nada, Madame", falei e levei-a de volta para seu quarto. Disse que eles já subiriam para vê-la. Eu me perguntava se devia descer com as malas, levá-las até o carro. Afinal, peguei a de Nilgün, descia-a com dificuldade, lentamente. Enquanto descia, pensava que ela iria protestar, por que você foi se incomodar, Recep?, mas logo a vi deitada no divã, eu havia esquecido completamente que estava enjoada. Eu me censurava por não ter me lembrado da única coisa que não gostaria nunca de ter esquecido, quando de repente ela começou a vomitar. Fiquei paralisado com a mala na mão, Metin e Faruk olhavam para ela com estupor: de repente, Nilgün virou a cabeça para o lado sem emitir nenhum som. Quando vi o vômito, não sei por que pensei nos ovos. Ela continuava a vomitar. Precipitei-me para a cozinha, em busca de alguma coisa que pudesse acalmá-la. Foi porque não a fiz tomar leite de manhã, pensei como um boboca, a culpa é minha. Mas não peguei o leite. Ismail me dizia não sei o quê, olhei para ele abestalhado. Depois me lembrei do que estava acontecendo e corri. Quando subi de volta, Nilgün estava morta. Eles não me disseram, entendi assim que a vi, mas também não pude pronunciar a palavra morte. Olhávamos para seu rosto esverdeado, sua boca escura, tranquila agora, como se se tratasse do rosto e da boca de uma moça que descansava, nos sentindo culpados, acreditando que tínhamos cometido o erro de cansá-la. Dez minutos depois a farmacêutica que Metin trouxera de carro pronunciou a palavra morte. Morrera de hemorragia cerebral. E no entanto ficamos ainda um bom tempo olhando para Nilgün, na esperança de que, quem sabe, de uma hora para outra ela se levantasse e saísse andando.

31. Hasan vai embora

Para me distrair um pouco, levantei delicadamente a lata de tinta vazia e esperei que o ouriço-cacheiro babaca aparecesse do meio de seus espinhos, mas ele não apareceu. Acho que ficou mais esperto. Depois de esperar um bom momento, perdi a paciência e ergui o bicho agarrando-o por um espinho. Agora dói, não é? Soltei de repente, ele caiu ruidosamente de costas. Que patético esse ouriço babaca, você me dá dó, mas também me dá nojo, me enche o saco.

Já são sete e meia, faz um dia inteiro que estou escondido aqui e faz umas seis horas que tento matar o tempo com esse ouriço que descobri esta noite. Antigamente, tinha um monte deles perto de casa e também no bairro baixo, eles entravam de noite no jardim, fazendo um barulhinho ligeiro, minha mãe e eu logo sabíamos que haviam chegado; é só acender um fósforo diante dos olhos deles para que os babacas parem espantados! Basta então emborcar uma lata em cima deles para mantê-los presos até de manhã. Agora sumiram, sobrou somente este. Acendo um cigarro, sinto vontade de botar fogo não só no ouriço mas em todo esse lugar, nos pomares, nas últimas oliveiras, em tudo. Seria um belo adeus a vocês todos, mas pensei que não valia a pena. Pus o ouriço novamente de pé, ele que se arranje. E depois caio fora, o cigarro na boca me fazendo esquecer a fome.

Junto minhas coisas, meu maço de cigarros, só me restam sete, os dois pentes, os fósforos, deixo a lata de tinta junto do babaca do porco-espinho, mas levo o caderno do sr. Faruk: mesmo que não sirva para nada, um cara que vai com um caderno na mão sempre desperta menos suspeitas; isso se eles dão tanta importância a mim a ponto de estarem no meu encalço. Antes de ir embora, quis olhar pela última vez à minha volta, para o meu canto favorito entre as amendoeiras e as figueiras, aonde eu vinha quando era garoto, quando estava cheio de casa, cheio de todo mundo. Um último olhar e vou embora.

Ao chegar ao fim da trilha, também quero olhar pela última vez para a nossa casa, que se vê ao longe, e para o bairro baixo. Bem, adeus, pai, no dia em que eu voltar vitorioso, aliás você na certa vai saber pelos jornais, você entenderá como agiu mal comigo, não nasci para ser um simples barbeiro. Adeus, mãe, a primeira coisa que vou fazer vai ser te arrancar das mãos desse pobre coitado vendedor de bilhetes de loteria. Contemplei depois os telhados e os muros, que fedem a riqueza, mas que são tão feios, das casas de todos esses pecadores empedernidos. Daqui não dá para ver sua casa, Nilgün. Vocês na certa avisaram a polícia, não é? Bem, agora adeus.

Não passei de propósito pelo cemitério, meu caminho é que passava por lá e, enquanto o atravessava, dei uma olhada distraída nos túmulos e li o nome deles: Gül e Doğan e Selâhattin Darvinoğlu, uma *fatiha* pela sua alma. Li essas palavras e me senti, não sei por quê, sozinho, culpado e desesperado. Tive medo de ser visto chorando e fui embora rápido.

Com medo de topar com algum enxerido a par do que aconteceu, não peguei a via asfaltada em que os que voltam segunda de manhã apostam corrida para ver quem chegará primeiro a Istambul para tapear ou ser tapeado, passei pelos campos e pomares. Ao me aproximar, os corvos abandonavam as cerejas e as ginjas, surgiam de entre as árvores e alçavam voo, com cara de culpados. Você sabia, pai, que o próprio Atatürk caçava corvos com os irmãos quando era criança? Na noite passada tomei coragem para ir ver, pela janela, o que acontecia em casa. Todas as luzes estavam acesas, e ninguém dizia, apague a luz, que desperdício, e meu pai estava sentado, a cabeça entre as mãos, estaria chorando, estaria falando sozinho, não dava para ver de longe. Imaginei então que alguém tinha contado para ele, vai ver até que a polícia passou. Quando evoco a imagem de meu pai, tenho dó dele, quase sinto remorso.

Não vou pelo bairro baixo, porque sempre tem por lá uma porção de desocupados que se reúnem e passam o tempo xeretando as pessoas, de olho no que fazem. Saio da estrada exatamente no lugar em que o carro de Metin tinha parado naquela noite, desço pelas hortas e, quando chego à ferrovia, vou andando até a estação seguindo os terrenos da Escola de Agricultura. Meu pai gostaria que eu tivesse entrado nela. Se, no exame de ingresso, não tivessem feito perguntas sobre coisas de que ninguém nunca nos falou no colégio, meus pais teriam me posto nessa escola, porque não fica longe de casa, e no ano seguinte eu teria me tornado jardineiro diplomado. E aí, ao falar de mim, meu pai não diria meu filho é jardineiro, mas meu filho é funcionário público, usa até gravata, mas para mim eu seria apenas um jardineiro de gravata. Aqui os alunos têm aula até no verão. Quando toca o sinal, eles não largam do pé do professor para que ele mostre no laboratório que os tomates têm sementes. Uns mortos de fome cheios de espinha na cara, um bando de babacas! Aliás, quando vejo aqueles caras fico feliz porque aquela guria surgiu no meu caminho. Se eu não tivesse todos esses problemas por causa dela, talvez tivesse sido obrigado a ser jardineiro de gravata ou virado barbeiro. Claro, para você aprender o ofício de barbeiro, precisa aguentar não só as broncas do seu pai, mas também as do barbeiro durante pelo menos dez anos. Essas coisas levam tempo!

Na fábrica de cabos um grupo de trabalhadores espera diante de uma cancela pintada de vermelho e branco, como uma passagem de nível; não passam por ela, entram em ordem por uma portinha ao lado e marcam o ponto diante da guarita, vigiado pelos seguranças, que mais parecem carcereiros. Aliás, a fábrica é toda cercada de arame farpado. Sim, o que chamam de fábrica na verdade é uma prisão moderna, e para fazer as máquinas roncarem de prazer aqueles pobres escravos se esfalfam das oito da manhã às cinco da tarde. Se meu pai tivesse arranjado um pistolão, na certa teria decidido que eu era incapaz de estudar e teria feito eu me incorporar a esses operários e ficado todo feliz com a ideia de me obrigar a passar a vida inteira nessa prisão, comandando uma máquina, achando que o futuro do seu filho estava garantido. E lá estão os depósitos da fábrica, quer dizer, da prisão: nos tambores vazios os companheiros escreveram o que estão preparando para os comunistas.

Chegando à altura do cais da fábrica fico vendo trabalhar o guindaste que esvazia um navio. A carga é enorme! Que engraçado vê-la ser erguida no ar!

302

Quem sabe para onde esse navio irá quando toda a carga for desembarcada! Fico assistindo mais um pouco, depois vejo uns operários chegarem do outro lado, não queria que pensassem que eu sou um desempregado ou um vagabundo. Não deviam se achar superiores a mim só porque arranjaram trabalho graças a algum pistolão! Eu os observei bem quando passaram por mim: não há diferença entre nós, eles são um pouco mais velhos, usam roupa limpa. Não fosse a lama no meu tênis, ninguém adivinharia que eu não tenho trabalho.

Tinha me esquecido da existência dessa fonte. Primeiro bebi da sua água, não é muito agradável quando a gente está de jejum, mesmo assim me fez bem. Depois limpei o tênis, queria tirar a lama avermelhada deste maldito lugar, apagar a sujeira do passado. Alguém se aproxima de mim.

"Posso tomar um gole d'água também, patrício?"

Me afasto. Deve ser um operário, penso. Ele está de casaco, com o calor que está fazendo. Tira o casaco, dobra cuidadosamente, o coloca de lado. Mas em vez de beber assoa o nariz e gargareja. Quando um cara é esperto, consegue arranjar trabalho, e para tomar o lugar de outro numa fonte diz que vai beber, quando só quer tirar meleca. Será que ele tem diploma de ensino médio, me pergunto. Percebo uma carteira no bolso do seu paletó. Ele continua a assoar o nariz. Furioso com ele, pego a carteira e enfio no bolso de trás. Ele não olhava para o meu lado, não viu nada e continua assoando. Passado um instante, toma um gole d'água, na certa só pra me dar uma satisfação.

"Bem, patrício, chega", falou. "Vou trabalhar."

Ele se afasta da fonte, "obrigado", agradece ofegante, pega o paletó, veste, não se deu conta de nada. Enquanto se dirige para a fábrica, volto a limpar calmamente meu tênis. Nem olho para ele. Quando termino a limpeza, ele já sumiu de vista. Saio andando depressa em direção à estação. O calor faz as cigarras cantar. Um trem passa por mim lotado de gente que volta ao trabalho segunda de manhã, está todo mundo espremido como sardinhas em lata, olham para mim, o trem se afasta. Perdi o trem, vou ter de esperar o próximo.

Agora estou andando no cimento da estação, caderno na mão, com cara de quem tem alguma coisa a fazer. Nem me viro para os dois guardas que perambulam na plataforma de embarque. Me dirijo para o bar.

"Três queijos quentes!", peço.

Uma mão entra na vitrine do balcão e enfia entre duas fatias de pão o queijo que transborda pelas beiradas. Eles todos deixam o queijo saindo do pão, para os clientes imaginarem que tem bastante. Vocês são muito espertinhos e, por se acharem mais malandros do que eu, pensam que venceram na vida. Muito bem, mas e se eu não for tão tapado quanto vocês imaginam, se eu for tão malandro quanto vocês, se eu perceber todas as tramoias de vocês, hein? Uma ideia me passa pela cabeça.

"Uma gilete e um tubo de cola", peço e ponho uma nota de cem liras no mármore do balcão.

Pego o troco e as compras e saio. Olho de novo para onde estão os policiais. Nessas estações pequenas, o banheiro fica sempre no fim da plataforma cimentada. Lá dentro, um fedor de carne podre. Entro, passo o trinco, tiro a carteira do bolso, constato que aquele engraçadinho possuía uma nota de mil liras e duas de quinhentas, isto é, 2125 liras, com os trocados. Conforme esperava, encontro a carteira da Seguridade Social. Nome Ibrahim, sobrenome Şener, nome do pai Fevzi, nome da mãe Kamer, província Trabzon, cidade Sürmene, et cetera. Bom. Li e reli tudo até saber de cor. Depois tiro do bolso minha carteira de estudante, seguro-a contra a parede da privada, recorto cuidadosamente minha fotografia com a gilete e com a unha raspo o papel no verso da foto. Depois tiro a foto de Ibrahim Şener da sua carteira, colo a minha e, pronto, viro Ibrahim Şener. Simples assim. Ponho o documento da Seguridade Social na carteira de dinheiro, enfio no bolso. Depois saio do banheiro e volto ao bar.

Meus queijos quentes estão prontos. Eu os devoro satisfeito, porque não comi nada nas últimas vinte e quatro horas, fora as cerejas e os tomates verdes que consegui roubar nos jardins. Bebo um copo grande de iogurte batido e me pergunto que mais podia comer, dinheiro é que não falta. Tem biscoitos, chocolate, mas nada me atrai. Peço mais um queijo quente, recomendo que seja bem tostado, o atendente não diz nada. Encostado no balcão, meio voltado para a estação, eu me sinto bem, não me preocupo com mais nada. De vez em quando me viro e olho na direção da fonte, para ver se alguém vem vindo pela linha férrea, mas não. Aquele operário consciente se acha muito esperto, mas ainda não deve ter notado que passaram a mão na sua carteira. Talvez tenha percebido sim, mas não lhe passará pela cabeça que fui eu. O atendente do bar me entrega meu queijo quente, eu lhe peço um jornal.

"O *Hürriyet*."

Pego o jornal, saio, me sento num banco, sem me preocupar com as outras pessoas, e me ponho a ler comendo meu sanduíche.

Primeiro vejo quantos mortos houve ontem, em Kars, Izmir, Antalya, Ancara... Pulo Istambul, deixo para ver no fim. Perdemos doze, os outros dezesseis. Depois olho Istambul, nenhum morto, Izmit nem mesmo é mencionada. Continuo examinando as listas, rapidamente, com medo, mas entre os nomes dos feridos não figura o de Nilgün, Nilgün Darvinoğlu. Leio tudo novamente; é, nada. Pode ser que este jornal não tenha noticiado, penso, e vou comprar o *Milliyet*. Nele também ela não consta entre os feridos. Aliás, o jornal não dá o nome dos que foram feridos ou mortos. Não tem importância. Para ver seu nome nos jornais só sendo jogador de futebol ou puta.

Dobro os jornais, sempre indiferente, entro na estação, vou ao guichê, sei para onde tenho que ir imediatamente.

"Uma passagem para Üsküdar", falo.

"O trem não vai até Üsküdar", diz o folgadão do guichê. "A última parada é em Haydarpaşa."

"Eu sei, eu sei!", respondo. "Uma para Haydarpaşa."

Outra vez, não me entrega. Desgraçado! Agora me pergunta:

"Normal ou estudante?"

"Não sou mais estudante!", falo. "Meu nome é Ibrahim Şener."

"Seu nome não me interessa!", responde ele, mas acho que ficou com medo quando viu minha expressão, se calou e me deu a passagem.

Fiquei uma fera. Eu não tenho medo de ninguém. Saio da estação, olho novamente para a via férrea, ninguém vem vindo. Uns espertinhos se sentaram no meu banco. Me dá vontade de tirá-los dali, bem onde eu estava, mas, penso, não vale a pena, a multidão que espera a chegada do trem poderia se voltar contra mim. Vou procurar outro lugar para sentar, e de repente fico com medo: os gendarmes olham para mim.

"Tem hora, patrício?", um deles me pergunta.

"Eu? Tenho, sim."

"Que horas são?"

"Que horas? Oito e cinco", informo.

Não disseram mais nada e se afastaram conversando. Continuo também a andar, mas aonde ir? Finalmente encontro um banco, sento. Depois acendo um cigarro e abro meu jornal, como fazem todos os que vão ao trabalho de manhã, e recomeço a ler, absorto. Depois de terminar as notícias nacionais, passo às notícias internacionais, com a seriedade dos homens que têm mulher, filhos e responsabilidades. Penso comigo mesmo que se Carter e Brejnev fizeram um acordo secreto para dividir a Turquia entre eles, nada os impedirá. Penso também que eles é que talvez tenham despachado o papa para essa viagem à Turquia... Fiquei com medo, alguém sentou perto de mim!

Olho para ele com o rabo dos olhos, sem baixar o jornal. Com um gesto cansado, pôs as mãos enormes, enrugadas, de dedos grossos, em sua calça ainda mais gasta que a minha. Me viro para ele, adivinho que é um velho operário miserável, destruído pelo trabalho. Tenho pena dele. Se a gente não morre moço, vira aposentado depois de ter vivido uma vida inteira em vão. Mas ele não parece desgostoso, com o olhar vazio observa os passageiros que esperam do outro lado da linha, parece quase contente. Me pergunto então se ele não tem más intenções; vai ver que se entendeu com os outros, vai ver que todos os que estão esperando estão me armando uma cilada. Estremeço. Mas o velho boceja, um bocejo que me faz entender que ele não passa de um imbecil. Por que fiquei com medo? Eles é que têm de ter medo de mim. Pensar nisso me tranquiliza.

Pensei então em contar tudo àquele velho, quem sabe ele conhece meu pai, que vive perambulando por aí, sim, sou o filho do manco vendedor de bilhetes de loteria, estou indo para Istambul, para Üsküdar; poderia até lhe falar de Nilgün, dos nossos amigos e do que todos pensam de mim, mas, olhe, este jornal ainda não fala de mim, às vezes, sabe, acho que todas as coisas ruins são causadas por gente que quer nos armar ciladas, mas sei que um dia farei alguma coisa e serei capaz de botar a perder as armações deles, por ora não sei o que vou fazer, mas sei que será uma enorme surpresa para todos, você me entende? E então os jornais falarão de mim, e todos esses imbecis que esperam o trem e são felizes porque têm um trabalho a que vão todas as manhãs, que ignoram tudo o que acontece no mundo, entenderão; eles também ficarão surpresos, terão até medo de mim, tanta luta, tantos mortos, pensarão, foi tudo em vão, mas nós não sabíamos. Quando chegar esse dia não só os jornais, mas também a tevê falarão de mim, eles compreenderão, todos vocês compreenderão.

O trem se aproxima, dobro o jornal, levanto sem pressa. Dou uma espiada no caderno que Faruk encheu de anotações sobre a história, leio uma ou outra coisa. Besteiras! História é bom para os escravos, para os entorpecidos, são contos para criança idiota, para os imbecis, os miseráveis, os medrosos!

Nem me dou ao trabalho de rasgar o caderno, jogo na lata de lixo junto do banco. Depois, com os gestos das pessoas que nem pensam no que estão fazendo, com os gestos de todo mundo, jogo minha guimba no chão, apago com a sola do sapato como vocês fazem, com a maior indiferença. As portas dos vagões se abrem: centenas de cabeças se viram para mim de dentro do vagão: de manhã eles vão para o trabalho, de noite voltam do trabalho, na manhã seguinte vão de novo para o trabalho e voltam novamente de noite, esses pobres coitados não sabem nada, não sabem nada! Mas aprenderão! Eu lhes ensinarei, mas agora não; agora, bem, igual a vocês que têm um trabalho e que vão para ele toda manhã, vou entrar no trem lotado e me juntar a vocês.

Dentro do vagão, onde os passageiros fervilham, faz um calor úmido e gostoso. Daqui por diante, cuidado comigo!

32. Fatma encontra consolo ao segurar um livro

Eu esperava deitada na cama. Esperava com a cabeça no travesseiro, porque antes de partir para Istambul eles viriam beijar minhas mãos, me dizer algumas palavras, ouvir o que eu responderia. De repente me admirei: a barulheira que eles faziam lá embaixo parou de uma hora para outra, como que cortada à faca! Não os ouço mais ir de um cômodo ao outro, não ouço mais portas e janelas abrindo e fechando, suas conversas ecoando na escada ou sob o teto, não ouço mais nada e fico com medo.

Me levanto, pego minha bengala, bato repetidas vezes no assoalho, mas aquele anão pérfido tem o costume de se fazer de surdo. Bato com toda a força, depois saio vagarosamente do meu quarto, vou até a beira da escada, para que ele não possa mais fingir na frente dos outros que não me ouve, e grito:

"Recep, Recep, venha já aqui!"

Embaixo, o silêncio continua.

"Recep, Recep, estou te chamando!"

Que estranho e assustador esse silêncio! Voltei rapidamente para o meu quarto, sentia frio nos pés, fui até a janela, abri as venezianas, olhei para baixo: no jardim alguém corria para o carro, eu o reconheci, era Metin; ele entrou no carro e saiu, me deixando, ó Alá, entregue a meus pensamentos confusos.

Continuei a olhar pela janela, mas não por muito tempo, porque Metin voltou rapidamente. Fiquei surpresa: uma mulher desceu do carro com ele e entraram juntos em casa. Ela trazia uma maleta e assim que a vi eu a reconheci por seus cabelos compridos: era a esposa do farmacêutico, ela sempre vem quando lhe dizem que estou mal, chega com sua enorme maleta, uma maleta que conviria mais a um homem, sorri para mim, me paparica para parecer simpática e poder enfiar tranquilamente a agulha da sua seringa cheia de veneno em meu corpo: sra. Fatma, a senhora está com febre, seu coração está se cansando à toa, deixe-me lhe aplicar uma injeção de penicilina, a senhora vai se sentir melhor, não precisa ter medo, logo a senhora que é esposa de médico, todo mundo aqui só quer seu bem. Essas últimas palavras me deixam desconfiada e por fim choro um pouco, aí eles vão embora, me deixando em paz com minha febre, e então penso: Fatma, como eles não puderam envenenar sua mente, querem envenenar seu corpo, tome cuidado, Fatma.

Tomo cuidado, espero com medo. Mas não acontece nada. Espero em vão um barulho de passos na escada, o silêncio lá embaixo continua. Passado um momento, ouço um ruído vindo da porta da cozinha, corro para a janela novamente. A farmacêutica, com sua maleta na mão, vai embora, mas desta vez está sozinha. Aquela mulher bonita tem uma maneira esquisita de andar, juvenil, cheia de vida, vejo-a se afastar quando bruscamente sua atitude me inquieta: a alguns passos do portão ela coloca a maleta no chão, tira apressada alguma coisa de dentro dela, um lenço grande, se põe a chorar e a assoar nele o nariz. De repente tive pena daquela bonita mulher, diga, o que eles fizeram com você, conte, mas ela pareceu se controlar subitamente e passou o lenço nos olhos, depois pegou a maleta e foi embora. Ao atravessar o portão do jardim, ela se virou um instante e olhou para a casa, mas não me viu.

Curiosa, não saí da janela. Depois, quando a curiosidade se tornou insuportável, fiquei com raiva deles, vão embora, vão embora já, sumam dos meus pensamentos, me deixem só! Mas eles ainda não vieram e ainda há um silêncio absoluto lá embaixo. Volto para a cama. Não fique aflita, Fatma, logo recomeçarão a fazer aquele alvoroço terrível, logo voltarão a alegria insolente, as suas idas e vindas. Vou para a cama e fico pensando: eles virão logo, depois de subir a escada barulhentamente, Faruk, Nilgün, Metin entrarão no meu quarto, se inclinarão sobre a minha mão e então a serenidade, a raiva e a inveja se misturarão em meus pensamentos: como é estranho o cabelo da cabeça inclinada sobre a minha mão! Estamos indo, vovó, eles me dirão, mas logo voltaremos. A senhora está com uma aparência muito boa, vovó, está ótima, cuide-se bem, não se preocupe conosco, vamos indo. Depois, vai haver um silêncio e eu verei seus olhares fixos em mim: atentos, carinhosos, compassivos e também com uma estranha alegria. Então imaginarei que estão pensando na minha morte e saberei que para eles minha morte é uma coisa normal e, como tenho medo da piedade deles, talvez tente gracejar, e se eles não me irritarem pedindo para eu ser tolerante com Recep, talvez eu consiga gracejar dizendo a eles: vocês já sentiram o gostinho da minha bengala?, ou por que vocês não usam mais calça curta, chegarei até a dizer, quem sabe, comportem-se, crianças, senão eu lhes dou um puxão de orelhas, ponho vocês três de castigo, mas sei que não vão achar graça dessas brincadeiras, que elas só servirão para lhes lembrar as palavras de despedida, sempre as mesmas, vazias de sentido, idiotas, que eles sabem de cor, e depois de um longo silêncio eles me dirão:

"Bom, vamos indo, vovó, a quem em Istambul a senhora quer que mandemos lembranças?"

E essa pergunta me surpreenderá mais uma vez, me emocionará como se eu não a esperasse. Depois pensarei em Istambul, em tudo o que deixei lá setenta anos atrás, ai, que tristeza, mas não me deixo enganar, porque sei muito bem: vocês vivem lá afundados até o pescoço no pecado, a vida que Selâhattin preconizava e descrevia em sua enciclopédia. Mas às vezes fico angustiada. Nas noites frias de inverno, quando a estufa malcuidada pelo anão não me aquece direito, sinto vontade de ficar um pouco entre as minhas recordações, num quarto bem iluminado, quentinho e alegre, e me entrego a meus sonhos, mas eu, eu não quero saber de pecados! Quando não consigo esquecer a imagem alegre desse quarto iluminado e quente, acabo levantando da cama no meio da noite fria de inverno, abro meu armário, pego, ao lado do meu cofre de joias, a caixa em que guardei todos aqueles recortes sob os carretéis vazios, as agulhas quebradas da minha máquina de costura e as contas de luz, e procuro. Guardei os recortes de jornal que anunciam ao mundo inteiro que todos vocês, coitados, estão mortos, olhem seus obituários: falecimento: Semiha Esen, filha do sr. Halit Cemil, diretor-geral das Refinarias de Açúcar; falecimento: sra. Mürüvvet, também das Refinarias, e também a mais imbecil de todos; falecimento: Nihal, filha única do falecido sr.

Adnan, eu me lembro de você, é claro, você tinha se casado com um negociante de tabaco, teve três filhos e onze netos, mas estava apaixonada por Behül, um vagabundo, que amava Bihter, chega de pensar nisso, Fatma, bom, mais uma nota, a última, deve ser de uns dez anos atrás, falecimento: sra. Nigân Işıkçı, filha do falecido Şükrü Paxá, ex-ministro das Obras Pias, ex--embaixador em Paris, irmã das sras. Türkân e Şükran, ah, Nigân, minha irmã, leio que você também faleceu... Assim, com aquelas notas de falecimento na mão, no meio do meu quarto gelado, me dou conta de que já não me resta nenhuma pessoa querida em Istambul, e penso: todas vocês foram obrigadas a viver no inferno que Selâhattin pedia e rogava que se instalasse na terra e descrevia em sua enciclopédia, todas vocês afundaram nos imundos pecados de Istambul e morreram e foram enterradas entre os edifícios de concreto, as chaminés das fábricas e as canalizações, que horror! Pensar nisso me faz sentir um medo e uma paz estranhos, e a vontade de voltar logo para o calor da minha cama sob o meu edredom gostoso, e eu quero dormir e esquecer, porque esses pensamentos me deixam exausta: sim, não há mais ninguém em Istambul a quem eu possa mandar lembranças.

Espero eles virem e me fazerem a pergunta, desta vez vou responder na hora sem me irritar, mas lá embaixo o silêncio continua. Levanto de novo, olho para o relógio em cima da mesa: já são dez horas! Onde estarão? Vou à janela, espicho a cabeça para fora: o carro continua no mesmo lugar em que Metin deixou. De repente me dou conta: não ouço mais o cri-cri do grilo, que fazia semanas não saía de junto da porta da cozinha. O silêncio me assusta! Penso então na visita da farmacêutica, mas não consigo entendê-la e me digo novamente que o anão deve ter contado a eles, deve tê-los reunido para lhes cochichar sobre o pecado e o mal. Saio imediatamente do meu quarto, do alto da escada eu chamo, batendo a bengala no chão:

"Recep, Recep, venha já aqui em cima!"

Mas por alguma razão sei que desta vez ele não virá, que bato em vão com a minha bengala, que forço em vão minha voz fraca de anciã, mas chamo outra vez e me sinto invadida por um sentimento estranho que me provoca arrepios: parece que eles foram embora sem me avisar, para nunca mais voltar, me deixando sozinha nesta casa. Fico com muito medo e para esquecer o pavor chamo novamente. É como se não restasse mais nada nem ninguém no mundo, nem uma só pessoa, nem um só pássaro, nem um só cachorro barulhento, nem um inseto para me lembrar com seus zumbidos e cri-cris o calor e as estações. É como se o tempo houvesse parado e eu me visse sozinha, aterrorizada; minha voz desesperada chama de novo em vão, em vão bato desesperadamente com a bengala no assoalho, e é como se ninguém me ouvisse: abandonada, sozinha com as poltronas, as cadeiras, as mesas que se cobrem lentamente de poeira, as portas fechadas, com todas essas coisas entregues à sua sorte, estalando, rangendo, sem esperança: a morte como você a descrevia, Selâhattin! Ó Alá, tenho medo de imaginar que meu pensamento possa se congelar como essas coisas, se tornar tão inodoro e incolor quanto uma pedra de gelo, e eu ficar plantada para sempre aqui, sem ouvir um som. Tenho então a ideia de descer para reaver o tempo e o movimento, e me forço a descer quatro degraus, mas fico tonta, com medo de continuar: ainda faltam quinze, você não vai conseguir descer, Fatma, vai cair! Alarmada, quero voltar, me viro e subo a escada lentamente, dando as costas para o silêncio aterrorizante, procurando esquecer minha angústia e até recobrar um pouco da alegria: não tenha medo, Fatma, eles já vêm beijar sua mão.

Eu já não estou com medo quando chego à porta do meu quarto, mas não recobro a alegria. Selâhattin me olha do alto da sua moldura para me aterrorizar ainda mais, porém eu não sinto mais nada, é como se houvesse perdido a sensação dos cheiros, do calor, do gosto, do tato. Ando mais uns passos, exatamente sete passinhos, até minha cama, como um autômato, quando dou por mim estou encostada na cabeceira da cama, olhos fixos no tapete, e constato mais uma vez o vazio dos meus pensamentos, que se repetem sem cessar, o que me deixa irritada: eu e meus pensamentos vazios estamos imóveis no vazio. Depois me deito e, quando minha cabeça cai no travesseiro, me pergunto, terá chegado a hora? será que eles vão vir? será que vão entrar já por esta porta para beijar minha mão: até logo, vovó, até logo, vovó? Mas os degraus da escada continuam sem ranger, o silêncio ainda reina lá embaixo e, como tenho medo da angústia, me digo que ainda não estou pronta para essa cerimônia, que devia me preparar para ela, repartir o tempo em partes iguais, como uma laranja, tal como faço nas noites silenciosas e solitárias de inverno. Me cubro com o edredom e espero.

Sei que um pensamento virá me afligir durante essa espera. Qual? Gostaria de poder enxergar o interior da minha consciência como se vê o interior de uma luva virada pelo avesso, para que eu pudesse dizer: olhe o que você é,

Fatma, e o seu interior é como o seu exterior, só que invertido como uma imagem num espelho. Me deixem ficar atônita, inquieta, esquecer. Se é meu exterior que eles vêm ver de quando em quando, essa coisa que eles ajudam a descer a escada para o jantar e de que logo virão beijar a mão, às vezes eu me pergunto o que é o exterior e o que é o interior: meu coração que faz tique-taque e meus pensamentos que são como um barquinho de papel descendo a corrente, ou o quê? Muito estranho! Às vezes, quando estou entre o sono e a vigília, confundo os dois no escuro e sinto uma doce emoção, como se meu ser interior e meu ser exterior tivessem se invertido e eu não soubesse mais qual é um, qual é outro na escuridão silenciosa. Minha mão se estende silenciosamente, como um gato, em direção ao interruptor, acendo o abajur, toco no metal frio da cama para me localizar, mas o frio do metal me leva de volta a uma noite fria de inverno: onde estou? Às vezes a gente não consegue saber, digo a mim mesma. Mas se isso acontece quando você mora há setenta anos na mesma casa, você pensa que isso que a gente chama de vida, e que a gente pensa ter esgotado, é uma coisa estranha, incompreensível, e ninguém é capaz de explicar por que foi assim com a sua própria vida. Você espera, espera, e a vida, ninguém sabe por quê, vai indo desse jeito, sem rumo certo, e você se faz uma porção de perguntas, tem pensamentos estranhos, que não são certos nem errados e que não te levam a nenhuma conclusão, e de repente você percebe que a viagem acaba aqui, rápido Fatma, desça! Primeiro um pé, depois o outro, desço da carruagem. Dou dois passos, viro, olho para a carruagem. Então era isso que nos levava a passear sacolejando tanto? Era isso. Eis o que pensarei quando chegar ao fim: a viagem não foi lá muito agradável, mas bem que gostaria de recomeçá-la. Só que não é permitido! Vamos, nos dizem, já chegou, não pode ir mais longe, estamos do outro lado, não pode subir de novo na carruagem, não pode recomeçar a viagem. E o cocheiro vai estalando o chicote, fico olhando a carruagem se afastar, sinto vontade de chorar. Quer dizer que não posso recomeçar, mamãe, não há uma outra vez! A gente devia ter o direito de refazer a viagem, penso revoltada, assim como uma menina devia ter o direito de continuar a ser uma criança inocente a vida toda, se quisesse, e torno a me dizer que a gente devia poder recomeçar, e então me lembro dos livros que Nigân, Türkân e Şükran liam para mim, e da volta para casa de carruagem com minha mãe, e sinto uma estranha mistura de alegria e melancolia.

Naquela manhã, minha mãe tinha me levado à casa de Şükrü Paxá e, antes de me deixar lá, ela tinha me dito na carruagem, como sempre fazia, escute, Fatma, quando eu vier te buscar no fim da tarde não comece a chorar, senão vai ser a última vez que você visita suas amigas. Mas eu logo tinha esquecido a recomendação, porque passei o dia brincando com Nigân, Türkân e Şükran e porque olhava com admiração para essas amigas, que eram muito mais bonitas e inteligentes que eu, porque tocavam piano bem, porque sabiam imitar o cocheiro perneta e o empregado delas, elas até imitaram o pai, o que me espantou tanto que levei um momento para me atrever a rir, e depois do almoço elas tinham recitado poemas para mim; elas tinham ido à França, sabiam francês, e depois tinham lido para mim um romance francês traduzido para o turco, liam uma de cada vez, o livro era tão lindo que esqueci completamente as recomendações da minha mãe e, apesar do sol estar se pondo, quando vi minha mãe entrar na sala desatei a chorar, porque estava na hora de voltar para casa, e minha mãe me dirigiu um olhar severo, mas nem assim me lembrei do que ela tinha me dito de manhã na carruagem, e eu chorava, não só porque estava na hora de ir para casa, mas também porque minha mãe olhava brava para mim, a mãe das minhas amigas ficou com dó e mandou as filhas me trazerem bombons, e minha mãe dizia a ela, desculpe, senhora, mas a mãe delas dizia que não tinha importância, Nigân trouxe os bombons numa bomboneira de prata, todo mundo esperava que com eles eu parasse de chorar, mas não peguei nenhum, não é o que eu quero, falei, o que é que você quer então, elas perguntaram, e minha mãe interveio por sua vez, chega, Fatma, eu então reuni toda a minha coragem e respondi, quero o livro, e como não conseguia explicar que livro era, de tanto que chorava, Şükran pediu licença à mãe e trouxe os livros, e minha mãe disse, senhora, acho que esta menina não é capaz de ler esses livros, aliás ela nem gosta de ler, e eu olhava de esguelha para os livros, *Monte Cristo*, Xavier de Montépin e Paul de Kock, mas o que eu queria era *As aventuras de Robinson Crusoé*, que elas haviam lido para mim naquele dia, perguntei se eu podia pegar aquele, minha mãe ficou morta de vergonha, e a mãe delas disse, está bem, filha, elas te emprestam, mas não o perca, ele é de Şükrü Paxá, e então parei de chorar e com o livro nas mãos fui docilmente me sentar na carruagem.

Voltando para casa, eu não ousava olhar para minha mãe, sentada diante de mim. Meus olhos avermelhados pelas lágrimas não se desgrudavam da rua e das janelas da casa de Şükrü Paxá, que eu ainda podia ver, quando de repente minha mãe me disse num tom severo que eu era uma menina muito mimada. Ela não conseguiu controlar sua raiva, me repreendeu por um bom tempo, depois acrescentou: semana que vem você não irá à casa de Şükrü Paxá. Ao ouvir isso a encarei e disse comigo que ela só havia falado aquilo para me fazer chorar, porque normalmente uma decisão dessas me faria chorar, mas não chorei. Porque eu sentia uma alegria e uma calma estranhas, tomada que estava por uma serenidade cuja razão só compreendi bem mais tarde, depois de muito refletir nesta cama durante minhas longas noites de insônia: bem mais tarde, compreendi que foi graças àquele livro cuja capa eu contemplava, pensando: Nigân, Türkân e Şükran tinham lido uma parte dele para mim naquele dia; eu não havia entendido tudo, o livro havia me parecido muito complicado, mas eu tinha conseguido entender alguns dos acontecimentos que eram narrados: um inglês, cujo navio naufragara, teve de viver sozinho numa ilha deserta anos a fio, não sozinho exatamente, porque tinha um criado que ele encontrou algum tempo depois, mesmo assim era uma história muito bizarra. Pensar naquele homem que vivera tanto tempo tendo como única companhia seu criado me atraía e me agradava, mas na carruagem que ia sacolejando não era apenas a ideia dessa solidão que me apaziguava, eu sei que havia outra razão. Claro, minha mãe não franzia mais o cenho, o balanço da carruagem era gostoso, eu olhava pela janela e não via mais a casa de Şükrü Paxá mas, sentada de costas, via a rua que ficava para trás e pensava naquele passado próximo cuja lembrança era tão boa, porém o mais bonito era a sensação de que, graças ao livro que apertava em minhas mãos, eu talvez pudesse reviver em casa aquele passado feito de lembranças disparatadas. Em casa, meu olhar impaciente e pouco tenaz provavelmente erraria em vão pelas páginas incompreensíveis do livro, porém de tanto percorrê-las eu poderia me lembrar da casa de Şükrü Paxá, à qual não voltaríamos na semana seguinte, e dos prazeres que eu encontrava nela. Porque, como penso comigo tanto tempo depois, deitada na minha cama, não podemos recomeçar a vida, essa viagem sem volta, uma vez terminada não podemos refazê-la, mas se temos um livro nas mãos, mesmo que esse livro seja confuso e misterioso, uma vez terminado podemos voltar ao seu início, se quisermos, podemos relê-lo para compreender o que é incompreensível, compreender a vida, não é, Fatma?

1980-1983

1ª EDIÇÃO [2016] 1 reimpressão

ESTA OBRA FOI COMPOSTA EM ELECTRA PELO ACQUA ESTÚDIO
E IMPRESSA PELA GRÁFICA BARTIRA EM OFSETE SOBRE PAPEL PÓLEN SOFT
DA SUZANO S.A. PARA A EDITORA SCHWARCZ EM ABRIL DE 2021

A marca FSC® é a garantia de que a madeira utilizada na fabricação do papel deste livro provém de florestas que foram gerenciadas de maneira ambientalmente correta, socialmente justa e economicamente viável, além de outras fontes de origem controlada.